アメ労編集委員会編
井川眞砂
福士久夫
三石庸子
村山淳彦
編著

アメリカ文学と革命

英宝社

目次

アメリカ文学と革命

序説

アメリカ文学はアメリカ合衆国の存在を前提に成り立っているが、合衆国はアメリカ革命の産物として歴史に登場してきた。革命によって成立した国家としては、今や世界最古の共和国である。世界史における米国のユニークさに対応して、アメリカの多くの作家たちは自分たちの国家社会のあり方にたいする自意識がきわめて強く、革命の成果を死守しようとする姿勢においてかつてのソ連などの新しい革命国家に引けをとらないともいわれ、作品のなかであたかも「アメリカ！　アメリカ！」と合唱しているかのようだという観察がなされてきた。

しかし、このいうまでもない事実がアメリカ文学に何をもたらしたのかという問題は、これまであまりきちんと討究されてこなかったように思われる。本書は、革命によって生まれた国の国民文学であるという出生の事情がアメリカ文学に独自の性格を与えたにちがいないという仮設に立って、アメリカ文学の独自性を浮かび上がらせ、また、このような観点から個別の作家、作品にこれまでになかった読解を施すという目標に迫ろうとするものである。

アメリカ革命は第一義的には、一八世紀末に北米植民地住民が宗主国英国からの分離独立をめざして武力に訴えた政治行動を指すが、じっさいは植民地時代にそれにいたるまでの長い過程があった。また、建国後も、革命の課題の解決は一夜にしてなったのではなく、国の内外に多くの問題を抱えた不安定な新興国から世界随一の強国になるまでに多くの紆余曲折があって、一八一二年戦争やジャクソニアン・デモクラシー、さらに南北戦争などの二次的な革命をはじめとして今日にいたるまでの長い革命の過程にあるとも言える。アメリカ文学はこの長年にわたる激動のなかで、それに反応しながら形成されてきたと見なければならない。

アメリカ革命はいかに独特であっても、ヨーロッパの大きな動きの一部であり、その延長線上のできごとであることを忘れるわけにはいかない。その基盤には、よく知られているように、ルネッサンスの勢いに駆られた大航海時代の海外進出によるフロンティアの形成や、宗教改革からあらわれたピューリタンをはじめとする新教団創設運動があった。英国からの植民者たちは英国の人民主権の伝統をフロンティアへ持ちこんだし、革命の理論的な支柱は一八世紀のヨーロッパ啓蒙思想から任意に借用された。政治的な革命と両輪をなすと見られる産業革命は、とりわけ米国において無類の社会構成や豊かな資源のおかげで拍車をかけられた資本主義経済の賜物であり、この経済活動によってもたらされた生活様式や文化、道徳の変化こそ最も強力な革命的原動力だったともいえよう。アメリカ革命とは、それらの諸力がたまたまヨーロッパの辺境である北米大陸の一角に収斂した結果にすぎないし、アメリカ文学はそのような諸力の上に成立していると考えられる。

植民地時代のアメリカ文学史における中核とみなされるピューリタニズムは、福音伝道主義的な新教各派とともに、キリストによる弱者救済に期待する再臨説や千年王国説と結びついている教義もさることながら、むしろその構成員の階級性に由来しているとも見られる革命性を含んでいた。その革命性は英国でピューリタン革命が起きたことによって顕在化した。ただし、アメリカのピューリタンがピューリタン革命にたいしてとった態度は、必ずしも革命的ではなかったし、ペリー・ミラーが「使命」と呼んだものの内実も一筋縄ではとらえきれないが、ピューリタニズムはねじれをともないながら、個人主義や、独善、狂信と見られるかもしれない堅忍不抜や戦闘性をもたらし、革命の推進力を高めるのに貢献したとも言える。

アメリカ独立宣言には、「いかなる政府といえどもその目的を損なうにいたれば、その政府を変更したり、廃したりして、新しい政府を打ちたてるのは人民の権利である」という一節があり、これは「革命権」と呼ばれる。その後、世界各地のさまざまな革命勢力も、革命を起こすときにこの権利を押し立てた。「革命権」はマグナ・カルタ以来人民の「抵抗権」が認められてきた英国の政治的伝統を引き継いだものともいわれるが、これには「正当防衛権」、「暴力権」も含意されている。アメリカ革命の理論的指導者たちが、これをピューリタン革命後にあらためて理論化したジョン・ロックや、さらには英国のラディカルたちに学んだことも知られている。そのうえこれは、「規律ある民兵は自由国家の安全にとって必要であるから、人民が武器を保有し武装する権利は、これを侵害してはならない」という合衆国憲法補正第二条とも結びついている。この条項は現代アメリカ社会における銃規制を阻止する根拠にもされてきたのであり、そこには、アメリカ革命は平和的なものだったどころか、じつは相当血なまぐさいできごとであったという現実が露呈しているし、リチャード・スロトキンが描き出すような、米国文化に貫かれた暴力の歴史的基盤が見出される。

革命は「行き過ぎ」にたいする反動を招来するけれども、そういう推移のなかで革命は暴政にたいする民衆の正当な抵抗や反逆という肯定的なイメージのみならず、暴力や無秩序、暴民や無政府状態という否定的なイメージも帯びるようになってきた。いや、むしろ革命とは、本来ヒューマニズムの価値を奉じることによって成り立っているはずの文学とはそりの合わない、暴力的な権力奪取の意味のことであるという理解が支配的になったとさえ言えよう。だが、武力に支えられた権力にたいする民衆の反抗に暴力がほぼ必然的にともなう一方、権力が暴徒鎮圧と称して民衆の暴力に倍する暴力をもって弾圧する例も多いから、暴力は否定されるだけで片づくものでなく、正視されなければならない。

アメリカ革命の成果と見るのが通説になっている合衆国憲法は、独立後革命をさらに推し進めようとする下からの圧力を抑え込もうとした上層富裕層による陰謀の産物にすぎないという見方も根強い。このような見方は、はじめ一九一〇年代にチャールズ・ビアードによって提唱されたと見られるが、一九六〇年代以後には、公民権運動や、ヴェトナム反戦運動、大学闘争のなかからあらわれたハワード・ジン、アルフレッド・ヤングや、エリック・フォーナー、ウッディ・ホルトンら新世代の歴史学者たちによって再確証されてきた。すなわち、連合会議のなかで秘密裏に結成された憲法制定会議に集まった有力政治家たちは、デモクラシーに嫌悪の念を抱きつつ、シェーズの反乱に見られるような民衆による社会変革の動きを牽制し、国民国家の確立を通じて自分たちの経済的利益をはかるために、ほとんどクーデターのような形で国家の仕組みを一変させる憲法を強引に成立させてしまったというのである。この憲法が君主制や貴族制ではなく共和制を採用し、また、各邦の批准を得る必要のために「権利章典」と呼ばれる一〇箇条の憲法補正が最初の議会で早々と実現して基本的人権や民主的権利を保障することになったとしても、それは憲法制定会議から閉め出されていた人民からの見えざる圧力におされた指導者たちが妥協した結果もたらされた利点にすぎない。

つまりアメリカ革命は、一部の論者たちが讃えるような理想的な革命などではけっしてなかった。どの革命でも避けられないのかもしれないが、アメリカ革命でも、いったん革命戦争に勝利したのち新たに権力の座についた者たちが、革命の「行き過ぎ」にたいする歯止めをかけると称して反動に走る。このような反動はやがて、アメリカ革命はフランス革命よりもよいと主張するハンナ・アレントをはじめとする論者たちによって、アメリカ革命指導者特有の賢明さの賜物と評価されるようにもなった。こうなると革命と反革命は表裏一体とも見えてくる。アメリカ革命賛美が反革命の薦めでないとも限らないとすれば、どうであろうか。

アメリカ革命後、その影響のもとフランス革命が始まり、一九世紀前半には、フランスをはじめとするヨーロッパにおける一連の革命が起こったが、アメリカ人はこれらの革命を自国の革命と暗に照らし合わせながら注視し、反応してきた。ハイチ革命、南米のスペイン植民地独立革命、ポーランド革命、ギリシャ革命、メキシコ革命、ロシア革命、中国革命、朝鮮戦争、アフリカ植民地独立革命、キューバ革命、ヴェトナム戦争、南ア革命、イラン革命、グアテマラ内戦など、諸外国における革命に際しても、米国は自国の運命を重ねて肩入れし、ときには直接的に干渉してきたが、革命権を是認し、王制や独裁を排斥して自由や民主主義の原理を称揚する革命的言辞を振りかざすかと思えば、暴徒やテロへの恐怖に震撼し、反ジャコバンの旗の下で法と秩序の回復をめざす世界の憲兵を任じて、革命にたいするアンビヴァレントな態度を見せてきた。そのために、革命擁護と革命批判の絡み合いが米国における革命論の重要なコンテクストをなすにいたった。だからこそアメリカ史学におけるいわゆるコンセンサス学派が幅をきかせるようにもなったし、アメリカ文学は全体としてけっきょく、サクヴァン・バーコヴィッチがアメリカ・イデオロギーと呼ぶものに取りこまれていったというような見方も成り立ちえた。

このような実情を考慮すれば当然といえるが、文学と革命の関係は革命の意味如何によって変動するし、文学は革命にも反革命にも与しうる。たしかに、文学市場の成立とともに興り、純粋培養とまではいえないにしても前近代的な拘束から比較的自由に展開しえたアメリカ文学のなかに、一方では革命を煽りながら他方でその歯止めを求めるブルジョアの革新性と反動性が綯い交ぜになっているからといって、異とするにたりないかもしれない。しかし、先にも述べたように、米国の民衆は表舞台に不在であってもいわば見えざる現前をそなえていたから、主流文学のなかにも間接的にみずからを登場させることができたのではないか。そのうえさらに、階級的流動性が高く、地位向上のためにリテラシーが重視された米国社会では、貧しい民衆、黒人、移民、女性なども（地位向上の証としてであれ、地位向上に挫折した代償としてであれ）文学の生産や消費にたずさわったから、そういう人びとは、たとえ主流になりえなくてもさまざまな形式のテクストを産み出し、そこに歯止めをかけられた革命の完遂に期待する姿勢をかいま見せてきたのではないか。アメリカ文学のなかから、そのような見え隠れする革命的契機が見出せるはずである。

主流アメリカ文学が総じて、自由や個人主義やナショナリズムを謳いあげたとすれば、それは暗にアメリカ革命イデオロギーのプロパガンダに荷担したことになる。それと同時に他方では、蒙昧の民による暴力の表象を繰り返し見せつけ、これにたいする偏執と恐怖をうかがわせては、革命忌避の願望を忍び声で語ることになる。文学や芸術は本来貴族的、個人的な営みなのだから、民主的、大衆的なアメリカ社会で栄えるはずがないではないかという不安をめぐるアメリカ人作家たちの葛藤も、革命の受けとめ方に影響されているのであろう。

アメリカ革命に直接かかわる革命文学となれば、ジェファソンやフランクリン、トマス・ペインの著作、フェデラリスト・ペイパーズなど、啓蒙思想家によるイデオロギーむき出しの論説的な文献に着目しなければならない。意味深いことに、これらの論説もアメリカ文学史のキャノンと目されている。しかし、アメリカ革命のさなかに生まれた創作や詩は、論説的な文章に比して思いのほか少ない。それよりも重要なのは、革命後に書かれたブラウンやアーヴィングやクーパーなどの小説である。そこには、たとえばポール・ダウンズが初期アメリカ文学作品について指摘するような、新国家に遙曳する君主制の痕跡への注視をはじめとして、独立達成後にも革命の意味をめぐる論議が続いていたことがうかがえる。王制に反抗する共和制の正当性への信念が掲げられるにしても、下からの民主化徹底の動きが集団の力を恃み、ときには暴力をともなって強まることにたいしては、危惧が吐露される。

もっと後になって、いわゆるアメリカン・ルネッサンスの作家たち、エマソン、ソロー、フラーらトランセンデンタリストも、ホーソーン、メルヴィル、ポー、ホイットマンも、第二次アメリカ革命としての南北戦争になだれこんでいく社会的緊張のなかで執筆活動を続け、ラリー・レノルズやデーヴィッド・レノルズ、ティモシー・メイソン・ロバーツなどが論じているように、一九世紀ヨーロッパにおける革命に刺激されながら、アメリカ革命を念頭におきつつ革命を主題に作品を書いたとも解しうる。

さらに時代が降って、ハウエルズ、トウェイン、ジェームズからドライサーなどにいたるリアリスト作家たちによる作品にも、南北戦争後激化の一途をたどる階級闘争をひそかな参照枠にしつつ革命を意識していることが見受けられるし、ベラミー、ドネリー、ロンドン、ギルマンなど、世紀転換期のアメリカ作家たちが好んだジャンルであるユートピア／ディストピア小説や未来小説が、想像された革命を描いていることはいうまでもあるまい。一九三〇年代に一つのピークを迎えながらその後忘却の淵に追いやられそうになった左翼革命文学、プロレタリア文学や人民戦線文化は、バーバラ・フォーリーやアラン・ウォルド、マイケル・デニングをはじめとする一群の研究者たちによって読み直しが進められてきたように、ロシア革命後のアメリカ文学の不可欠な構成部分として見据えていかなければならない。ヘミングウェイ、フォークナーなど主流作家たちにも、革命との関係を通じてはじめて浮かび上がる次元がそなわっている。

米国が中心的な役割を演じた反ファシズム戦争たる第二次世界大戦の終結後には、革命を標榜しながら大衆を巻き込もうとするファシズムをアメリカ的価値の対極にあるものとみなす見方が広く共有されるようになるとともに、メイラーの『裸者と死者』をはじめとして米国内に潜在するファシズムの危険に警告を発する文学作品が少なからずあらわれる一方、社会には魔女狩り的な反共主義が蔓延し、海外では米軍が民族解放支援を唱えつつ武力干渉を繰り返すという皮肉が文学に影を落とした。ヴェトナム戦争反対運動を背景にあらわれた「ヴェトナム文学」と称される諸作品においても、米国建国の革命的理念が陰に陽に参照された。ポストモダンと称される作家たちのなかには、歴史改変物語などといったファンタジーの手法に訴えて、米国における革命と反革命の相克から生じうる驚異の様相を描き出そうとした者たちもいる。

ソ連崩壊後の世界では、パクス・アメリカーナが完成したかに見えたのもつかの間、中央アジアや東欧、イスラム圏や中南米、東南アジアやアフリカなど世界各地でむしろかえって多くの「紛争」があいつぎ、「革命」の言辞が流布するにいたって、アメリカ革命の余波はいまだ終わっていないことが明らかになってきた。今日そのような動向を背景として、アメリカ文学を革命の観点に照らして再検討してみる機運が浮かび上がっているのではないだろうか。

アメリカ革命の理念は元来、啓蒙思想、ヒューマニズムに由来する自由や平等を掲げた民主主義革命、ブルジョア革命の理論として、個人、白人、男性、有産階級、異性愛者を主権者の標準にする前提に立っており、普遍主義的な抽象的表現のためにわかりにくいけれども、主権者の範囲から排除されているのは王侯貴族のみではなかった。加えて米国社会は、平等の権利を万人にあまねく与えると謳う公的法制の民主主義と、平等実現のための手段の獲得を個人間の私的自由競争に委ねる市民生活の資本主義との二重構造という、近代国家につきまとう矛盾にも、当然ながらとらわれていた。

一九世紀後半以後、主権者の範囲をめぐる排除と包容に関するこの前提の理不尽さは、革命の果実から遠ざけられていた人々によってじょじょに気づかれはじめ、二〇世紀後半から今日にいたっては、それへの異議申し立てが、アフリカン・アメリカン・スタディーズやウィメンズ・スタディーズをはじめネイティヴ・アメリカン・スタディーズ、ジェンダー・スタディーズ、ホワイトネス・スタディーズ、マスキュリニティーズ・スタディーズ、ワーキングクラス・スタディーズなどを含む新しい学際的研究によって、活発におこなわれるまでになっている。とはいえ、この前提は米国公式の国是になりおおせていたから、これを問い直すのは、その条理を逆撫でしてアメリカ革命の意義を一部相対化し、その限界を暴き立ててさらなる革命を呼号するような反主流的行為と見なされがちだから容易ではなかったし、パーソナルなことがポリティカルであるという実感に裏打ちされ、アイロニーやアレゴリーを含む文学的表現に包まれてそっと提起されることも多かった。

アメリカ文学における黒人表象や黒人文学の底には、トニ・モリソン、エリック・サンドクィストなどが論じているように、黒人奴隷制度や人種差別体制を転覆しようとするエネルギーが渦巻いている。二〇世紀には世界各地で民族解放闘争が革命の様相を帯びるにともない、米国内にも黒人民族主義が台頭して、文学にもその表現があらわれた。ダグラス、チェスナット、デュボイスなどをはじめとして現代にいたるまでの黒人作家たちは、アメリカ革命の理念にアイロニカルなまなざしを注がずにいられないと同時に、その理念の歯止めのない実現を真摯に追求するという二重性に彩られており、米国社会で繰り返されてきた革命的な黒人解放運動と同化主義との矛盾に関連させて読み解かれなければならない。アイリッシュ系、ユダヤ系からアジア系、ヒスパニック系にいたるさまざまなエスニック集団やネイティヴ・アメリカンによる文学も、アメリカ革命の理念と社会現実とのギャップを見つめることに精魂をこめてきた。

また、米国で古くから盛んだった女性の文学は、キャシー・デーヴィッドソンが明らかにしたように、英国の圧政への反逆としてのアメリカ革命が正しいならば、父（夫）権制の専横にたいする女性の反逆も認められるべきであるという思想から出発しているなどと、やはり革命のアナロジーで語られてきた。女権論やフェミニズムはたいてい性革命をともない、文学によるジェンダーやセクシュアリティの表現においては、性差別や同性愛抑圧に抗議する真摯な主張と揶揄嘲弄とのあいだの攻防が繰り広げられてきた。

以上、思いつくまま列挙しただけでも、かなり広範囲のアメリカ文学について種々の革命に関連させながら論じることが可能であると見えてくる。このようなテーマに取り組む企てはさらに、文学と革命の関係一般をめぐる理論的考察につながる。現代の文学観においては、文学の本領が、一方ではイデオロギー臭を消し去って革命や政治を回避することにあると見られたり、他方では読者のものの見方、感じ方を変革することを通じて体制転覆的な効果をあげることにあると見られたりすることになる。仮想的表現としての文学作品は、人心深くまで入りこみながら革命のイデオロギーをしりぞける営みなのか。それとも、革命のイデオロギーを韜晦しながら宣揚して人心を動員する営みなのか。そういう問いに頓着すれば、アメリカ文学全体が、植民地時代から今日にいたるまでの長い革命の過程としてのアメリカ革命の産物であるとともに、アメリカ革命の可否や成否についてもっとも深い機微に触れる批評でもあると解釈できるはずである。これに加えて、一方ではあれほど革命を恐れているように見えるアメリカ社会が、他方では科学技術革命とか、情報革命とか、ファッション革命とか、革命という言葉を偏愛しているのは、レトリックとしてどのような効果をもたらしているからなのかという問題も考察できるはずである。

当研究プロジェクト参加者に限らず多くのアメリカ文学研究者が今後このテーマに取り組んで、さらに新しい研究成果があらわれることを期待したい。本書がそういう角度からアメリカ文学を見直すきっかけを読者に与えうるならば、執筆者たちにとってこれにまさる悦びはない。

アメ労編集委員会を代表して

村山淳彦

『開拓者たち』——未完の反革命と二つの友愛

武田宜久

『開拓者たち』(一八二三)[1]は、ジェームズ・フェニモア・クーパーの小説第三作目にして、レザーストッキング物語の第一作となる物語だ。そして、レザーストッキング物語と言えば、村山淳彦(二〇〇一)の言うように、「フロンティアの猟師にして斥候のナサニエル・バンポーが活躍する神話的な冒険物語と相場が決まっている」(100)にも関わらず、『開拓者たち』は後続のレザーストッキング四作品と比べ、「血沸き肉躍る冒険物語らしい、息もつがせぬ興奮は、めったに得られない」(101)上に、何よりも物語の展開が遅い。これについて、村山は、「歴史小説として受けとめる」(116)ことでより深く作品を理解できると指摘する。[2]本論は、歴史小説が持つ、「歴史の未決性に由来する不確定性」(115)により遅々として進まない『開拓者たち』の中で、数少ない興奮を得られる場面である第三九章に注目し、独立後十年のアメリカをクーパーがどのように捉えていたかを検討する。それは同時に、第三九章の出来事を支える友愛が作品のプロットとどう関わるかを通じて、『開拓者たち』の描く新生国家アメリカが未来に向けるまなざしを浮き彫りにすることになるはずである。

一

最初に主な筋立てを確認しておきたい。一七九三年のクリスマス・イヴ、ニューヨーク州奥地の開拓地テンプルトンの大地主マーマデューク・テンプル判事は、四年間の教育を終えて帰郷する娘のエリザベスを橇に乗せ自宅へと向かっていた。途中、飛び出してきた鹿を銃で仕留めようとするが、テンプル判事には見えない場所に、同じ鹿を捕まえようとする別の一行が居合わせ、そのうちの一人である謎の青年オリヴァー・エドワーズを、判事は自らが撃った銃弾で傷つけてしまう。幸い傷は軽傷であったが、この事件をきっかけに傷が癒えるまで自宅で自分の仕事を手伝ってほしいというテンプル判事の申し出を、オリヴァーが嫌々ながらに受け入れる。物語はここから、オリヴァーの正体を巡るミステリーを軸として展開する。この主要なプロットと密接に関わる脇筋は、①森の住人ナッティ・バンポーや先住民デラウェア族の最後の生き残りジョン・モヒーガン＝チンガチグックが、土地の所有権や狩猟法を巡ってテンプル判事と対立すること、②独立戦争当時、独立派であったテンプル判事が、王党派の友人から預かった財産を独立戦争後に横領したのではないかという疑惑、③エリザベスとオリヴァーとのロマンスである。

このように複雑で、元来先住民の土地であった地所の所有権を正当化するという、恐らくは誰にとっても解決不可能である問題を含みつつも、物語は驚くようなハッピー・エンディングを迎える。この結末について、村山（二〇〇三）は厳しく批判し、次のように要約する。

米国の国土領有権を寓話的に説き明かした物語として見れば、これほど都合のよいプロットはない。英国からもぎ取った植民地は、それを管理経営する能力のない英国人からアメリカ人がいわば預かったのであって、不当に横領したわけではないし、機が熟すれば、アメリカ人化したイギリス人嫡子に結婚を通じて返却して、不当取得の疑惑を晴らすことができるというのだ。他方、米国の国土は、元をただせばインディアンから略奪したのではないかという疑いも、実はインディアンから贈与されていたということになる。(2)

一方、オリヴァーが財産を継承し、異人種混交の疑いも晴れてエリザベスと結婚するなかで、ナッティは物語の都合に合わせて西方へと旅立つという最終章に関しては、トマス・フィルブリックがこれも強く非難し、「我々はこの物語の最終章を受け入れることができるだろうか。（略）この小説が冒頭から強調してきた矛盾対立する激情を、もし若者たちの愛の希望に満ちた情感とナッティの出立に見られる心地よい哀感の中で忘れてもらうつもりならば、そんな結末は断固として結末ではない」(591) と述べる。いずれももっともな批判であり、あれだけ長い物語に読者を付き合わせておいて、その結末はないだろうと憤りたくもなる。事実、一九世紀におけるアメリカの文学的物語の生成を歴史的に検討したジョナサン・アラックも、「クーパーは、気まぐれに映るプロット上の工夫に頼ってしまうため、彼が表現しているものの中に存在する必然性ではなく、願望の役割に注意を向けてしまった」(11) と語り、ウォルター・スコットともども「自分たちの時代の不安について遠まわしにしか考えず、それらの心配事を過去へと投影し、プロット上の工夫によってその気がかりをしっかり安全に封じ込めてしまった」(7)と指摘する。しかし、これらの先行研究は、物語の安易なプロットと結末には十分な注意を払うのに、直前の、『開拓者たち』のなかで恐らく最も緊張感が高まるはずの第三九章の戦闘場面については、不思議なくらい何も語らない。

二

『開拓者たち』の登場人物の多くは従軍した経験を持つ。主要登場人物の一人ナッティ・バンポーがフレンチ・インディアン戦争と独立戦争に従軍したことをはじめ、エフィンガム少佐とともにフレンチ・インディアン戦争で戦ったフレデリック・ハルトマン少佐も登場する。独立戦争における米軍勝利に大きな貢献をしたフランス軍を称える「肝っ玉竜騎兵」の店主ホリスター大尉はフレンチ・インディアン戦争に従軍し、ナッティとは「若いころに兵士だった誼、ごく昵懇の仲」(153)である。そしてテンプル判事の屋敷で家令を務めるベンジャミン・ペンギランに至っては、「若いころは密輸船のキャビン・ボーイ」であったが、「英国海軍の強制徴募を受け、(略)最後には艦長のスチュワードに起用された」(61)人物。あだ名のポンプも、一七八二年四月、ジョージ・ブリッジス・ロドニー率いる英国海軍が当時アメリカ独立を支援していたフランス軍のド・グラス率いる艦隊を撃破した海戦後、「自艦の沈没を食い止めようとして何十時間もぶっ通しでポンプを圧し続けた」(62)ことをよく自慢していたことに由来するほどである。また、ベンジャミンはその話のすべてを水兵の視線から、水兵の比喩で語る。つまり「あらゆる状況を英国海軍の水兵であったころの体験に言い換える」(White 87) ため、発言の多くが戦争と関わる。その結果、彼が話すとその場に過去の戦争（その多くはロドニー指揮による海戦だ）が出現し、読者はベンジャミンと共に戦争を幻視することになる。[3] もちろん、ハルトマン少佐やチンガチグックと並んで従軍経験の多いナッティの語りも多くの戦いを記憶の底から呼び覚ます『開拓者たち』は、物語内の現在における実戦こそないが、数多くの過去の戦争を想起・幻視させる点で、戦争小説として読める物語である。

このような実戦無き戦争小説の中で、今まさに実戦が始まろうとするのが第三九章の戦闘場面であれば、本作品中では異例なほどの緊張を読者に強いる場面と映るはずなのだ。にもかかわらず、そうならないのは、この作品全体が「無邪気なほど写実的な小説」で、「初期アメリカというるつぼに加わる素朴な登場人物たちにスポットライトを当てる」ため、結果として「クーパーの最も喜劇的なお話」(White 84) になっているからである。その上このマイナーな登場人物たちは、「ロンドンを描いたディケンズの小説に匹敵する喜劇的な奇抜さ」(91) を備えているのだ。

第三九章の喜劇性はといえば、例えば、ナッティたちが「攻撃を受けると間違いなく承知しているくせに、死にものぐるいの抵抗をしようと守りを固めている」(428) との斥候の報告を受けると同時に、ナッティとベンジャミンは既に遠くに逃亡しているだろうとのんきに構えていた民警団の面々がうろたえる様子は、傍目にはかなり笑えるし、「結局、みんなで強硬手段に訴える前にビリーが、立てこもっている連中に召喚状を渡し、降伏せよと言いに行くことになった」(428) くだりでは、民警団の腰の引け具合がよく分かる。その上、ナッティたちのもとに使いに行くビリー・カービーの様子に至っては、「足元に気をつけながら歩を運ぶその様子は、まるでありきたりな用事を果たすのと変わらぬくらいにこともなげである」(429)。こうしてみると、第三九章がこれまで注目を免れてきたのは、まさにこの喜劇性のゆえであることが理解できる。

クーパーの目指すジャンルが「歴史ロマンスであることは明白だが、そのジャンルのための基本原則はうまく確立されなかった。それはより正確には喜劇だったのか、いやむしろ悲劇だったのか」(Arac 11-2)と問われるクーパーだが、しかし、アラックの言うように、本当にジャンルの原則を作り損なったのだろうか。大井浩二は、ノンフィクション作品『アメリカ人観』におけるクーパーの真意の読解には十分な注意が必要だと説き、明るいイメージの中に「アメリカ共和制を脅かす危機的状況に関する全く異なったメッセージ」を忍び込ませるクーパーの「戦略的レトリック」が、小説にも適応されているとする(194-95)。それならば、伝えたいことをわざと伝わりにくくする『開拓者たち』の喜劇性はむしろ、分かる人にだけメッセージを伝えるための工夫ではなかったのか。実際、「芸術家としてのクーパーは、教訓はさじ一杯のユーモアがあると最もよく受け入れられることを十分熟知していたので、自らの社会批判にユーモアという材料を巧みに注ぎ入れて、自分の料理をよりおいしいものにする」(Wegener 104-5)との指摘に鑑みる時、喜劇的なベールの向こう側に、この章におけるクーパーの真意を注意深く読み取る必要があるはずだ。

三

第三九章をより詳しく見ていこう。直前の第三八章では、ナッティ（と間接的にルイザ）のお陰で、エリザベスとオリヴァーが山火事による絶体絶命のピンチから奇跡的に生還する。続く第三九章では、町の名士であるテンプル判事の愛娘が山火事に巻き込まれるが幸運にも無事生還したというニュースが町の人々の耳目を集め、その興奮冷めやらぬ様子から物語が始まる。チンガチグックが自殺さながらに焼死し、ジョサム・リドルまでもが瀕死の火傷を負う。どさくさ紛れに贋金造りの囚人たちがナッティをまねて脱走。こうなると、有ること無いことさまざまな憶測や噂が飛び交い、「村人のあられもない空想の中では、贋金造りやら、その他、社会の安寧を脅かすありとあらゆる悪事が跋扈しているように思え」(426)、要するに一部の事実から生じる根拠のない不安を抑え込むためのスケープゴートが求められる。それが次の一節。「こんな興奮状態にあった民衆のあいだで、森に火をつけたのはエドワーズとレザーストッキングであり、火災の責任はひとえにあの二人にあるなどとほのめかす声が聞こえてきた。（略）こうなると火災を起こした犯人どもの処罰に乗り出すべきだという気運が、どうにも抑えがたいほどに高まってくる」(426)中、保安官リチャードによる民警団結成に至る。

この集団ヒステリーとでも呼ぶべき感情から生まれた魔女狩り的民警団は、しかし、その誕生のばかばかしさとは裏腹に、捜索に出向く時には、「そのあわただしさときたら、まるで世界の運命が自分たちの奮励一つにかかっているかのようであり、同時にその秘密めかした様子ときたら、国家の重大機密にかかわる仕事に従事しているかのごとくである」(426)。「気持ちを奮い立たせる」(428)ように軍楽隊が奏でる「ヤンキー・ドゥードル」はアメリカ独立戦争時の愛国歌であり、既に引用した民警団の様子と総合的に判断すれば、彼らは言わば「アメリカの革命の士」として行動しているように読める。事実、これに先立ってナッティの裁判が開かれる第三三章では、どういうわけか、リチャードが「先祖がクロムウェルの勝ち戦に加わったときに携えていた」と主張する「鞘に収めたままの剣を振りまわしながら」(359)裁判所に向かう。もちろん、クロムウェルが清教徒革命において国王を処刑して共和国を設立する歴史上の一連の出来事は、王党派を倒し、共和国を樹立した(あるいは理想として樹立しようとした)アメリカ合衆国に重なる。従って、民警団としてナッティたちの捕獲に出向く時にこの剣をリチャードが携えることはないものの、裁判からの物語の一連の流れの中では、民警団の様子は、王殺しに向かう一団という外観、つまり革命を行う者たちという外観を纏うのは間違いないだろう。ただ、彼らは共同体の法執行者であることを考えれば、その行動の目的は、共同体の体制を維持・強化することであり、間違っても革命のように体制を転覆することではない。従って、ここではその行動の目的よりも行動の外観において、革命を連想させる描写がこの民警団に振り当てられていることを確認しておきたい。

四

次に、民警団に追われるナッティたちに目を向けると、そもそも彼らが追われる身になったのは、投獄されたその日に脱獄したからである。ではなぜ脱獄したのか。その点を詳しく確認したい。ナッティが、第一の起訴状であるハイラム・ドゥーリトルに対する暴行脅迫の咎について、判決を言い渡される場面。無罪を告げられたナッティは、「なんだって！」と驚き、罪が問われないと言われ、「いやいや、おれは、あの男の肩を少々手荒につかんだことは否定しないです」と言って、「ごく純朴にまわりの人々の顔を見まわ」す始末である(364)。

これに対して第二の起訴状である「家宅捜索令状の執行に武力で抵抗した咎」には有罪判決が下され、晒し台、百ドルの罰金、さらに一ヶ月の禁固刑が科せられた。これに対してナッティは、「さあ、悪いこと言わんからおれを出してくれや。こんな大勢の人の前に出たのは久しぶりのことなんだわ。もう一度森に帰りたくてたまらん」(371)とテンプル判事に即時の釈放を嘆願する。ナッティは、これに先立って「おれの言うことば聞いてくれや、マーマデューク・テンプル」と相手の言葉をさえぎって、「哀愁を帯びた切実な調子で」(370)語りかける様子も描かれ、ナッティがいかに真摯に刑の免除と釈放を嘆願しているかが伝わってくる。ところがすべての謎が解けたあとの第四一章では、「洞穴で見つけられた日の翌日、ナッティとベンジャミンはおとなしく監獄に戻ってきて、そこで何不自由なく快適に暮らしていた」(446)とあり、ナッティがすんなり禁固刑を受け入れている様子が描かれる。となれば、裁判所でテンプル判事に嘆願した「もう一度森に帰りたくてたまらん」の部分については、ナッティ個人が、老人ゆえに刑に耐えられないと感じたことから生じた切実さというよりも（もちろんそれもあるにはあったろうが）、むしろ彼が仕え、保護しているエフィンガム少佐を守ろうとする切実さ、真摯さの現われと考えた方がよいように思われる。[4]

その点で、第一の起訴状に対する無罪判決を聞いて「まわりの人々の顔を見まわした」時の「純朴さ」とは裏腹に、第二の起訴状に対して下された有罪判決とそれに対する禁固刑への抵抗は、かつての上官エフィンガム少佐を守るためとはいえ、演技と言ってもよい振る舞いである。なお、ここにおけるナッティの「演技」は、モダニズムを経た現代読者には退屈に思えるほどあいまいさや裏表のないナッティの発言の中では異例で、それだけ一層、ナッティがエフィンガム少佐を匿うことに全身全霊を傾けていたことを示している。実際、晒し台の刑に服しているナッティの「心の奥底にくすぶる不安が、他のいっさいの感情を呑み込んでしまったようで、その皺だらけの顔に沈鬱な影を投げかけていた。表情は揺れ動く気持ちを映して変化し続けている」(376) 場面や、牢獄での「見るからに深い憂慮に囚われた表情」(380) は、エフィンガム少佐とナッティとの絆を踏まえて初めてその真意が理解できるはずだ。

五

ナッティの脱獄がエフィンガム少佐の保護を目的とすることが明らかになった今、第三九章の戦闘場面が描きだすナッティたちと民警団の対立の構図は、やがては消え去りゆくはずの英国王党派の残滓と、独立成ったアメリカ合衆国との対立の様相を帯びる。物語の謎がすべて解ける第四〇章において、オリヴァーが語るところによれば、ナッティは、「昔祖父に仕えていた男」(441)で、「祖父に家族の一員のように育てられ」、「長年祖父に仕え、西部でいっしょに従軍」していたが、「そのうち森暮らしが気に入り」、土地を監視するいわば臨時代理人として、ここに残された。ところが、「かつては部族みんなが敬い仰ぎ見た人物」であるエフィンガム少佐を、「貧困と耄碌の淵に沈んだ姿で世間にさらすのは忍びないと思った」ナッティが自分の小屋で「昔の主人を匿っていた」ことを、オリヴァーは、独立戦争後の逃亡先である英領植民地カナダ南東部の州「ノヴァスコシア」(438)からアメリカに渡ってきて祖父を探す途中に突き止める。なお、少佐とナッティとの関わりについて、ブルック・トマスは、デーヴィッド・ノーブルを引用しながら、「作中におけるナッティの役割は、『英国文化の最後の直系の象徴であるエフィンガム少佐に仕えることである。(略)ナッティが最後に成しえた建設的な手柄は、アメリカの辺境の一部がエフィンガム少佐の所有物であると主張する正当な権利が認められるまで、自分の司令官であるエフィンガム少佐を生かしておいたこと』」であると指摘し、「ナッティが保守的な英国の権益に役立つのは実にふさわしい」(42)と締めくくる。

更にナッティの陣営が独立戦争時の英国王党派であることは、ナッティとともに戦うベンジャミンからも理解できる。元英国海軍の水兵だったこの人物は、作品も終盤の第三九章のクライマックスになって、本名をベンジャミン・スタッブズ(431)だと明かす。つまり、ペンギランが陸での生活者としての名前であり、スタッブズが海軍で活躍していた時の名前であるというのだ。このジキル博士とハイド氏のごときベンジャミンの変身ぶりは、まさに生身の人間の中に刻まれた歴史の裂け目以外の何物でもない。ベンジャミンが「英国水兵が、まさかにそなえて四股名の一つももたねえで、このあたりの海で船乗りする価値があるなんて思うもんか。あっしをペンギランと呼ぶんなら、あっしが陸の連中に姿をさらしたときにその土地にいた野郎の名前を呼んでるわけさ。そいつぁ紳士だったぜ。ところが、あっしの大敵なら、ベンジャミン・スタッブズ一族の誰のことだろうが、紳士だなんて言ってくれるもんか」(431) とホリスター大尉に向かって啖呵を切る時、独立革命時に命を懸けてフランスの軍隊と戦った英国軍人としてのベンジャミンがそこにいる。それは、独立革命が幕を閉じたあとのアメリカで、開拓地テンプルトンの権威であり実力者であるテンプル判事の家で家令を務めるにあたって必要な、紳士としての振る舞いに身を委ねるベンジャミンとは、同じ人物にして別人なのだ。[5]

更にベンジャミンは、「イギリス国教会内の正統保守派」（村山『開拓者たち』（上）注454）である「高教会派信者丸出しで、融通の利かないありがたい正統教義を信奉していた」(103) れっきとした英国人であり、「英語はあっしの母国の言語」(172) や「出来のいい教会が近くに見あたらねえんで、お手本や新型見本を探しに行くとなりゃ、結局、伝統のあるイギリスに限りますぁな」(119-20) という発言から見ても、独立後のアメリカにあって、英国びいき、英国根性丸出しであることは明らかだ。

また、ベンジャミンが今でもイギリス人としてのアイデンティティを生きていることは、他の登場人物との関わりの中でも強調される。新生国家アメリカのナショナリズムを体現する、ヴァーモント州出身のビリー・カービーとの口論では、カービーが「外国人から指図されることがとりわけ嫌い」(255)なため、ベンジャミンに対して大法螺混じりで反論しているし、ベンジャミンをはっきりと「イギリス人」として外国人扱いしている場面が描かれる。また、亡命フランス人ムシュー・ルクワにテンプルトンの教会を立派に思わないかと尋ねたとき、ベンジャミンは些細な誤解から腹を立て、「フランス王が、セント・ポールと肩を並べるような家にさえ住んでりゃ、やつらの法螺にも我慢してやらぁ。フランス人がイギリスの教会をこんな風にこき下ろすのを耳にしたんじゃ、腹の虫がおさまらねえや」(120-21)と怒りを口にする。この一見ユーモラスな描写も、フレンチ・インディアン戦争以前から延々と続くイギリスとフランスとの対立を思えば、そしてベンジャミンが元は英国水兵であったことを思えば、決して笑い事ではなく、戦争は終わったと理屈では分かっていても、戦いの中で命を張っていたイギリス人にとって、フランスは、そしてフランス人は憎むべき敵であり、その感情がベンジャミンの中で消しがたく燻ぶっているとみるべきである。それは、たとえ物語の中でベンジャミンが既にアメリカ人に「帰化」(182)していても変わることのない想いなのだ。事実、彼が、フランスのことを敵として常に心のどこかに置いていることは、リョコウバトを大量虐殺する第二二章で、殺戮したハトの数が、「ロドニーの戦勝という記念すべき折のフランス軍戦死者数に近かった」と「大まじめに言い張」(250)る姿に窺え、彼がハトを敵とし、そして敵となればそれはベンジャミンにとって今でもフランス軍であることを強烈に印象付ける。

六

以上でベンジャミンの英国性を示し、ナッティの陣営がいかに英国王党派の残滓を象徴するかを確認できたと思う。そうなると既に述べた、ナッティ率いる、やがては消え去りゆくはずの英国王党派の残滓と、リチャード率いる、独立成ったアメリカ合衆国との対立の様相を通じて、実のところ何が描かれているかが明らかになる。既に民警団が共同体の法執行者であり、彼らの目的が、共同体の体制の維持・強化であって、革命のように体制を転覆することでないことは確認した。つまり、民警団は、ナッティたちを追うという能動的立場にあるが、そのことによって変革を生むことはない。ではナッティたちはどうか。彼らが、この戦闘のあと、程なくしてこの世やこの地から消え去りゆく者たち（ベンジャミンは残るのだが）としての王党派の残滓であり、そして追われるという本来受動的な立場と考えられる状況にありながら、何かを成しうるとすれば、それは体制に対する反逆である。ナッティは、独立革命によって転覆されたはずの「英国文化の最後の直系の象徴であるエフィンガム少佐」を守るためにここに残り、その目的達成のために脱獄までしたのである。家宅捜索令状の執行に対して、ライフル銃を持ち出して対抗した行為自体は、そもそもエフィンガム少佐を守る行為であったが、「法の番人が、ライフル銃で武装した連中に刃向かわれるような社会」(344)は社会とは呼べないと考えるテンプル判事が出した判決に対して、ナッティが犯した脱獄は、いわばそのような社会にしないための罰そのものの否定であり、最終的には実定法による法治社会を目指すテンプルトンと、そうした共同体作りの根本となる考え方を示すテンプル判事に対する反逆となる。

脱獄囚のナッティとベンジャミンを追う民警団の様子が革命を想起させることは既に見たが、いま、ナッティたちが行おうとしていることは、まさに独立後十年を経たアメリカに対する、独立革命で敗れ去った者たちによる命を懸けた反革命なのだ。第三九章全体を覆う喜劇的描写につい騙されるが、リチャードが引き下がったのを前進の合図と勘違いしたホリスター大尉は、ベンジャミンめがけていきなりサーベルで斬りつける。ベンジャミンは、たまたま旋回砲の近くに陣取っていたため、サーベルがベンジャミンではなく旋回砲を叩くことになったが、そうでなかったならばベンジャミンは「真っ二つにされて、斬首の憂き目に遭うところだった」(432) のだ。またナッティは、ベンジャミンが気を失った場所から自陣にホリスター大尉が侵入してきたのを目にし、一瞬にしてライフルを構える。ただ、たまたま大尉の位置が射撃に適さなかったために、ナッティは銃身で大尉の尻をひっぱたくことを選択するが、大尉にしろ、ナッティにしろ、この戦闘では、日常生活において知り合いであるとか、昔戦友であったことは全く無関係になっている。つまりこの戦闘は、その喜劇性にもかかわらず本物の戦争であり、ナッティの陣営からすればそれは、エフィンガム少佐を守るための反逆であり反革命なのだ。この戦いがまさに血も涙もない、殺すか殺されるかの本物の戦争であるのは、遅れて戦場に到着したテンプル判事が必死に戦闘を止めようとする様子からも明らかである。

「静まれ！　争いをやめんか！　殺人流血がなされようとしているのに、わしが黙って見ていられると思うのか！　法はみずからを守る力がないとでも申すか。まるで反乱か戦争でも起きたみたいに、武装集団が集結して、正義をおこなわねばならぬとでも！」

「これは民警団なのです」と、離れた岩陰から保安官が叫んだ。「この部隊は――」

「臨時招集された悪霊集団といったほうがあたっていようぞ。静まれと申すに――」（435）

一方、同時にオリヴァーもこの戦闘で死傷者が出ることを必死で止めようとする。ハルトマン少佐の動きの機敏さも同じ動機によるものと考えてよいだろう。

「それまでだ！　血を流すな！」と叫ぶ声が、そのときヴィジョン山の頂のほうから聞こえてきた。「動くな！　どうかもう発砲はやめてくれ！　何もかもお望みどおりにするから！　誰にでも洞穴に入ってもらっていいんだ！」（略）一分も経たぬうちにエドワーズが山から駆け下りてきた。その後ろからは、ハルトマン少佐が、その年齢にしては驚くほどの勢いでついてきた。（435）

七

こうして、ナッティたちの反革命は未完に終わる。しかし、この物語はアメリカ独立十年後の物語でありながら、その独立からの歩みを寿ぐよりも、むしろ独立後の社会の足取りがいかに不安定であり、同時にその前途がいかに不透明であるかを物語っているし、変化や世代の交代のモチーフに溢れていることを考えれば、クーパーは、その巧みなレトリックに包み隠して明示こそしないけれども、革命が成し遂げたことが再び転覆される危機に瀕していることを作品全体で示していると解釈できる。例えば、それはほとんど物語の主要プロットと関わらないような場面にも現われる。第二二章は春先のテンプルトンに訪れる気候の変化の大きさの描写から始まるが、その中にオトシーゴ湖の様子が描かれる。オトシーゴ湖を覆う薄氷を「二羽の鷲が」(242) ほんの束の間「占拠」することから始まるこの場面は、二羽の「空の王者」が「君臨する」様子から、氷が解けて「鳥の王たちさえも立ち退かねばならぬときが来た」(243) と変化する。一方、氷の解けた湖の波浪は「五か月に及ぶ隷属からの解放をめざして、反逆の決起を果たすごとくであった」(243) と述べられ、自然の営みにおける支配者の交代の様子が、繰り返される自然のサイクルの一部として描かれる。それは、アメリカ独立後の物語の一部として考えれば、革命の反復性を意味することは明らかだ。実際、クーパーがジェームズ・トムソンの詩『四季』の影響を受けたことを指摘するトマス・フィルブリックは、上で引用した部分を含むパラグラフについて「『開拓者たち』全体から見れば、この一節はクーパーの主要なテーマのうちの二つに対する重要な象徴的言及になっている」(586) とし、その二つのテーマを「正当な権利」と「自由と権力との抗争」だと指摘する。

また、『開拓者たち』と革命とのもう一つの関わりは、その時代設定にある。一七九三年は確かにアメリカ独立後十年という一つの区切りの年ではあるが、それは同時にフランス革命によってジャコバンが台頭し、同年一月にルイ一六世が、一〇月に妃のマリー・アントワネットが処刑される年でもある。実際、第一四章では、「肝っ玉竜騎兵」での飲酒の場面で、これら王族の処刑とラ・ヴァンデ戦役が話題にのぼる。フランスのこのような事態もフランス革命によって共和制が樹立されてからのことであってみれば、アメリカにとっても対岸の火事では済まされない話題であった。

ここで『開拓者たち』における革命と反革命の関わりについて簡潔に記しておきたい。クーパーにとって独立革命はアメリカ「政治に関する歴史の分水嶺」であり、アメリカが今後いかなる方向へと進むべきかを定めるためには、この革命の本質的な意義を定める必要があった (McWilliams 32)。『開拓者たち』では、革命から派生した問題がプロットの展開の重要な一部 (Wegener 121) となり、それは既にプロット紹介でも述べたとおり、元来、先住民のものであった（という概念すら白人によるものだが）土地の、白人による所有の正当化という形をとる。ところで、一九世紀のアメリカ人にとって独立革命は、それが過去との断絶を意味することから、自分たちの社会に不安定や不連続という遺産を与えるのではないか、つまり革命が反復されるのではないかと恐れていた (Scheckel 16)。従って、革命後の物語である『開拓者たち』に描かれる革命を連想させるさまざまな描写は、クーパーの時代の革命再発（＝反革命）への不安の現われと理解できる。実際、第一四章の酒場でのチンガチグックの内面から、迫害された先住民の白人に対する怒りが今にもマグマのように吹き出しそうになる場面は、この物語における最も解決困難な問題が先住民の問題であることを浮き彫りにしつつ、革命によってすべてが平定されたわけではなく、むしろひとつの革命の成功によって、別の革命の可能性、革命再発への不安が増大する様子が描かれる。歴史上は、革命とは言えないがウィスキー反乱という武装蜂起も一七九四年には起きていたのだ。[6]

更に『開拓者たち』理解に当たり、革命表象との関わりでもう一つ考慮すべき問題は、クーパーが誰に向けてこの物語を書いたかである。一八二〇年代のクーパーは、独立後のアメリカの全体的特徴を定める目的で二冊の本を書く。その一冊が『開拓者たち』であり、もう一冊が既に触れたノンフィクションの『アメリカ人観』である(McWilliams 100)。特に後者は、当時イングランドやヨーロッパで流布していた、新生国家アメリカ旅行記に記載された誤った見方や批判を改めるために執筆された(Kelly 102, Beard xxiii)ことを考慮すれば、出版に五年の時差はあるものの、『アメリカ人観』と『開拓者たち』にはヨーロッパに向けた同じ態度、つまりアメリカを擁護するクーパーの態度を見いだすことができるだろう。しかし同時に、独立革命後のアメリカ社会がその理想とは大きく異なることをクーパー自身が分かっていたからこそ、『開拓者たち』は書かれたとも言える。つまりクーパーは、独立後のアメリカを共和主義的理想から批判しつつ同時にヨーロッパに向けては弁護しなくてはならないという困難をも背負っていたのだ。それが既に触れた「戦略的レトリック」をクーパーが用いた背景である。そう考えれば、反革命という物語のクライマックスをヨーロッパ向けに喜劇的に描かざるを得なかったことも理解できる。クーパーが独立革命と仏革命を対置することで、後者こそ危険であり、それに対して独立革命は「社会的安定を守るとりで」(104)として描いているとするウィリアム・ケリーの指摘も、この文脈から見れば、ヨーロッパに対するアメリカ擁護のあらわれである。また、既に見た、ホリスター大尉によって危うく首を斬られるところだったベンジャミンの描写も、フランスでは大活躍したギロチンが、アメリカには不在であること、つまり仏革命の野蛮さが強調されるエピソードとも深読みできる。

さて、以上で、第三九章の戦闘場面が未完の反革命の場面であったこと、そして『開拓者たち』という物語自体が、革命の可能性、革命再発の不安を散りばめた物語であったことを確認できた。

そうすると、結局のところ、『開拓者たち』は、およそ勝ち目のない戦いを、物語の舞台から今にも姿を消す者たちが仕掛けたものの、目的を達せられずに終るそのはかなさを味わうような、いわば判官贔屓の物語なのだろうか。そうではあるまい。確かに彼らの行為は、未完の反革命として読めるのだが、この物語から読み取るべきは、ただそれだけではない。話はベンジャミンから始まる。

八

前節において、ナッティとともに、リチャード率いる民警団と戦ったベンジャミンは、その英国的出自ゆえに戦うことの正当性があることを示した。しかし、そもそも彼があの場に居合わせたのは、スケールは小さいながらも、王党派への忠誠を示すというような、いわゆる政治的大義に殉じようとしたからなのかというと、断じてそうではない。では、なぜベンジャミンは七一歳になんなんとする森の老人ナッティに付き従ったのか。実際のところ、物語の最初のほうでは、ベンジャミンのナッティに対する印象はけっして芳しいものではなかった。第九章、クリスマス・イヴのテンプル家での夕食の席で、オリヴァーのことを一同が話していると、流れで話題がナッティに移る。その時ベンジャミンは、ナッティが「キリスト教徒の頭皮を剝いであの手腕を身につけた」(112)おかげで頭皮を剝ぐのに手馴れているという噂をきいたが、もしそれが本当ならナッティを懲らしめてやると一同の前で大口を叩き、テンプル判事にたしなめられるのだ。

そんなベンジャミンのナッティに対する態度が一変するのは、第二三章のバス漁がきっかけだ。問題の場面は、二度目の網打ちの時に起こる。網打ちに必要な広さを確保するために、船の前進をベンジャミンに指示されたビリー・カービーが、その見事な力でグイッと一漕ぎしたからたまらない。急な船の前進でバランスを崩したベンジャミンが、湖の中に転落。しかも彼は元英国海軍水兵であったにもかかわらず「ひとかきも泳げなかった」(271)のだ。一同騒然とする中、落着き払ったナッティが、やすを使ってベンジャミンを見事にすくい上げる。「ナッティはスチュワードを、頭だけ沈まないようにしてしばらくぶら下げていた。やがてベンジャミンはそろりと目を開け、**まるで新発見の未踏地にたどり着いたような顔つき**であたりを見まわした」(272 強調武田)。意識を回復したベンジャミンが水兵の比喩で饒舌に話す様子に変わりはないが、実戦で何度もこの世の終わりを覚悟したであろうかつての水兵が、たとえ戦場ではなくとも、生きるか死ぬかの瀬戸際で助命されたことによる感情の高ぶりは、ベンジャミンを急速にナッティに接近させるのに十分であった。引用強調部は、もちろん意識が戻ったときの様子を伝える比喩表現ではあるが、この救出劇以前と以後では、ナッティに対するベンジャミンの態度が一変することを思えば、ナッティに対する新しい認識の境地が開けたことを意味する言いまわしとも読める。事実、このあとベンジャミンは「ナッティ・バンポー、握手しようぜ。あんたはインディアンだとか、頭皮剝ぎだとか言うやつらもいるが、あっしには役に立ってくれた。あっしを味方だと思ってくれていいぜ」(274)と言う。ここでの「味方」を指す言葉は、エリザベスもナッティに対して使う"friend"である。常に水兵の比喩で世の中を見るベンジャミンにしてみれば、味方とは敵の反対概念であり、ここに至ってナッティのほうからのベンジャミンに対する認識にはお構いなく、一方的にベンジャミンはナッティと同じ敵に立ち向かう「味方」となったと考えられる。このことは、第二五章以降のベンジャミンの行動に明らかで、例えば、第三一章でベンジャミンは、ナッティが裁判にかけられることを知り急遽テンプル邸に戻ったオリヴァーに向かって、「あっしはやつの味方ですからな、オリヴァー旦那。やつもおまえ様も、あっしを味方と思ってくれたらいいんでさぁ」と述べる。これに対してオリヴァーは、「ご厚情におすがりする日が来るかもしれません。よろしく」(342)と言う。ここでの「ご厚情」は"friendship"であり、これまでは全く交流のなかった人間同士の間に結びつきが生まれようとしていることが分かる。というのも、既にふれた第九章、ベンジャミンがナッティへの反感を示す会話の中で、ナッティと仲良く暮らしている人間として、反感を交えてオリヴァーに言及していたからである。

更にベンジャミンがナッティを味方だと思っていることが分かるエピソードは、ナッティの裁判で、ナッティが罰金をはらう金を稼ぐためにビーバーを捕まえに行く間、脱走しないための担保として自分のイギリス金貨を預けると申し出る場面や、第三四章では晒し台の刑に同伴するばかりか、ナッティのビーバー狩りにも同行すると申し出て、森の生活はベンジャミンには難しいのではないかと心配するナッティに向かって、「あっしゃあね、バンポー親方、楽な天気のときだけ航海に出るような日和見野郎とはわけが違うんでさ。いったん相棒("friend")を見つけたら、あくまでもそいつについていくんでね」(376)と発言する場面が挙げられる。

やがてベンジャミンのナッティへの友愛は、後にナッティによってベンジャミンへの友愛として反復される。それは、ナッティがオリヴァーの助けを借りて脱獄する時に起きる。ベンジャミンが牢獄で気に入りの酒を飲みほとんど酔いつぶれていた時に監獄に到着したオリヴァーは、「こいつは残していくしかないね」(392)とベンジャミンを見捨てていこうとするのだが、ナッティは、ベンジャミンが晒し台での屈辱を折半して引き受けてくれたとして、連れて行くことを主張するのだ。最終的にはエリザベスの提案を受け入れて、ベンジャミンを牛の引く荷車に乗せて進むに任せるのだとしても。いずれにしても、ベンジャミンが第三九章でナッティとともに命を投げ出して戦闘に加わるのは、彼が独立革命時に王党派として戦争に加わっていたからではなくて、ナッティを「味方」あるいは「友人」だと見なしたからであることが分かる。

九

村山(二〇〇三)は、エリック・シェイフィッツの先行研究やエドワード・サイードの「血縁に頼らぬ契り(affiliation)」に触れながら、「オリヴァーや特にナッティはむしろ、前近代的なインディアン世界(略)における「血縁に頼らぬ契り」の可能性を担っている」(12)と指摘して、インディアンの「視野」をオリヴァーからナッティが引き継いだと論を展開するが、ここまで見た「血縁に頼らぬ契り」としての友愛は、村山のように人種間の横断に注目するよりも、むしろ社会的階層を垂直に貫くものと考えた方が良さそうである。というのも、第三九章の未完の反革命にナッティと共に直接従軍したのはベンジャミンただひとりであったが、ナッティらの従軍自体を可能にしたひとりにエリザベスが含まれるからである。

第三五章でエリザベスは父親のテンプル判事に頼まれて、ルイザと共にナッティの慰問に監獄を訪れる。途中、牛追いに身をやつしたオリヴァーに仰天するが、それよりももっと驚いたことは、エリザベスたちの目の前でナッティが脱獄を始めたことであった。戸惑うエリザベスに向かってナッティは「あんた、おれたちのこと告げ口したりしないべ――まさかそんなことしたりしないべな」と尋ねる。それまで脱獄を思いとどまるよう話していたエリザベスだったが、「告げ口なんか！　でも、このお金は受け取ってくださいませ」（390）と、脱獄を見逃す上に、（そもそも渡すつもりだったとはいえ）父親から預かった二〇〇ドルをいわば軍資金として手渡そうとするのである。言うまでもなくナッティを投獄したのはエリザベスの父親であり、その娘が脱獄を見逃すとなれば、娘が父親の罰した囚人と共犯関係を結ぶことになり、父親の顔に泥を塗ることは火を見るよりも明らかだ。むろん、そんなことの分からないエリザベスであるはずもなく、脱獄半ばのナッティたちに向かって、「あなた方がテンプル判事の娘の目の前で脱走したなどと言われては困ります。戻ってください。レザーストッキング。計画を実行するのは、あたしたちが引き取ってからにしてくださいな」（391）と、もっともながら、はた迷惑な注文をし、ナッティたちは牢番が戻ってきたこともあって、娘たちが帰った後に脱獄をやり直す。

それにしてもなぜ、エリザベスはナッティたちの脱獄を見逃したのか。第三五章では、牢獄慰問に先立ち、エリザベスが、ナッティへの裁きに同意できずに父親に向かって、「あたし、ナッティが罪のない人だって知ってるんですもの。そう思う以上、あの人を虐げる輩はみんな悪いとあたしが考えたって当たり前でしょ」(382)と主張する場面がある。テンプル判事は、そんな「理性よりも感情に動かされた理屈を言い出した」娘に向かって、まるでこれから起こることを見通しているかの如く、こう忠告する。「どうか忘れないでおくれ。わしらを野蛮状態から隔てているのは、ひとえに法律だけなのだということをな。また、あの老人は罪人だということを。それを裁いた判事はそちの父だということもな」(383)。この父親の発言に対して娘は返事をしない。そのエリザベスがナッティに向かって監獄で最初に口にする言葉が、「あたしは味方よ、レザーストッキング！感謝の気持ちをお伝えしたくて参りましたの」(386)であることは、彼女が父親の使いとして監獄を訪れたのではなく、あくまでナッティの「友人」としてきたことを証している。実際、エリザベスは、ナッティが裁判にかけられることを知った時もオリヴァーに向かって、「あなたのお友だちのレザーストッキングは、いまではあたしの友だちです、エドワーズ。あたし、あの人のお役に立つには、どうしたらいちばんいいのかしらって考えていましたの」(343)と自らの立場を表明しているほどなのだ。エリザベスがナッティらの脱獄を見逃すことになった理由は、これらの事実を考慮すれば、まさにベンジャミンと同じく「血縁に頼らぬ契り」としての友愛があったからだとしても間違いあるまい。つまり、あそこでエリザベスが脱獄を見逃したからこそ、ナッティとベンジャミンは彼らの反革命を未完ながらも起こすことができたのである。

一〇

ところで、先ほど引用したナッティ慰問前のテンプル親娘のやり取りでは、娘の言い分に対してテンプル判事は「そちは女として話しているぞ」(382)と指摘するが、これはエリザベスの発言を「理性よりも感情に動かされた理屈」と表現した物語の語り手と同じ立場である。つまり、男は理性的であり、女は感情的であるというあのおなじみの言説が、ここで父親から(そして間接的に語り手からも)娘に向かって語られるが、ここで想起すべきは、ナッティの裁判の場面である。あの場で有罪判決を言い渡すテンプル判事と、発言を許され反論するナッティの構図は、実は第三五章冒頭のテンプル親娘のやり取りと全く同じなのだ。「わしは法律に従ってものごとを考えねば」という判事に向かってナッティは、「おれに法律の話なんかするもんでないべさ、マーマデューク・テンプル」(370)と応じる。「わしの私的な感情を差し挟むことはならんと――」「おれの言うことば聞いてくれや、マーマデューク・テンプル」(370)というやり取りは、ナッティがテンプル判事を、社会的な立場としての判事とは呼ばず、その姓名で呼びかけていることが示すように、人として話しかけているのであり、だからこそ「おれに法律の話なんかするもんでないべさ」となる。一方、テンプル親娘の場面でも先の引用とは別に、「レザーストッキングのような人に、あたしでさえ些細としか思えない違反があったからといって、あんな厳しい罰を与えるような法律が、完璧だなんて言えるはずないでしょう」という娘に向かって、「社会というものは、慎重な抑止を加えずには存続できんわい」(382)と父親は反論する。

つまり、テンプル判事はいずれの場でも、法律＝理性に基づいて語り、他方ナッティとエリザベスはむしろその法律から離れたところでの、人と人との結びつきという理性では割り切れない地平で語る。この点からも、ナッティとエリザベスの親和性、いわば友愛という「血縁に頼らぬ契り」の存在が確認できる。[7] ロバート・デーリーは、ナッティの個人主義は必要だとしながらも、「彼の偉大な力は人間やほかの動物たちを含む友人のネットワークに由来するし、またそのネットワークの役に立ってもいる」(xix)とし、とかく孤高のヒーローと目されがちなナッティの周りの人々との結びつきに注目する。

ところで、ナッティが友愛という「血縁に頼らぬ契り」によって、オリヴァーやチンガチグックとも結びつけられていることは、彼らがナッティと寝起きを共にしていることや、「ぼくは、死ぬまであんたたちの味方だからね」(290)というオリヴァーのことばからも明らかだろう。結局のところ、物語の中ではあれほど問題になったオリヴァーの混血問題も、実際は先住民との血の交わりはなかったわけだが、それにもかかわらずオリヴァーとチンガチグックとが共に友愛を築いていたのは、テンプル判事を王党派から見て／先住民から見て、共通の「敵」とした時に「仲間」となり得たことにもよるだろう。[8]

そうした友愛の絆と対照的なのが、盛んに血縁の話をするリチャードである。彼がなぜあれほど血縁の自慢をするのか、第一八章でのテンプル判事との話にのぼった、イギリスに源をもつ架空の家系図を新興国での自慢の種にしたいという欲望の別の形かもしれないが、それよりもむしろ、ここまで確認してきた友愛との対照とみれば、その対立軸がより鮮明になるのではないか。「無視しちゃいけないのは、子孫だけ」(183)というリチャードのことばは、そのことを端的に言い表している。それは、富と力の蓄積のみを目的とした血縁による絆となるだろうことは、テンプル判事がいとこのリチャードを保安官にしたエピソードから明らかである。

二

第三五章、テンプル判事の「わしらを野蛮状態から隔てているのは、ひとえに法律だけなのだ」という言葉は、理性に基づいた理想的な法治社会を築こうとしている判事が、実は根本において人間の理性や善性というものを全く信用していないことを暴露する。それに対して、第三二章で、ナッティを弁護するオリヴァーが「あの人の心はですね、テンプル判事、千もの短所を補ってあまりあるんですよ。自分の味方を知っていて、味方ならたとえ犬であっても、けっして見捨てたりしないんですから」(345)と判事に向かって言う時、そこには友愛による絆を信じることが、理性を信用することよりも上位であることが示される。こうして『開拓者たち』は、他者への信頼に基づく社会の到来を祈念し、何事も法律のみで裁こうとする開拓地の方向性を批判はするが、話はまだ終わらない。

友愛による未完の反革命の後、エフィンガム少佐の権利の回復が認められるために必要だったのは、第三九章まで反革命の実行を支えた友愛のネットワークとは無縁であったテンプル判事が、実は、オリヴァーの父エドワード・エフィンガムとのアメリカ独立以前からの友愛を、決して失うことなく長年にわたって保ち続けていたという事実である。第二一章でオリヴァーから、既に購入済みであったテンプルトンの土地に対する、先住民の所有権について問われたテンプル判事が、「この国のどの裁判所も、わしの所有権にけちをつけることなどできんぞ」(237)と答える姿は、もし彼がエドワードとの友愛を失っていたならば、第三三章冒頭に描かれる自営農民のように「おれ様は自分の土地を買い取ったのだから、恐れる者など誰もいない」(358)と考えるような人間と大差ないことになっていただろう。しかし、実際に判事とこの自営農民の間にどれほどの差があると言えるだろうか。判事は上の発言の直前に「インディアンの所有権は、はるか昔、古い戦争が終わった時に消滅したのだし、**消滅してなかったとしても**、わしの土地は英国王家から派遣された総督の特許状により認められ、わが国自身の州議会の法令によって確認された保有権にもとづいているのだ」(強調武田)と語っている。スーザン・シェケルも指摘するように、判事の土地所有の権利は、本来であれば先住民からその正当性に異議が申し立てられるべきであるのに、この物語で実際に異議を唱えるのが同じ白人である英国人オリヴァーであるのは、この物語でその解決が最も困難な問題の一つである土地所有を巡る争いが、専ら白人間の問題としてすり替えられていることを示す(23)。[9]引用強調部は、クーパーが苦心して構成したプロットにおけるこのすり替えの事実を、最も雄弁に物語る。

結局、この物語はテンプル判事とエドワード・エフィンガムの友愛の物語、白人同士の友愛の物語として美しく幕を閉じるのである。そうなると、未完の反革命を支えた友愛はどうなるのか。それは物語の結末において、ナッティたちの友愛のネットワークから姿を消す者たちがチンガチグックと「気づかないうちにインディアンの性質をたっぷり吸収してしまっていた」(453) ナッティである事実から明らかになる。チンガチグックは、デラウェア族最後の生き残りとしてナッティの世話にはなるが、それ以外に友愛のネットワークから得るものはない。本来友愛のネットワークとは、商業的あるいは私利追求的なやり取りとは対極にあり、精神的でお互いの交感を基盤とするのであるならば (Schweitzer 156)、チンガチグックが物質的な恩恵を被らなくてもそれは構わないはずなのだ。しかし、テンプル判事とエドワードとの友愛が物語の最後にもたらしたものが土地所有権の移譲である以上、友愛のネットワークが本来持つ意味はここで反転して私利追求の道具へと堕しており、その意味においてチンガチグックは、白人たちの友愛のナットワークから排除される。[10]結婚したオリヴァーとエリザベスから土地に残るよう求められたナッティも、未完の反革命によりエフィンガム少佐の権利を認めさせた今となっては、その白人としての役目を終え、友愛のネットワークから精神的な達成感だけを手土産に、白人社会の発展にとって都合の悪い人間として立ち去ることになる。[11]つまり、ナッティたちの友愛のネットワークも、最終的には白人社会の未来に奉仕する形で幕を閉じるのだ。古典的な共和主義の存続においては私利私欲の追求である商業の発展が大きな障害となるはずだが、共和主義的国家の建設を大義としたはずの独立革命後のアメリカが、テンプル判事に代表される土地投機者により未来へと開かれる『開拓者たち』においては、そのように変質した「白い」友愛こそが、アメリカの礎を築くのである。『開拓者たち』の抱え込む「ジレンマ」とは、この事実に対するクーパーの自覚のあらわれに他ならないのだ。

注

1　以下『開拓者たち』の引用はすべて村山淳彦訳に依拠し、一部文脈に応じて変更を行う。

2　テンプル家の食事の描写から『開拓者たち』が「アメリカの豊かさと発展を誇示することへの欲望に満ち満ちた歴史小説」(79)であると読む若林麻希子は、しかしながら、同時にこの小説が、「独立革命後のアメリカの国家的な発展を正当化し、擁護したいという溢れんばかりの気持ちを宿しながらも、その気持ちを素直に表出できないジレンマを抱え込んだ歴史小説」(79-80)であるとも言う。

3　ベンジャミンの場合には、オリヴァーの傷の治療を見守る場面も、「負傷や流血を見慣れた人らしい無頓着な様子」(76)と、戦争と結びつけて描かれる。

4　ナッティが投獄されるだろうと聞いて「だめ、だめですよ。そんなことしたら、あの老人を墓へ送るようなものですよ」(341)とオリヴァーも言っているが、彼も祖父のエフィンガム少佐の保護が常に念頭にあるので、この言葉も文字通りには受け取れない。

5　監獄まで来るようにとのリチャードからの命令に対して答えるベンジャミンは「元家令」(430-31)と記されて、既にテンプル家にいた時のベンジャミンでないことが示される。

6　第一四章と革命との関わりについてはスロトキン487-88も参照のこと。

7　エリザベスの友愛は、ナッティに火薬を渡す約束を果たすためにヴィジョン山に登る時にも示される。ルイザがパンサーに襲われた恐怖ゆえ登山を拒む時も、「そうなの。じゃあ、あたし一人でやるしかないわ」(398)と勇気を振り絞って入山し、登山の「いかなる困難も、エリザベスの不屈の意志には太刀打ちできなかった」(399)と描かれる。一方、テンプル判事から見てナッテイは法律的分類による「居座り者」(325)でしかない。

8　オリヴァーの父親の土地を取得した時の誤解に基づいているとはいえ、テンプル判事のことをナッティは「最悪の敵」(165)と呼び、オリヴァーも「わが一族にとって最大の敵」(206)と呼び、更にチンガチグックはテンプル判事が故意にオリヴァーを撃ったのではないかと疑っていること(143)から、ナッティ、オリヴァー、チンガチグックによる「友人」「味方」のつながりがひとつあり、それがテンプル判事という「敵」の存在を前提としていたことが明白となる。

9　林以知郎は先住民から奪った土地に基づいた国家起源の問題が「テンプルとエフィンガム両白人家系の諍いと和解と継承という白い物語に回収」(74)されると指摘する。

10　土地を巡る先住民とヨーロッパ人の争いの歴史は、先住民の親族体系についての言語を、財産についての用語へとヨーロッパ人が暴力によって書き換えた歴史であるとするシェイフィッツの主張(118-19)は、ここでの友愛の変質を裏付ける。

11　チンガチグックとナッティがテンプルトンに象徴されるアメリカの未来から除外されることについては、Cheyfitz 121, Thomas 37, McWilliams 128, Arac 8を参照のこと。なお、本論で触れたベンジャミンの帰化は彼がアメリカの未来に含まれることを示す。「自由身分の、しかも白人であることが、国民に参画する絶対の条件とされた」一七九〇年の連邦帰化法は、「先住民や自由黒人など、「白人」の集団に加われない者が数多く国土に居住したにもかかわらず、それらの者は国民になれない」と明言した（遠藤　62）。なお、ナッティは作中、自身は白人であると言っている(206)が、物語のプロットにとって都合よく利用される姿は、ポーの『ピム』に登場する、先住民との混血であるダーク・ピーターズを彷彿とさせる。ピーターズの両義性については大島を参照のこと。

引用参照文献

Arac, Jonathan. *The Emergence of American Literary Narrative, 1820-1860*. Cambridge, Mass.: Harvard UP, 2005.

Beard, James Franklin, ed. *The Letters and Journals of James Fenimore Cooper*. Vol.1.Cambridge, Mass.: Harvard UP, 1960.

Cheyfitz, Eric. "Savage Law: The Plot Against American Indians in *Johnson and Graham's Lessee v. M'Intosh* and *The Pioneers*." In *Cultures of United States Imperialism*. Edited by Amy Kaplan and Donald E. Pease. Durham: Duke UP, 1993. 109-28.

Cooper, James Fenimore. *Notions of the Americans: Picked up by a Travelling Bachelor*. Albany: State U of New York P, 1991.

——. *The Pioneers, or, the Sources of the Susquehanna; A Descriptive Tale*. Albany: State U of New York P, 1980.『開拓者たち』（上・下）、村山淳彦訳、岩波書店、二〇〇二年。

Daly, Robert. "Introduction." *The Pioneers*. Cambridge, Mass.: Belknap Press of Harvard UP, 2011.

Endou Yasuo. 遠藤泰生「国民になる方法——一七九五年連邦帰化法」、『資料で読むアメリカ文化史2　独立から南北戦争まで　一七七〇年代—一八五〇年代』荒このみ編、東京大学出版会、二〇〇五年。56-68.

Hayashi Ichiro. 林以知郎「『開拓者たち』と家系譜の書き換え——上機嫌な時代の自己意識的なアメリカニズム——」、『独立の時代——アメリカ古典文学は語る』入子文子、林以知郎編、世界思想社、二〇〇九年。59-82.

Kelly, William P. "Republican Fictions: Cooper and the Revolution." In *Reading Cooper, Teaching*

Cooper, edited by Jeffrey Walker. New York: AMS Press, 2007. 95-123.
McWilliams, Jr., John P. *Political Justice in a Republic: James Fenimore Cooper's America.* Berkeley: U of California P, 1972.
Murayama Kiyohiko. 村山淳彦「『力は正義なりってか』――クーパー『開拓者たち』を隅々まで読む方法」、『アメリカ文学ミレニアムⅠ』国重純二編、南雲堂、二〇〇一年。100-20.
――「ヤング・イーグル、ホーク・アイ、トゥー・フォーリング・ヴォイシズ――『開拓者たち』を『メアリー・ジェミソン夫人の生涯の物語』に照らす」、『アメリカ文学研究』第三九号、二〇〇三年二月。1-18.
Ooi Kouji. 大井浩二『手紙のなかのアメリカ――《新しい共和国》の神話とイデオロギー』英宝社、一九九六年。
Ooshima Yukiko. 大島由起子「『アーサー・ゴードン・ピムの物語』における先住民 Dirk/Dark Peters の活用」、『ポー研究』第二、三合併号、二〇一一年九月。108-20.
Philbrick, Thomas. "Cooper's *The Pioneers*: Origins and Structure." *PMLA*, Vol.79, No.5 (Dec., 1964), pp. 579-593.
Scheckel, Susan. *The Insistence of the Indian: Race and Nationalism in Nineteenth-century American Culture.* Princeton: Princeton UP, 1998.
Schweitzer, Ivy. *Perfecting Friendship: Politics and Affiliation in Early American Literature.* Chapel Hill: U of North Carolina P, 2006.
Slotkin, Richard. *Regeneration through Violence: The Mythology of the American Frontier, 1600-1860.* New York: HarperPerennial, 1996.
Thomas, Brook. *Cross Examination of Law and Literature: Cooper, Hawthorne, Stowe, and Melville.* Cambridge: Cambridge UP, 1987.

Wakabayashi Makiko. 若林麻希子「テンプル家の食卓——クーパー『開拓者たち』のナショナリズム」、青山学院大学文学部『紀要』第五二号、二〇一一年三月。77-90.

Wegener, Signe O. "Marmaduke Temple: James Fenimore Cooper's Portrait of an American Man of Leisure." In *Leather-Stocking Redux; or Old Tales, New Essays,* edited by Jeffrey Walker. New York: AMS Press, 2011. 103-23.

White, Craig. *Student Companion to James Fenimore Cooper.* Westport, Connecticut: Greenwood, 2006.

ポーと「革命」の表象

水戸俊介

一　はじめに

一八四九年一〇月三日、印刷工のジョゼフ・ウォーカーがボルティモアの宿屋兼酒場「ライアンズ」の外で妙な服を着て、半ば意識を失っている状態のエドガー・アラン・ポーを発見した（Quinn 636-37）。ポーの知人のジョゼフ・エヴァンズ・スノッドグラス医師とポーの叔母エリザベス・ポーと結婚したヘンリー・ヘリングがワシントンカレッジ病院へと搬送したものの、ポーは四日後の一〇月七日に死亡した（Silverman 433; Quinn 639-40）。ポーが発見されたその日はメリーランド州議会下院議員選挙が行われており、「ライアンズ」はその投票所になっていた。問題含みの憶測ではあるものの、ポーが意識不明の状態で、体に合わない擦り切れた「妙な服」を着ていた原因は、当時選挙活動においてまかり通っていた慣行、すなわち見知らぬ人を捕まえ、投票所から投票所へと連れ回し、何度も投票させる「囲い込み（cooping）」に、ポーが巻き込まれ、放置されたことにあると考える論者もいる (Walsh 58-64; Quinn 639)。今なお彼の死と「囲い込み」の因果関係は定かでないが、ポーの死の背後には、動員、党派対立、代表という仕組みからなるアメリカの民主主義たる「選挙」が顔をのぞかせている。

アメリカ革命を支える平等主義的な原理原則 (Green & Pole 633) にもとづいて、投票権を得るのに必要な財産の要件の数を減じたり、あるいは廃止することで、選挙権の拡大を支持しようとする風潮が革命後にできあがっていった。各邦（州）の自治のあり方を考えるさい、また合衆国憲法を批准するときでさえ、「代表」という観念は議論の中心的な役割を果たした。革命以前は個人よりも共同体を「代表」の基本的な単位としており、革命期に入ると共同体よりも個人が「代表」の単位となり、徐々に「比例代表制」がとられていく。また、アメリカという国家をどのような「代表」のモデルとしてデザインするのか、つまり有権者がみな直接会ってすべての問題に投票で決をとるような政府をもつべきか、あるいは国民が代表者を選び、代表者が公的な仕事を果たすような政府をもつべきか、という問題意識も平行して育まれていた。大ブリテンとの戦争の引き金となった「代表なくして課税なし」の理念はその風潮にのって「選挙権なくして代表なし」へと発展していた (Green & Pole 662-65)。

一八二四年までに投票権は、財産を所有していることや税金を支払っていることから独立した権利とみなされ、要件の厳しいロードアイランド、ヴァージニアやルイジアナを除いて、ほぼすべての白人成人男性に投票権が与えられていた。少数のエリートが統治するロードアイランドでは、労働者たちがロードアイランド選挙権協会を立ち上げ、一八四一年の春にはプロヴィデンスで数千人が選挙権改革を求めてパレードを行い、法制度の外で労働者だけの州民会議を創設し、所有財産なしの選挙権を要求する草案を書いた。こうして、法律家のトマス・ドアを中心とし武装蜂起にまで至ったいわゆる「ドアの反乱」が起きたのである。この反乱は、労働者の意見を集約する代表が必要であるというアンドルー・ジャクソンに象徴される「ジャクソニアン・デモクラシー」の時代精神を反映していたといってよい。ジャクソン期を境に、貧者と富者、労働者とエリートという対立構図のなか安定的な二大政党制が確立し、「投票」、「代表」、「権力の均衡」が政治上の焦点になっていたのである (Zinn 214-18)。しかしながら、アメリカ革命が「王制から共和制への体制転換」(石川 151) であり、「アメリカ合衆国憲法の制定は、反専制という問題関心から急がれた」(石川 165) のだから、ポピュリズムを標榜するジャクソンは対立側から「キング・アンドルー」と呼ばれ、批判されていたことに注意を払う必要がある (Wood 248)。というのも、「王制」を廃したはずのアメリカにふたたび「王」のように君臨する権力者が現れることへの危機意識が、アメリカ革命以後、一八二〇年代から五〇年代初頭 (「ジャクソニアン・デモクラシー」期) に至るまでアメリカ政治の争点になっていたことが分かるからである。

「暴動、反乱、反革命を恐れたフィラデルフィア憲法制定会議は密室で行われ、秘密裏に妥協案が出され、五〇年間そこでの審議は口を封じられ、そして最終版の文書が提出された」(5) 一方で、小説というジャンルは「異なる配役で、見たところ多様な意味と解釈を含んだテクストをもとに、民主主義についての公開討論会の場を提供していた」(7) とするキャシー・N・デーヴィッドソンの論に立てば、アメリカの初期小説は憲法を鏡にして、憲法が取りこぼしたもろもろの問題をテーマにし、世論を形成する力となった。そして、合衆国憲法制定の動力源である「反専制」に逆らう「王」のように振るまう大統領が出現し、まだまだアメリカ革命の余波が色濃く残る一八三〇年代から四〇年代末に至る時期に小説を残したポーは、時代の潮流に敏感に反応しなければならない雑誌というメディアで生計を立てていたのだから、彼が小説を通して「革命」にどう反応していたのか、という問いを立てることができるはずだ。小説に現れる"revolution"という語の用法に着目し、ポーと「革命」の表象を通して、その問いに接近してみたい。

次節ではポーが"revolution"を用いるさい念頭に置いている三つの意味を示す。第三節では、ポーは"revolution"の「回転」と「革命」という意味が、どちらの意味にも取れるよう意識的に曖昧に用いていることを確認する。第四節では、「陥穽と振子」を取り上げ、「革命」と革命につきものの「恐怖」の関係を論じる。第五節では「ハンス・プファールなる人物の比類なき冒険」（以下「ハンス・プファール」と略記）を取り上げ、「革命」を行う主体と「狂気」の関係を示唆し、第六節では、「タール博士とフェザー教授の管理法」から「革命」と「狂気」について考察する。最終節では、取り上げたポー作品にみとめられる「革命」の表象から、政治的主題に対するポーの「政治的」振るまいについてまとめたい。

二　"revolution"の三つの意味

ポーが小説のなかで"revolution"という単語を使うとき、およそ三つの意味で使っているようだ。一つは『オックスフォード英語辞典(*OED*)』に一番目の定義として記載されている「天体の運行、公転」の意味である。もう一つは「人や物の回転、旋回」であり、さらに一つは「大きな変化、革命」の意味である。*OED* によれば、"revolution" の意味は「天体の運行」から「回転、旋回」へ、それから「変革、革命」へと推移し拡張していったとされる。

この三つの使用例をポーの小説からそれぞれ抜き出し、その使われ方を実際に確認してみよう。まずは、最初に挙げた「天体の運行、公転」の意味で用いられている場面を、ポーの「催眠術による啓示」(一八四四)から抜き出す。

> 星の運行についていえば、その星がエーテルのなかを通過するにせよ、**エーテルが星のなかを通過するにせよ**、なんの違いもない。よく知られている彗星の運行が遅延するという事実を、そうした彗星がエーテルのなかを通過するという考え方と結びつける以上に不可解な天文学的誤謬はあるまい。というのも、どんなに希薄なものと考えられるにせよ、エーテルは自分が理解できないことを見て見ぬふりをしようと努めてきた天文学者どもが認めているのよりはるかに短い期間に、恒星の公転(revolution)のすべてを停止させるだろうからだ。(143)

このように天体の文脈においては「公転」の意味として用いているゆえ、彼の「真理の書」(183)なる宇宙論『ユリイカ』に、「そして、自転(rotation)の方向はもちろんその原因となった公転(revolution)の方向と同じだったにちがいない」(248)を始めとして "revolution" が散見されるのは当然のことだろう。しかし、恒星の運行を解説し、"revolution" の話につなげようとする一方で、

「天文学者ども」と権威に対しあからさまな挑発的な態度をとっていることは見過ごせない。

次に「人や物の回転、旋回」の意味で用いられている場面を「ある苦境」（一八四五）から抜き出そう。

> 頭をじょじょに片側へ向けると、視界に入ったものに愕然とした。それは、巨大で、キラキラ光る、三日月形のような時計の長針が、一時間かけて一回転する(revolution)その途中で、**私の首もとに降りてきていたのだった**。(366)

ここでは時計の長針という物体が円を描くさまを「回転」と呼んでいるし、「珍妙な天使」（一八四四）でも時計の針の推移を同じく**"revolution"**と呼んでいる。

> 時計を調べてみると、珍妙な天使が話をしているあいだ私は部屋のあちこちに指先で干しブドウの種をはじいていたのだが、その種の一つがガラスの割れ目を通って、異常なことであるが、鍵穴にはまり込んでいたのだった。種の端が穴から外に突き出ていたので、時計の長針の回転(revolution)を止めてしまっていたのだ。(492)

どうやら、物体が回転するさいの使用例では、「時計の針」がその行為主となっているようだ。先に言及した「ある苦境」という作品は、一八三八年に発表されていた「サイキ・ゼノビア」の作品内作品であり、その初出時のタイトルが「時の大鎌」であったのを考えてみれば、**"revolution"**と「時計」あるいは「時」との結びつきはよりいっそうはっきりしてくるだろう。

最後に、「大きな変化、革命」の意味で用いられている箇所を「ベレニス」（一八三五）から抜き出そう。

数ある症状のうち併発している、ある致命的で重大な病が私の従妹の心身に大きな変化(revolution)をもたらしたのだが、それは病の性質上もっとも人を苦しませ、治りにくいといっていいほどのものだった。癲癇の一種でしばしば失神そのものになるため、ほとんど死んでいるのと変わらない状態であるが、快復はたいていの場合驚くほど唐突であった。(72)

語り手の従妹ベレニスが心身に蒙った大きな変化を表すために"revolution"が使われているが、「ハンス・プファール」（一八三五）から次に挙げる例は、体制に大きな変化をもたらすこと、すなわち「革命」の意味として用いられている。

しかし、いま申し上げましたように、私たちはまもなく自由、そして長大な演説、そして抜本改革主義《ラディカリズム》などといったことの影響を感じ始めたのです。以前はこの世で最高の顧客であった人たちは、一瞬たりとも私たちのことを考えなくなりました。彼らはできるかぎり、諸革命(revolutions)についての本を読み、知性の進歩と時代精神に喰らいついていかねばなりませんでしたから。(391)

また、「タール博士とフェザー教授の管理法」では、「でも、反革命(counter revolution)がすぐに起きたでしょうね」(605)と語り手は口にしている。

三 「回転」と「革命」の重ね合わせ

以上の用例から、ポーが三つの意味でこの語を使い分けていることが確認された。しかし、実際のところ、ポーは截然と三つの意味を使い分けているのだろうか。クリストファー・ヒルは“revolution”という言葉の意味の変遷過程を注意深く詳細にたどりながら、「この言葉の用法の一目瞭然にしてわかる曖昧さが、どれほど意図的な地口となっているのだろうか」(94) と指摘している。ポーが“revolution”と綴るとき、それぞれの異なる意味の連想が働いていたのではないだろうか。いや、むしろ意識的に他の意味を重ね合わせて使うときさえあったのではないだろうか。そう思わせる節が、以下の二つの場面にある。

その一つは、「陥穽と振子」の冒頭である。

> 病んでいた——長い長い責苦を受け、死ぬほど病んでいた。ようやく拘束を解かれ、座るのを許されると、感覚がなくなっていくのを覚えた。あの判決が——恐ろしい死刑判決が——最後に、明瞭な発音となって耳に入ってきた。その後、異端審問官たちの声は夢のようなぼんやりとした一つの音に変わっていくようだった。その音は私の心に**回転** (*revolution*) という観念を浮かばせた。ひょっとしたら水車の回る音からの**連想**なのかもしれない。(50 強調は引用者)

“revolution”の前後にある「一つの音 (hum)」や「水車の音 (burr)」の情報は、引用部のみ与えられていれば、「回転」の意味であるとするに足る十分な理由のようにみえる。しかしながら「陥穽と振子」には、冒頭の前にラテン語で書かれた意味深長なつぎのようなエピグラフが置かれており、ポーは読者が"revolution"を「回転」の意味にのみ固定化しないような「枠」をあらかじめ設定している。

神を信じぬ、貪欲な拷問者の群れが
　ここで無実な者の血を欲し、狂気を重ねたり
いま国は平穏、魔窟は破壊され
　死ありしところ、生と安寧があり

パリのジャコバン・クラブ・ハウス跡地に建設される市場の門のために書かれた四行詩　(50)

ジャコバン・クラブといえば読者はフランス革命後の「恐怖政治」を連想するはずで、また「拷問者」と「異端審問官」を重ね合わせて読むこともできるから、語り手の「私」が拷問者である異端審問官の声を聞いて"revolution"を心に浮かべたとなれば、それは「回転」というよりも「革命」の意味がふさわしいようにみえてくる。スチュアート・リヴァイン、スーザン・リヴァインによる「陥穽と振子」の註には、「恐怖政治」と作品の舞台であるスペインで行われてきた異端審問が近似していることを示唆するため、ポーはカトリックの教義の行き過ぎと政治における抜本改革主義《ラディカリズム》の過激さを結びつけているという。そして当時のアメリカでは反カトリック感情が高まっていたし、フランス革命については、とりわけ保守派が行き過ぎた民主制の行く末に恐怖を煽るといった状況

のなか、まだまだ活発に議論が交わされていた (Levine 60)。

もう一つの例は、「ハンス・プファール」の気球が地球の重力よりも月の重力に引っ張られる地点で反転する場面である。

この異常な変化に意識朦朧としつつ驚いていましたが、ひょっとしたら何よりも、この冒険のなかでもっとも言葉にできない事態だったのです。といいますのも、この**反転** (*bouleversement*) それじたいは自然で、不可避であるだけでなく、旅のまさにこの地点に到達したさいにこのような事態が訪れるだろうとずっと予測していました。つまり、惑星の引力が恒星の引力を上回る地点、もっと正確にいいますと、軽気球にかかる地球への重力が月への重力よりも弱くなる地点です。きっとわたしは感覚が混乱しながら熟睡から目覚め、予測はしていたけれど、この瞬間に起きるとは予測してなかった非常に驚くべき現象にじっと目を向けました。この**反転** (*revolution*) それじたいは、もちろん、ゆるやかに徐々に起こったのですが、たとえ事が起きたときに目覚めていたとしても、転倒が起きたことを示すいかなる**内的な**証拠によっても、言ってみれば、私の身体の不調だったり、気球の機器の散らかり具合から、当然この事実に気づいていたかどうかは、ちっとも定かではありません。(421-22)

もちろん直接的には気球が重力の変化によって回転し「反転」したことを“revolution”は表しているが、ともにイタリクスで強調されているため、同じ意味合いで使われているフランス語由来の単語“*bouleversement*”が読者の関心を引く。*OED* によるとこの語はフランス語の“bouleverse”（英語の“overturn”）の名詞形で、フランス語の辞書には「（政治的・社会的）大変動、大混乱」とある。すると、この「回転」あるいは「反転」もまた、「革命」という意味が重ねられているのではないかと疑わしくなる。*OED* の “**bouleversement**” の用例には、一八三一年の『ブラックウッズ・エジンバラ・マガジン』（一八一七–三二）第三一巻三月号の文章が引かれている。『ブラックウッズ・マガジン』といえばポーが幼い頃から慣れ親しみ、ジャクソン期の合衆国で広く読まれた雑誌であったし（Hartmann 1）、作家兼雑誌編集者になってからも自らの小説に「息の喪失――ブラックウッドの中にも外にもない話」（一八三二）や「ブラックウッド風文章の書き方」（一八三八）と揶揄するような題名を付けるほど意識していた、トーリー派によるスコットランドの雑誌である（村山 42）。*OED* の例文には「革命が引き起こす……観念の転倒」とあるが、省略されている箇所があり文脈が読み取れないので、原典から前後を含めて引用する。

> 次の意見は長いあいだフランスでは定着していた。つまり、イギリスの印刷物の綴じ目はよく出来ているとか、われわれは前進していると思い違いをしており、実はただ円を描いて一周しているだけであるとか、人間に関する事柄で新しいものの見方をイギリスの法の下にいる作家からは期待しても無駄であるということは。この一因は、革命が引き起こす観念の**転倒**（*bouleversement*）や染み付いた思考からの脱皮が欠けていることにある。彼らは冷静に革命による大変動がどのくらいかを計算する。イギリス政府を転覆することになり、きっと、新たな思考の血脈が国民のなかで開き、人々に訴えかける新たな言葉の波が作家に流れ込んでいくことになるだろう。（Ockerbloom 553）

右に引用した匿名記事には「シャトーブリアン　第一回――紀行文」というタイトルが記されている。「シャトーブリアンは、あらゆる方面のフランス人から例外なく、フランスの一流作家であると認められている」(554)、「彼［シャトーブリアン］はかつてルイ一八世の大臣を務めていたことで知られている」(554)や「この作家［シャトーブリアン］の最高傑作は「キリスト教精髄」である」(554)という文章から、このシャトーブリアンがフランソワ＝ルネ・ド・シャトーブリアン（一七六八－一八四八）その人であることがわかる。『ブリタニカ百科事典』によれば、シャトーブリアンは一七九一年にロンドンに渡るも、極貧にあえぎながら翻訳をしたり教師をしたりしながら食いつなぎ、一七九七年に古代と現代の革命について、フランス革命を通して比較考量する歴史分析の書「革命論」を書いた。彼の政治的理想は「正統王朝を戴く自立性を備えた貴族政治であり、イギリス型の立憲君主制」（高橋 138）であるという。保守的な政治思想をもつシャトーブリアンに関する記事がトーリー派の『ブラックウッズ・マガジン』に掲載されるのは自然なことだろう。

このように見てくるとポーは「ハンス・プファール」で"*bouleversement*"という語によって、「回転」と「革命」のどちらの意味にでも読者が読み取れるような小説の枠組みを意識的に用い、小説の筋から表面上は示唆されていないような主題を滑り込ませることで小説に奥行きを与えていることになる。すなわち、「陥穽と振子」は、異端審問官らがトレドにある死刑囚監房にとらえ、身動きのとれない瀕死の語り手に対し、三日月型の大きな刃を振子のように徐々に降ろしていき、恐怖と死の拷問にかけるも、突如現れた「ラサール将軍」(58)率いるフランス軍がトレドに侵攻したことでこの宗教裁判所は陥落するという筋に加え、題辞がジャコバン派に言及しているように、「革命」の主題が引き寄せられていると見ることができる。また「ハンス・プファール」は、オランダのロッテルダムで鞴作りを営んでいたハンス・プファールが、革命熱に浮かれるロッテルダム市民のせいで仕事をたたむことを余儀なくされ、借金取りに追われる身となり、自殺一歩手前の鬱状態から借金取りを罠にはめて殺害し、そのまま軽気球で月へと逃亡するという物語の筋に、軽気球による月への旅の原因となった革命に浮かれる市民への憎しみを書き込むことで、「革命」の主題に目を向けるよう促していると見ることもできる。

四　「革命」における「恐怖」

「陥穽と振子」は、宗教裁判所で異端審問官らが語り手兼主人公に与える拷問の過程を描くことで、その苦痛や恐怖を読者に疑似体験させて愉しませることを目的とする「恐怖小説」の体裁をとっている。デーヴィッド・S・レノルズによると、ポーの生きた一八三〇年代から四〇年代は、今で謂う「エロ・グロ・ナンセンス」にあたるような、下品なほど五感に訴えかけることを目指した文学作品がますます人気を博していった時代であり、肉体への恐怖を描くポー作品というのはまさに南北戦争以前の冒険ものの作品にあまねく見られた要素、すなわち、危険極まりない状況が引き起こす様々な感覚を事細かに記録するという特徴を取り入れていたという(Reynolds 238)。一九世紀に入り本格的に文学市場が形成されるなか、さらに著作権法が確立されていない時代に文筆業で生計を立てていこうとすれば、必然的に読者の求める趣味嗜好に敏感でなければならず、文人としての生き残りを賭け、彼らにおもねることも必要であっただろう。したがって、五感に訴えかけるような小説の類が読者に受けがよく、売れ行きが見込まれるなら、そのような小説の作法を真似ることが合理的であり、ポーもまたそうしたお約束の作法に倣っただけということになる。

するとと「陥穽と振子」は当時流行していた小説の作法に頼り、売り上げを見込んで書かれた作品にすぎないというのだろうか。テレンス・ホエーレンはポーが誰に向けて執筆していたのかという事情について、ポーの想定していた読者を「理想的な読者(the Ideal Reader)」、「恐るべき読者(the Feared Reader)」、「資本をもつ読者(the Capital Reader)」の三つに区分して考察している。「理想的な読者」とは文筆家その人が書いたものを十全に理解してくれる読者であり、「恐るべき読者」とは群れとして存在している信頼のおけない一般読者であり、「資本をもつ読者」とは作家と読者を媒介して、雑誌の掲載や書物の出版に決定権をもつ、作家にとって目の前にいるもっとも重要な読者である(9-10)。ポーを含めこの時代の文筆家らは、著作権法が国内に制定されていなかったため国外の著作がただ同然に手に入り、わざわざお金を出して国内の作家の著作を買うインセンティブが働かない剝き出しの市場原理にさらされていた。ポーはこの国内の文学を取り巻く状況を、一八四五年に『ブロードウェイ・ジャーナル』誌上「雑誌という監獄の内幕」という記事で暴きたて、実情を嘆いている(Thompson 1036-8)。そうした状況から生き延びるために、彼は『創作の哲学』(一八四六)のなかで、「一篇の詩を作るには、大衆の趣味と批評家の趣味を同時に満たすべきである」(Thompson 15)といい、作家として延命する方策を打ち明けてくれている。

「陥穽と振子」は、流行していた「恐怖小説」の体裁をとることで「大衆の趣味」をもつ「恐るべき読者」を満足させる一方、作品そのものへの「批評」を含む文学的価値に重きを置いた「批評眼のある者たちの趣味」をもつ「理想的な読者」を相手にするように、ポーによって書かれたと想定できる。「批評(critical)」とは、語源にひきつけて言えば「危機(crisis)」に由来し、「白黒をつける(judge)」分かれ道のことである。「陥穽と振子」における“revolution”が「回転」を意味するのか、それとも「革命」を意味するのか、この分岐点を見極めるためにその分かれ道に降り立つことにする。

語り手が長い責め苦を受け、死に瀕している場面から物語は始まる。なぜ長い責め苦と死刑宣告を受けなければならないのかは、読み進めていくと、語り手が幽閉された場所は「異端審問」のための裁判所であることが明らかになり、どうやら語り手が正統ではなく異端であったことがその理由だとわかる。トマス・オリーヴ・マボットによると、トマス・ディックの『宗教の哲学』(一八二五)にある、「半島戦争末期にフランス軍がトレドへ侵攻するとすぐに、ラサール将軍は異端審問裁判所を訪れた。数多くの拷問器具、とくに四肢を引き伸ばす器具や、死をゆっくりと感じさせるために冷たい水滴を天井からたらして浸す浴槽は、戦闘経験の豊富な兵士の心にさえも恐怖を引き起こした」(679-80)という一段落を、ポーは目にしていた可能性がある。そうであるなら、この作品はどうやら半島戦争期(一八〇八―一四)のスペインのトレドを舞台にした異端審問の物語ということになる。異端審問は、カトリック教会における正統に対する異端をあぶりだし、処罰するための裁判制度であるが、スペインの異端審問は独特の性格をもっているとされる。『ブリタニカ百科事典』にあるように、中世のスペインにはイスラム教徒やユダヤ教徒が多く存在していたが、国内でのユダヤ教徒に対する反発を受けてカトリックに改宗したユダヤ教徒らは、政府の要職に就いたり、権力をもつ貴族と結託していたために、古くからのカトリック教徒は彼らを憎み、彼らの信仰が真なるものか裁くため、一四七八年にローマ教皇シクストゥス四世から許可を得て、異端審問裁判所を設立するにいたったという経緯からすると、スペインにおける異端審問制度の特色は宗教的であるというよりも、きわめて政治的であったということになる。スペインの異端審問に政治的含意があるとするならば、「陥穽と振子」に政治的な主題が含意されていると見なせそうである。

語り手は何らかの政治的理由によって異端の烙印を押され、異端審問官らから死刑判決を受けているとする読解の可能性が開けているという前提に立ってみると、小説に書き込まれたいくつかの言葉に政治的次元が透けて見えてくるようだ。

その一つは、冒頭の警句に含まれる「ジャコバン・クラブ」と「ラサール将軍」や「フランス軍」で言及されているフランス革命の文脈である。前節で示したように、「ジャコバン・クラブ」といえば「恐怖政治」を読者に連想させるのだから、異端審問官らの声に語り手が“revolution”を感じたというのは、彼らの姿をジャコバン派の姿に重ね合わせていると見なしうる。異端審問の拷問を「暴虐 (tyranny)」(53) と呼んでいるし、さらには「死」を「恐怖のなかの恐怖 (King of Terrors)」(58) と表してもいる。ジャコバン派は当初、「王制 (tyranny)」に対するブルジョアを中心とした民主的革命を起こしたものの、権力を掌握するや自らに盾突くかつての同胞たちすらも断頭台へと送るという「暴虐」を極めた。それに加え、「恐怖のなかの恐怖 (King of Terrors)」は「テロル」を介してジャコバン派の代名詞といえる「恐怖政治 (reign of Terror)」をほのめかしているようにみえてこないだろうか。

「恐怖政治」とは、とりわけフランス革命期に権力を掌握したジャコバン派が断行した敵対者への投獄や殺戮といった残酷な弾圧によって、国民に恐怖を抱かせ権力者の地位や社会の秩序を維持することを目的とした政治のことである。しかし、「恐怖政治」はフランスの専売特許というわけではなく、フランス革命期からポーの生きた一九世紀半ばのアメリカに目を転じてみると、そこではアメリカ版の「恐怖政治」が行われていたのである。レイチェル・ホープ・クリーヴズが明らかにしているところによれば、独立革命を果たしたばかりのアメリカでは、大西洋の向こう岸のフランス革命を注視しており、とくに北東部は歴史的にみるとピューリタンの牙城であり、またイギリスとの結びつきが強いため「フランス嫌い（フランコフォビア）」がもともと根付いており、保守派のエリートは民主的な反対者から政治的、宗教的な反発を受け、社会の秩序がなくなるのではないかという不安から「反ジャコバン主義」が高まっていたという。一方、南部ではプランターとイギリスの商人の関係やイギリスによる奴隷反乱の扇動ゆえに、フランス嫌いよりも「イギリス嫌い（アングロフォビア）」の声が大きく、エリート層はフランス革命を歓迎していた。こうした国内の対立のなかで反ジャコバン主義が争点となり、それが一つの大きな政治的アリーナを形成することで、「反奴隷制」の言説を下支えする場を準備することになる。「クエーカー主義、「人道主義的」感性、普遍救済説、「ジョナサン・」エドワーズ的なカルヴァン主義、資本主義、そしてアメリカ独立による流血沙汰よりも、一七九〇年から一八六五年に起きた流血沙汰に対する公然たる批判が多く沸き起こったのは、まさにフランス革命に対する反発からであった」(Cleves 11) のだから、ポーの生きた時代というのはまるまる反ジャコバン主義を基点とした革命の言説空間であったということになる。一八四八年から四九年のヨーロッパ諸革命が「アメリカン・ルネサンス」としばしば呼ばれる一九世紀半ばのアメリカ文学に与えた影響について詳しく論じたラリー・J・レノルズは、「赤の共和主義」、「社会主義」、「共産主義」といった過激な社会思想は、その革命期にアメリカとイギリスの関心を、延いては時代の文学を形成するに至り、そうした社会思想を示す用語は同時代の雑誌のいたるところに認められたという。そして、フランス革命の直後からこの現象は起こっており、これらの用語は「アナキズム」、「テロリズム」、「ジャコバン主義」と同義語として用いられていた(Reynolds 18)。

となると「陥穽と振子」は、スペインを舞台にしながらもジャコバン派というフランスの恐怖政治の文脈を差し挟み、さらに当時のアメリカもうかがわせて、小説の空間はスペイン、フランス、アメリカの三つ重ねとなる。だが、「異端審問」、「トレド」、「ラサール将軍」から舞台がスペインであると容易に想像はつくが、実際のところ「スペイン」という語は小説内のどこにも見当たらないのである。スチュアート・リヴァイン、スーザン・リヴァインは、作品の舞台が「スペイン」のトレドであると即断しているが、しかし、作品には「トレド」(52)とは書かれているものの、スペインであるとは書かれていない。とするならば、「トレド」をスペインのトレドにのみ限定する必要はなくなる。「恐怖政治」を通じてこの作品にアメリカの文脈という補助線を引いたことを踏まえれば、アメリカはオハイオ州のトレドという都市が浮かび上がる。一八三〇年代、オハイオ州とミシガン準州はオハイオ・ストリップという地域の所有をめぐって互いに民兵を組織するほどの緊張関係にあり、結果的にトレド戦争(一八三五－六)へと発展していった。流血沙汰があるにはあったが無血といってよいこの戦争は、最終的にはアンドルー・ジャクソン大統領が介入し、選挙人の多いオハイオ側に回ることで法的に沈静化されるにいたった。「陥穽と振子」は一八四三年に発表されたが、同時代の注意深い読者であれば、スペインとは書かれていない「トレド」にアメリカのトレドを引き寄せ、トレド戦争とジャクソン大統領の政治を連想したとしてもおかしくはない。なぜなら、ジャクソン大統領の政治といえば「猟官制」に代表されるように、ジョン・クインシー・アダムズやヘンリー・クレイ側に党派的な粛清の懸念を与え、その恐怖に彩られた政治は「恐怖政治」と呼ばれるほどであったからだ (Wilenz 57; Remini 185)。

こうしてみると、「陥穽と振子」の政治的な主題は「恐怖政治」だといえそうである。語り手は恐怖政治に関わる者たちに「異端」の烙印を押され、政治的に粛清を受けているということになろうか。すなわちこの物語は、「死ぬほど病んだ」状態で、自らの政治生命に死刑判決を下され、「テロルに震え」(51)、目先の円状の陥穽に落下（政治的失脚?）しそうになり、身の回りに集まる「ドブネズミ」(55)（裏切り者?）を利用して、狂気に耐えながらも観察をしつづけ、振子のように落下してくる「大鎌」(54)（断頭台?）と押し寄せる灼熱の壁をすんでのところでかわし、異端審問官らの敵方に救われるというお話になり変わる。最後の一文は、語り手に感情移入している読者であればカタルシスを得る場面であろうが、「異端審問裁判所は敵方の手に落ちたのだった」(58)とやや突き放して締めくくられている。「敵方」が語り手の味方であるかどうかは示唆されていないため、語り手がフランス側の人物（フランコフィル）であるともいいがたい。それは、異端審問官ら（スペイン側?）とフランス軍の対立とは離れたところにいる語り手が、独房のような閉鎖空間で「革命」の音を聞き、狂気にさらされながらも注意深く観察をし、テロルを生き抜いているという事態である。つまり、この小説はその主題において、対立から離れた語り手という「革命」の主体がいかに行為するかという問題を視野に入れているといえる。そしてまさに「ハンス・プファール」の主人公ハンスも同じような事態を生き、その問題を作品のなかで提示しているのである。

五　「革命」における「主体」

「ハンス・プファール」の主人公ハンスもまた、第三節で示したように、「諸革命 (revolutions)」で浮かれ騒ぐオランダのロッテルダム市民から冷笑的な態度で距離をとり、借金取りから逃亡するため軽気球で月へと旅する過程で「反転（＝革命）」に出会う。

ハンスはもともと「鞴直し」(391) で「誠実なロッテルダム市民であれば望み、就くに値する職業」(391) と評価されていたので、「信用はあり、仕事にはこと欠かず、そしてお金もお得意先がなくなるなんてことはなかった」(391)。ところが、時代は革命期のようであり、「新聞でたやすく煽られる」(391) 市民の頭は「政治に沸き」(391)、「自由、そして長大な演説、そして抜本改革主義《ラディカリズム》」(391) のあおりを受けたハンスは、「文無し」(391) となり、ついには借金取りに追われる身に落ち、「もっとも手軽な自殺の方法」(391) を真剣に考えるほど追い詰められていく。彼は死んでいるのに等しい状態にある。ハンスは借金取りへの復讐を誓い、いかにして彼らを殺しかつ自殺同然の逃亡を遂げるかを生きるよすがにし、月まで飛んでいける軽気球の制作と計画に没頭することで、「陥穽と振子」の主人公よろしく自身の置かれた死の瀬戸際という状況から逃れようとしている。そして、四月一日、計画通りにまんまと借金取りを罠にはめ爆殺するという復讐を果たし、そのまま軽気球で月に飛び立つと、ハンスは軽気球の上昇に伴って起きる出来事を経験しながら、「恐怖(terror)に震え」(564)、「意識がとびながら恐怖に打ちひしがれ(terror-stricken)」(579)、「[彼の]心の機能をすべて奪ってしまった恐怖(terror)」(581)を感じる。そして、四月一七日、この月旅行の歴史的瞬間が訪れる。それは、第三節で引用した軽気球のあの「**反転**(*revolution*)」である。こうしてハンスは「恐怖」に満たされながら「反転」を経て月へとたどり着く。これが月への逃避行のあらましである。

ハンスと「陥穽と振子」の主人公が"terror"と"revolution"を含む同じような境遇に置かれているということは、「ハンス・プファール」にも政治的主題が差し挟まれているのではないだろうか。まず目に付くのは、「陥穽と振子」の「トレド」のように、「ハンス・プファール」の舞台「ロッテルダム」である。「オランダ」(388)と明示されているように、舞台はオランダのロッテルダムである。当時ロッテルダムは知の中心地というよりも商業の中心地であったようだが(Peithman 518)、そのような都市が「哲学的な興奮に沸いて」(387)おり、「ロッテルダムという健全な都市にある取引所の大きな広場」(387)から物語が始まっている。スティーヴン・パイスマンによると、カトリックとプロテスタントの宗教対立が一因となった一八三〇年のベルギー独立革命の結果ベルギーとオランダは分離し、その結果貿易中心地はアントワープからロッテルダムへと移されることになったという(Peithman 518)。ということは、ハンスのいう「諸革命」とは、ウィーン体制のなかヨーロッパ各地で勃発した諸国内の体制をめぐる騒乱を指しているのだろうか。ところが、バートン・ポーリンによると、ロッテルダム市長の「スペルブス・フォン・ウンデルドゥック氏」という名前は、ワシントン・アーヴィングの「スリーピー・ホロウの伝説」(一八二〇)や『ニューヨークの歴史』(一八〇九)の登場人物に由来している可能性があり、また「「ハンス・プファール」の出だしの七つの段落は、全体の雰囲気や細部において、ポーが『ニッカーボッカーの歴史』[＝『ニューヨークの歴史』]をユーモアたっぷりに模倣していることを示唆してもいる」(459)。五年後に月から帰還するという物語の筋も、アーヴィングの「リップ・ヴァン・ウィンクル」(一八一九)を思い起こさせる。すると、どうやらポーはオランダのロッテルダムとアメリカのニューヨークを重ねるように書いていることになりそうだ。

ロバート・ケリーによれば、アメリカ革命期からニューヨークは「イングランド人やオランダ人の地主貴族たちが、強力な支配階級を形成し」(97)、「ニューヨーク植民地の政治は、エスニック集団・宗教・経済的利害・生活様式の多様な対立を内包し」(98)しており、「国教会対反国教会という図式」(99)の宗教的対立から、「ニューヨーク市の商人・知的職業人対農村の地主層、ハドソン上流住民対下流住民、下院における「宮廷党《コート》」対「大衆党《ポピュラー》」、ハドソン峡谷における小作人対大地主、ニューヨーク市内の民主派対親英上流階級」(103)など様々な対立要因があり紛擾していた。ハワード・ジンも『民衆のアメリカ史』の「もう一つの南北戦争」と題する章の冒頭で、先のハドソン峡谷における一八三九年に始まった小作人による反地主闘争を取り上げている。したがって、ニューヨークという舞台は様々な対立の縮図として準備されているということになる。

そしてこの対立は、ロバート・ケリーの見方では、「一八一五年以降、外国からの脅威が消失し」(207)、「一八一五年から一八五〇年の間の飛躍と拡張」(209)による「無限の可能性の時代」(210)の「経済の爆発的発展とそれに伴う変化」(209)によって、進取の精神を推進する力とその新たな秩序を警戒する反動の力の対立の形をとるようになる。「一七九〇年以来殆ど見られなかった現象である激しい暴動が、一八三〇年代に再び広がり」(211)をみせ、「アメリカ人を二つの政治勢力に分かつ分極化運動を始動させる土壌」(211)を生み出したこの対立は、「一八二八年の大統領選挙におけるアンドルー・ジャクソンのジョン・クインシー・アダムズに対する圧倒的勝利」(211-12)によって、リパブリカン党（ナショナル・リパブリカン党）から「デモクラティック・リパブリカン」（デモクラッツ）への政権交代につながっていったのである。すなわち、「彼［ジャクソン］は、大統領に初当選した一八二八年から、自分の部下でやはりテネシー出身のジェームズ・K・ポークがホワイトハウスに在職した一八四〇年代の中頃までの全期間を通じ、国の政治を支配しつづけた」(213-4)。

ニューヨークが透けて見えるように描かれたロッテルダムの市民の革命熱をハンスに揶揄させることで、ポーは、ニューヨークで暴動にまで発展している諸対立に冷笑的な態度を示そうとしたのだろうか。あるいは、ハンスが革命熱に浮かれ騒ぐ「善良な」ロッテルダム市民（ニューヨーク市民?）から月へと遠く離れていくなかで軽気球が「反転」したことを通して、ポーは、革命（反転）を行う主体は対立から離れた、つまり革命から遠く離れた場所で応答するとでも言いたいのだろうか。

しかしながら、あたかもこうした政治的主題を覆い隠すかのように、この作品の語り口は滑稽であり、戯言であると言いたげな仕掛けを施している。たとえば、主人公ハンス・プファールの「プファール」には「フール」すなわち「道化師」の響きがあるし、ロッテルダムに降下してきた軽気球の形は「大きな道化師の帽子をさかさまに」(388)したものである。ハンスの妻の名前は「グレッテル・プファール」(388)であり、グリム兄弟のおとぎ話「ヘンゼルとグレーテル」(一八一二)を連想させもする。また、ハンスが軽気球で月へと上昇していった日付は「四月一日」(395)、すなわち「エイプリル・フール」である。道化師の帽子の形をした軽気球から、道化師という言葉の響きの名をもつ主人公によるエイプリル・フールから始まる月旅行の顚末を書いた手紙が届くという話自体が、道化に思えてならない。この手紙は、月で見聞してきた情報の提供を交換条件に、ロッテルダム市長から借金取りを爆殺したことに対する恩赦を取り付ける内容であるから、自殺するつもりでいたにもかかわらず途中からハンスの旅の目的が「何としても……**月へと向かっていく**ことだった」(399)というように変化するのは、取ってつけた都合のよい話であり、そもそも恩赦のためにハンスがでっちあげた話とも考えられる。それに「狂人」(399)と思われたくないうえ情報提供者としての信頼を市長から勝ち取るために、ハンスは事の成り行きを仔細に報告できるほどだと豪語する。裏を返せば、月(Luna)へと向かう行為は狂った者の行い(lunacy)であり、どんなに詳しく月までの過程を描けたとしても、そもそもハンスには「道化師」の匂いがするのだから、彼の発話内容の真偽はすぐに反転してしまう。

道化の身振りにこそ、「ハンス・プファール」の政治的主題が現れている。月旅行という狂気沙汰の過程において軽気球の「反転」が起きるということは、狂気のなかで「革命」が生じるということになりはしないだろうか。そして、「狂気」と「革命」は、エドマンド・バークが『フランス革命の省察』（一七九〇）において革命と狂人を重ね合わせてフランス革命を批判したように、革命の言説においては類義語に近いものだ（Burke 12）。ポーが精力的に執筆活動をしていた「一八三〇年代から四〇年代はヨーロッパやアメリカ全土で精神病院が続々と建設されていた」（Reiss 144）し、「一八三〇年代初頭から南北戦争直前までずっと、狂人を社会復帰させようと試みるユートピア運動が数々の精神病院の建設に結実し」（Reiss 4）ていた。これらの精神病院の特徴は、イングランドのヨーク市に療養施設ヨーク・リトリートを建てたウィリアム・テュークやパリ郊外のビセートル精神病院院長であったフィリップ・ピネルらの「精神療法」の流れをくむ「食事、運動回数、服薬、そして――特に重要なのだが――文化的な気晴らし、すなわち文学、礼拝、手芸などの習慣」（Reiss 4）を管理するといった、環境や文化に治療の力点を置く療養施設であり、ニューヨーク州ブルーミングデールの精神病院院長でポーと親交のあったプリニー・アール医師は、古くから行われてきた狂人を異人種呼ばわりする態度を変えようとしていた（Reiss 152）。ポーも「狂気」と「革命」は切り離せない語彙と見なしていたであろう。

六　「革命」における「狂気」

「タール博士とフェザー教授の管理法」の語り手や「マイヤール氏」（597）もまた、「陥穽と振子」

の主人公やハンス・プファールと同じく、「精神病院」という狂気に巻き込まれながらそこで「(反)革命」を経験する。

フランスの南部にある私立の精神病院の視察に訪れた語り手兼主人公は、院長のマイヤール氏に手厚く迎えられ、病院の独特な管理法である「鎮静療法」(597)——その管理の下では患者は、罰を与えられることもなければ、幽閉されることもほとんどなく、健常者と変わらないまま病院内を移動できる——を見せてもらおうとするも、「鎮静療法」の危うさを知り、数週間前に断念してしまったと聞く。実は「数週間前」(598)とは「一ヶ月前」(605)のことで、このときすでに病院内で患者たちが管理者たちを追い出す反乱が起きており、まさにこの患者たちのリーダーこそがマイヤール氏その人であることが明らかになっていく。そして「鎮静療法」の代わりに彼が新たに採用したタール博士とフェザー教授が考案した管理法によって、元管理者たちは「まずタールをくまなく塗られ、それから慎重に羽根を付けられ、地下牢に閉じ込められていた」(606)。しかし元管理者の一人が地下の下水道から逃走し他の仲間をみな助け、元管理者たちがまるで「チンパンジー、オランウータン、あるいは喜望峰の大きな黒いヒヒ」(606)となって、「反革命(counterrevolution)」(605)を起こし、ふたたび「鎮静療法」が復活するのである。

あらすじからわかるように、先に検討してきた二作品よりも、この作品には政治的主題があからさまに語られている。たとえば、マイヤール氏の管理法である「タール・アンド・フェザー」は私刑の一種で、アメリカでは「反乱を煽り立ててもおかしくない逃亡奴隷に対する」(Reiss 145)処罰のために用いられていた。そしてその処罰を受け、地下牢に閉じ込められた人々が「チンパンジー、オランウータン、あるいは喜望峰の大きな黒いヒヒ」と描写されるとき、人種問題が浮上するのは明らかである。すると、作品の舞台である「フランス最南部」(596)が、物語の後半に導入される「ヤンキー・ドゥードゥル」(606)の音楽によって、アメリカの南部へと様変わりする。したがって、フランス最南部の精神病院での出来事がアメリカ南部のそれと二重写しになる。

実際、アメリカ北東部で、とくに一八三〇年代は自由黒人や奴隷制即時廃止論者をねらった暴行事件が多発しており、フィラデルフィアでは一八三八年五月、第二回アメリカ女性の反奴隷制会議の期間に、最悪の暴動が起きていた。白人の奴隷制支持者らが襲撃し、黒人教会や市内最大の建物や会議が行われている会場を焼き払ったのである。ポーはこの暴動の時期から一八四四年までフィラデルフィアに住み続け、フィラデルフィアの『グレアムズ・マガジン』一八四一年四月号に、逃げ出したオランウータンによる殺人事件「モルグ街の殺人」を発表したのである(Lemire 177-8)。「タール博士とフェザー教授の管理法」も『グレアムズ・マガジン』一八四五年一一月号に掲載された。

主要人物をアメリカと人種問題の文脈に移し変えてみるならば、「タール・アンド・フェザー」を行うマイヤール氏は奴隷制支持者である南部白人に、そして黒人表象の典型例である類人猿として描かれた元管理者たちは逃亡奴隷に、そして語り手は「パリ」(596)からやって来た南部に無知蒙昧な旅行者なので北部(白)人にあたるだろうか。そうであれば、この物語は奴隷制支持派が「タール・アンド・フェザー」式で抑圧し、隔離したはずの逃亡奴隷たちが「地下の下水道」(606)から逃げ出して(「地下鉄道」のほのめかしだろうか?)、権力を奪取したマイヤール氏から権力を奪回すると、病院の管理法は「タール・アンド・フェザー」からふたたび「鎮静療法」に戻るということになる。「鎮静療法」は狂人に健常者と変わらない装いで自由に行動することを許す人道主義的な管理法なのだから、この文脈において奴隷解放の振るまいに近いとみてよい。したがって、奴隷制支持者が奴隷の反乱によって追放され、奴隷解放が実現されるというお話になっているということだ。

もう一方で、革命と政治思想の文脈からもこのお話を読み解くことができるようになっている。たとえば、マイヤール氏のモデルは、おそらくフランス革命期のバスティーユ襲撃のヒーローのスタニスラス＝マリー・マイヤールである (Reiss 145)。とするならば、この作品は革命派によって打ち立てられた体制が旧体制派の「反革命」によって打ち倒され、旧体制の「鎮静療法」が復古する物語と読めてしまうのだ。つまり、マイヤール氏や狂人たちを元管理者たちの旧体制に対する反逆者、すなわち、反乱奴隷と見なせることになる。

ところが、語り手は管理法として再採用された「鎮静療法」ではなく、マイヤール氏の「タール・アンド・フェザー」こそ「非常に素晴らしい管理法」(606) であり、「単純明快にして、一切問題なし」(606) であると賛同している。すると、先の文脈に照らし合わせみれば、語り手は奴隷制を擁護しているとも解釈できる。こうなると、「鎮静療法」と「タール・アンド・フェザー」のどちらが管理法として適切なのか、決定不能になってしまう。

また、革命の文脈においては、旧体制が復古したあともマイヤール氏の「タール・アンド・フェザー」に同意している語り手は、革命派を擁護していると見なせるのだろうか。「タール・アンド・

フェザー」が「アメリカ革命期のトーリー支持者に向けられた処罰」(Reiss 145) であったということは、やはり元管理者らが「王党派」であり、反乱を企てたマイヤール氏らが革命派つまり「愛国者（パトリオット）」であると見なせる。「王党派」の元管理者らが反乱を起こしたときに、「ヤンキー・ドゥードゥル」の調子が外れていたのも頷ける (606)。しかし、マイヤール氏の一派が奴隷制支持者であるとも、また反乱奴隷であるとも解されるのであれば、語り手は「タール・アンド・フェザー」に賛同しているにもかかわらず、「愛国者」と「王党派」のどちらに好意的なのかは、決定不能のままになる。

精神病院内は狂人の集まる狂気沙汰に満ちた場所であるが、マイヤール院長率いる革命を企てる者たちの振るまいは正真正銘の「狂気沙汰」とはいえない。たとえば、「狂人の悪知恵というのも、周知の通りすばらしい。何かたくらんでいるときには、驚くべき知略で構想を隠蔽し、手際よく正気を装う」(604) のであるから、「狂人はつねに愚者であるというわけではありません」(605) ということになる。院長に表象される革命を行う主体とは、正気と狂気といった二項対立から離れながらも正気と狂気を行き来する主体であり、まさにハンス・プファールの特徴そのもののようにみえる。しかし、院長だけではない。語り手もまた、この「装われた正気」を体得している。たとえば、「鎮静療法」の噂を聞いていたため、病院内で初めて出会った若い女性が正気なのかどうかを判別するとき、語り手は「長いこと狂気の形而上学に慣れしたしんでいたので、わたしは断じてこれを正気の証拠とはしなかった」(597) と漏らしているのに加え、病院内で催された晩餐会での院長や参会者の滑稽で異常な会話のやり取りに合わせることができることから、語り手もまた正気と狂気を行き来する主体とみなしうる。正気と狂気を行き来するということは、ハンス・プファールの道化師的役割と同じく、発話内容の真偽が反転し続けてしまうということにほかならない。こうした状況のなかで、この作品の語り手もまた元管理者たちの「反革命」に遭遇すると、「ひどく殴打され、わたしはソファーの下へと**転がり**、じっとして」(606 強調は引用者)、「この部屋でいったい何が起きているのか全身全霊で耳を傾けていた」(606)と描かれているように、やはり「革命」と「回転」がゆるやかだが、たしかに結びついているのが認められるのである。

七　結び

以上、ポー作品を三つ検討してきたが、ポーが"revolution"という語を使うときには「回転」と「革命」の意味を同時に言及している可能性があることを示しえたと思う。そして、「回転」という覆いの下には、「革命」という政治的な主題が引き寄せられていることも確認した。「陥穽と振子」には、その題辞に掲げられたフランス革命と恐怖政治の文脈から、アメリカ国内における恐怖政治という主題が浮上するとともに、革命に関わる主体のあり方が提示されていると論じた。「ハンス・プファール」では、オランダのロッテルダムにニューヨークを重ね合わせるポーの意図的な書き方によって、革命以後のアメリカ国内の政治的対立とそれに伴う暴動が大きく浮かび上がってくるとともに、狂気に接近しながらも徹底的に観察する革命の主体のあり方が描かれていることを示した。そして「タール博士とフェザー教授の管理法」では、「タール・アンド・フェザー」が含意する二つの政治的意味を取り出すことで、精神病院という狂気の場で革命以後のアメリカの人種問題と政治的対立が問題化されていることを指摘した。

しかしなぜポーは、革命について語ろうとするさいにつねに狂気という覆いをまとわざるをえないのだろうか。なぜ、政治的主題をひた隠しにしなければならないのか。考察した三つの作品における革命の主体が病人、道化師、狂人と関わっているのは、テレンス・ホエーレンが考察したように、ポーと「大衆」の問題に近接している。雑誌に従事する文筆家のポーにとってもっとも近くに存在していた「大衆」は「読者」である。ほとんどの読者は信頼のおけない一般読者、「ハンス・プファール」でいう新聞に煽られやすいロッテルダム市民のようなものだ。ハンスよろしくポーは彼らを「デマに惑わされやすい人々」、「衆愚」などといって嘲笑するものの、彼らこそ文筆業で生きるポーにとっての最大の顧客なのである。ポーはアメリカの最低生活水準の賃金で暮らし、一八四一年から生活は改善していくどころか、年々悪化していた (Weiner 3) にもかかわらず、文筆業で生計を立てていくためには、雑誌の意向に寄り添っていくほかなかった。ポーは小説を発表し始めた初期の頃に構想していた未刊行の『フォリオ・クラブ物語』という短編集からすでに、作品の価値は少数エリートの文壇ではなく文学市場の一般読者にあることを意識していた (Whalen 81)。そうした顔の見えない、信頼のおけない読者に対し、病人、道化師、狂人の語りを対置することで政治的中立を担保することができたのである。

このような状況だからこそ、雑誌に不利益をもたらすような政治的発言を、ポーはできるかぎり表に出さないようにした。ホエーレンはその態度の一つの表れを、一般読者に合わせた「平均的な人種差別」(111)、あるいは「情況的な人種差別」(145)と呼び、それまでポーを南部の反動的な作家とする言説を「脱政治化」(146)することで、ポーのテクストをふたたび政治的に読む可能性を開いている。そして、第五節や第六節で論じた「道化」や「狂気」、「装われた正気」がポーの作品の政治的主題を曖昧にはぐらかす戦略であると同時に、そこにこそ「文学の文章の形式と意味、つまり文学の沈黙の形式と意味」(Whalen 146)を探求するための手がかりがある。ポーの作品を「脱政治化」し、ふたたび政治化しようとする見方からすれば、茶化した語り口や信頼のおけない語り手にこそ、見過ごすことのできない仕掛けがあるはずだ。

このような一見「平均的な人種差別」という日和見主義的な振るまいは、革命に関わる主体の特徴であった狂気に接近しながらも徹底的に観察し生き延びる姿勢と、どのような関係を結んでいるのだろうか。検討した作品の主人公や語り手は、革命から遠く離れて現状追認のニヒリズムを体現しているのではなく、革命から一歩引きながらも、なぜか革命に巻き込まれてしまうという奇妙な事態を生きている。ポーは『フォリオ・クラブ物語』の時期からすでに大衆読者におもねる立場(日和見主義?)を取っていたと先に言及したが、一方でその序文には「文学の廃棄、出版社の破壊、名詞と代名詞でできた政府の転覆」(203)と、革命を暗示する内容がすでに書き込まれている。また、晩年には「創作の哲学」や「詩の原理」といったエッセイを書き、日和見主義とは正反対の「原理原則」を打ちたてていく彼の経歴を眺めてみると、「革命」の表象はポーの作品のいたるところに見出される可能性があり、この表象の分析を通じて、覆いをまとうポーの政治思想がその姿を現しはじめるのではないだろうか。

引用参照文献

Burke, Edmund. エドマンド・バーク『フランス革命の省察』半澤孝麿訳（みすず書房、一九九七年）。

"Chateaubriand, François-Auguste-René, Viscount (vicomte) de." *Encyclopaedia Britannica 2008 Ultimate Reference Suite*. CD-ROM. Chicago: Encyclopædia Britannica, 2008.

Cleves, Rachel Hope. *The Reign of Terror in America: Visions of Violence from Anti-Jacobinism to Antislavery*. New York: Cambridge UP, 2009.

Davidson, Cathy N. *Revolution and the Word: The Rise of the Novel in America*. Expanded ed. New York: Oxford UP, 2004.

Green, Jack P. and J. R. Pole, eds. *A Companion to the American Revolution*. Malden, MA: Blackwell Publishers, 2000.

Hartmann, Jonathan H. *The Marketing of Edgar Allan Poe*. New York: Routledge, 2008.

Hill, Christopher. *A Nation of Change and Novelty: Radical Politics, Religion and Literature in Seventeenth-Century England*. New York: Routledge, 1990.

Ishikawa Takafumi. 石川敬史「アメリカの建国――共和国における王制的権力の再構成」、犬塚元編『岩波講座　政治哲学2　啓蒙・改革・革命』（岩波書店、二〇一四年）。

Kelly, Robert. ロバート・ケリー『アメリカ政治文化史――建国よりの一世紀』長尾龍一・能登路雅子訳（木鐸社、一九八七年）。

Lemire, Elise. "'The Murders in the Rue Morgue': Amalgamation Discourses and the Race Riots of 1838 in Poe's Philadelphia." *Romancing the Shadow: Poe and Race*. Ed. J. Gerald Kennedy and Liliane

Weissberg. New York: Oxford UP, 2001. 177-204.
Levine, Stuart and Susan Levine, eds. *The Short Fiction of Edgar Allan Poe: An Annotated Edition.* Urbana: U of Illinois P, 1990.
Mabbott, Thomas Ollive, ed. *Edgar Allan Poe: Tales and Sketches.* 2 vols. Urabana: U of Illinois P, 2000.
Murayama Kiyohiko. 村山淳彦『エドガー・アラン・ポーの復讐』（未來社、二〇一四年）。
Ockerbloom, John Mark, ed. *The Online Books Page Presents Serial Archive Listings for Blackwood's Edinburgh Magazine.* <http://onlinebooks.library.upenn.edu/webbin/serial?id=blackwoods>
Peithman, Stephen, ed. *The Annotated Tales of Edgar Allan Poe.* New York: Doubleday, 1981.
Poe, Edgar Allan. "The Angel of the Odd: An Extravaganza." Stuart and Susan Levine. 489-95.
——. "Berenice." Stuart and Susan Levine. 71-6.
——. "Eureka." *The Complete Works of Edgar Allan Poe.* Vol. 16. Ed. James A. Harrison. New York: Thomas Y. Crowell, 1902. 179-315.
——. "The Folio Club." *Collected Works of Edgar Allan Poe.* Ed. Thomas Ollive Mabbott. Urbama and Chicago: U of Illinois P, 2000. 200-7.
——. "The Unparalleled Adventure of One Hans Pfaall." *Collected Writings of Edgar Allan Poe.* vol. I. *The Imaginary Voyages: Pym, Hans Pfaall, Julius Rodman.* Ed. Burton R. Pollin. New York: Gordian, 1981. 387-433.
——. "Mesmeric Revelation." Stuart and Susan Levine. 139-45.
——. "The Pit and the Pendulum." Stuart and Susan Levine. 50-8.
——. "A Predicament." Stuart and Susan Levine. 363-8.
——. "The System of Dr. Tarr and Prof. Fether." Stuart and Susan Levine. 596-607.
Quinn, Arthur Hobson. *Edgar Allan Poe: A Critical Biography.* New York: D. Appleton-Century

Company, 1941.
Reiss, Benjamin. *Theaters of Madness: Insane Asylums & Nineteenth-Century American Culture*. Chicago: U of Chicago P, 2008.
Remini, Robert V. *Andrew Jackson and the Course of American Freedom, 1822-1832*. New York: Harper & Row, 1981.
Reynolds, David S. *Beneath the American Renaissance: The Subversive Imagination in the Age of Emerson and Melville*. New York: Knopf, 1988.
Reynolds, Larry J. *European Revolutions and the American Literary Renaissance*. New Haven: Yale UP, 1988.
Silverman, Kenneth. *Edgar A. Poe: Mournful and Never-Ending Remembrance*. New York: Harper, 1991.
"Spain." *Encyclopaedia Britannica 2008 Ultimate Reference Suite*. CD-ROM. Chicago: Encyclopædia Britannica, 2008.
Takahashi Kumi. 高橋久美『シャトーブリアンにおける自由の表象』（早稲田大学出版部、二〇一三年）。
"Terror, Reign of." *Encyclopaedia Britannica 2008 Ultimate Reference Suite*. CD-ROM. Chicago: Encyclopædia Britannica, 2008.
Thompson, G. R., ed. *Edgar Allan Poe: Essays and Reviews*. New York: Library of America, 1984.
The Oxford English Dictionary. 2nd ed. CD-ROM. Oxford: Oxford UP, 2009.
Walsh, John Evangelist. *Midnight Dreary: The Mysterious Death of Edgar Allan Poe*. New York: St. Martin's Minotaur, 2000.
Whalen, Terence. *Edgar Allan Poe and the Masses: The Political Economy of Literature in Antebellum America*. Princeton: Princeton UP, 1999.
Weiner, Bruce I. *The Most Noble of Professions: Poe and the Poverty of Authorship*. Baltimore: Enoch Pratt

Free Library, 1987.

Wilentz, Sean. *Andrew Jackson*. New York: Times Books, 2005

Wood, Gordon S. *The Idea of America: Reflections on the Birth of the United States*. New York: Penguin, 2011.

Zinn, Howard. *A People's History of the United States: 1492-Present*. New York: Harper, 2003.

「島めぐり移動シンポジウム」と革命の主題
――『マーディ』再訪

福士久夫

本稿はハーマン・メルヴィルの第三作『マーディ』(一八四九)再訪の試みである。イラー探索のために島めぐりをするタジ一行――語り手のタジ、王メディア、歴史家モヒ、哲学者バッバランジャ、詩人ユーミー――につき従って、群島世界マーディを構成する島々(国々)のうち、一九世紀中葉の現実の国々のアレゴリーとされるいくつかの島を再訪し、それぞれの島でタジ一行が展開する「島めぐり移動シンポジウム」において革命がどのように取り沙汰されているのかを追究し、『マーディ』を再考する。『マーディ』の主要な主題と考えられるイラー探求に解決を与えるべく設定されているらしい一島セレニアも、再訪の地に含まれる。再考ということについても一言しておくなら、ここでの再考は、『マーディ』における革命の主題とでも呼ぶべきメルヴィルの強いこだわりに精細な注意を払うことのなかった私自身の従来の読み方を、おそまきながら再考するという個人的な意味合いのものである。

一

第一八五章はすでにヴィヴェンツァ［＝アメリカ］探訪を済ませたタジ一行がセレニアを訪れる直前の章であるが、この時点までのマーディの島々歴訪に関するタジ一行の総括となっている。同章は語り手タジによる彼自身についての語りと、同行者四人の直接話法によるやりとりを報告する語りとからなっている。このような構成は、『マーディ』全一九五章のうちの半分強を占めるイラー探索の島めぐりの部分、ハーシェル・パーカーのいう「島めぐり移動シンポジウム」(575)の部分の基本形と言ってよい。

第一八〇章はその大部分が演劇の脚本のように仕立てられている——まさにパーカーのいう「シンポジウム」であり、デニス・バートホールドのいう「演劇の仕組み」(154)の使用である——が、その一部はバッバランジャが傾倒する詩人であるロンバードーとその傑作『カズタンツァ』をめぐるセッションとみることができる。バッバランジャはこのセッションにおいて、ロンバードーになりきって以下のように喝破する。

> もっとも偉大な書評家でさえ私の残り滓を餌食にしているにすぎない。なぜなら私は批評家にして創造者だからだ。批評家としては、無慈悲さの点で、あらゆる批評家を凌駕している。虎がジャッカルを凌駕するごとしだ。というのも、マーディびとが私の創造したものを何か目にするまえに、私はそれを自分自身で、外科医のメスの無慈悲さで、あらかじめ精査するからなのだ。私は右に左に切り刻む。私は探り、引き裂き、抉る。殺し、焼き、破壊する。そのあとにまだ残っている滓があるなら、

ジャッカルよ、来たれ、だ。虚偽の思念を孕む前に刺して息の根をとめる者がいるとするなら、それはこの**私**なのだ。（1260, 強調はメルヴィル）

このロンバードーの発言を、『タイピー』の語り手のいう「哲学的省察」(41, 234) の箇所などを、その改訂アメリカ版（ワイリー・&・パトナム社、一八四六年八月）において、みずから削除することを余儀なくされた苦い経験（福士）を持つメルヴィル自身の『マーディ』を書くに際しての覚悟の発言だと考えると、メルヴィルはここで、「書評家」や「批評家」が彼らの基準にもとづいて「餌食」にしそうな「虚偽の思念」を、あらかじめ「精査」し、「殺し、焼き、破壊する」という内的な処理をした上で、読者の前に、あるいは「書評家」や「批評家」の前に提示しようとしているのだということになる。『マーディ』のイラー探索の島めぐりの諸章には、語り手のタジ、メディア、モヒ、バッバランジャ、ユーミーなどによるさまざまな「政治的な見解」(Berthold 154) あるいは「哲学的省察」がちりばめられているが、それらがメルヴィルによってあらかじめ「精査」された上で提示されているのならば、そこにアイロニーや韜晦やティモシー・B・パウエルのいうミスディレクション (160) などが周到に仕掛けられていないとはけっして言い切れないはずである。

二

タジ一行によるシンポジウムの検討の前に、革命の主題とかかわりがあると考えられる一行ひとりひとりの特性などを探ることに限定して、第一八五章を起点にして少なからぬ章を検討しておくことにしたい。先ず、同章において「追求 pursuit」と「狂乱 frenzy」という語を用いて彼自身を語るタジについてである。

これまでぼくらは、無数の島々をめぐって探索の旅（略）をして来たのだったが、イラーの足どりは依然としてなにひとつ見つからない。（略）それでもぼくらはマーディをくまなく探索したのだから、この長い追求もこんご幾月も経ぬうちに、終わりをむかえるように思われた。この追求が幸いに向かうのか、禍に向かうのか、ぼくの狂乱はときには意に介せずであった。（1279）

「追求」はこの語のすぐ前に出てくる「探索」の言い換えであるが、「独立宣言」の「幸福の追求 the pursuit of Happiness」（Commager 100）を想起させる。第一六四章において、メディア王が治める王国オドで忽然と姿を消すイラー探索の旅は、タジにおいては「幸福の追求」として、延いてはアメリカ革命の理念としてイメージされてきたのかもしれない。いや、タジにおいてだけではなく、タジのイラー探索行に同行することになった王メディア、哲学者バッバランジャ、歴史家モヒ、詩人ユーミーにおいても、そのようにイメージされてきたのかもしれない。第六五章の探索開始時点においても、イラー探索は「追求」という語を用いて語られている。メディア――「余自身としてもこの追求には興味がある」（858）。バッバランジャ――「君の追求は私のものでもあるんだ、気高いタジ君。探索がどこに導くことになろうと、私はついていくよ」（859）。さらには、

「ユーミーもまたそのようにぼく［＝語り手のタジ］に言ったが、バッバランジャよりもいっそう気持ちがこもっていた。よく似た発言を、捩じり髭［＝モヒ］もまた繰り返した」(859)。

イラーの「追求」に「独立宣言」の理念の引喩を読みとる解釈を促す箇所はもうひとつある。第一六六章において、一行がコロンボ［＝北米大陸］の西海岸に向かって北上中、ユーミーは向かう先に「金の川」があると耳にして、「ぼくたちのイラーが姿をあらわすかもしれない」と叫ぶ。バッバランジャはこれに対して、「イラーがこんな国にいるはずはない」(1203)と一蹴し、こう述べる。「ユーミー、幸福をひったくろうとしたって虚しいのだ。幸福とはわれら自身のあくせくとした種まきの果実なのだから、育つのが遅いんだ、多くの涙、丹念な世話で育つのだからね」(1203)。みられるとおり、バッバランジャにおいては、「幸福」はイラーの別名であるし、「幸福」とは「ひったくる」だけで手に入る「金」などの財貨ではなく、「丹念な世話」、労働の「果実」として「われら自身」が手にするものであるとされている。

第一八五章でタジが用いている「狂乱」という語は、第四一章において南海のある島の「老祭司」アリーマを殺す(794-795)ことによって、「神々に生贄として供され」(793)ようとしていた乙女イラーを救出したときの狂乱――「ぼくの犯したあの死を呼ぶ行為は、善の動機（略）にあったのか、それとも、それを口実にした、もっと別の利己的な存念、美しい乙女と一緒にいたいという気持ちから、この無残な決闘におよんだのだったか」（第四二章、796）――を想起させる。タジは、いや、タジ――タジとは、島民たちにとっては、「一種の半人半神」、「職権上のデミゴッド」（第五三章、826）である――を名乗る前の語り手は、早くも第一章の末尾で、乗組んでいた「アークチュリオン号を棄てようというぼくの願望は、狂乱といっていいものになった」(668)と、「狂乱」の語を用いて自身を語るのであるから、メルヴィルその人にタジを「狂乱」の人として設定する意図があったのだとも考えることができる。

第四一章においてタジが殺人を犯して救出する「乙女」イラーとは、そもそも何者なのか。第一〇〇章で殺された父親の仇をかえそうとタジを追跡するアリーマの三人の息子たちが言うにはこうである。かなりの昔、「彼らの島アン」に「人殺しのタジみたいな白い人」(968)が多数やって来た。彼らは島民たちに――タジが「白いタジ」(826)として受容されるように――「神様」として崇敬された。ところがあるとき、「神様」が「国びと三人」を、「盗みを働いたという罪を着せて」「殺して」(969)しまう。島民たちは「復讐」を企て、「白い人」たちを皆殺しにし、「白い人たち」の「酋長」格の男と一緒にいた「女」の娘、当時は赤子だったイラーだけが生き残る(969)。アリーマはイラーを「大事に育て」て、自分たちの「国神、聖なるアポに生贄として捧げる」つもりになる。さらに月日が流れ、アリーマはイラーをカヌーに乗せて、ある「大きな社に捧げよう」と急いでいる(969)が、その途中でタジの手にかかって殺されてしまう。これは、タジの場合も含めて、「島民たち」と彼らの島にやって来る「白いひと」たちの、殺され殺す物語、復讐の連鎖の物語と言ってよいとするならば、イラーはそうした禍々しい物語の落とし子である。

『タイピー』第四章の、改訂アメリカ版においては削除された箇所に、「矛盾を恐れずに断言しても差し支えないと思うが、ポリネシア人によって犯された非道暴行のすべての事例において、ヨーロッパ人がどこかの時点で加害者だったのであり、島民の一部の者たちの残酷で血に飢えた傾きは主としてそうした手本に帰すことができる」（Melville 1982, 38）という衝撃的な一文が埋め込まれている。右でみたように、タジが「狂乱」の人として自己規定し、そのような自己規定を証するかのように第四一章において殺人者となる展開は、右の『タイピー』からの一文にみてとることができるような、白人でキリスト教徒の文明人（タジを含む「白い人」たち）は南海群島世界（「マーディ」）において異教徒であり野蛮人である島人たちに対する「加害者」であったとする、アメリカ人でもイギリス人でもない（『タイピー』は先ずイギリスで、次いでアメリカで出版された）「ヨーロッパ人」にこと寄せたメルヴィルの自己認識が、改訂アメリカ版における削除を踏み越えて、『マーディ』においても保持されていることを示すための意図的な設定であるという解釈も可能であろう。

三

バッバランジャについてはその神義論に注目したい。バート・D・アーマンによれば神義論theodicyとは、「二つのギリシア語の単語、すなわち神（*theos*）と正義（*dike*）」（19）からなっているゴットフリート・ヴィルヘルム・ライプニッツの造語であり、「神が創造し支配するとされるこの世界が苦しみに満ちているという事実にもかかわらず、神が「正しい」あるいは「義」であるとはどういうことなのかという問題を意味している」（19）。アーマンの言うには、今日における典型的な神義論はこうである――「聖書の記者たちにとって世界を創造した神は愛と力の神であり、信者を苦しみと悲しみから解放し、救済をもたらすためにこの世に介入する――その救済はあの世ではなく、われわれが今生きているこの世でもたらされるのだ。族長たちの神は彼らの祈りに答え、自らの民のために奇蹟を起こした。『出エジプト記』の神はエジプトで奴隷にされていた自らの民を救った。イエスの神は病人を癒し、盲人に光を与え、足萎えを歩ませ、飢える者を満たした。この神は今、どこで何をしているのか。彼は暗闇の中に降臨して世界を変えたというのなら、なぜ今もなお世界は何一つ変わっていないのか」(16)。

第一八五章においてバッバランジャは、「幸福と悲惨」が「おおっぴらにきわだっている」のがマーディ(=世界)の実状であるのに対して、マーディの最高神であるオロは「常に正しい」、「不正をなすことなどあり得ない」、「いかなる目的もいかなる意図も持っていない」(1282)とされるいわゆる〈沈黙の神〉である。であるからには、オロはバッバランジャのみる限り、神義論にいう神以外ではない。バッバランジャのこうした神義論は、「イラーはなおもわれらの探索をかわしつづけている。マーディをこのようにずっと旅してきたというのに、心を平安で満たしてくれるものは何と少なかったことか、われらの憧れのことごとくを殲滅するものがなんと多かったことか」(1282)というマーディについての――アメリカ革命の理念のその後の帰趨についての――慨嘆と不離密接であることは、あらためて指摘するまでもない。バッバランジャはこれより前の第一三五章においては、〈沈黙の神〉論としての神義論に立ちつつも、地上の人間の行状を鋭く告発している。つまり、オロは沈黙していると考えられるのに、地上の人間たちは「オロの名において」「社会的迫害」(1084)に狂奔していると。

四

次に歴史家のモヒと詩人のユーミーをみる。第一八五章におけるモヒの発言――「わしらの始まりは」「雲のなかにうしなわれている。わしらは日々のことごとくを闇の中で生き、目的もなく滅びるのじゃ」(1283)――は、すでにみたバッバランジャの〈沈黙の神〉論としての神義論に即応する歴史哲学の要約であるとみることもできる。人は「闇」の中で生き、「目的」もなく死んでいくのである。第九三章においてモヒとユーミーの間で論争が起こり、ユーミーは、モヒのいう歴史は「ズタズタに寸断された現実」(940)であり、歴史家は「闇のなかを手探りで進む」(940)にすぎないと断ずるが、モヒはそれを否定しない。また、すでに一度言及した第一八〇章において、バッバランジャの傾倒する文学者ロンバードーの『カズタンツァ』を評して、アブラッツァが「統一、バッバランジャ、統一だよ！　あの『カズタンツァ』にはそれがまったくない」、「『カズタンツァ』は脈絡に欠ける。支離滅裂で、あるのは挿話だけだ」(1258)とするのに対して、バッバランジャが「マーディ自体もそうなのです」(1258)と応ずるとき、彼はモヒの歴史観をみずからのものとして受け入れているとも言える。

第一八五章において、ユーミーはバッバランジャが「凪」という語を使ったことを受けて、「ぼくたちの凪は嵐を孕むことになるにちがいない」(1283)としている。ユーミーのいう「嵐」は革命の比喩であるかもしれない。タジ一行はかなり前の第一五三章で、フランコ［＝フランス］の「大爆発」、「噴火」(1154)、「炎の嵐」(1155)に直面する。「大爆発」、「噴火」、「炎の嵐」は、ここでは、それらの先ぶれとしての「流星」もふくめて、一八四八年のフランスの二月革命の比喩とみるほかはあるまい。これらの言葉は血の色である赤色を想起させ、また「フランコの群衆」(1154)や「戦いの喧騒」(1155)という言葉といっしょに使われているものの、具体的な流血を喚起する言葉は必ずしも使われていないことに留意したい。これは二月革命が「比較的に無血」(Larry Reynolds 6)、「事実上の無血革命」(小関 1990, 74)であったことに即応しているかもしれない。「噴火」やそれに伴う「炎の嵐」などの人間の思惑を超えて必然的に生起する自然現象が(二月)革命の比喩として使われていることにも注目したい。一行は次いで、フランコの「大火災」(1155)がポーフィーロ［＝ヨーロッパ］の「遠くの谷に飛び火」(1155)するのを目撃するが、そのときの「嵐」と「凪」を鍵語のひとつとするタジ一行の論戦(シンポジウム)は、「嵐」を革命の比喩——「嵐」も自然現象である——として読みとく読みを肯っていると言えよう。この論戦に一応の決着をつけるのはバッバランジャの以下の発言である。「殿、凪が嵐を孕むとするならば、嵐も凪を孕むのです。この恐ろしい動乱も、結局は平和に戻ることになるのです。ポーフィーロの未来が安価で贖われたということになるかもしれないのです」(1156)。哲学者はここで「動乱」と「平和」の関係を「嵐」と「凪」の自然弁証法として語っている。

　第一五二章はドミノーラ［＝イギリス］とヴァーダンナ［＝アイルランド］の関係にかかわる一行の論戦を伝えているが、ユーミーはこう発言している。「そういうことなら、［ヴァーダンナの］刈り入れびとには鎌と剣をもたせ」、「片手で髭のある穀物を切り倒させ、もう一方の手で髭の生えた領主を打倒させるがいいのです」(1149)。詩人のユーミーはおそらく、ときに率直に心（真）情を吐露する役割を与えられている。しかしメルヴィルは、ユーミーの心（真）情が間違っても彼自身の心（真）情であると受けとられることのないようにと慮ったのであろうか、ユーミーの作中導入に際して（第六五章）、語り手のタジにこう言わせている。ユーミーは「若い、長髪の、青い目をした吟遊詩人で、のべつ幕無しに発作的で不規則な物言いをする」、「彼ははなはだしく移り気な人間で、相反する気分に左右されやすい性質であった。（略）千もの矛盾のかたまりだったから、（略）この物語が進むにつれて彼をして彼を描かせるほかはない。そして彼がこれに成功することが望まれる。なぜといって、マーディのだれひとりとして彼を理解しなかったのだから」(859)。

五

第一八五章において、王のメディアは「泣き言」(1282, 1283)を言いつづけるモヒ、バッバランジャ、ユーミーに向かって、「余はこれまでの人生で悲しかったためしは一度もない」(1282)と嘯いている。しかしアイロニカルなことに、王メディアに招待されて、イラーともどもオドで「幸福な日々」を過ごすタジによって、「この島とその領主について、さらに詳しい描写にとりかかるべきときだ」(852)と語りだされる章である第六三章においては、メディア王が治める国オドは「闇」のイメージとともに語られる。タジはオドの国の「一般庶民」を以下のように描写する。

一般庶民は、囚われの境遇にある農奴、奴隷、戦争捕虜などを含めて、見つけるのが難しい秘密の場所に住んでいた。（略）こういった人間たちは峡谷や岩山の奥深くの、悪臭のたちこめる洞窟の中で暮らしていた（略）。あるいは、腐った木の枝で造った小屋に住んでいた（略）。オドの国の酋長たち［＝重臣たち］は、（略）めったにこの辺りを通ることはない。（略）酋長たちは、こういった豚どもは泥濘を這いつくばっているというのに、どうしてこんな血の気の失せた顔をしていられるのかと訝る。だが酋長らは、こういった豚のような連中に楽しいわが家を建ててやることはないし、この泥濘から引き出してやろうと骨折ったことも一度としてない。（略）彼らを労役によって死へと追いやる勅令を中絶したこともない。(853)

オドは「そのひそやかな場所では、嬰児が乳の流れてこない乳房から顔を背け」、「そのもっとも奥深い場所では、陰鬱な森が卵を抱いて」(853)いる国であり、このあたりを通ると、「この上ない陰気な叫び、メディアを呪詛する声」(853)が聞こえてくる。民が鞭打たれているのだ。「メディアは半神ではない」とする「異説」を吐き、「異端」の「罪」(853)の報いをうけているのである。彼らは「呪詛」の叫びをあげる。「おれらのために掘られた穴が、おれらではなくやつの墓穴になればいい」(854)と。

「一般庶民」が鞭の罰をうけ、「呪詛」の、復讐の「叫び」を発するきっかけとなる、「メディアは半神ではない」とする「異説」とは、どのようなものか。王のメディアは、第五七章において、「世俗の君主として臣従礼を捧げられている」ことに加えて、「霊的な存在としても崇拝されていた」(836)とされている。「群島の国王たちのほとんど」は「神の化身」、「半神」であり、その「半神」としての地位は「世襲」であり、「父から子へと相伝」されている(837)。これらの「半神」たちは、「おのれの高尚な僭称を支える財力」を有しているだけではなく、「非信従者の不信心を抉りだして叩き潰す」こともできるし、「教会と国家との、神と王との、この汚れのない結合」によって、「ほかならぬ彼ら自身の身体で最高のカエサルとなり、臣民の魂と肉体の上に君臨」(837)している。

であれば、ここでの「半神」とは王権神授説にもとづく世襲の絶対的君主としての王ということになる。ならば「メディアは半神ではない」とする「異説」とは、王権神授説と対極をなす人民主権説を暗に指すと言えるかもしれない。人民主権説はアメリカ革命とのかかわりで言うなら、アメリカ独立宣言よりも早く発布され、「およそ人権宣言の先駆をなすもの」(『宣言集』108)とされる「ヴァジニア権利章典」(『宣言集』109-112, Commager 103-104)の第二項、「すべて権力は人民に存し、したがって人民に由来するものである。行政長官は人民の受託者でありかつ公僕であって、常に人民に対して責任を負うものである」とする宣言に、その具体例を見出すことができる。本章典の第三項には「いかなる政府でも、それがこれらの目的に反するか、あるいは不じゅうぶんであることが認められた場合には、社会の多数のものは、その政府を改良し、変改し、あるいは廃止する権利を有する。この権利は疑う余地のない、人に譲ることのできない、また棄てることのできないものである」と、いわゆる革命権がうたわれ、第四項では、「公職は相続され得るものではなく、行政官、立法部議員、判事の職は世襲であってはならない」とされている。

六

王の地位が「世襲」であり、「父から子へと相伝」されるのに対し、「一般庶民」のもとでは、「呪詛」が、復讐の誓いが、父から子へと相伝されている。オドの国の「一般庶民」の「呪詛」に類する声は、同じく王制の国として語られるドミノーラ――実際のイギリスは当時もいわゆる混合王制であった――の章である第一四八章においても耳にすることができる。一四八章には四種類の庶民ないし労働者があらわれる。ユーミーはヴィヴェンツァの北を訪問する第一六一章の冒頭において、「この国では労働者は笑い、歓喜の森で拍手している！ イラーが見つかる見込みはまだあるとぼくには思える！」(1179) というぐあいに、エンゲルスがほぼ同時期のイギリスの国情を「イギリスの労働者階級の状態」として論じたのにも似て、「イラーがみつかる見込み」のメルクマールを「労働者」の状態においている。一四八章は四種類の庶民ないし労働者にもっぱら注目しているから、同じメルクマールがここでも暗黙のうちに前提されていると考えてよいであろう。本章最末尾の一文は「ドミノーラのどこへ行ってもイラーはみつからなかった」(1135) となっているから、四種類の庶民ないし労働者の状態はイラー発見の条件を満たしていないということになる。また本章に二番目に登場してくる庶民は「多数の悲しげな乙女たち」(1134) であるが、彼女たちは『マーディ』の「島めぐり移動シンポジウム」を構成する章として分類される諸章のなかの、実際の国のアレゴリーと考えられる島を扱っている章のうちで、唯一あらわれる女性の群像である。アメリカ革命の理念の引喩であるかもしれない若い女性イラーは、「多数の悲しげな」女性群像が暮らしているドミノーラでは発見されることはない。ドミノーラにおいては、すでにみた、バッバランジャのいう労働の果実が労働主体の手に帰される状態としての「幸福」は実現されていないと結論づけることもできよう。

最後の四番目に登場してくる群像については詳しくみる。彼らは「われらは生まれたからには、生き抜くぞ！」という一文が書かれた「深紅の旗」のあとにつづく「暴動に狂奔する赤い帽子をかぶった暴徒たち」(1135)である。彼らが、「マーディは人のものだ！」、「地主階級を打倒せよ！」、「正義を起こせ、不法は倒せ！」、「パンをよこせ、パンをよこせ！」、「時は今だ！　潮目を逃すな！」(1135)と叫ぶとき、庶民の「呪詛」の声は革命的な叫びへと化している。「マーディ」すなわち世界は、「半神」(＝王)のものではなく、「人のもの」であると喝破されている。このあと「暴徒たち」＝「群衆」は、「旗を振り回し、頭上高く棍棒、ハンマー、鎌を振り上げ、猛々しい叫び声を上げながら」、「ベロ［＝イギリス王］の宮殿へ殺到」する。ところが群衆の先頭に、「気違いじみた叫び声と身振りで」「煽動する」「覆面の六人」がいて、群衆の一部をまんまと掩蔽壕に誘い込み、残りの逃げ惑う群衆は突如あらわれた「武装した軍隊」にけちらされてしまう。「覆面の六人」は後刻、宮殿の伝令官から「ようこそ、英雄たち」と歓迎され、「金のために仲間の者たちを裏切り」王に奉仕したことに対して王から報奨金が出ているとして金を手渡される(1135)。

メレル・デーヴィスは右の場面を、「人民憲章の六項目と一八四八年四月一〇日の「チャーティストによって計画されていたロンドンの国会請願デモの」大しくじり」をメルヴィルが「風刺した」(85)ものとしている。このようなデーヴィスの読みを私としては踏襲する気になれない。「風刺」されているのはチャーティストの側ではなく、むしろ第五列をもぐりこませチャーティストを罠にはめる王宮サイドである――とする読みも成立し得るからである。第一四八章の全体的な語りの流れからすれば、後者の読みのほうが自然なのではないか。ラリー・J・レノルズは、「ロンドンではチャーティストが四月一〇日に巨大な、革命的な力を秘めているかもしれない請願デモを計画したが、政府は参加者たちを脅迫し、数千人に及ぶ特別警官や軍隊を配備することによってこの請願デモを無力化した」(3)と四月一〇日の出来事を要約している。近年のいくつかのチャーティズム研究（古賀、小関1993、トムプスン）に照らせば、このレノルズの要約はまっとうな要約とみてよい。ともあれ右の場面は、レノルズの要約のようにもみることができる歴史上の出来事の虚構化であるのだが、デーヴィスはこの場面に、メルヴィルも読んだと考えられる、アメリカの新聞に抄録されたロンドンの『ザ・タイムズ』の四月一〇日に関連する特定の立場からの記事など(Davis 84-85)に影響されてか、メルヴィルの「風刺」をみてとっているのである。レノルズは「チャーティストについてのエマソンと『タイムズ』の見方を共有するアメリカ作家のひとりはハーマン・メルヴィルであった」とし、メルヴィルは「『マーディ』において四月一〇日の不発に終わった請願デモを風刺した」(30)と書いているから、彼はデーヴィスを踏襲していると考えられる。レノルズは、メルヴィルはチャーティストを「過激な革命的な行動」(31)を思わせるイメージ――「旗を振り回し、頭上高く棍棒、ハンマー、鎌を振り上げ、猛々しい叫び声を上げながら」――と結びつけているとし、その点にチャーティストに対するメルヴィルの否定的な評価を読みとっている。こうしたイメージ付与には読書界の空気を読んだ上でのメルヴィルのミスディレクションの意図が隠されているかもしれない、などとはレノルズは考えないらしい。

七

次にタジ一行に随ってヴィヴェンツァに上陸することにしたい。第一五四章はヴィヴェンツァを目指す船上の一行についての章であるが、その冒頭のシンポジウムの論題はヴィヴェンツァでのイラー発見の見込みである。メディア――「広大な海をわたれば、すばらしい新しいマーディ［世界］、ヴィヴェンツァだ！　われらの探索を逃れてきたひともヴィヴェンツァの谷で見つかるに相違ない」。ユーミー――「ここで見つからないのであれば、ほかに探す場所はないですよ、気高いタジ君」。バッバランジャ――「だが楽観は禁物です、心やさしいユーミー」。モヒ――「イラーがポーフィーロのいにしえからの葡萄の園を好まず、ヴィヴェンツァの荒涼たる草原に青葉の住みかを築くなんてありうるじゃろか」(1157)。

メディアの「新しいマーディ［世界］、ヴィヴェンツァ」という言い方は、彼が第一四六章において示す、ヴィヴェンツァは「主権国」、「共和主義の国家」(1127)として誕生したとする認識に立つものと言えよう。第一四六章は第一四五章に引き続いて、メディアがタジに語り聞かせた話をタジが語り直す形をとっているが、メディアはここでヴィヴェンツァを「主権国」、「共和主義の国家」として誕生せしめたのは「ヴィヴェンツァの人民」の「反乱」であり「戦争」(1128)であったとしている。これら二つの章においてメディアは、ヴィヴェンツァに対していくつかの苦言を呈する一方で、ヴィヴェンツァは「気高い国」、「朝の光に満ちた約束の国」(1128)でもあるとしている。

第一六〇章では、ズノッピという名前の「ポーフィーロからの亡命者」が登場してくる。彼は一行を「大酋長」――彼はデーヴィスによればポーク大統領の虚構化である(89)――のもとへ案内し、「大酋長」と「親しい」ことを強調して、「この国ではみんなが王だ――みんなが平等だ。すべてが共通だ」(1178)と言う。ところがこの人物、言い種のわりには生活の資を稼ぐことができないらしく、そばにいた見物人の「財布をまさぐって」いるのを騒がれ、現行犯で捕まってしまう。バッバランジャはこう反応している。「この国ではこれらの自由人が考えているほどの自由はないのだ」(1178)と。

第一六一章において一行はヴィヴェンツァの「北」へ上陸する。語り手の第一声はこうである。「これまでぼくらが目にしてきたすべての国々のうちで、ここほど約束に満ちた国はなかった。(略)いたる所で、川の流れ下る音、群れ集う蜂の声、繁栄する人々の喜びのさんざめきが聞こえた」(1179)。すでにふれたように、ユーミーは語り手の語りにつづけて、「この国では労働者は笑い、歓喜の森で拍手している！　イラーが見つかる見込みはまだあるとぼくには思える！」と発言している。しかし次章の第一六二章にすすむと、その冒頭で語り手はイラー発見の「希望」に関して、「ユーミーでさえ楽天的な希望の炎を消したくらいだった」(1188)と報告する。同章で一行はヴィヴェンツァの北でのイラー探索を終え、ヴィヴェンツァの南に上陸するが、語り手は「同じ国の一部なのに、別の国のようだ」とし、ユーミーは「ここでは労働者は笑いを失ってしまっている！」

(1188)と叫ぶ。同章の最末尾で、語り手はヴィヴェンツァでのイラー探索は不首尾に終わったと報告している。「ぼくらはこの南の谷から谷へと渡って行ったが、ドミノーラと同じく──ヴィヴェンツァの南と北のどこを探してもイラーは見つからなかった」(1192)。

第一六一章、北でのある日のこと、フランコの「噴火」の詳しい知らせが届く。「大火災」はポーフィーロじゅうに拡がり、「王たちがあちらこちらで、狩猟犬に狩り立てられる重罪犯人みたいに、狩り立てられているのだという」(1179)。語り手はこうした知らせは「多くの人たちによってこの上ない喜びでもって歓迎された」としているが、彼らの具体的な反応はこうである。──「万歳! 王国がまたひとつ焼け落ちて地に隅に追いやられたぞ!（略）共和国がまたひとつ黎明を迎えているぞ! 手を握れ、自由の民よ、手を握れ! ドミノーラが地に塗れるのを聞くのも、痛ましいヴァーダンナがわれらのように自由になるのを聞くのも、もうすぐだぞ。ポーフィーロの火山という火山が爆発しているんだ! だれが人民に抗しうるというのか。（略）われらが死ぬ前に、自由の民よ、全マーディが自由になるのだ」(1179-80)。これは二月革命とその波及に対する反応としては、真率な反応と言えるかもしれない。特にヴァーダンナを「痛ましいヴァーダンナ」とみる彼らの眼差しに注目したい。第一五二章における、「ヴァーダンナの男どもはベロ王の本来の種族に比べて血も脳も劣っている」、「優れたマーディびとのほうがいつでも統治しなければならないのじゃ」(1149)、「ヴァーダンナは気違いだ」(1150)などの、人種的な差別意識剝き出しの、当時のイギリスによるアイルランド統治を当然視する──ロンドンの『ザ・タイムズ』の論説の論調を思わせる（小関 1990、80-81）──たぐいのメディアの発言と比べると、彼ら「多数の人々」のヴァーダンナ観は、同じ一五二章における ユーミーの「この貧しく苦しんでいる国」(1150) とするそれと並んで、真率なものであると言えるのではないか。バッバランジャは同章において、「ヴァーダンナは頑迷、迷信、分裂した提言、内輪の反目、無知、無鉄砲などに刺し貫かれている。ヴァーダンナに意志はあるが、行動は起こさない。(略)ヴァーダンナの最高の戦いといっても、挑戦的な態度をとることでしかない。ヴァーダンナは、打撃の雨を降らせるべきときに、非難の言葉を雨あられと浴びせるにすぎない」(1150) という言い方に隠れて、ヴァーダンナは革命を起こしても当然だと言ってのけている。

語り手の報告によれば、ヴィヴェンツァの北には、フランコの二月革命とその波及に対する反応が、右でみた反応のほかにもう二つ存在している。第二の反応は、以下にみてとることができる──「他の者たちはそれを不吉な懸念をいだいて聞いた」(1179)。おそらく、この「他の者たち」は、語り手の言う「王たちがあちらこちらで、狩猟犬に狩り立てられる重罪犯人みたいに、狩り立てられている」状況に「不吉な懸念」をいだいているのであろう。第三の反応は、以下にみてとることができる──「王たちが追放されたことを喜びながらも、人民自身の立場がじゅうぶん確固たるものではないと嘆く人たちもいた。勝利というのは、それを賢明で長続きするものにしない限りは、勝利でもなんでもないのだと彼らは言った」(1179)。

検討中の一六一章で、一行はなおも「探索」をつづけ、ある「大峡谷」に辿り着く。この峡谷の住民たちは、「時代の熱狂 the ardor of the times にとりつかれてことさらに舞い上がっていた」(1180)。のちに彼らは、一本の棕櫚の木に釘で打ちつけられた、だれが書いたかわからない「巻物」

を読むが、読み終わったあと、それをずたずたに引き裂き、こう叫ぶ。――「旧トーリーの、君主主義者め！」「この啓蒙の時代に無知蒙昧の教説を説きやがって！　馬鹿め！　一切の過去とその墓が掘り返されようとしているのをやつは知らないのか」(1187)。彼らは「猛り狂い」、「生贄を探して目をぐるりと動かす」(1187)。つまり、「群衆」は「巻物」を書いた張本人がいないかと辺りを見わたしたのだが、一行は恐れをなし、「気づかれずに」その場を離れる。「群衆」とも言い表されている、これらの「時代の熱狂にとりつかれている」住民たちは、どうやら、アメリカ革命のときのように、こうした場合に暴力に訴える構えをみせる人民であり、一行にとっては恐怖の対象である。道を急ぎながらババランジャとメディアは、「巻物」を書いたのはおまえだろうと互いに非難しあうが、語り手によれば、「どちらかが巻物の起源を知っているかどうかを見きわめることは不可能であった」(1187)。

八

次に「巻物」の中身をみることにするが、その前に「巻物」に関して以下の三点を確認しておきたい。第一は、「巻物」は直接的には、「時代の熱狂にとりつかれことさらに舞い上がって」いるヴィヴェンツァの北の「人民」――彼らは「巻物」の中で「主権者にして王たる諸君」とされる――に向けて書かれていること。第二は、「巻物」は、フランコの二月革命とその波及の知らせに対して前節でみた二番目の反応を示す人びとと三番目の反応を示す人びとの心情を体現する立場からの風刺ないし苦言とみることができるということ。語り手は「巻物」が「独断的で保守的」(1187) な書き物であるとしているが、これにはメルヴィルのミスディレクションの気配がなくもない。二番目の反応を体現する立場は保守主義に傾く可能性が大きいとしても、三番目の反応を体現する立場は保守主義者でない場合でも成立すると考えられる。第三は、「巻物」がヴィヴェンツァの北の人民に向けて書かれているのである限り、「巻物」の風刺ないし苦言のターゲットは、彼らの父祖の世代が「反乱」と「戦争」を通じて建設した「共和国」の現状と、その共和国で暮らす「主権者にして王たる諸君」としての人民が陥りがちの独善的あるいは独断的な態度であるはずだということである。この点も、語り手の「独断的で保守的」という裁断にはそぐわない。

レノルズは、メルヴィルは『マーディ』において「多数の［エドマンド・］バーク流の省察を披歴する謎の巻物を用いることによって六月蜂起を扱った」(49) とした上で、四点を指摘している。そのなかの第二の指摘と第四の指摘に限定して、検討してみたい。レノルズの第二の指摘は、「フランコ［の六月蜂起］における暴力と流血」が、「自由は政治的なものというよりも社会的なものである」とする「巻物」の主張の論拠となっているとする指摘 (49) であり、「巻物」から以下を引いている。「二千万人の君主たち、たとえみずからがその二千万人のひとりだとしても、彼らの暴力にさらされるよりは、ひとりの王の下で安心な方がましである」(1185)。第四の指摘は、暴力は害悪をもたらすにすぎないと「巻物」は主張しているとする指摘 (49-50) であり、「巻物」から以下が引かれている。「大いなる改革は確かに必要とされている」けれども、「流血の革命が求められている所などありはしない。革命が救済方法のうちで一番確かだとしても、用心深い患者ならだれも血管を切り開いて生命もろともに病根を摘出させたりはしない」(1186)。これにつづけてレノルズは、「ロンドン滞在時の日記におけるエマソン(あるいは「地球の燔祭」におけるホーソーン)とよく似た口調で、革命に効力があるとする信念には根拠がないと巻物は主張している」と書き、「巻物」からの以下の引用で締めくくっている。「悪は総じて和らげることはできても除去できるわけではない(略)。悪は宇宙の慢性疾患であり、ひとつの場所で食い止めても、別の場所で吹き出るのである」(1186)。

レノルズの指摘はすんなり受け入れるわけにはいかない。「巻物」には一見するところ「保守的」な、「バーク流」の主張があまたちりばめられているが、そうした主張のいくつかを、前節で確認しておくべきこととして指摘したような「巻物」にまつわるいくつものコンテキスト、および「巻物」内の立論自体が帯びているコンテキスト、さらには「巻物」の外のタジ一行のこれまでみてきたような諸々の主張との関連が織りなすはずのコンテキストなどを考慮せずに抜き出して、その表面的な口調がエマソンのそれ(またバークのそれ)とよく似ていることを根拠にして、エマソンの「見方」は「メルヴィルのそれ」と「一致していた」(49)と断言しているにすぎないともみえるからである。

第二の指摘のなかの「巻物」からの引用「自由は政治的なものというよりも社会的なものである」は、以下のようなコンテキストのなかにある。「人民を卑屈にするのは金箔や、黄金の権標や、戴冠用宝玉だけではない。主権者にして王である諸君、ほかならぬ諸君の間にあっても、お辞儀やへつらいが大いに行われているではないか。マーディの至るところで、貧乏は富の前でへりくだっている。どこであれ、負債を負う身はつらい。どこであれ、賢者が愚者に威張り散らすのは世の習い。どこへ行っても人の苦しみが目に入る。／かくて自由は政治的なものというよりも社会的なものである。しかも自由の真の至福というのは、分かち合えるものではない。**それ**は人が個人として獲得し保持するものだ」(1185, 強調はメルヴィル)。となると、次のような解釈、「政治的自由」とは形式的な自由のことであり、「社会的な自由」とは実質的な自由のことであるとする解釈も可能になるのではないか。政治的な自由は形式的な自由であるから、人はこれを手にしていれば、第一六〇章にでてくる「ポーフィーロからの亡命者」であるズノッビのように、「この国ではみんなが王だ——みんなが平等だ。すべてが共通だ」と言ってのけることはできる。だが、「貧乏」、「苦しみ」から抜け出すことができるとは限らない。実質的な自由を司る社会がそれを許しはしないからである。ズノッビは他人の財布に手をだして逮捕されてしまう。社会が言うには、「自由の真の至福」、たとえば「富」の獲得は、「分かち合えるものではない」のである。「**それ**は人が「社会のなかで」個人として獲得し保持するもの」なのであるから、失敗したら黙らなければならないのだ。切羽詰まって盗みを働けば逮捕される。だが、人は早晩この不条理に気がつく。社会の言うことをどんなに唯々諾々と聞いても命をつなげないことに。「貧乏」や「苦しみ」から抜け出せないことに。レノルズは「飢餓、失業、大衆のもとに及んでいた圧制などを、勃発した「ヨーロッパの」諸革命の（略）直接的な原因とみることができる」(4)とし、メルヴィルは「二月革命の社会的次元」(10)に気づいていたと書いている。それにしては、右でみた彼の第二の指摘は短絡的でミスリーディングである。

第四の指摘のなかの「巻物」からの引用において、「大いなる改革」と「流血の革命」が対置されるかたちで「革命」という術語が使われているが、これは政治的革命の意味で「revolution」が使われている『マーディ』における唯一の用例である。「revolution」が回転ないしそれに関連する意味で使われている用例は相当数みてとることができるが、注目すべき用例は第一六四章におけるメディアの発言にみえる用例である。──「revolutions は高潮にまで高まることがあるにせよ、君主はかんたんには溺死しない──君主たちはその高潮による洪水も切り抜けたのだ」(1198-99)。この用例において、主語の「revolutions」は「地球と月の各々の公転」と訳せなくはないかもしれないが、やはり「諸革命」と訳すべきだとするならば、「revolution」が革命の意味で使われているもう一つの用例ということになる。

作者メルヴィルのレベルから言えば、「改革」と「革命」を対置する手口は、メルヴィルも何らかの形で読んだと考えられるロンドンの『ザ・タイムズ』の、「二月革命以降のフランス情勢，リピール運動を中心としたアイルランド情勢，そしてチャーティスト運動を中心とした国内情勢についての論説」(小関 1990, 71) からの借用、しかもミスディレクションを意図した借用であったかもしれない。小関によれば、『ザ・タイムズ』は「イギリス流の改革の道」が「フランス流の革命の道」より優れていると主張した。『ザ・タイムズ』においては、「革命ということば」は「暴力や戦争，秩序の破壊」といったイメージに直結させられ、「事実上の無血革命であった二月革命」も「暴力や秩序破壊」のイメージに結び付けられた (74)。『ザ・タイムズ』は「六月蜂起」を「二月革命の必然的な帰結」として論じ、「革命」と「暴力、流血のイメージ」をいっそう緊密に結びつけた(75)。チャーティストはその運動形態において「革命的・暴力的」であり、「平和的な改革の伝統」とは「異質」(86)であると断罪された。

レノルズはエマソンなどを経由しながらではあれ、多数回『タイムズ』に言及しているから、こうした、『タイムズ』が「革命」という語に付与したイメージを知悉していたであろうし、またすでに指摘したように、「巻物」をもっぱらメルヴィルの六月蜂起に対する反応としてみていて、その他もろもろのコンテキストは一切無視して憚らないのだから、彼の第四の指摘は、「流血の革命」のイメージに敏感に反応したものとして成立しているかもしれない。さらに言うなら、本稿が第六節で引いた、メルヴィルは「『マーディ』において四月一〇日の不発に終わった請願デモを風刺」したとするレノルズからの引用は、「メルヴィルは圧政下にある下層民に共感する傾きはあったけれども、民衆の暴力的な蜂起に対しては終生変わらぬ懐疑の念をいだきつづけた。そして一八四八年のヨーロッパにおける諸展開、特にフランスの革命は、彼の政治的思考の触媒となり、その保守的な側面を前面に押しだす役割をはたした」(30)とつづいているから、レノルズの第四の指摘はメルヴィルの「保守的な側面」が「前面に押し」だされていることのひとつの具体的な証拠として提示されているかもしれない。もしそうだとしても、これまた短絡的な指摘であると言わなければならないのではないか。

フランコの章において革命が自然現象の比喩で語られ、革命に人間の思惑を超えた必然性と反復性のイメージが与えられていることは第四節でみたが、「巻物」においても革命の必然性と反復性のイメージは維持されている。ここでは革命は、本節で先に引いたメディアの発言の場合と同様に、天体の運動において語られている。――「深紅色のいくつもの共和国が、まるで燃え立つアルデバラン星のように、星座のなかに姿をあらわし、最高点をめざして疾駆するかもしれない。しかし共和国は最後には身を沈め、天空をあの旧いスルタンの太陽に譲るのが運命だ。だがそのスルタンの太陽も、いずれ再び退座する運命にある」(1183-84)。レノルズが第四の指摘の箇所で引いている、「悪は総じて和らげることはできても除去できるわけではない（略)。悪は宇宙の慢性疾患であり、ひとつの場所で食い止めても、別の場所で吹き出る」などという主張が、なされようがなされまいが、革命は勃発するときには勃発し繰り返されるのである。レノルズのいう「本物の、死ぬか生きるか」(173) の「ラディカルなアクション」(xii) は、おそらく、社会の教えである善悪や罪と罰などのイデオロギーを超えるのである。ニューディール派リベラルを自称する現代アメリカの歴史家、経済史家であるジェームズ・L・ヒューストンは、「生命体は生き残るために闘争するのが習性である。ゲームの規則に従っても生き残ることができないときには、生命体によっては生き残るために規則を破る」(397) としている。

レノルズの第四の指摘、つまり「流血の革命」は許されるべきではないとする立場が、メルヴィルの基本的な立場であると読みうるように、『マーディ』が一面で巧まれていることは否定されるべきではない。『マーディ』のその後の展開において、革命へとつながる契機の封じ込めが、たしかに、二度、三度と図られるからである。レノルズはメルヴィルによるこうした封じ込めに気づいていて、そこにメルヴィルの「保守的な側面」への傾斜を見てとっているはずであろう。しかしながら、二度、三度と封じ込めが図られるものの、そのつど封じ込めからはみだしていく人間行動が語られていることにも気づいておかなければならないのではないか。最後にいくつかの節を費やして、その辺りを見届けてみたい。

九

第一六二章、ヴィヴェンツァの南部で、語り手は最初に目にした光景をこう描写している。「焼けつく太陽のもと、何百人もの首枷をはめられた男たちが溝の中であくせくと苦役していた。（略）これらの男たちを陰険な顔で監督しているのは別の男たちの種族で、長い革紐を手にしていた」（1188）。革紐をもった男たちの先頭にいるのが、ナリという名前の「死相を帯びた、幽霊のような男」（1189）である。（ナリは米国南部サウスカロライナ州出身の政治家ジョン・カルフーン（一七八二―一八五〇）の晩年のカリカチュアであると考えることができる。ナリという名前が、カルフーンが危機に瀕する南部を擁護するために唱えた政治理論であるナリフィケイションNullification（中谷）に起因すると考えることができるからである。）ナリは一行に向かって言う。「煽動者め！」「きさまら、燃え木野郎ども、反乱の火をつけにきたのか。（略）去れ！　そこの王、オドへ戻って、自分の国の不法でも正したらどうです。ここの連中はおまえさんとこの農奴よりも幸福なんだ。もっとも、おまえさんとこの農奴は首輪はつけていないがね。ここの連中は、自由はないが、今のままでおまえさんとこの連中よりずっと幸福なんだ」（1189）。さらにこうつづける。「静かにしろ、狂信者め！　連中以外のだれが、この荒れ放題の野を耕すのか。連中は、今のままに今後もとどめおかれる運命なのだ。それが正しいことであり、義にかなうことなんだ。マランマ［＝聖地］もこのことを擁護しておる！（略）連中のためといって第一撃を打ったりしたら、ヴィヴェンツァの谷の連邦は瓦解だ」(1189)。

ヴィヴェンツァの南の農奴（奴隷）は以下のユーミーの発言にみるように「ハモ族」であるとされている。「ハモ族」はハム族のもじりであり、合衆国の黒人奴隷制度の正当化根拠として引かれることのあった創世記第九章一八－二七節へのアルージョンである。しかし「ハモ族」という人種呼称の『マーディ』における初出はユーミーの発言ではなく、第一五七章の以下の箇所である。同章において一行は、ヴィヴェンツァの「二つの岬の中間点」［＝首都ワシントンＤＣ］に海上から接近するが、そのときヴィヴェンツァの守護神である「兜をかぶった女神像」がみえる。神像の足元のアーチのところに、「この共和国においてはすべての人は自由かつ平等に生まれた」(1169)という、アメリカ革命の理念の要約とみることのできる碑文が刻まれている。この碑文に、だれかが悪戯書きをしたらしく、小さい文字で「ハモ族はこれを除く」(1170)と付加されている。

一行はヴィヴェンツァの南の奴隷制度に革命の契機を見出す。ユーミー――「ああ、ぼくたちと同じ人間、ぼくのこわばった腕が打ち震え、おまえたちの仇を返すことを願っている！」バッバランジャ――「オロよ！　あなたは存在するのか」、「このようなことが存在するのか。私のなけなしの信仰も揺さぶられそうだ」。メディア――「これが［ヴィヴェンツァの］自由なのだ！」「天の声さえ窒息させられるというのに。これらの農奴が起ち上がり、自由を求めて戦うとしても、天の子を自称する者どもによって、まるで犬のように狩り出されるであろう！」ユーミー――「天よ、願わくば！」「一滴の血も流すことなく、彼らに束縛を解く手段を得させたまえ。だが、（略）オロよ！　他に手段がなく、彼らの主人たちも悔い改めないならば、すべての正直な心がこのハモ族を励ますことになるにちがいない。たとえ彼らが幾度も研ぎ澄ました刃で鎖を断ち、柄まで血みどろになるとしても！　奴隷がだれであるにせよ、自由のために戦うことは正しいのだ」。モヒ――「南部のこのあたりのサバンナはやがては戦場になるかもしれぬ」。ユーミー――「それでいい」、「オロが正しい者たちの先陣に立ってくださるだろう」（1190）。ここでは「天」＝「天の声」という語が、神（＝オロ）の意と、ラテン語の格言にいう「民の声」としての「天の声」の意の二重の意味で用いられていると考えられる。「天」という語のこのような使い方は、ジョン・ロックの『統治二論』後篇の第二四二節における「天」、「天への訴え」にもみてとることができる。そしてこのロック経由で、「ヴァジニア権利章典」や「独立宣言」に人民の革命権ないし抵抗権がもりこまれていることは、一行にとっても、読者にとっても、当然の前提であるはずである。

だが、次のバッバランジャの〈沈黙の神〉論の発言を皮切りにして、話の風向きが変わり始める。奴隷たちの「自由」のために戦いに決起しなければならないのではないかという気運はあっさり凋んでしまう。ババランジャ――「［オロ］は必ずしもそのような意向をお示しになったわけではない」、「オロはだれの味方もなさらぬ。あらゆる事柄において、（略）人は自分で戦わなければならない。ユーミー、感情的には、私の熱い同情もきみのそれに劣るものではない。しかしだね、これらの奴隷のためにきみは鎗を交えようと言うが、私にはその気持ちはない。禍が一部の者に降りかかっている今のほうが、将来すべての者に降りかかるのよりはまだましだ」（1191）。

革命の契機の封じ込めをリードするバッバランジャは、ヴィヴェンツァを引き裂いている、「一部の者に降りかかっている」「禍」(「社会的迫害」)としての奴隷制度に対する具体的な対処、つまり彼が第一三五章において強いこだわりをみせながら語った「行為」(1085)による対処から、保守主義と呼びうるかもしれない境地へと苦悩のうちに後退していく。以下のように、「すべての主人たる者」を宗教的に苛烈に断罪しながら。この種の宗教的な断罪は、しかしながら、同じ一三五章でバッバランジャの言う、「傍観」し「行為者になることのない賢者」(1085)の常套手段ではないのかという、みずから表明した「行為」へのこだわりによって逆照射されながら。「しかしそれでも、それは罪だ。(略)すべての主人たる者は(略)幾度も跪き魂の免罪を祈り、ありとあらゆる聖餐を受け、跪いたままで息絶えるがいい。――だが、彼には絶望したまま死んでもらわなければならない。そして再び生きるとしても、永劫に呪われて死んでもらわなくてはならない」(1192)。現実のアメリカにおいて、たとえばジョン・ブラウンは、峻厳苛烈なピューリタンとして、奴隷制は血を流してでも打倒されるべきであるとし、それこそは神の命令であるとした(David Reynolds, 松本)が、バッバランジャの「オロ」は「そのような意向」を「示す」ことはないのであり、それゆえにここでのバッバランジャの奴隷主たちに対する断罪は、彼らが呪われて死に地獄に堕ちるがいいというレベルにとどまっていると言えようか。すでにみた第一五二章のバッバランジャ自身の言葉(1150)を借りるなら、「打撃の雨を降らせるべきときに、非難の言葉を雨あられと浴びせるにすぎない」。バッバランジャは最後に、「これらの奴隷たち」の「悲惨な状態が永久に固定されていいはずはない」(1192)とみずからの後退に歯止めをかけようとするが、呼び出されるのは「〈時〉」である。「ほかならぬ〈時〉——すべてを癒す〈時〉——大いなる博愛主義の〈時〉——〈時〉こそは、これら奴隷たちの味方になるに違いない！」(1192)。

一〇

第一六八章において一行はハモーラ〔＝アフリカ〕の西に接近する。ユーミーはハモーラに向かって語りかける——「ああ、この地でうるわしのイラーの探索をするのは虚しい」、「哀れな国だ、オロにではなく、人に呪われているのだから！　おまえの胸はどんなに塞がれていることか、おまえの土地から引き離されて、見知らぬ者の土地へ連れて行かれたおまえの子供たちのことを思って。ヴィヴェンツァにだ！（略）ああ、ハモの種族よ！　おまえの禍の杯はこんなにもみち溢れているのだから、おまえたちを奴隷につないでいる地の上に溢れて氾濫を起こすにちがいない。罪から生まれた悲惨ではないのにそれは拡がって行く、毒のおよぶ範囲も広い。苦しみが罪を漁る」(1211)。第一六二章ではハモの種族のために「戦い」を起こすという革命の契機が語られたものの封じ込められたが、ここではハモの種族自身の「禍の杯」が「溢れて氾濫を起こす」として、革命の契機が再び語られている。『マーディ』には、「weal 幸い」の反意語としての「woe 禍」の用例が溢れている。マーディの至るところにまるで「自然なこと」（第一六二章、1191）であるかのように見てとることのできる「禍」の事象こそは、バッバランジャなどにマーディを「闇」のイメージで語らせている当のものであるはずであるが、ハモ族の今まさに溢れようとしている「禍の杯」はその集約点、発火点であると言わねばなるまい。自分の「罪 crime」から生まれたわけではない「悲惨」、「禍」、「苦しみ」の杯が溢れるとき、「罪 sin」は踏み越えられてしまう。

右の場面につづけて、語り手はこう語っている。「ぼくらはなおも進んだ。海は沸きたった」(1211)。(略)嵐が降下して来て、千もの爆弾を破裂させた。稲妻は分岐し閃光を放った。「嵐」が黙示録を思わせるイメージを帯びていることは明らかであろう。バッバランジャは「突風」(＝「嵐」)に「お辞儀をしながら」、こう叫ぶ――「ああ、ヴィヴェンツァ！ 天の報いはこうして下るのだ！随分と遅れたがついにやって来る――最後の審判がありとあらゆる雷光を放ちながら！」(1211)。ヴィヴェンツァの南で、ハモ族のために決起するというアイデアには率先して難色を示し、「介入」しない〈沈黙の神〉論を改めて展開したバッバランジャは、ここでは打って変わって、ハモ族の「禍の杯」が引き起こす「嵐」には敬意をあらわし、その「嵐」を、黙示録の「最後の審判」の観念をもちだしながら、「介入する」神が引き起こすものとして正当化している。こうしてハモ族の「禍の杯」が引き起こす「嵐」は、あの「流血の革命」の呪縛を踏み越えて来襲したと言えそうなのだが、しかしこの「嵐」も、のちの「美しい詩」としてのセレニアの地では忘れさられてしまうかにみえる。

二

第一八六章で一行は海上で出会ったひとりのおだやかな老人に誘われ、第一八七章でセレニアを訪問する。単に訪問するだけではない。イラーはこの地でもさしあたりは発見されないが、一行は、のちに判明するように全員ではないが、この地に住みつくことになる。まるで、「セレニア（略）に向けて舵を切りなさるがよい。（略）嵐に倦んだ多くの流氓者がついには住みつく島なのじゃ」（1284）という老人の言葉通りになると言えなくもない。みてきたように、「嵐」は革命の比喩であるが、彼らは革命が産み落とした共和国の理念の帰趨を見届ける旅にもはや「倦んだ」のかもしれない。しかし一八六章の一行の言葉に即す限りは、彼らがセレニアに住みつく気になるのは、この老人とのやりとりを通じてあらためて（『マーディ』批評においてキリストの謂いとされる）アルマの「愛」の教えに覚醒し、アルマへ帰依することになるからである。バッバランジャの帰依の言葉はこうである。「ああ、アルマ！　アルマ！　神聖なる王子よ！」「**あなた**にこそ、とうとう安住の地を見出しました。（略）消えた、消えた、錯乱も懐疑もみな消えてなくなりました。いま私を支配しているのは、愛とアルマです。私は狂っていたのです。この世界には、私たちが考えてはならぬものが存在しているのです。ある明白な指標を超えると、人間の知識は虚しいのです。（略）暗いマランマの熱狂者の種族がこの老人のように私に呟いてさえくれていたなら、ずっと前に私は賢くなっていたはずなのです！　理性はもはや私を牛耳ることはありませんが、なおも理性はたしかに私に語りかけています。（略）アルマの戒律と食い違うことは、私はそれを撤回します。私は跪いて、大いなるオロと主権をもつ聖なる御子を認めます」（1292-93, 強調はメルヴィル）。他の三人もそれぞれ帰依の言葉を発して同調する。バッバランジャの場合、聖地マランマでは人は「信者か偽善者か」になる外はなく、「正直者になるとたちまち身に危険が及ぶ」のであるが、彼がまだ幼いときに、彼の父は「向こう見ず」にも正直者であったがゆえに「アルマの名において焼かれた」、だから「アルマの名を聞くだけで、ときに私はほとんど憎悪の念をいだく」とメディアに告白していた(第一一三章、1005)のだから、劇的な回心が起こったのだと言わねばなるまい。これは第二次大覚醒のパロディではあるまいかと落ち着かない気持ちになるが、ともかくも四人は一致してアルマに帰依する。

メディアはタジに、「君のイラー」は「青いセレニアの森の近くに住んでいる。君はあそこを探そうとしなかったからね」(第一九三章、1311)と言う。しかし、探しさえすればイラーが見つかるかもしれないほどのメルクマールをセレニアに見出しうるのか。第一八七章で老人は一行から、「おぬしの国の社会状態は?」(1289)と訊ねられる。老人はこれに、「社会状態」は「不完全」(1289)とした上で、淀むことなくかなりの長口舌で答える(1289)。この長口舌は、「わしらの求めるのは行いによる信条じゃ」(1288)(ここでの「行い」はすでにふれたバッバランジャの「行為」(第一三五章)を想起させるし、「信条」は、第一六四章でのユーミーに対するメディアの修辞疑問文による問いかけ、「ヴィヴェンツァはもうその信条の証を立てたのかね」(1199)の「信条」を想起させる)、「わしらは王を持っておらぬ。アルマの戒律が地位と力の傲りを戒めておられるからじゃ。アルマが人類の護民官なのじゃ」(1289)、「人間が完全たりうるとわしらが信じておると思わないでもらいたい」(1289)などの、老人のいくつかの発言が前提になっていること、またこの長口舌は一行のアルマ帰依の直接のきっかけになるわけではないことも、指摘しておくべきであろう。長口舌のあとも老人とのやりとりはつづき、そのあとで帰依の言葉が、読者の驚きを誘うと言えなくもない唐突な仕方で発せられるのである。

この長口舌に対する一行の直後の反応はこうである。バッバランジャ――「すべて美しい詩ではある」(1290)。メディア――「人間は人間だ。飢える人間もいれば、鞭をうける人間もいる――おぬしの教理は実践不能だ」(1290)。二人のこうした反応には、なにか意図的な買いかぶりの気配がないでもない。「美しい詩」、「実践不能」などと言われると却って、老人の言うセレニアの「不完全」な社会状態のどこが「美しい詩」であり、「実践不能」と言えるほどのユートピア性を本当に帯びているのかと問い返したくなる。

セレニアの「社会状態」は「不完全」なものとした上で発せられた老人の長口舌によれば、セレニアには、「少数の幸福な者たち」と「多数の惨めな者たち」とが、「富裕者」と「貧窮者」とが、「美徳」を有する者と「不品行な者」とが存在し、またこれらの二者間を調整している「理性の諸法」、「わたしらの法」も存在している。「富裕者」が「貧窮者」に必要物をほどこすのは、「制定法」によって定められているからではなく、「良心の命令」によるのだとされているから、これは「富裕者」の「良心」に発する慈善活動であろう。しかし老人のいう「理性の諸法」、また「愛とアルマ」が生み出すとされる「わたしらの法」は、いわゆる道徳律（ハイアー・ロー）の謂いではなく「制定法」であろう。そして制定法としての「理性の諸法」、「わたしらの法」が、「少数の幸福な者たち」と「多数の惨めな者たち」との、「富裕者」と「貧窮者」との共生を、また「美徳」を有する者と「不品行の者」の「隔離」を巧みに采配し、「平等」や「義」などの「追求 seek」(1289)を巧妙に回避しているのだと言えなくもない。

これが「王のいない」、「神秘的な〈愛〉」を「統治者」（第一八七章、1289）とするセレニアの、老人のみるところでは「不完全」な、「人間は完全たりうる」などという幻想を排して、「平等」や「義」の実質的な実現の追求を目指したりはしない、現実主義路線を貫いているらしい「社会状態」であるとするなら、このような「社会状態」をあえてバッバランジャのように「美しい詩」と呼び、メディアのように「実践不能」な「教理」と呼ぶのは、セレニアに、「王」なしで、アルマの戒律にしたがって、「美しい詩」を「行いによる信条」として実践しているという見せかけをせめて与えることによって、彼らがやがて告白するアルマ帰依に一定の正当性の印象をあらかじめ与えようとしたからかもしれない。

次々章の第一八九章においてバッバランジャは、「われらの求めるもの一切はわれらの心のなかにある」(1300)と、到達した境地をあからさまに吐露している。そして、なおもイラーの探索を続行しようとするタジに向かって、「賢くあれ、賢くあれ」と、「最後の賢い思念」(1300)につくことを説いている。こうしてバッバランジャは、第一三五章であげつらった「賢者」の道に回帰し、今やアルマへの帰依において安心立命しているのかもしれない。しかしバッバランジャはメディアに、「メディア！　あなたの地位があなたの帰国を促しています。（略）この島から、あなたの島に祝福を与えることができるものを持参なさるといい。ここ［の］花々（略）を移し植えることができるかもしれません。（略）あなたが笑うために、人を泣かせてはならない。（略）王座は廃位なさるがいい。しかし笏はなお保持されるといい。王を必要とする人はいない。しかし統治者を必要とする人は多いのです」(1300)と勧めるのだから、このような、いわば上からの革命の遂行の勧告は、バッバランジャの帰依の言葉に言う「私たちが考えてはならぬもの」には含まれていないらしい。というより、アルマの「愛」の「戒律」への帰依を表明し、革命もアルマの「愛」の名において遂行されるのである限り、「私たちが考えてはならぬもの」として排撃する必要はもはやないのだというアイロニーを読みとるべきなのであろうか。ともあれ、これまでメディアの側近であったバッバランジャはメディアの帰国に同行する意向を示すことはなく、セレニアに留まる道を選ぶ。だが、右でみた第一八九章の直前の第一八八章を精細に読んでみると、そこにははたして、バッバッランジャはアルマ／オロ帰依によって必ずしも安心立命しているわけではないと思わせるくだりが書き込まれている。一八八章はバッバランジャが帰依の言葉を発したあとセレニアの地でみた「ヴィジョン」＝「夢」をみずから語る章であり、その「夢」のなかにひとりの「ガイド」があらわれる。バッバランジャはこのガイドに「呻き」声で、「無思慮な罪の生活」を送り「更生することもなく死んで行く」者たちはどうなるのかと問い質す。ガイドは「罪は死である」と返答する。バッバランジャは「いっそう低い呻き声」でたたみかける。「ああ、それなら」「罪を犯し苦しむ人の胚種はなぜ造られるのか、ただ死に絶えることになるのなら」(1296)。ガイドは「息」を継ぎながら答える。それは「最終最後の謎」であり、「オロはこの謎を防護しておられる。オロ以外にはだれも知らない」(1296)と。これは「夢」のなかでのやりとりであるのだから、セレニアの地にあってもなおもバッバランジャの意識の底に沈んでいる蟠りの具象であると言えよう。

メディアとモヒとユーミーはなおもタジにしたがってイラーの探索をつづけるが、モヒとユーミーは結局セレニアに回帰する。メディアはオドへと帰国する。オドの「統治者」はオドに「帰還」しなければならない。「ここでぐずぐずしているあいだにも、国では惨めな奴隷が死んでいくのじゃ。彼らのために、余は恵みのセレニアから命と喜びを運んでやらなければならぬ」（第一九三章、1311）。メディアは奴隷＝農奴に「命と喜び」を与えるために、今やアルマの帰依者であるから、アルマの名において、同じくアルマの帰依者であるババランジャの勧告にしたがうようにして、上からの革命を断行するためにオドへと帰還するのであろう。この革命は無血革命どころではない。オドのすぐ近くまでメディアに同行したが、メディアの説得でモヒとユーミーはタジをセレニアに連れ帰る任務を帯びてメディアと別行動をとることになる。最終章でそのモヒから聞いた話として語り手が語るところでは、オドでは「暴徒が武器をとって立ち上がり」、メディアに「反逆してきた」(1315)のだし、「嵐のように暴徒が荒れ狂い」、メディアに「王位を棄てよと迫った」(1315)のであり、下からの革命もすでに始まっている。メディアは二人に向かって言う。「余のことは気にするな。国は嵐に巻き込まれておる。（略）世のすべての高貴な魂のうちでも（略）先頭に立つ者は、嵐に遭って破船を棄てるときには、最後にそうすべきなのだ」(1315)と。

一二

最後にタジである。メディアの意を受けたモヒとユーミーのセレニアへ帰るべきであるとする説得をタジは受け入れない。タジは一行とともにババランジャのみた「夢」を「聞いた」――「ぼくらはババランジャの夢を聞いた。そして黙りこくったまま、ぼくらの驚きを夢で消し去るために、休息を求めた」(第一八八章、1299)——のだが、そのせいかどうか、「オロの名にかけて」などと言いつつ、説得にはそっけない。「なぜ戻る必要があるのか。(略)ぼくは帰らざる流氓者になるつもりさ！　(略)オロの名にかけて、ぼくは運命の舵を自分でとらなければならない」(第一九五章、1316)。タジはどうやら狂乱の人でありつづけようとしている。現にタジはこの最終章において一回(1315)、前々章の第一九三章において一回(1311)、なおも「狂乱」の語を用いてみずからを語っている。タジは最終章の末尾で、よく知られている独白を吐く。「今こそぼくは、ぼく自身の魂の帝王。そしてぼくの最初の行為は廃位だ！　やあ！　影の領域！」(1316)。タジは半神としてのみずからの地位を「廃位」したのであろう。タジはもはや半神としてのタジではない。タジはまた人に舞い戻ったのである。タジは今や自立／自律し、「影の領域」へ向かおうとしている。「廃位」を自己廃棄と考えれば、「影の領域」は異界、冥界であると言えなくもない。しかし最終章の最末尾の一文は、「追う者と追われる者は果てしのない海を進んで行った」としているのだから、タジはかつて殺人を犯したマーディの群島世界でなおも生きているのだ。であれば「影の領域」とは、マーディの現実世界の基本的イメージとしての、かつてのバッバランジャなどの言う「闇」の領域、あるいはハモ族の「禍の杯」に象徴される「禍」(「社会的迫害」)の領域なのであろう。そしておそらく、このような領域においては、人は賢者たらんとしても、社会の教えを遵守しても生存を脅かされることのない社会的自由を手にしている人でもない限り、賢者たりえないはずである。ならば人は、狂乱の人、流氓の人でありつづけるほかはない。

引用参照文献

Berthold, Dennis. "Democracy and Its Discontent." Wyn Kelley ed. *A Companion to Herman Melville*. Malden: Blackwell Publishing, 2006:149-164.

Burke, Edmund. *Reflections on the Revolution in France*. London: Penguin Books, Penguin Classics, 1986.

Commager, Henry Steele, ed. *Documents of American History, Volume I–to 1898*. Englewood Cliffs: Prentice-Hall, ninth edition, 1973.

Davis, Merrell R. *Melville's Mardi: A Chartless Voyage*. New Haven: Yale University Press, 1952.

Ehrman, Bart D. バート・D・アーマン『破綻した神　キリスト』、松田和也訳、柏書房、二〇〇八年。（引用に際して、訳文から疑問符を削除した。）

Engels, Friedrich. フリードリヒ・エンゲルス『イギリスにおける労働者階級の状態』（上・下）、浜林正夫訳、新日本出版社、二〇〇〇年。

Fukushi Hisao. 福士久夫「『タイピー』再訪——メルヴィルの反復句「焼き、殺し、破壊する」から始めると」、『中央大学経済研究所年報』、第四六号（二〇一五年）413-456.

Holy Bible: The New King James Version. New York: American Bible Society, 1990.

Huston, James L. *Securing the Fruits of Labor: The American Concept of Wealth Distribution 1765-1900*. Baton Rouge: Louisiana State University Press, 1998.

Koga Hideo. 古賀秀男『チャーティスト運動の構造』、ミネルヴァ書房、一九九四年。

Koseki Takashi. 小関隆「1848年の『ザ・タイムズ』とイギリス国制擁護論」、『国際研究論集』（八千代国際大学紀要）、第三巻第一号、一九九〇年四月。（略号を小関1990とする。引用に際して算用数字を漢数字に、コンマを点に改めた。）
――『一八四八年――チャーティズムとアイルランド・ナショナリズム』、未来社、一九九三年。（略号を小関 1993 とする。）
Locke, John. ジョン・ロック『統治二論』（完訳）、加藤節訳、岩波文庫、二〇一〇年。
Matsumoto Noboru. 松本昇／高橋勤／君塚淳一編『ジョン・ブラウンの屍を越えて――南北戦争とその時代』、金星堂、二〇一六年。
Melville, Herman. *Typee, Omoo, Mardi.* New York: The Library of America, 1982.
Nakatani Yoshikazu. 中谷義和『アメリカ南部危機の政治論』、御茶の水書房、一九七九年。
Parker, Hershel. *Herman Melville: 1819-1851.* Baltimore: The Johns Hopkins University Press, 1996.
Powell, Timothy B. *Ruthless Democracy: A Multicultural Interpretation of the American Renaissance.* Princeton: Princeton University Press, 2000.
Reynolds, David S. *John Brown, Abolitionist: The Man Who Killed Slavery, Sparked the Civil War, and Seeded Civil Rights.* New York: Vintage Books, 2005.
Reynolds, Larry J. *European Revolutions and the American Literary Renaissance.* New Haven : Yale University Press, 1988.
Takagi Yasaka. 高木八尺・末延三次・宮沢俊義編『人権宣言集』、岩波文庫、一九五七年。（略号を『宣言集』とする。）
Thompson, Dorothy. ドロシー・トムプスン『階級・ジェンダー・ネイション――チャーティズムとアウトサイダー――』古賀秀男・小関隆訳、ミネルヴァ書房、二〇〇一年。

『緋文字』——ヘスター・プリンの変容に見るホーソーンの革命観

高橋和代

はじめに

アメリカの一八三〇年代において、とりわけ顕著な動きとして目を引くのは、激しさを増す一方であった奴隷制廃止運動である。マイケル・ギルモアの論文「ホーソーンと政治（再考）——一八五〇年代における言動」によれば、奴隷制廃止運動に伴う暴動が頻発した一八三〇年代は、聴聞を行うことなく全ての請願を棚上げにする討論禁止令がジャクソンによって実施された時代でもある(23)。一八四〇年代に入り、「マニフェスト・デスティニィ」の旗印を掲げる白人男性優位社会に対抗して、奴隷制に反対する女権拡張運動の機運が高まるさなか、ホーソーンは奴隷制維持政党である民主党の党員、熱烈なジャクソン贔屓としてボストン税関の検査官という地位に納まっていたことになる。

領土拡大を国策とする民主党のポーク大統領から、ホイッグ党第一二代大統領テイラーに代わるに及んで、税関でのポストを失ったホーソーンは、作家として執筆生活に入り、一八五〇年に『緋文字』を出版する。これは姦通を主題とする作品のようでありながら、実は姦通小説として書き上げられたわけではない。

ホーソーンが『緋文字』の舞台に選んだのは、彼が得意とするニューイングランドの禁欲的な清教徒社会であり、登場する人物が生きた時代は、レノルズが『ヨーロッパ革命とアメリカ文学ルネッサンス』で指摘する通り、まさにピューリタン革命と合致する一六四二年から一六四九年であり、そこに一見したところモノクローム・フィルムを思わせる峻厳な様相を呈する世界を現出させている。

『緋文字』のテーマはフランスの姦通小説とは全く趣を異にして、ミルトンの『失楽園』を思わせる堕罪、罪の意識、贖罪である。事実ホーソーンは一八四三年、マーガレット・フラーに宛てて「私達はミルトンの『失楽園』を読破したところです」(CE XV, 671) と書いている。ここでの「私達」とはホーソーンと妻のソフィアを指す。更に作品では、その中心人物であるヘスター・プリンとアーサー・ディムズデールを通じて描かれる革命と反革命の思想が拮抗する様も重要な伏線となっている。

ホーソーンは、清教徒社会の根底を揺るがす言動も辞さなかったアン・ハッチンソンや、あるいはホーソーンと同時代の異端児、マーガレット・フラーを彷彿させるようなヘスター・プリンの生き方、その革命的思考に理解と共感を示しながらも、最後に彼女の苦悩に充ちた年月を否定する口調で反革命の側に立つという顚末からは、ホーソーン特有の両極の間で揺れ動くという煮え切らなさ、日和見主義が窺われる。

こうしたホーソーンの改革、革命、反乱を嫌い恐れる心情、それらを否定する口実、その口実の背後の意味を本稿は考察する。

一　ヘスター・プリンの変容を追って

「若きグッドマン・ブラウン」、「牧師の黒いヴェール」、『緋文字』の中の「針仕事をするヘスター」(CE I, 86) からもみてとることができるホーソーンが常日頃抱いていたと思われる考えとは、性に対する強い関心、性的妄想はすべての人間に共通しているというものであった。そしてそのような性的妄想に自分もつきまとわれていることを隠蔽するために彼が使用した手法とは、『緋文字』という作品の中で作者として、あるいは語り手を通して、性に対する潔癖さを強調することであり、性に関わる罪を糾弾し、やむことなくその償いを要求し続けることである。

さらに反逆、反乱、革命などへの欲動を、性的欲望に通底するリビドーの解放に結びつくものとして切り捨てることで、革命反対の立場を正当化しようとする無意識のうちの目論見がホーソーンにあったと思われる。性に関する妄想、情欲による罪を忌まわしい悪として、自分が最もかかわりを持ちたくない反逆、反乱、革命に結びつけたうえで、若くて大胆なヘスターという人妻のディムズデール牧師との密通にこと寄せた清教徒社会への反逆という筋立てを用いて、ホーソーンは日頃の思いを『緋文字』に表現したとも考えられる。

ホーソーンのこうした革命観は、晩年の未完小説『セプティミアス・フェルトン』では、「革命や、社会的動乱の際、すべての愚かしい行為が野放しになる」という主人公の危惧として、さらには、「多くの人間は狂ったようになり、社会道徳に反する罪は多発し、放縦な女性の数も増える」という懸念として語られている(CE XIII, 67)。初期に書かれた「昔の新聞記事」の中の一編、「かつてのトーリー党」(TS, 273)にも、独立戦争後、強盗、強姦、殺人という乱暴狼藉が罷り通る惨状を伝える昔の記事の紹介という形で、ホーソーンの革命を嫌い恐れる心情が語られている。

『緋文字』では、ヘスター・プリンとアーサー・ディムズデールの森での密会場面に、ホーソーンの考える反逆への欲動に通底する性の衝動が巧妙に表現されている。

ヘスターはアーサーを森で待ち伏せし、聖職者でありながら欺瞞と偽善の生活を送ることに対して自己を責め続ける彼に、ニューイングランドの地を棄て新たな生き方を選ぶことを決断するように促し、「ここにいる冷酷な人達の持論など、あなたに何の関わりがあるのですか。既にあの人達は優れた資質を持つあなたを長過ぎるくらい縛り続けてきたではありませんか」(CE I, 197)と、清教徒社会の総督、牧師たちの存在など物の数ではないと言わんばかりの説得を続ける。

ディムズデール牧師に対するヘスターの誘いかけが及ぼす効果はてきめんに表れる。ヘスターとニューイングランドを離れて新生活に入る約束をして帰路につく彼の脳裡に、性的妄想、邪悪な思い、冒瀆の言葉が次々に思い浮かび、危うく口にしてしまいそうな衝動に駆られて牧師は狼狽する。ヘスターとの約束は、「幸福の夢にまどわされて地獄堕ちの大罪と承知しながら」(CE I, 222) 交わされたと語り手は述べる。

したがってこの場面では、語り手によってヘスターの大胆な反逆児の気質ゆえに、彼女を神に背き禁断の実に手を伸ばしたイヴに見立てて、アダムを原罪に陥れたイヴの誘惑が、ヘスターのアーサーに対する逃避行への誘いと同じ意味を持つものとして語られていると解釈できるのではないだろうか。すなわち、無垢だったアダムとの性に邪悪な情欲を注ぎ込む契機をもたらしたイヴの姿がヘスターに投影されていると思われる。

ヘスターが森でアーサーを待ち伏せしたその目的は、アーサーと同居しているチリングワースが実は、ヘスターの夫であったことを知らせることにあったが、その事実を伝えると、それに対するアーサーの驚きと怒りから発したヘスターへの呼びかけが、「女よ、女よ、この責任はおまえにある」(CE I, 194) という、時代がかったものになっているのは、ミルトンの『失楽園』の影響によるものと思われる。

『失楽園』には、イヴに誘われてアダムが原罪を犯した後、大天使ミカエルに向かって語るときも、アダムはイヴという名は口にせずに、「男の苦悩」は「常に女から始まるということを知りました」と、「女」に言い換えている箇所（巻一一、六三二―三）がある。そしてここに、楽園追放の原因は単にアダムとイヴという個人が犯した過ちにあるのではなく、女の誘惑するという本性、習癖により、男がその誘いにのって原罪を犯し、ともに堕落したことにあるというミルトン流の原風景による構図が読み取れる。それは、神によって直接生命を吹き込まれたアダムと、アダムのためにそのあばら骨から創られたイヴとの間に横たわる溝ともいうべき違いを引き継ぐ構図でもある。

善悪を知ることになる樹の実を口にしようとするイヴの心に芽生えたのは、蛇に唆されたとはいえ、神の如き存在になりたいという思い上がり、高慢な心であった。賢くなることを禁じる神の「そんな禁制に人を縛る力はない」（巻九、七六〇－六一）という反逆の思いから、束縛を嫌い、自由を求めてアダムを誘った挙げ句の果て、イヴとイヴの誘惑に負けたアダムの二人に残されたのは放縦なる肉欲への惨めな転落であり、それは犯した原罪の結果であった。

ヘスターにイヴという誘惑者の役のみを配し、因習と偏見、戒律主義に立ち向かう女性には奔放な性への衝動、情欲は必然と捉え、反逆と性の欲望を結びつけるのは、ミルトンが『失楽園』の中に描いた構図に負うところが大きい。

しかしホーソーンはヘスター・プリンをたんに情欲の奴隷として描いたわけではなく、優雅で気品と威厳を具えた女性、ひたすら針仕事に励みつつわが子パールを大切に育てる母として、質素な衣服に身を包んで贖罪の日々を送る女性として描いている。

何よりも冒頭で赤子のパールを胸に抱き、さらし台に立つヘスターの印象は鮮烈であり、その丈高く美しい容姿は貴族的で、Aの文字の刺繍の入った着衣は斬新ですらある。ホーソーンは、肩に置かれた「看守の手を払いのけ」(CE I, 52)るヘスターを罪に恥じ入る女性ではなく、誇り高く気丈な一面を持つ女性として語る一方で、レノルズが指摘する(86)とおり、ピューリタン革命を起こした軍人やチャールズ一世の処刑を主張し続けたミルトンのような過激なまでの自由思想の影響がヘスターに及んでいることも示唆する文言を作品中に書き留めている (CE I, 164)。

そのようなヘスターに、ホーソーンはさらに官能的魅力、イヴの魅力までも付け加える。それは『緋文字』のストーリー展開に欠かせない要素であり、ディムズデールが「情熱の罪」(CE I, 200) を犯すきっかけとなった魅力、ホーソーンが強く引かれる魅力でもある。「彼女の本性には官能的で東洋風なところが多分にあった」(CE I, 83) とヘスターを描くホーソーンは、その後すぐに「美をめでる」ということだがと言い繕うのではあるが、あくまで「東洋的」という語を使いたかったのは、ホーソーンの内にあるオリエンタリズムへのあこがれの故である。

レノルズは論文「コンコードでのホーソーンの労苦」で、マーガレット・フラーやエマソンなどの超絶論者たちが、東洋を最も気高く純粋な形での愛の鑑とみなしたのに対して、ホーソーンと多くの同時代人にとって東洋は異国情緒にあふれる官能世界であり、かの地のハーレムは豪華な室内に幽閉された性の奴隷がいることを連想させること、またホーソーンが『アラビアン・ナイト』を参考にしていたこともルエドゥツキからの引用として述べている (24)。

語り手がひだ衿の上のベリンガム総督の首から洗者ヨハネの首 (CE I, 108) を連想するのも、ヨハネの首をヘロデ王に所望したサロメの妖艶なる姿態と踊りが日頃からホーソーンの脳裡にあってのことであろう。現に妻のソフィアがホーソーンの前で踊って見せたとき、その踊りは洗者ヨハネの首に値するとホーソーンから賞められたことを、ソフィア自身が母親宛ての手紙に書いているというエピソードを、T・ウォルター・ハーバートが『最愛の人達——ホーソーンと中産階級の形成』の中で紹介している (134)。ハーバートは「ソフィアはヘロデ王の欲望に火を付ける、近代のサロメになりきれる喜びを告げている」とも書き添えている。無論ヘロデ王とはここでは「好色な東洋の君主のようなナサニエル」(139-40)を指している。

ディムズデール牧師の部屋の壁に掛かっているゴブラン織りのタピストリーに、ダビデと美女バト・シェバに預言者ナタンが加わるサムエル書の物語を暗示する図柄が織り込まれているのも、ホーソーンのオリエンタリズムへのこだわりゆえと言えよう。図柄の背後に読みとれる水浴びをするバト・シェバの美しさに心奪われたダビデがその夫ウリアを激戦地に送って死に至らしめたという経緯が、バト・シェバの「不吉なまでの美しさ」(CE I, 126)という言葉に集約されている。

罪深い情熱の過度の奔放さ(CE I, 89)への強い関心、もしくは情欲を充たすことへの渇望とオリエンタリズムへの憧れが混然一体となって潜伏しているホーソーンの胸中に描き出されるヘスター・プリンは、ホーソーンの女性に対する、矛盾しぶつかりあう要求と欲望に応じるかのように、多面的な女性として描かれる。ホーソーン自身が対応に苦慮し、ダブル・バインドに陥っていると言える。情熱による罪を犯す女性がホーソーンの欲望の対象でありながらも、そうした女性が持つ、ホーソーンには太刀打ちできない強い性格、社会規範を踏み外すことも恐れない反逆精神は否定され、また、改革、革命につながる自由思想は弾圧されなければならない。

女性が公正で適切な地位に納まることが可能になるためには、社会全体の組織が解体され、新たに組み立てられなければならない。だがホーソーンは、男性の本性そのもの、もしくは長い間受け継がれてきて本性のようになってしまった習慣を根本から変えねばならない(CE I, 165)と述べて、男性によって抑圧された女性の立場に理解を示しながらも、その一方で社会組織が改革されるその過程で、女性の真価ともいうべき天使のような資質が失われてしまうことへの懸念を示す。サロメやバト・シェバのような妖艶な女性が持つ官能的魅力に引かれつつも、女性に天使であることを求めるホーソーンの二律背反的な姿勢が窺われる。

ジーン・フェイガン・イエリンの論文「ホーソーンと奴隷問題」にもあるように、奴隷制度廃止運動について妹ソフィアを啓蒙しようとするエリザベス・パーマー・ピーボディの再三にわたる努力にホーソーンは苛立ちを示し(149)、また「ミセス・ハッチンソン」の冒頭では、小説を書き続ける女性たちに向かって、「預言の力を授かった身を嘆くアラビアの少女のように、気乗りしない悲しい気持ちで心の声に従うことで、女性ならではの愛らしさを押し殺してしまう」(TS, 19)ことを戒告する。

したがって、ホーソーンは、禁欲的なまでに地味な衣服を身にまとい、美しい黒髪を帽子で隠し、慈善修道女のように人々への奉仕と忍従の日々を送りながら、女性の地位改革に思いをめぐらし悩み続けるヘスターを、彫像を思わせるような姿には威厳があっても、「彼女を女としておくために必要な何かが失われたのだ」と表現し、その理由は、「彼女の人生が情熱と感情の人生から思考の人生へと変化したこと」にあると述べる(CE I, 163-64)。自由思想にふれ、奴隷制廃止運動、あるいは女権拡張運動によって社会を変革しようとする女性には性的魅力は感じられないという女性差別的な常套句、口うるさく目障りと感じる女性を男性が黙らせるためのきまり文句であると言えよう。「かつて女であり、いまはただ女であることをやめているだけの者は、変身を可能にする魔力に触れれば、またいつでも女になることができよう。ヘスター・プリンがそのような魔力に触れる機会にめぐまれ、また変身することがあるのかどうか、それはこれから先、見ることにしたい」(CE I, 164) と、語り手のホーソーンは述べるが、では情熱と感情に生きようとするヘスターに、ホーソーンはどのように対応し、いかなる結末を用意しているのであろうか。

アーサー・ディムズデールと森で密会したヘスターは、押し隠していた長い黒髪を振りほどき、緋文字を地に投げ捨て、まさに魔力に働きかけられたかのように、アーサーへの熱い思いから、ホーソーンが求める女としての感情を解放する。しかし、その行為は清教徒社会への反逆につながっているがゆえに、ホーソーンはヘスターの行為を否定しなければならないというダブル・バインドの状況におかれる。

また、ニューイングランドの祝日に広場に立ち、苦難の七年間を振り返るヘスターの思いを、ホーソーンは周到に東洋世界を彷彿させる筆致で描き出す。アーサーとの新生活がもたらすであろう官能的快楽を、黄金の盃に注がれた媚薬さながらの芳醇にして美味なる酒に喩える。その官能的快楽によるけだるい陶酔感をも想像する女としてヘスターを描き、まさにそのような生活を迎えるための七年間の苦役であったという感慨を彼女に抱かせる (CE I, 227)。

だが、ホーソーンに欲望を感じさせる女としての姿を取り戻したヘスターは、アーサーを誘惑し、反逆と謀反に分かち難く結びついたイヴの快楽に思いを馳せるその直前に、広場の衆人の視線をみずからすすんで受けとめて「緋文字とそれをつけている者を、これを最後に見るがよい！」と叫びたい衝動を覚える。そしてヘスターを自分たちのいけにえ、生涯の奴隷と見なした民衆に向かって、「あと二、三時間もすれば、あなたがたのその女の胸のうえで燃え立たせた象徴は、あの深い神秘の海に消えて永遠に姿を消すのです！」(CE I, 227) と、勝利者として宣言する気分を味わう。だがこの直後、作者は、アーサー・ディムズデールの心変わりともいうべきヘスターとの約束の反古、それに続くアーサーの死という最も堪え難い悲しみを、抱いた性的欲望と反逆精神を砕く鉄槌としてヘスターに下す。アーサーと生き直すために耐えてきた七年間の苦しみは無意味なものに帰して、アーサーとの別れという極限の悲しみこそ、ヘスターに与えられた罪の償いの機会であるとも言える。

サクヴァン・バーコヴィッチは『同意の儀式』で、人々から生涯の奴隷とみなされながらの七年間の忍耐はアーサーとの新生活のためであったというヘスターの思いにこそ、彼女が再びニューイングランドに帰ってこなければならなかった原因があったのであり、Aの文字を自由意志により、みずから望んで再び胸に付け、真の悔悛を示し罪を償うことが、ホーソーンのヘスターに求めたことであったと解釈している (228)。

つまり、七年の時をかけてヘスターは悔悛することなく、いつか人々を見返す時のくることを念じて、奉仕と苦行に励むバーコヴィッチいうところの「復讐する天使」、いわゆる「慈善修道女」になったのであり、そう呼ぶ人々を蔑むのみならず、「人間の諸制度」、「牧師や立法者が設立したすべてのもの」(CE I, 199) を軽視してきたことが、ホーソーンによって追及されている、とバーコヴィッチは捉えて納得している (199)。

バーコヴィッチによるヘスター解釈の核心は、ヘスターは苦行を悔い改めとすり替え、内面から目を逸らす自己防衛によって罪からも目を逸らし、自分をいけにえと捉え、延いては町の人々をも、自分の意識のなかで勝手に解釈しているということにある(198)。

こうしたバーコヴィッチの解釈によるなら、ニューイングランドに戻って悩める人々に助言と励ましを与えるヘスターは、傲慢から立ち直って真に悔い改め、人々を受け入れる姿として描かれ、バーコヴィッチの想定するホーソーンの意図と合致し、矛盾のない『緋文字』のストーリーが完結する。

だが「世界の法律は彼女の法律ではなかった」(CE I, 164)という反逆精神の故に真の悔悛、償いに至っていなかったとしても、そもそもニューイングランドに戻って再びAの緋文字を胸に付けて償うべき対象となる罪そのものとは姦通罪であった筈である。

しかし、『緋文字』において、ホーソーンがヘスターの犯した罪に対してとる態度は一貫性に欠ける嫌いがあるのは否めない。ホーソーンは、「公的な生活をいとなまない個人は、ヘスター・プリンが弱さゆえに犯した罪をあらかた許していた」(CE I, 162)と書く一方で、結びの章において、ニューイングランドに戻ったヘスターに「罪によごれ、恥にうなだれ、一生の悲しみを背負った女」(CE I, 263)という烙印を押しつつ、新しい真理を告げる女性は罪を犯したヘスターのようなイヴではなく、天使のように清らかな女性であろうと結論する。先ずは女性に官能的魅力を要求し、次にその魅力がもたらす罪を否定し、しまいには性に関わる罪に対して潔癖そのものの語り手に立ち戻るのである。

そして緋文字のAにあまりにも重大にして意味ありげな役目(office)(CE I, 166)を課してはいるものの、その役目は具体的に何を指すのか、ホーソーン自身は明確には語っていない。清教徒社会を舞台にしているにもかかわらず、神学的、宗教的な考察や意識が希薄な『緋文字』において、罪や償いについて語り続けることの無理、そこから生じる矛盾がみられる。罪を犯したことによって神の掟に背いたことを悔い、その神に祈りを捧げ、許しを請い、傷つけた者に対して謝罪するという肝心な心持は、さらし台で最期を迎えるときを除いて、ディムズデール牧師にさえ見られず、人前での告白、人前に身をさらし、緋文字を胸に付けて、民衆から非難、嘲笑を浴びて、白眼視されるという罰を受けることが償いになるというのが、『緋文字』の世界である。それは、神なき世界の様相を帯びた人間だけの眼差しに囲まれているいわば世間そのものとも言えよう。それゆえ、真に悔いていることを緋文字のAによって表象させるという内面の開示が、神に代わる社会によって強要される。それは社会の掟、法に背いたことに対する刑罰と重なり合う。ホーソーンがピューリタン世界を多くの作品の題材に取り上げる理由を、ラーザー・ジフはその論文「芸術家と清教徒気質」で、「ピューリタン世界は私的領域を公共に属するものとする環境を彼に提供する」(259)からであると述べている。同じ論集中の「芸術と信仰」でハイアット・ワゴナーは、「ホーソーンの生まれつきの傾向として見てとることができるのは、出版物であろうとそれ以外の場であろうと、そこでの芸術、宗教に関する意見の披瀝は避けること、あるいはそうできないときは、一種の気まぐれ、または自嘲的雰囲気でそれらを軽く扱うということ」であり、「そうした問題を体系的に考え抜くことはしなかったし、そうすることが有益であると信じてもいなかった。軽い調子というのは自己防衛であって、彼は哲学者でもなければ神学者でもなく、そのことを認識してもいた」(167-8)と述べている。

では、たとえ体系的に考え抜かれたものでなくとも『緋文字』の最終場面で語られる、ホーソーン自身の罪とその償いについての考えとはいかなるものか、延いてはヘスターのニューイングランド回帰をヘスターに求めた理由を、ホーソーンはどのように思いめぐらしたのかを、語り手を通して述べられる言葉から推察してみたい。

「ヘスター・プリンにとっては、パールが家庭を見いだした、かの未知の土地よりも、ここニューイングランドにこそ、より真実な生活があったのである。この地に彼女の罪があり、彼女の悲しみがあった。そうなら、彼女のつぐないもまたこの地になければならない」(CE I, 262-63) と語り手は、ニューイングランドに帰ったヘスターの心境を粛然と語る。「罪」と「償い」という語は、荘重な響きをもたらす効果音のように使われているが、それらの語に込められたホーソーン自身の語義は漠然としたものに思われる。

しかし、ホーソーンによって自律性、自由意思を授けられた作中のヘスターが、作者の意図から離れてニューイングランドへの思いを語るとするなら、上述のホーソーンの語りは彼女自身の言葉によって、幾分の感傷もこめて、つぎのように言い換えられると想像できないだろうか。「ニューイングランドこそ、私がアーサーと出会い、かつ彼の死を見届けた地であった。そのことを心に留めて生きてゆこう。アーサーやパールと共に苦しみ闘い抜いたこの地、ニューイングランドで」と。ホーソーンの使用する語、「罪」は「アーサーとの出会い」に、「悲しみ」は「アーサーの死、及び彼を死に追いやったことへの心の痛み」に置き換えられる。「償い」は「彼の死を心に留めて生きて」いくことを意味するであろう。そしてアーサーやパールと苦しみを共有した証でもある緋文字を、彼らと今も共にいる印として再び胸に付けるのは、自然な行為と言えよう。

しかしホーソーンはそのような心情に浸るヘスターを描くことはしなかった。作者ホーソーンのヘスターに要求する「償い」とは、明らかに、遠い昔の姦通の罪そのものに対する償いだけではなく、更に重要な課題、不穏な自由思想からの脱却であり、その事実を広く人々に知らせることにあると推察される。その推察を可能にするのが、ニューイングランドで犯した罪の償いはニューイングランドで果たしてゆかなければならないとする、(先にみた)語り手の語りである。ここでの「罪」は心の問題という抽象的な域を越えて、具体的な被害者が存在するような加害者の行為を想起させる。すなわち、かつて抱いたニューイングランドの社会に対する反逆精神、革命にもつながる急進的自由思想を捨て、体制に恭順の意を示すヘスターの転向は、かつて背こうとしたその社会に公表してこそ意味があるという、ホーソーンの思惑が読み取れる。

ただしホーソーンのこうした思いには錯乱もある。ヘスターの不穏な行動、アーサーとの森での密会や、彼女が抱いた危険思想などは、いずれもニューイングランドの人々の目に留まることはなく、目に見えるかたちをとった筈もない。作者のみが知る事実である。だが、その償いを人々に公開することをホーソーンが求めるのは、完全にホーソーン対ヘスターの関係によるものと言える。ホーソーンが生み出した反逆児をホーソーンが罰するかたちで課する償いであるとも思われる。

結局、表層のみ見るなら、最終場面においてもなお、「罪によごれた」という形容句がヘスターに用いられている点からも、ヘスターが償うべき罪とはかつての姦通罪であると読者は受けとることになり、ホーソーン自身にも、姦通罪に対する償いを指しているのか、または反逆罪とも言える危険思想を言っているのか判然としていないように思われる。

チャールズ・フェイデルソン・ジュニアは、バーコヴィッチに高く評価された(230)論文「緋文字」で、「彼女の贖罪に終りはない。彼女にとってそれは常に未完であり続ける。贖罪は罪と悲しみのもととなったものを肯定的自由、つまり想像力、個性、ありのままの人々との共感あふれる交友への絶えざる変換によってかたちにされ、行動によって示されるのだから」(62-63)と述べて、罪と悲しみのもと、すなわち性的欲望と社会に対する反逆につながるリビドーの解放を、抑止なき放恣にではなく、肯定的自由へと昇華させることに贖罪のあり方を見出すヘスターを描き出している。バーコヴィッチやフェイデルソンはホーソーンの筋書きに、きわめて高度な倫理道徳を想定し、みずからの意志で緋文字を胸に、終りなき償いの日々を謙遜な心と優しさで人々と交わるというヘスターの立派な姿を読み取ろうとしている。

だが人々との共感あふれる交友は、ディムズデール牧師が娘のパールに今はの際に願ったことであり、「人間の喜び、悲しみのなかで」(CE I, 256)生きることは、罪の償いというより社会に対する反逆精神を捨て去った結果の証として求められると考えることができるであろう。

ニューイングランドに帰ってきたヘスターは、新たな心境で、神のみ旨が天に行われるごとく地にも行われる時を迎える準備がととのい、明るい時代が到来すれば、新しい真理があらわれて、男女がともに幸福である関係が築かれるという彼女の信念を、悩み苦しむ人々に伝える(CE I, 263)。しかし、まずは訪れる見込みのない遠い先の話に希望をつないで生きることをヘスターが説いていることは、ホーソーンによる「フランクリン・ピアスの生涯」にもみられる、「人間の意志と知性が偉大なる道徳改革を目指して講じた策により、そうした改革が達成された例など歴史上にはありえない」(CE XXIII, 352) という考えから推し量れるように、いつの日か新しい真理が降って湧いたように出現し、明るい時代がどこからか訪れるまで待つことの勧めである。結局のところ、ヘスターのことばから想起されるのは、いかなる手段も講じることなく、社会の現状を存続させることを民主党の政治理念とする、ジャクソン、ピアスの路線である。

穏健なる思想の持主へと変容を遂げたヘスターが、終局で人々に伝えるメッセージは、「フランクリン・ピアスの生涯」の発するメッセージ同様に、人間の力が歴史を変えるのではないということに他ならない。『緋文字』は、過激な変革を排して伝統を守り、社会を今あるがままに維持していくという民主党党略の、バーコヴィッチのことばを借りるなら、「それとは、はっきりわからない宣伝」(226) と読むこともできる。

ここで改めてホーソーンがヘスターに用意した結末を見直してみると、罪によごれ恥にうつむく自分に新しい真理を告げる使命にふさわしくないと悲しげに語る姿で、民主党党略ともとれる助言を人々に伝えるという贖罪の日々に生きる宣教女で終わるかたちになっていることに戸惑いを感じざるをえない。

ブレンダ・ワイナップルは論文「ナサニエル・ホーソーン一八〇四－一八六四年——短い伝記」で『ブライズデール・ロマンス』のヒロイン、ゼノビアについて、ゼノビアという女性像は、ヘスター・プリン同様に強くて性的魅力にあふれる女性に対するホーソーンが捧げる讃歌であると同時に、抵抗の歌として書かれたという主旨を述べ、「ホーソーンは自分と女性を同一化することができるうえに、まるで自分をとりこにするものを厄払いするかのように、罰して、屈辱を与え、死に至らしめる刺激的女性を創り出した」(33) と、ホーソーンの描く女性像について語っている。ホーソーンが罰する女性にそなわる条件として、彼をとりこにする性的魅力をワイナップルは挙げているが、さらに改革、革命につながる反逆精神もその条件に加えるなら、ワイナップルのホーソーン論はヘスター・プリン像誕生の理由を説明するものでもあり、彼女が晩年に見せるその悲しい表情の説明としても正鵠を射たものになる。

二　革命の母と法の父

ニューイングランドに戻ったヘスター・プリンは民主党の党略に叶う保守の精神を受け入れたのだという読みを行ってきたが、では革命の精神に生きる母のもとに育てられたパールはどのように変貌を遂げるのか。

そもそもホーソーンが『緋文字』の執筆にかかったのが、母親を亡くした直後であったことのこの小説への影響は極めて大きく、看過できない事実である。母の死が迫るなか、ホーソーンの心にわだかまりがあったのは、母親と自分との間によそよそしさを感じとっていたからである (CE VIII, 429)。

母と自分との間のよそよそしさが人生におけるある種の傍観者的態度に深く関わっているという意識、母の愛情を受けて初めて充溢するであろう生きる気力や闘争心、自己信頼が、自分には欠落しているという恨み、被害者意識が、ホーソーンの作品には往々にして見られる。イルブライムという少年を主人公にした「優しい少年」はその格好の例と言える。『先祖の罪』でフレデリック・クルーズは、「ホーソーンの子供時代の物語は我々一人一人の中に今も生き続ける子供の部分に向かって語りかける自己憐憫によるメッセージである。つまりイルブライムと我々自身とを同一視することで、我々は世間一般によって、とりわけ我々の親たちによって、悲劇的なまでに見くびられ虐待されてきたという確信を新たにできる」(63)と述べて、母親から棄てられたがゆえに、自ら不幸を選びとる少年が作品の主人公として取り上げられたことの意味を明らかにしている。

以下において、ヘスター・プリンやパールの勇気、力強さ、自己を肯定する生き方と、ディムズデール牧師そして少年イルブライムの自己否定にも通じる自傷行為とが対比的に描かれている理由、両者の生い立ちの違いについて考えてみたい。

六歳くらいの少年イルブライムは、クエーカー教徒の父がピューリタンからの迫害によって絞首刑になり、母が荒野に追放されたクエーカー教徒の子という理由で苛められ、それでも敢えて子供たちに近付いていって、自分がかつて助けたうえに親切の限りを尽くした年上の男の子から完膚なきまでに打ちのめされ、踏みつけられる。重い怪我から回復しても心の傷は癒えることなく、病に伏したまま亡くなるというのが荒筋である。

母と子の関係性が、子の人間形成に及ぼす影響に対するホーソーンの洞察が、最も見事に結実した作品、「優しい少年」において、圧巻ともいうべき場面に読者は心打たれる。

心優しい養父母に手を引かれて行った公式礼拝が行われるピューリタンの集会所で、最前列の席にすわり、顔をフードで覆い、身を外套で完全に隠した女性に、イルブライムの視線は釘付けになる。準備の祈りと讃美歌が終わり牧師が説教を始め、クエーカー教徒の誤り、偏見について述べると、外套に身を包み隠した女性が立ち上がり、説教壇に上って、ピューリタンのクエーカー教徒迫害に対する呪詛を口にする。騒然となった集会所に思いがけない場面が展開される。おずおずとした少年が前に進み出て母親を抱きしめ、「僕はここにいるよ。僕だよ。僕、お母さんと一緒に監獄に行く」と叫ぶ。そこに居合わせた会衆も、読者同様に胸を突かれる思いを味わう (TS, 108-138)。

母の欲望の対象がクエーカー教徒としての十字架を担って迫害に耐えた夫の死に続くことである以上、父の死の模倣がイルブライムの心にも刷り込まれている。

幸福になってはいけないという禁忌、クルーズが謂う「無抵抗のいけにえ」(69)、罪なき子羊という役割をおのれに課するが故に、イルブライムは父の墓の傍らで泣いていたにも関わらず、後に養父となるトビアスからの救いの手、食べ物と休む場所の提供も初めは固辞する。アン・ハッチンソンを思わせるイルブライムの母は、イルブライムの母としての感情を失ってはいないが、クエーカー教の教えに憑かれたかのように、一途に宗教に生きる母であり、その母によって棄てられたも同然のイルブライムは、自分に降り掛かったその理不尽を受け止め納得して生きてゆくためには、棄てられたのは自分が悪いからなのだと思い込むしかない。

イルブライムは結局自分を肯定できずに、自らを罰するかのように、残酷な年上の少年の関心と友愛を求めて、敢えて破滅への道に向かってしまう。自分を軽んじ、否定する者に殊更近付こうとする人間の心の矛盾と不思議の原因を、ホーソーンは、充分な愛と慈しみを注ぐことのなかった子の母親に、言い換えるなら、子の存在に無関心だったがゆえに半ばその存在を否定したも同然の母親に、求めようとする。

クルーズは、ディムズデール牧師対チリングワースの関係と、イルブライム対残酷な少年の関係との間には共通点があると指摘する(68)。アーサー・ディムズデールの場合、イルブライムとは事情が全く異なるものの、苦行で自らを傷めつけ、薄れゆく意識に浮かび上がる幻影の中、通り過ぎる母は顔を背けたままに行ってしまう。しかもその母たるや、幻影であるにしてもあまりに影の薄い幽霊のような存在であることから、その母とアーサーの間に親密な母子の関係は存在しなかったことを窺わせる。それでもアーサーとしては、「自分の息子にあわれみの一瞥ぐらいは投げかけてもよかりそうなものだ」(CE I, 145)と嘆く。

母の愛によって培われた自己を信頼して自立するのではなく、アーサーを支える依り所となったのは清教徒牧師という地盤とそれを固める保守的清教徒社会の厳格な戒律であり、伝統であるがゆえに、それに背いた彼には生きる力の源が見つからず、うろたえるばかりである。

アーサーと母との関係を物語る場面とは対照的に、パールを抱いたヘスターが獄舎からさらし台に引き出されて観衆の前に立つとき、そのどよめき、嘲笑を遠くに聞きながら彼女が見る一連の幻想に現れる母は、娘を思う気遣いと慈愛に充ちている(CE I, 58)。

アーサー・ディムズデールはイルブライム同様、母親に愛されない原因を自分に帰するがゆえに、自虐的に自分を罰する性癖を身に付けているのに対して、ヘスターは孤独のうちに過酷な試練を生き抜く力を、自分を信ずる心のうちに確立している。

アーサーとヘスターとの対比には、ホーソーンの意図によって明らかに、母の愛を知らずに育った生命力に乏しいアーサーと、母に見守られるなか、強い意志を持つ女性へと成長したヘスターとの対比が重ねられていることが読み取れる。

森で密会する二人にこの対比は鮮やかであり、それは新しい世界へ向かって「さあ立ってお行きなさい」というヘスターと、「あなたはよろめくようにしか歩けない男に走れと言っているのに等しい」(CE I, 198) と答えるアーサーの二人に象徴されている。

緋文字を胸に、町外れの海辺に居を定め、市民社会からは疎外された母であっても、その母に大切に育てられたパールは、孤児同然のイルブライムとはあまりに違う性格から、その強さを存分に発揮していく。

しかし、母の身代わりとなって敵を討ち払う勢いのパールに、ヘスターは幾分慰められもするが、その半面、胸の緋文字に我が子とも思えない視線を向けられると脅えて、パールが「死神の突然のおとずれのように」(CE I, 97) 奇妙な笑いを浮かべると感じるが、D・H・ロレンスは『アメリカ古典文学研究』で、「彼女自身の母親が彼女を、赤い服を着た疫病の鬼、もしくは猩紅熱になぞらえている」と小説から引用 (CE I, 102) しながら、「しかしそうであるなら、疫病は腐敗した偽りの人類を滅ぼすのに必要なのだ」(103) と過激に論じている。

だが、野生児のようなパールを肯定する筆致に変化が生じる。

一六四九年、チャールズ一世が処刑されたその年、ディムズデール牧師がさらし台の上で死を迎えるという場面に、ギルモアの論文「ホーソーンと中産階級の形成」で指摘されているように、父と母と子という核家族の輪(610)を見て取ることができる。パールが父であるアーサー・ディムズデールに初めて哀れみの情を示し、死にゆく父の唇に接吻することで、反抗的野生児のパールは「はてしなく世間と戦うのはやめて」市民社会に適応してゆく優しい女性に成長するための「誓い」の儀式に与るという構図が完成される(CE I, 256)。パールは何度も、ディムズデール牧師は昼間に人前でも自分と手をつないでくれるのかと母へスターに尋ねてたしなめられてきたが、ここでようやくその望みがはたされたのであり、父のディムズデール牧師に子として認知されたのである。

ヘスター母子とニューイングランドを出奔することを断念したアーサー・ディムズデールは衆人の前で自らの罪を告白し、神の慈悲を求めてその赦しを請い、ニューイングランド社会の法と教会の掟を守る聖職者としての姿を、娘のパールに父として示したことになる。

しかし、ここでつくりだされる三人の輪は、家族の輪というよりは、パールを間にはさんだ父と母であって、その二人の仲は分断されている。森での密会のときとはアーサーの様相が一変し、ヘスターの「わたしたちは不死の生活をともにすることができないのでしょうか」という問い掛けにも「お黙り、ヘスター、黙るのだ」と威圧的な答えでヘスターを服従させる(CE I, 256)。彼が見違えるような力強さを示し、勇気を揮うのはその後、この世での苦境から脱出するための出口、死が待ち構えているからである。彼はニューイングランドからヘスターの誘いに乗って、ブリストルへと脱出するのではなく、D・H・ロレンス特有の表現(98)によるなら、罪はヘスターに投げつけて死へと逃げ込むのであり、あの世へと一人旅立つ。ディムズデール牧師にとってこの世の苦し

み は改革や変革によって解消されるのではなく、彼の解決手段として選ばれるのは死である。情況こそ違っているものの「優しい少年」のイルブライムの死も、クルーズが言うように「死こそ、主人公が投げ込まれた残虐な世界からの唯一の脱出法である」(69)と思わせる情況下に起こり、死が解決であるというホーソーンの筋書きに読者は納得させられる運びとなっている。

アーサー自身は、ヘスターと犯した一度の過ちはヘスターが言うように聖別されたものではなく、「わたしたちが神を忘れ、わたしたちがお互いの魂に対する畏敬の念を失ったとき」(CE I, 256)の過ちであると捉えている以上、ヘスターとの新しい生活に踏み切ったあとの世界を想像するなら、そこにいるであろう二人の姿に堕罪後の憎みあうアダムとイヴを彼が重ねて見たとしても不思議はない。

アーサーはヘスターとの過ちを正当化して彼女との再出発に踏み切る代わりに、清教徒社会の掟を守ることで、娘のパールに対して、改革、革命を呼びかける女予言者、もしくは運動家として生きる道から、社会に順応し、現状を肯定して人々と共に生きる道への岐路変更を実現させたことになる。そしてヘスターは、異議を唱えずにアーサーの意志に従ったことで、法と伝統を遵守する反革命の側に立つアーサーにパールのために妥協したことになる。

三　ホーソーンの貴族趣味・自然淘汰の肯定

ブレンダ・ワイナップルは論文「作家ナサニエル・ホーソーン――または伝記からの印象」にお

いて、ホーソーンの先祖、アメリカへの最も古い英国人入植者が、殊更にクエーカー教徒に対して偏狭な態度をとり、しゃべりすぎるという理由だけから女性の舌に焼け穴をうがつという残酷さを示し、頑なで卑劣であったことは、いまだに学校で子供たちに教えられていると伝えている(185)。

ホーソーンはそのような先祖を恥じるとしながらも、敢えてその事実を自ら告白し、好んで彼らが生きた時代を取り上げる理由を、クルーズは次のように述べる。

先祖が掌握した権力に、いまだに引け目を感じて震え上がるという理由と、その権力は、零落した彼や彼の姉達が享受しえなかった威信と名声を表しているという理由の両方から、ホーソーンの先祖の権力に対する見方は極めて両義的である。これまでの認められてこなかった全ての作家達の苦悶に、ホーソーンは相続権を奪われた息子の俗物的懐旧の念を加えた。すなわち彼がセイラムの歴史を探索することで、商人から成る新興富裕層に囲まれた、無力で、職もなく無一文の青年に、彼らに太刀打ち出来る身元証明書が与えられたことになる。(37)

『緋文字』の序章、「税関」において、ホーソーンは先祖が軍人であり、立法者にして裁判官であったと紹介してから、教会の指導者であり、クエーカー教徒に対する厳しい迫害者でもあったと言い添えている(CE I, 9)。ギルモアは、「Wなしの綴字のホーソーン家の人々は長きにわたって、マサチューセッツのエリートであり、貴族そのものではなかったとしても、おそらく非奴隷州が貴族階級と誇ってよい人々であった」(612)と先述の論文で指摘している。

ホーソーンにとっては、先祖がクエーカー教徒に対する残忍な迫害者であったという事実以上に、彼らが貴族階級に近い階級に属していたことに重要な意味があったと言えるのではないか。その残酷さに対して、自分達は無関係であるが、それでも先祖の行為に対する慚愧の念を社会に表明するために、その名前にWの文字を付け加えたと考えられる。

しかし、彼らの血と気質、矜持と貴族趣味は受け継いでいるという誇りがホーソーンを支え、南北戦争のさなかにあっても「主として戦争にまつわる事柄」の中で彼が語るのは、南部の名家への憧れ、温情に充ちた礼儀正しさ、優雅な自由等と、北部のぎこちなく堅苦しいマナーやリンカンの無骨さとの比較である (CE XXIII, 441)。

南部の優雅な暮らしを根底で支える黒人奴隷の労働力を動産ととらえるホーソーンは、第一節でも引用した「昔の新聞記事」に、新聞に掲載された「人間商品の売買」広告に事もなげに言及している。また「黒人一家が子沢山になり過ぎると、仔猫のように溺死させるのは伝統的に承認されているわけではないが」(TS, 256-7) と平然と語るくだりには、いかなる感慨も添えられてはいない。

その一方でホーソーンは、「屋敷に住む黒人達は、その家庭の愛情から除外されているわけではない。中産階級の家では、食卓にも彼らの席がある。家族が夜の暖炉を囲むとき、主人の子供達と打ち解けていっしょにいる黒光りする顔を炉の火が照らしだす」(TS, 257) と、家の主が父のように黒人奴隷に愛情を示している様子を描写している。

「奴隷制を父親という立場からその正当性を弁護しようと努力したジャクソン時代」について、マイケル・ポール・ロギンは、その著書『父親たちと子供たち』で、次のように述べる。

今や奴隷所有者は、自分たちの奴隷である「子供たち」に対する気遣いを宣言する。一人の南部人の言葉によれば、「我々の制度は、今やこちら側の哀れみと保護に基づき、あちら側の信頼と感謝に基づく家長制度なのです」ということになり、「私は家族のうちの三人を失った」と書くジャクソンは、自分の家の黒人奴隷の死が白人監督者の虐待によるものであることを懸念し、息子にそのように書き送っている。(275)

しかし、ロギンは、この家長制度とは、精神病院、工場、プランテーションに適用された搾取による利益追求の偽装であると説く。ジャクソンがクリーク戦争で用いた戦略が語るのは、インディアン一族の絆を断ち切り、彼らを全能なる父に依存する子供たちへと変えてしまったことである(275)。ホーソーンはこのレトリックを見抜いたうえで奴隷所有者一家における黒人奴隷のおかれた立場に言及したとは思えないが、先に引用した言葉は明らかに奴隷制存続に対する弁護として読める内容であると言わざるをえない。

いまだに文明を知らないインディアンや黒人のおかれた苦境に対する徹底した無関心は、貴族的なホーソーンの中に根強くある、劣った血筋を受け継ぐ者としてしか彼らを見ようとしない切り捨て、容赦なき自然淘汰の肯定であり、人間の政治的介入を無用とするジャクソンの「『生粋の政府』とは社会をあるがままに放置することでなければならない」(Rogin, 276) という方針に合致する。

英国領事時代、救貧院の小児病棟を訪れた際に、全身腫れ物に覆われた異様なまでに顔色の悪い乳児をホーソーンが目撃したときに抱いた感想は「男女の愛が創り出す目に見えるつながりに対する醜悪な嘲笑の的」、「乳をもらう疫病のように」存在しているその子が生き永らえることで、「この世はこれまで以上に呪われた住み家となる」というものである。その存在に畏怖の念を抱く一方で、この子が目の前で死ぬのを見るのは、生きて苦しむ姿を心に抱き続けるより、はるかに気が楽であるとホーソーンは結論する (CE V, 303)。

この結論には「不健全な罪が父であり、罪に汚れた病が母である」という、劣悪な血筋の両親から生まれた子の災いだとする蔑視と病気を罪の結果とみる偏見が窺われるだけであり、そこには貧困と差別が生んだ不公正がひそんでいるのではないかという思慮は微塵も見られない。そして死だけがその解決手段として語られる。この種の思考法は、病室で枕を並べる子供達に対しても、いっそのこと洪水で一緒に溺死する方が彼らにとって幸福ではないかというノアの箱舟を彷彿させる表現へといきつき、目ざわりなものの粛清に傾く危険性をにじませている (CE V, 304)。それは「フランクリン・ピアスの生涯」にある「実践的賢明さを持つ政治家はあるがままのものから良きものを進化させる」(CE XXIII, 351) という、弱者を切り捨てる強者の論理と符合する。

一方、『緋文字』のパールは、「小さな者の汚れなき命は、はかりがたい神の摂理によって、罪深い情熱の過度の奔放さから生まれた美しい不滅の花であった」と形容される。貴族的な美しさと気品を具えた母へスターと、オックスフォード出身のエリート牧師であるアーサーの間に誕生した生命は、高度の文明を知る気高い血筋を受け継いでいるというホーソーンの設定であり、ヨーロッパの貴族と結婚するという筋書きに適うことになる。さらに「汚れなき生命」そしてそれに続く「肉体上の欠陥はなにひとつなかった」(CE I, 90) という表現に到るその発想には、病や障害を負った小さな生命に対する根強い差別意識が感受しえなくもない。

『ヨーロッパ革命とアメリカ文学ルネッサンス』でレノルズが指摘する(87)ラマルティーヌによる『ジロンド党員の歴史』の同情あふれる文学的記述の影響も手伝ってのことであろうが、ホーソーンの血筋に対する強いこだわりが、マリー・アントワネット、ルイ一六世に対する哀悼の思い(CE XV, 427-28)、チャールズ一世を殉教者と呼ぶ(CE V, 161)哀惜の念を彼の心に呼び起こし、かつ王室の血統に対する尊崇の念へと高まって、彼を反革命の側に立たせていることにもつながっていると思われる。

イエリンは先述の論文「ホーソーンと奴隷問題」の中で、ホーソーンが黒人の十全たる人間性について確信を持てなかったことを示す例をいくつか挙げている(151-2)。しかし、何よりも見過ごせないことは、「フランクリン・ピアスの生涯」で、奴隷制は人間の計略等によらなくても、いつか然るべきときがくれば神意が働いて跡形もなく消え失せるという趣旨のよく引用される箇所(CE XXIII, 352)にみえる、無責任な言い逃れとも受け取れる言葉である。バーコヴィッチは、アメリカの進歩という継続されてきた偉業の一部を象徴的に表象するのが奴隷制であるとして、人種差別を悪としながらもこの箇所に漸進主義を読み取って、すでにみた、ニューイングランド回帰後のヘスターの変容にみてとることのできる彼女の漸進主義とされるものと重ね合わせている(225)。

性的願望、リビドーの解放にも通底する反逆、反乱、暴力、革命への欲動は、賢明な実践的政治家なら選ぶであろう現在あるがままの社会の存続、現状維持という「保守的態勢」(CE XXIII, 351)への脅威と考えるホーソーンにとって、奴隷制、奴隷逃亡法も現状に鑑みて維持することが妥当であると考えたと思われる。こうしたホーソーンの見解から、バーコヴィッチが指摘するように、中道をゆく漸進主義、あるいは穏やかなる改革が彼の信条であると受け止めることは可能である。

しかし、このように漸進主義、然るべき時を待つ穏やかな改革の主張とも受けとりうる論は、「フランクリン・ピアスの生涯」という大統領選に向けての応援演説とも言うべき執筆の事情に影響されているとしても、「昔の新聞記事」冒頭における、「人類を現在から目を逸らすように仕向ける哲学などは、言葉の羅列にすぎない」(TS, 252) というホーソーンの本音と思われる刹那的考えとは相容れない。

「人は生きることの価値や意味がわかるようになるまで長く生きることはない」のだから、「そんな短い生涯のなかでの虐政や、つかの間の命の生き物にとっての政治形態が何の問題になるのだ」(CE XIII, 16) というセプティミアス・フェルトンの言葉に象徴される、無気力とも言える社会への関心の欠落には、穏やかな改革、漸進主義への傾倒は見出せない。

フェルトンの言葉がそのままホーソーンの想いに重なるものではないにしても、自由思想、清教徒社会に対する批判から生まれる反逆精神の持ち主へスターによって示される、一八〇度の転換を遂げたとも思われる変貌、その彼女のひとびとに伝えるメッセージから、ホーソーンの反逆、反乱、暴力、革命を恐れる反革命の立場が顕示されていると受け止めることができよう。

引用参照文献

Bercovitch, Sacvan. *The Rites of Assent: Transformations in the Symbolic Construction of America.* New York: Routledge, 1993.

Crews, Frederick. *The Sins of the Fathers: Hawthorne's Psychological Themes.* New York: Oxford University Press, 1966.

Feidelson, Jr., Charles, "The Scarlet Letter." In *Hawthorne Centenary Essays.* Ed. Roy Harvey Pearce. Columbus: The Ohio University Press, 1964: 245-269.

Gilmore, Michael T. "Hawthorne and the Making of the Middle Class." In *The Scarlet Letter and Other Writings.* Ed. Leland S. Person. New York. London: W. W. Norton & Company, 2005: 597-614.

——. "Hawthorne and Politics (Again): Words and Deeds in the 1850s." In *Hawthorne and the Real: Bicentennial Essays.* Ed. Millicent Bell. Columbus: Ohio State University Press, 2005: 22-39.

Hawthorne, Nathaniel. *The Scarlet Letter. The Centenary Edition of the Works of Nathaniel Hawthorne.* Vol. I. Ed. William Charvat, Roy Harvey Pearce, and Claude M. Simpson. Columbus: The Ohio State University Press, 1962.『緋文字』八木敏雄訳、岩波文庫、一九九六年。『緋文字』からの引用は基本的には本書による。但し、一部分、引用箇所の文脈にあわせて筆者が訳した。(この全集版については、本文中ではCEと略記し、引用箇所表示は、たとえば(CE XV, 671)のように、巻数とページ数を記す。)

——. *Our Old Home: A Series of English Sketches. The Centenary Edition of the Works of Nathaniel Hawthorne.* Vol. V. Ed. Fredson Bowers and L. Neal Smith. Columbus: The Ohio State University Press, 1970.

——. *The American Notebooks. The Centenary Edition of the Works of Nathaniel Hawthorne.* Vol. VIII. Ed. Claude M. Simpson. Columbus: The Ohio State University Press, 1972.

——. *The Elixir of Life Manuscripts. The Centenary Edition of the Works of Nathaniel Hawthorne.* Vol. XIII. Ed. William Charvat, Roy Harvey Pearce, and Claude M. Simpson. Columbus: The Ohio State University Press, 1977.

——. *The Letters, 1813-43. The Centenary Edition of the Works of Nathaniel Hawthorne.* Vol. XV. Ed. William Charvat, Roy Harvey Pearce, and Claude M. Simpson. Columbus: The Ohio University Press, 1984.

——. "Chiefly About War-Matters. By A Peaceable Man" (1862). In *Miscellaneous Prose and Verse. The Centenary Edition of the Works of Nathaniel Hawthorne.* Vol. XXIII. Ed. Thomas Woodson, Claude M. Simpson, and L. Neal Smith. Columbus: The Ohio State University Press, 1997: 403-442.

——. "The Life of Franklin Pierce." (1852). In *Miscellaneous Prose and Verse. The Centenary Edition of the Works of Nathaniel Hawthorne.* Vol. XXIII. Ed. Thomas Woodson, Claude M. Simpson, and L. Neal Smith. Columbus: The Ohio State University Press, 1997: 273-376.

——. "Mrs. Hutchinson" (1830), "The Gentle Boy" (1832), "Old News" (1835), "Young Goodman Brown" (1835), "The Minister's Black Veil" (1836), "Rappaccini's Daughter" (1844). In *Tales and Sketches.* Ed. Roy Harvey Pearce. New York: The Library of America, 1982.（本文中では TS と略記する。）

Herbert, T. Walter. *Dearest Beloved: The Hawthornes and the Making of the Middle-Class Family.* Berkeley: University of California Press, 1993.

Lawrence, D. H. *Studies in Classic American Literature.* New York: Penguin Books, 1977.

Milton, John. *Paradise Lost: An Authoritative Text Backgrounds And Sources Criticism.* Ed. Scott Elledge. New York: W. W. Norton & Company, 1975.（『失楽園』上・下、平井正穂訳、岩波文庫、一九八七年。

引用の訳文はこれによった。）

Reynolds, Larry J. *European Revolutions and the American Renaissance.* New Haven: Yale University Press, 1988.

——. "Hawthorne's Labors in Concord." In *The Cambridge Companion to Nathaniel Hawthorne.* Ed. Richard H. Millington. Cambridge: Cambridge University Press, 2004: 10-34.

Rogin, Michael Paul. *Fathers and Children: Andrew Jackson and the Subjugation of the American Indian.* New Brunswick: Transaction Publishers, 2009.

Waggoner, Hyatt H. "Art and Belief." In *Hawthorne Centenary Essays.* Ed. Roy Harvey Pearce. Columbus: The Ohio University Press, 1964: 167-195.

Winapple, Brenda. "Nathaniel Hawthorne 1804-1864: A Brief Biography." In *A Historical Guide to Nathaniel Hawthorne.* Ed. Larry J. Reynolds. Oxford: Oxford University Press, 2001: 13-45.

——. "Nathaniel Hawthorne, Writer; or, The Feeling of the Biographied." In *Hawthorne and the Real: Bicentennial Essays.* Ed. Millicent Bell. Columbus: The Ohio University Press, 2005: 181-198.

Yellin, Jean Fagan. "Hawthorne and the Slavery Question." In *A Historical Guide To Nathaniel Hawthorne.* Ed. Larry J. Reynolds. Oxford: Oxford University Press, 2001: 135-164.

Ziff, Larzer. "The Artist and Puritanism." In *Hawthorne Centenary Essays.* Ed. Roy Harvey Pearce. Columbus: The Ohio University Press, 1964: 345-269.

一九世紀の交通革命と通信革命
——エミリィ・ディキンスン、鉄道、電信

吉田　要

はじめに

歴史学者エリック・ホブズボームは古典的名著である三部作の第一作目『市民革命と産業革命』(一九六二)において、一七八九年から一八四八年にかけてヨーロッパで巻き起こった二つの革命——フランス革命と産業革命——を「二重革命」と呼び、その後の世界に変革をもたらした両輪であると論じている。ホブズボームはフランス革命に先んじて勃発したアメリカの独立革命は考察の対象に含めなかったが、イギリス発の産業革命は、彼も示唆しているように、確かにアメリカ合衆国に波及して巨大な渦を巻き起こし、社会の仕組みを根底から作り変えていった。その産業革命がアメリカ合衆国において広がっていった諸相を、エミリィ・ディキンスン(一八三〇－八六)を通して確認してみることが本論の目的である。

エミリィ・ディキンスンと言えば、現代で謂う所の「引きこもり」に相当するような生活を送

り、社会との接点を避けた人生を歩んだ詩人として認知されてきたところがあるが、彼女が書いた詩や手紙文に産業革命の諸力が色濃く及んでいるとすれば、それだけ産業革命の波及力を示すことになるだろう。本論では、産業革命の中でもその革新性で群を抜き、「交通革命」の要衝となった鉄道と、鉄道以上にアメリカ全土に網の目を張り巡らし、「通信革命」をもたらした電信に焦点を当てる。

鉄道について、または電信についての包括的な研究は数多く存在するが、鉄道とディキンスン、電信とディキンスンに限定すると、その数はぐっと絞られる。鉄道とディキンスンについては、ディキンスン研究の中でも早い段階で両者の関係について概略を示した山川瑞明編『ホイットマンとディキンスン――文化象徴をめぐって』（一九八一）所収の「陸地の象徴――鉄道――」（田中・山川 16-60）や、ディキンスンが訪れたボストンの様子とその際の行動をまとめ、鉄道の路線図も含めた当時の地図をふんだんに取り入れている鵜野ひろ子の『エミリィ・ディキンスンがボストンを訪れる』（一九九〇）、歴史や文化という文脈においてディキンスンを読み直した研究書の一章分をディキンスンの代表的な「鉄道詩」を読み解くのに割いているドーナル・ミッチェルの『エミリィ・ディキンスン――知覚の女王』（二〇〇〇）などがあるが、いずれも扱っている時代の範囲が限定的で、ディキンスンの晩年は各研究の射程から外れている。本論はこれらの先行研究に大きく依拠するものの、ディキンスンが有していた鉄道との関係性を、これまで一緒に取り上げられることがなかった晩年の詩も用いて考察し直したい。

電信とディキンスンについては書物の形ではまとめられていないが、電信を扱った主な論文に、現時点では最も多くディキンスンの「電信詩」を扱い、電信をスピリチュアリズムに結び付けて論じたジェルーシャ・マコーマックの「デルポイを飼い馴らす」（二〇〇三）、宗教や天文学と連動したオーロラ観測とオーロラを題材にしたディキンスンの詩とに関連付けて電信に触れているキャロル・クインの「ディキンスン、電信、北極光」（二〇〇四）、ディキンスン家が購読していた新聞をもとに、電信を含めたマスコミの伝達方法が詩作に与えた影響を分析したシャノン・トマスの「ニュースは熟慮するときに何を考えるべきか」（二〇一〇）などがあるが、いずれも電信がほかの話題の引き立て役になっていることは否めない。本論はこれらの先行研究を大いに参照しつつも、ディキンスンにとって電信がいかなる革命であったのかを明らかにすることを目指す。

本稿はこれ以降、エミリィ・ディキンスンが生まれ育ったマサチューセッツ州西部のアマーストで彼女が有していた鉄道や電信との接点をまとめ、その後、彼女が鉄道や電信を詩や書簡にいかに取り入れているのかを精査してゆく。順序としてはまず鉄道を扱い、その後、電信へと移ることにしたい。

一　鉄道とディキンスンのアマースト

エミリィ・ディキンスンが生まれた一八三〇年は、アメリカ合衆国の鉄道史において非常に重要な年である。アメリカで初めてボルティモア・オハイオ鉄道が客車を走らせた年なのだ。彼女と鉄道を結び付ける符合はそれだけにとどまらない。リンカン大統領が大陸横断鉄道敷設の号令「太平洋鉄道法」を出した一八六二年には、彼女の代表的な「鉄道詩」である「それが何マイルもなめるのを見るのが好き」(Fr383)が書かれている。[1] その後、大陸横断鉄道が完成する一八六九年を経て、全米における鉄道の敷設距離が延べ一〇万マイルを超えた頃に、ディキンスンはその一生を閉じている。こうして見ると、彼女の人生はアメリカで産業革命の申し子である鉄道が花開く時代と重なっていることがわかる。[2]

ディキンスンの書簡文や記録を頼りにすると、彼女はボストン方面に五回、アマースト近郊の都市スプリングフィールドに二回、ワシントンDCとフィラデルフィアに一回、出向いており、合計すると最低でも単純計算で往復八回は列車に乗ったことを読み取ることができる。「引きこもり」として認知されているディキンスン像からは想像もできないほど鉄道に乗車して遠出をしていたことがわかる。

その中でも彼女が初めて列車に乗ったという状況証拠が整っているのは一八四四年、彼女が一三歳のときである。ディキンスンはこの年に仲の良い友人でもあった又従姉妹を亡くして悲しみがなかなか癒えなかったために、彼女を心配した両親によってボストンにいる母方の叔母の家へと送られ、ひと月ほど滞在した。復調したディキンスンはボストンから家路をたどる途中で、ボストンとアマーストのほぼ中間地点に当たるウスターにいる父方の叔父のもとにも身を寄せている。そのときに彼女の父は娘に宛てて次のような手紙を書いている。

帰ってくるときには――気をつけなさい。それと、パーマーで列車から降りるのです――落ちないようにしなさい、安全に降りるまでずっと何かを握っているのですよ——列車が走り出して、お前を投げ落とさないように。(Qtd. in Leyda I, 87)

まだ一三歳の少女を心配する父親の気遣いがあふれ出ている文面であるが、この手紙はディキンスンが鉄道を利用したことを明確に示している。鵜野によると、ボストン・ウスター間は四四マイル（約七〇キロメートル）で、ディキンスンはパーマーからアマーストまでは駅馬車を使ったとのことである(Uno 15)。パーマーはアマーストの南東およそ二〇キロメートルの町である。

一八五一年になると、ディキンスンの地元アマーストにも鉄道が延伸される気運が高まった。同年五月、アマースト・ベルチャータウン鉄道会社の設立が認可され、パーマーまで敷設されていた鉄道がアマーストまで延びる準備が整ったのだ。当時、アメリカ随一の地質学者でアマースト大学学長だったエドワード・ヒッチコックや、マサチューセッツ州議会議員などを歴任し、一八五三年からは国会で下院議員も一期務めたディキンスンの父エドワード・ディキンスンなどがアマースト・ベルチャータウン鉄道会社の要職に就いたが、エドワードは頭取である(Sewall 54)。

その後、アマースト・ベルチャータウン鉄道の株式すべてに予約が入る「華々しい決定」がなされ、南のベルチャータウンからアマーストを通って北のサンダーランド、モンタギューへと抜ける鉄道の敷設が決まった。[3] その時にディキンスンも心を躍らせた様子は、当時ボストンで教鞭をとっていた兄のオースティンに宛てた次の書簡文で見ることができる。

> 私たちがあなたに手紙を書いてから、華々しい鉄道の決定がなされ、この町もサンダーランド、モンタギュー、ベルチャータウンの近隣の町も方々で沸き立っています。誰もが目が冴えて、あらゆる物が動き回り、通りは陽気に話す人々でいっぱいです。あなたもここに来てこの歓喜に加わるべきです。この出来事はウォーナー博士と祝砲によって祝われました。みんなが心に抱く静かな満足がそのことをこの上なく証明しています。
>
> 父は過度に満足せず本当に**落ち着いて**いて、とてもふさわしい態度で体面を保っています。まだ誰もそれを**信じて**いませんし、それはおとぎ話のようで私たちみんなの人生でたいそう**驚異的な**出来事です。人々が来週動き出します。そのことを考えてみて、オースティン。私は本当に信じているのですが、私たちは最初にやってくる「エリンの息子」をひれ伏して崇めるでしょうし、起工式の土は我らが英雄たる父祖たちの奮闘と勝利の象徴として保存されるでしょう。(L72)[4]（強調原文）

「エリンの息子」はアイルランド系の移民を指し、彼らが鉄道敷設の底辺を担ったことの表れである。アイルランド移民は、特に中西部における鉄道敷設で獅子奮迅の活躍を見せた中国系移民と同様に、全米規模で鉄道敷設に力を注いだが、アマーストも例外ではなかった。アイフ・マリーは一八五〇年当時でアマーストには総人口のおよそ三%にあたる百人以上のアイルランド人がいたが、一八六〇年には八%になったことを紹介し、人口増加の要因がアマーストへの鉄道の延伸決定であることを指摘している (Murray 146-47)。

着工から一年余りでアマーストまで開通し、一八五三年の五月九日には乗客を乗せた列車がアマーストに到着することになった。[5] ディキンスンの父親は頭取の仕事を全うするためか「客車が今日、来ることになっている――**初めの**定期列車が午前一一時三〇分に。すべてがきちんと走っているか目にするまでは、鉄道の祝典は行わない――それから我々は品良く讃美するのだ」と冷静な態度でいることを息子のオースティンに書き送っている (Qtd. in Leyda I, 273)。

　開通からおよそ一か月後には、開通記念の祝典が催された。アマーストからマサチューセッツ州南隣のコネティカット州へと抜ける接続ポイントであったパーマーまでが通じたこともあって、この式典にはコネティカット州南東部のニューロンドンから三二五人の人々が招待されたという (L127 注)。ディキンスンもその時の様子をハーヴァードのロースクールに通っていた兄に次のように書き送っている。

> ニューロンドン・デイは壮大に終わりました――そうみんなが言っていました――かなり暑く埃まみれでしたが、誰もそんなことは気にしませんでした。父はいつもの通り総大将で、ニューロンドンの人々を引き連れて町を練り歩き、凱旋式の老ローマ将軍のようでした。ハウ夫人がすばらしい昼食を用意し、賞賛をあびました。馬車は火花のようにあちら、こちら、むこうへと飛びかい、みんなが素晴らしかったと言っていました。そうだったんだと思います――私はタイラー教授の家の森に座って汽車が去っていくのを見ました。それから誰かに見られたりどうしていたのか聞かれたりするのが心配で、家に走って帰りました。ホランド博士がいて、私たちに会いに来ました――本当にとても楽しそうで、あなたのことを尋ね、ヴィニーと私がスプリングフィールドのお宅に行ってもいいか母に聞いていました。(L127)

大将格の父親が意気揚々と練り歩く様子と好対照をなすように、ディキンスンは式典の輪の中には入らず、集団から離れて一人ひっそりと小高い丘の上から式典の様子を観察している。この様子は三〇代後半から色合いを強める孤高の詩人像を彷彿とさせる。この時に彼女がとった行動は、祝典から数日後に兄に宛てて書かれた次の文面に、更に色濃く投影されている。

客車は混雑が続いています――多くの乗客がどこからかは分かりませんがどこかからやってきているようです……。私たちの家は毎日この世を構成する人々、身分の高い人と低い人、縛られている人と自由な人、「この世の所有物が乏しい人」と「お金に目のくらんだ人」でいっぱいで、「彼らが一体、何を求めているのか」は分からないままです――私は彼らが植物にたかる昆虫のように、消えてしまえばいいと思っているので、最高の収穫期に一緒に刈り取りをしましょう――つまりあなたとスージー、私、かわいい妹のヴィニーは、あなたの授業期間が終わったら、誰にも邪魔されずに一緒に楽しいひと時を過ごさなければならないのです。(L128)

父親がアマースト・ベルチャータウン鉄道の頭取を務めていただけあって、特に鉄道開通直後は来客が途絶えることがなかったようだ。後に人目を避けることになるディキンスンにとっては、相当いらいらが募っていたことだろう。兄への文面という点ではユーモアにあふれていると言えるが、客観的に見ればかなり辛辣な言葉を綴っていることは否定しようがない。それでも、ディキンスンの人を見る目、世の中を見る目が恐ろしいほどに伝わってくる箇所である。途絶えない来客に辟易している様は、後に詩人として自己定義していくディキンスンの原型となっているようだ。「縛られている人 (the bond)」はアイフ・マリーも指摘していることだが、奴隷の身分を指しているのではなく、賃金労働にとらわれている人を指すと考えるのが妥当であろう (Murray 148)。

二　ディキンスンの「鉄道詩」

ここからは鉄道を題材にしているディキンスンの詩も扱いながら、ディキンスンが鉄道や蒸気機関車に対して抱いていた思いを検討していきたい。汽車に関してディキンスンが興味をもった大きな属性の一つとして挙げられるのは音である。鉄道がアマーストに開通してから一週間後、彼女は兄のオースティンに次の手紙を出している。

私がこの手紙を書いていると、汽笛が音を奏で、ちょうど列車がやってきました。汽笛が音を奏でるときはいつでも、新しい生命力を与えてくれます。あなたが家に戻ってきたら、それを聞くのがどれだけ大好きになるでしょう！（L123）

「音を奏でる」と訳した箇所で使われている単語は“play”であるため、汽車の音はディキンスンにとって遊び心を刺激されるものであったことが窺われる。詩人としての聴覚に響くものがあったとも言えるだろう。また、汽笛が「新しい生命力」を感じさせるものであったことは、蒸気機関車を介して見た産業革命の進展が彼女にとって好ましい現象であった可能性を示唆している。

同様の例は、それから一〇年近く後の一八六二年四月に書かれた書簡文でも見出すことができる。ディキンスン家の親しい知人で『スプリングフィールド・リパブリカン』紙の編集長だったサミュエル・ボールズが、体調を崩してなかなかディキンスン家を訪れることができない時にディキンスンが書き送った文面を見てみよう。

アマーストにある私たちの心は――痛みます――今夜――あなたはそれがどんなに耐え難いかお分かりにならないでしょう――みんなはもう待てないと思っていました――昨夜――汽車が――愉快な曲を――歌うまでは……。(L259)

「汽車 (the Engine)」が「曲 (tune)」を「歌う (sing)」という表現も、先の書簡文と同じく、汽笛や汽車の音自体が音楽を奏でるような音としてディキンスンの耳に届いていたことの表れである。待ち人を連れてきてくれる乗り物として、汽車が快い対象になっていることが読み取れる。

汽笛や汽車がディキンスンの興味をひくものであったことを示すのは書簡文だけではない。ボールズへの手紙と同年に書かれた彼女の「鉄道詩」でも似た状況を確認することができる。この「それが何マイルもなめるのを見るのが好き」が「太平洋鉄道法」が出された一八六二年に書かれたことは先に触れたが、実はこの年はディキンスンの父親であるエドワード・ディキンスンがアマースト・ベルチャータウン・パーマー鉄道の頭取に再選された上、この路線を走る汽車「アマースト号」が「エドワード・ディキンスン号」に名前を変更した年でもある (Lowrey 56)。そんな記念碑的な詩を再読してみよう。

I like to see it lap the Miles—
And lick the Valleys up—

And stop to feed itself at Tanks—
And then—prodigious step

Around a Pile of Mountains—
And supercilious peer
In Shanties—by the sides of Roads—
And then a Quarry pare

To fit it's sides
And crawl between
Complaining all the while
In horrid—hooting stanza—
Then chase itself down Hill—

And neigh like Boanerges—
Then—prompter than—a Star
Stop—docile and omnipotent
At it's own stable door—

私はそれを見るのが好き　それは何マイルもなめてゆき
谷間をいくつもたいらげ——
水槽で水を飲もうと止まり——

それから——勢いよく
山々をめぐり——
横柄にもじっと見る
道端に立つ数々の掘っ立て小屋を——
それから石切り場を削り取って

脇腹を合わせて
間を這ってゆく
ずっと不平を言いながら
恐ろしい——ホーホーする音を立てて
それから丘を駆け降りてゆく

そしてボアネルゲらのようにいないて——
星よりも素早く
立ち止まる——大人しく堂々と
自分の馬小屋の戸口に——

(Fr383)

この詩はこれまで多くの批評家が論じているので、本稿では要点のみを中心に確認しつつも、この詩をより広い文脈におくための補助線も引いて、歴史・文化の流れに位置づけてみたい。

この詩の特徴としては大きく六点が挙げられる。第一点目は、何を見るのが好きかということを最後まで明言せずに「それ」という代名詞で表現しているので、なぞなぞ的な要素があることだ。この点は汽笛が遊び心をくすぐるように聞こえることとも共通してくるだろう。

第二点目としては、「それ」の動きが「なめる」以下、数多くの動詞を使って矢継ぎ早に示されていることである。「それ」の動きがそれだけ素早いものだということを文体自体が体現していることになる。「それ」の動きを見ている主体がこの詩を一文章で構成していることは、更に動きの速さを補って余りあるだろう。

このように詩が一息に展開していく構図は、例えば「私が死のために止まることができなかったので」(Fr479) において、「私」が乗り込んだ馬車が「ゆっくりと」進んでいき、日没を迎えるというような時間の流れとは好対照をなしていると言える。また、列車の速さという点では、「それが何マイルもなめるのを見るのが好き」からニ〇年以上も後、ディキンスンが五三歳を数える一八八三年に書かれた「私たちが大切にしなかった夏は」(Fr1622) においても、列車があっという間に視界から消えてしまうということが謳われているので、列車の速度が速いという感覚は、彼女の中で首尾一貫していたと言うことができる。

第三点目は汽車が馬のような生態をもつものとして描かれていることである。「水槽で水を飲む」や「脇腹」、「いななく」に加えて、最後に「馬小屋」に戻ってくるので、細部を気にしなければ汽車は馬であると言うことが可能だ。このイメージはレオ・マークスが『楽園と機械文明』で何度か言及しているように、汽車を「鉄の馬 (Iron Horse)」とみなした多くの同時代人と同じとらえ方である (Marx 191, 195, 202 など)[6]。

四点目は汽車の音についてである。「ボアネルゲらのようにいななく」とあるが、「ボアネルゲ」は『聖書』の「マルコによる福音書」に、イエスが「ゼベダイの子ヤコブとヤコブの兄弟ヨハネ、この二人にはボアネルゲス、すなわち、『雷の子ら』という名を付けられた」(3:17) とあるので、「ボアネルゲらのように」というのはつまり、雷のような音を出したということになる。汽車の音を雷と結びつけているのは、マークスが『楽園と機械文明』で取り上げているように、ダニエル・ウェブスターやヘンリー・デーヴィッド・ソローも同様である (Marx 209, 252)。

五点目は「星」である。汽車を星にたとえる例も、『楽園と機械文明』の中でソローの「いくつもの車両をあとに連ねた機関車が、遊星が動くかのように——あるいはむしろ彗星のように走っているのに出会うとき……」(251) という一文が取り上げられているが、ソローの場合は "planetary," "comet" という単語を用いている。ディキンスンもソローのように「彗星」を意図していたなら速度に焦点があてられているであろうし、ディキンスンが書き残している「星のように定刻通りに (punctual as ‒a Star)」という異稿に注視するなら、運行時刻の正確さに焦点があてられることになるであろう。当時、運行の際に用いられていた時間が鉄道会社や地域によって異なっていたことは、「定刻通り」に運行する「星」と好対照をなしている。[7]

最後の六点目として「掘っ立て小屋」に注目しておきたい。本稿でもすでにディキンスンが「エリンの息子」という表現を用いていたことは確認済みだが、アマーストにおける鉄道敷設はアイルランドからの移民たちの力によるところが大きかった。そのアイルランド移民たちが住まいとしていたのが鉄道脇の「掘っ立て小屋」に相当するところである。「それ」が「道端に立つ数々の掘っ立て小屋」に横柄な視線を向けているのは、移民に対する眼差しを体現していると言える。[8]

以上見てきたように、「それが何マイルもなめるのを見るのが好き」の詩は、同時代人と同じようなイメージを使ってはいるものの、なぞなぞの要素を取り入れた軽妙な詩であると言うことができる。この詩からディキンスンの鉄道に対する批評精神を垣間見ることはできるであろうが、必ずしも否定的な見方だけではなく、肯定的な見方も入り混じっていることは確認できただろう。

鉄道に対する彼女の批判意識がそれほど強く詩に表れないことは、一八七六年、ディキンスンが四五歳の頃に書いた、汽車とつながりが深い「機関 (enginery)」という単語が入った詩でも確認することができる。

Death warrants are supposed to be
An enginery of Equity
A merciful mistake
A pencil in an Idol's Hand
A Devotee has oft consigned
To Crucifix or Block

死の召喚状は
公平な機関だと思われている
それは慈悲深い誤り
偶像の手が握る鉛筆は

帰依する者をしばしば追いやってきた
十字架か断頭台に　　　　　　　(Fr1409)

この詩では、はじめの二行で「死の召喚状」が「公平な機関」であるという一般論が提示されている。つまり、「死」が誰にでも平等に訪れるということである。語り手は三行目でこの一般論を全くの誤りだと切り捨て、独自の見解を後半の三行で提示する。

四行目の「偶像」が何を指すのかが一番の鍵になりそうな詩であるが、人の寿命を司る神のように人を「死」に至らしめる力の持ち主であることは間違いなさそうである。「偶像」は鉛筆を手にし、何かものを書くことによって、崇拝する者を「十字架」や「断頭台」に送り込む。これは宗教的な文脈で読むならば、権力を握る者が危険な信徒の首をはねる文書にサインしたことを表現していると解釈できるであろうし、文学的な文脈で読むならば、ある作者の作品が何らかの理由で熱烈な読者を意気消沈させたことを表現しているとも考えられる。また、卑近な例に落とすならば、文通相手の言葉が手紙の受け取り手に致命傷を与え、その人を麻痺させたことを言っているとも解釈できるだろう。いずれにしても、書かれた言葉が矢となって人を死に、あるいは死に近い状態に至らしめたということになる。

後半の三行から翻って前半の三行に立ち戻ってみると、「偶像の手が握る鉛筆」、あるいは端的に人間こそが不平等な「死」を駆動させる「機関」ということになるだろう。そのことを示す際に**“enginery”**という単語が使われているのは見逃せない。なぜならば、この単語は機関車をも指し示す"engine"の集合名詞であるからだ。

この「機関」は一般的には、人々に死が平等に訪れるものであると「慈悲深く」信じ込ませる核となるものである。別の見方をすれば、「機関」はたとえ幻想であっても、人々にとって平等の思考をもたらすもととなっている。それに対してこの詩の語り手は、人間のなす業こそが人を死に追いやるがために、死が不平等なものであるという現実を突きつけている。「機関」は死が平等だという幻想を広めるが、それは語り手によれば「慈悲深い」ものであるのに対し、人間がこの世でなす業は不平等を助長するのだ。

この「機関」が「機関車」をも指す集合名詞であることに留意しておこう。「機関」が「機関車」と読み替えられるならば、産業革命の化身である機関車が人間の所為とは相対化されることによって、人々にとって仮初めにではあっても、公平に存在するものであることが暗示されていると読み取れるのだ。するとこの詩においても、「それが何マイルもなめるのを見るのが好き」と同様、あるいはそれ以上に、ディキンスンの機関車に対する批判精神を読みとるのは難しいということになる。むしろ、ディキンスンは鉄道や機関車を自身の詩や書簡文に取り入れることで、産業革命という社会変化を受け入れていったと言うことができるのではないだろうか。

三　電信とディキンスンのアマースト

鉄道とディキンスンとの関係と同様に、電信と彼女も密接な関係を有している。しかし、電信へと話を急ぐよりは、鉄道と手紙との親和性に触れておくと、電信の話題により滑らかに移行することが可能だ。なぜならば、電信が引かれる前、そして電信が使えるようになってからも、急を要さない知らせは手紙によってもたらされ、その手紙が長距離を運搬される際には、鉄道が活躍したからだ。しかし、輸送手段として大役を果たした当時の鉄道に事故が頻発したことは各研究書が伝えるところである。事故だけではない。時には天候によっても遅延が生じたことをディキンスンは書き残している。後に義理の姉になるスーザンに書き送った書簡文を見てみよう。

> 彼女［スーザンの姉］はあなたの手紙を受け取っていません。激しい吹雪が原因だと彼女は思っていますが、それが鉄道全線を麻痺させ、手紙が全く届かないのです――それにスージー――私はとても騙されやすく、この自分の愚かな心にいとも簡単に欺かれてしまうので――私は吹雪が**私の**手紙も止めていると想像しています。だから私はそれを**あなた**にではなく、意地悪な**吹雪**に差し出します、もし私の**も**届かなかったら！ (L70)

一八五二年一月に書かれたこの手紙文は、猛吹雪によって鉄道が麻痺したことが原因で手紙の輸送が滞っていることを述べているので、鉄道が手紙を運ぶ重要な媒体であるとディキンスンも十分に認識していたことは明らかだ。この状況は一五年以上経過した後でも変わっていないことが次の手紙文から読み取ることができる。

かわいい子どもたちよ

機関車が運べる速さで短い手紙を届けてもらいます。
私たちの心はすでに向かっています。私たちの顔をあなた方の励みになるように郵送できたなら。
覚えていてください
　神が定める最長の日は
　太陽と共に終わる。
　苦悶は杭まで旅をして
　それから戻ってこなければならない。(L329)[9]

一八六八年に一〇歳以上年下の従妹であるノアクロス姉妹に送られたこの文面は、「機関車(steam)」が「郵送(mail)」を担い、励ましを届ける重要な役割を担っていることを物語っている。手紙文に挿入した四行詩において、「苦悶」が旅をするように離れて行っても、最終的には戻ってくるという現実を受け入れなければならないことを伝える際に、「旅をする(travel)」や「戻る(return)」という単語を使っていることも、鉄道と手紙とがディキンスンにとって親和性が高いことを如実に示す表現である。

この手紙が書かれた一八六八年時点で鉄道が私信を伝達する媒体として重要な役割を担っていた一方で、鉄道網よりも短期間で、しかも広範な広がりを見せていた通信革命が電信である。電信の技術は一八世紀末から試行錯誤されていたものの、商用として使用できるほどに発達する原型を作ったのは、モールス符号で名高いサミュエル・モース(一七九一―一八七二)にほかならない。[10]

モースは一八四四年にワシントンＤＣからボルティモアまでの約四〇マイルで電信の実験に成功

した。その際に、ボルティモア・オハイオ鉄道の用地沿いに電信線が引かれたことは、鉄道と電信との密接なつながりを示す重要事項である。特に鉄道敷設が本格化する一八五〇年代以降、例えばクリスチャン・ウォルマーが示しているように、鉄道会社では電信を用いて列車の運行状況を把握するなどしたため、電信と鉄道の関係は深くなっていった (Wolmar 75-7)。

電信の有用性が認められると、東部で発達しつつあった電信を太平洋まで結ぶ「太平洋電信法」が一八六〇年に発令された。これは「太平洋鉄道法」よりも二年はやい。電信の実用開始が鉄道よりも遅かったことを考えれば、電信の発達がいかに早かったかを示す好例である。電信の発達をはやめた要因はもう一つある。南北戦争というまた別の革命である。

南北戦争では人員や物資、武器の輸送で鉄道が大いに利用されたが、電信は情報をやり取りするのに必要不可欠だった。特にリンカン大統領が、前線の情報に直に接し、前線に直接命令を下すのに電信を重宝したことはよく知られている。

ディキンスンを南北戦争に直接結び付ける契機の一つとなったのも電信と言える。[11] 彼女が従妹のノアクロス姉妹に送った手紙では、彼女の地元アマーストから戦地に赴いた兵士の死傷を伝える電報について触れている。

アダムズ夫人は今日、アナポリスでの怪我がもとで息子さんが死んだ知らせを受けました。フレイザー・スターンズの署名がある電報です。彼のことは覚えているでしょう。もう一人の息子さんは一〇月に亡くなりました——野営地で熱病にかかって。アダムズ夫人自身はそれ以来、ベッドから起き上がれません。「明けましておめでとう」はそれらのドアを静かに避けていきます！「死んだ！　彼女の息子二人とも！　一人は東部の海沿いで撃たれ、もう一人は海沿いの西部で撃たれて」(L245)

アダムズ夫人の二人の息子が相次いで戦死したことを知らせる電報には、ディキンスンも心を痛めた様子が窺える。括弧付きになっている「死んだ！」以下の文面はスターンズからの電報文を引用しているものと思われるが、その電報がディキンスンにとっても衝撃であったようだ。しかし、それ以上に彼女に悲痛をもたらしたのは、彼らの死を電報で知らせたフレイザー・スターンズの死が、また別の電報によってもたらされたときである(L255, L256)。彼はディキンスンの兄オースティンの友人であっただけではなく、ディキンスン家とも関係の深いアマースト大学の教授の息子でもあったため、彼の死はディキンスン家を含めて町中の人々を深い悲しみに陥れた。[12]

鉄道はアマーストに一八五三年に開通したが、電信がアマーストに通じたのは一八六一年であり、アマースト独自の電信局を設置するのに尽力したのも、鉄道と同様にエドワード・ディキンスンであった(McCormack 571)。しかし、ディキンスンが電信に接し始めたのは、アマーストに電信局ができてからではない。はやくも一八五三年には、ディキンスンの友人で三年後に彼女の義姉になるスーザンが電信を使用したことを示す文面を見出すことができる。[13]

あなたからの手紙を受け取りました――私はスーに一通を届けました。ジェリーがすぐに動けるように立っていて、すべてがあなたの望み通りでしたが、スーは気分がすぐれなかったので、あなたは電信を受け取ると思います……。(L126)

この頃ボストンでハーヴァードのロースクールに通っていた兄オースティンに宛てた手紙文だが、スーザンが恋仲になっていたオースティンを何らかの理由で案じて電報を打ったようである。この文面で電信を"a telegraphic dispatch"と書き表して速さを強調しているのは、まだ電信を使い始めて間もないことを示していると思われる。手紙による知らせとの時間的速さの差異を読み取れる別の文面には、「あなたが望めば父に**電信を打つ**ことができると分かっています――ペンに限定されていないのです！」(L156) といったものも書かれている。やはり兄のオースティンに宛てた文面だが、電信が「ペン」によってしたためられる手紙と明確に区分されていることが読み取れる。

このほか、ディキンスンの書簡文を頼りに彼女が電信を使った形跡を辿ってみると、一八五三年から彼女が亡くなる一年前の一八八五年まで、合計で一〇回ほど確認することができる。このように、電信はディキンスンの生活に色濃く入り込んだ技術であった。[14]

四　ディキンスンの「電信詩」

手紙と電信が同じ文脈で取り上げられるのは書簡文においてだけではない。詩の中でも同様である。ディキンスンは鉄道同様、電信について多くの詩を書いているわけではないが、「鉄道詩」と根本的に異なるのは、「電信」という単語を詩の中で用いている割合が少しだけ高いということである。彼女は「電信 (telegraph)」という単語を二篇の中で、「電報 (telegram)」という単語を一篇の詩の中で使用している。本稿ではその中から直接的に電報を扱っている一篇（Fr1049）を取り上げて、手紙と電報が併置されている様子を見てみることにしよう。[15]

Myself can read the Telegrams
A Letter chief to me
The Stock's advance and Retrograde
And what the Markets say

The Weather—how the Rains
In Counties have begun.
'Tis News as null as nothing,
But sweeter so, than none.

私は電報を読むことができる
私にとって大切な手紙だ
株の値上がりや値下がり
市場が言っていること

天気——どのように雨が
各郡で降り出したか。
ほとんど価値のない知らせだが

ないよりはずっと喜ばしい。

ディキンスンとしては簡明な詩だが、この詩で特異なのは、電報が手紙と等価値に置かれていることである。しかし、手紙を書き、受け取ることを習慣としていた彼女にとって、ただ単に等価値というわけではない。電報は株式や市場の動向、天気など、即効性をもつ情報としての価値はあっても、個人的な手紙に書き表される内容としては相応しくないものが伝えられる媒体として取り上げられているからだ。つまり、語り手にとって電報は「ほとんど価値のない知らせ」なのである。それでも語り手は最終行において、電報を通した情報が全くないよりはあったに越したことはないと言う。これは、手紙が全くないよりは、その分量が少なく内容が味気ないものであっても、やはり手紙は受け取りたいというディキンスンの姿を彷彿とさせるものだ。この詩が書かれた一八六五年には、電報のやり取りが社会的に頻繁になってきていたことを物語るとも考えられるだろう。[16]

ではディキンスンは自身の詩には電信をいつごろ取り入れたのだろうか。そのことが読み取れる詩には、「電信」や「電報」といった単語は含まれていない。その代わりに、電信が伝わる「電信線」を描いていると思われる一篇が一八六三年に書かれているので、いわば電信という機械装置に着目しているこの詩（Fr595）を見てみることにしよう。

The Lightning playeth—all the while—
But when He singeth—then—

Ourselves are conscious He exist—
And we approach Him—stern—

With Insulators—and a Glove—
Whose short—sepulchral Bass
Alarms us—tho' His Yellow feet
May pass—and counterpass—

Opon the Ropes—above our Head—
Continual—with the News—
Nor We so much as check our speech—
Nor stop to cross Ourselves—

稲妻は戯れる——しばらくの間ずっと
しかし彼が歌うと——そのとき——
私たちは彼が存在すると意識する——
そして私たちは彼に近づく——厳めしく——

絶縁体と——手袋で——
その短く——墓を思わせる低音は
私たちに警告する——けれども彼の黄色い足は
通り過ぎて——戻ってくるかもしれない——

私たちの頭上の――ロープを伝って――
断続的に――知らせを携えて――
私たちは自分たちの話を止めることも
立ち止まって十字を切ることもしない――

ディキンスンは稲妻によって垣間見ることができる神の威力を描いた詩を何篇か書いているが、この詩は稲妻そのものの威力を扱い、地上において物理的な装置を用いる電信へと結び付けている。第一行目に見られるのは、稲光が空に広がるだけでは、人間には視覚的に遊びのように見えるということである。しかし、稲光に続いて稲妻の轟きが低く鳴り響くと、人間が稲妻の存在を聴覚でも感じ取り、その実在する対象に一歩近づくことができることを厳かに伝えている。

ただし、人間が稲妻に近づく際には文明の利器が介在する。電信である。第二連目一行目にある「絶縁体」とは、電信線を支える電信柱に備え付けられたもので、それを含めた電信設備に人間が触れるときには電気を絶縁するためのゴム手袋が必用なわけだ。「黄色い足」とは、空に広がる稲妻の隠喩であると同時に、電信線を伝う電気をも表現しているものだろう。その証拠に、第三連目の一行目に紛れもなく電信線を示す「頭上の――ロープ」が出てきて、そこに稲妻のニュースが流れるという。ニュースが「断続的に」流れるのは、稲妻が轟いた際と電信が送信される際に、間断的に電気が流れる性質を表していると考えられる。

稲妻と電信との近しい性質が重ねあわされてきて最終二行で集約されるのは、稲妻の威力を前にして人間がもはや畏怖の念を抱かないということだ。稲妻が轟いた、つまり神が警告の言葉を放った、だからといって話を中断することもなければ、神の加護を求めて十字を切ることもしないのである。[17] ここからは、稲妻の背後に神がいるという神秘性や、コトバが電信線を伝うという不可解性がベールを解かれ、科学的に説明される対象であることが社会的に一般になっていることを読み取ることができるかもしれないし、あるいは、稲妻の神秘性に畏敬の念を抱かなくなった人々を揶揄していると解することもできようが、稲妻や電信の即物的な描き方から判断すれば、前者の解釈がふさわしいであろう。

この詩で見られるような雷と電信とをつなぎあわせる力学は、ディキンスンの晩年にあたる一八八一年になっても見出すことができる。彼女は手紙を頻繁にやり取りしたホランド夫人に「昨夜の明けがた、大好きな熟読を終えて自分の部屋に戻り、その本を引き出しの中に置いたとき、天を飛翔する電報(the Telegram of the Heavenly Flight)が意匠を示すことなくすぐ近くで光りました」(L738)と綴った手紙を送っている。ここでも稲光が電信と直截に結び付いており、双方の近さが明示されていることを付け加えておきたい。

ここまで電信を扱った二篇の詩や書簡文を見てきて言えることは、ディキンスンが電信を詩や書簡文に取り入れる際に、電信を批判する対象としてのみ取り上げているとは言い難いことだ。彼女は鉄道や機関車と同様に、あるいはそれらにも増して、手紙に近い電信という通信革命を実生活でも扱うことで、産業革命による社会変化を受容していったと言うことができるであろう。

おわりに

ヴォルフガング・シヴェルプシュは一九世紀欧米の文化を鉄道から読み解いた『鉄道旅行の歴史』において、ドイツの鉄道技師マックス・マーリア・フォン・ウェーバーが列車の運行と電信との関係について語った言葉を次のように引用している。

> 人体の筋肉は、それを閃き通る神経がなければ、生命のない肉塊となるように、ワットとスティーヴンソンの発見が人類に授けた翼筋も、指揮するものの考えが、電信線の神経を通って、傲然とその翼筋に閃めかなければ、ただ半分の飛翔力すら出せないだろう。(45-6)

鉄道を筋肉の翼筋、電信を神経と見立てた右記の表現は、鉄道と電信がそれぞれ補い合い、切り離すことができないものであることを雄弁に語っている。一九世紀のアメリカ合衆国でも、鉄道と電信は輸送と伝達を前進させることで時間と空間を縮めた両輪であり、鉄道による交通革命と電信による通信革命が産業国家アメリカ合衆国を作り上げる礎となった。本稿では、一九世紀のアメリカ合衆国において産業革命が進展する真っただ中で、一見、社会との接点が薄いように見えるエミリィ・ディキンスンに見られる交通革命と通信革命の波及力を辿ってきた。

三〇代後半から自家の敷地から外に出ない生活を送り、社会との接点を失っていったかのように見えるディキンスンは、これまで「引きこもりの詩人」として見なされてきたが、その位置づけいかんは措いておくとしても、彼女が鉄道や機関車といった交通革命と電信や電報といった通信革命を、肯定的・否定的な見解を織り交ぜながら自身の詩や書簡文に書き表してきたことは本稿で確認できたことと思う。肝心なことは、否定的な見方一辺倒ではないということである。むしろ、肯定的な描かれ方がなされている例が数々見受けられた。大きな社会変化を経験しながらも明確に批判的な書き方をしていないということは、ディキンスンが産業革命を社会的現実として受け止めていったことの表れではないだろうか。

かつてベッツィ・アーキラは「ディキンスンと政治の技法」において、ディキンスンを社会の民主化・産業化に抗った詩人として論じた。ディキンスンは確かにそのように読み取れる詩や書簡文を多く書き残していることは事実だが、果たしてそう言い切ってしまうことはできるのであろうか。本稿は、ディキンスンが産業化や民主化といった社会的変化を柔軟に受け止める一面を持ち合わせた詩人でもあったことを示してきたつもりである。

注

1　ディキンスンの詩の引用は『エミリィ・ディキンスン詩集』を編纂したフランクリンに倣い、Frの記号を付けた通し番号で示す。訳出は拙訳による。なお、「太平洋鉄道法」が出されたのは一八六二年七月のことだが、「それが何マイルもなめるのを見るのが好き」は、フランクリンによると同年秋に書かれたと推測されている。

2　鉄道史については近藤喜代太郎の『アメリカの鉄道史』が、図表や年表を用いて簡明な概略を示してくれる。

3　ディキンスンと経済との関係を論じた小論の中でエリザベス・ヒューイットは、アマーストの人々が合計で五万ドル以上の株を購入したが (189)、アマースト・ベルチャータウン鉄道は一八五八年に破産したと述べている (192)。その負債額は、ミッチェルによると、九万ドルを超える (30)。アルフレッド・ハベッガーは、エドワード・ディキンスンが八〇一一ドルの社債を購入したと述べているが、これは株による出資とは異なって、償還されるものだということである (291)。

4　ディキンスンの書簡の引用は『エミリィ・ディキンスン書簡集』を編纂したジョンソンに倣い、**L** の記号を付けた通し番号で示す。訳出は拙訳による。以下、本稿の太字表記は全て、原文における強調を指し示す。

5　アマーストの停車場ができた場所は以前、ディキンスン家の所有地だったが、ディキンスンが生まれた三年後の一八三三年に人手に渡っている。ディキンスン家の所有地については、ディキンスンの祖父サミュエル・ディキンスンの代からの変遷をエド・ウィルファートが図解している。

6　ディキンスンと同時代に生きた文人たちが鉄道をどう書き表したかについては小野清之の『アメリカ鉄道物語』が詳しい。ソロー以外にも、ポーやエマソン、ホーソーン、ホイットマン、トウェインなど、二〇世紀初頭までの鉄道表象を辿ることができる。なお、ディキンスン家で飼われていた馬については、ミッチェルが詳細に論じている (22-26)。

7　パトリック・オコンネルは、「星」と「馬小屋」、“omnipotent” といったイエス・キリストの属性を用いながら、この詩が鉄道という「新しい神」の登場を示していると解釈している (473-74)。

8　アイルランド移民労働者と鉄道との関係、アイルランド移民に対する眼差しについてはマイナー (208-9) やウォルマー (67-69, 151) を参照した。

9　四行詩の原文は以下の通り。The longest day that God appoints / Will finish with the sun. / Anguish can travel to its stake, / And then it must return.

10　トム・スタンデージの『ヴィクトリア朝時代のインターネット』は、電信についての通史的な概略を示す好著である。

11　南北戦争の状況を伝える電信などの新しいメディアを扱ったイライザ・リチャーズは、ディキンスンもメディアを通して戦争による死傷者や奴隷制についての問題に直面したと論じている。

12　南北戦争を考慮に入れてディキンスンを研究することはもはや常識になったが、南北戦争で初めて黒人部隊を率いただけではなく、ディキンスンの文通相手で彼女を文壇に近づける役目も果たしたトマス・ウェントワース・ヒギンソンが奴隷解放論者であり、一八五九年にハーパーズ・フェリーを襲撃したジョン・ブラウンに資金援助をしていたことは指摘しておきたい。ブラウンとディキンスンとが結びつく可能性についてはデーヴィッド・レノルズ（特に449-52）を参照のこと。

13　アマーストに電信局が設置される前は、アマーストの隣町ノーサンプトンに赴いて電報を打っていたようである (L158)。なお、電信で情報を伝達する手順については、松田裕之が『モールス信号士のアメリカ史』の中で簡潔にまとめている (33-5)。

14　当時のアメリカで地質学の権威であり、アマースト大学の学長だったエドワード・ヒッチコックは、『地質学という宗教』（一八五一）の中に「世界の電信的体系 (The Telegraphic System of the Universe)」という一章を設け、電信によって人々の考えが世界中に広まり、世界に網の目が張り巡らされることに言及している (409-44)。

15　ほかの二篇は、未来という時間がニュースを伝えるのに電報を用いるもの (Fr638) と、引き離された恋人同士が「電信符号」を使って互いに意思疎通を図るもの (Fr708) である。

16　新聞に代表されるマスコミとディキンスンとの関係を考察したシャノン・トマスは、ディキンスン家の友人サミュエル・ボールズが発行し、ディキンスン家も購読していた『スプリングフィールド・リパブリカン』紙に掲載された電信文が、内容と形式の両面においてディキンスンの詩作に影響を与えたと論じている。

17 プロテスタントはごく一部の宗派を除いて十字を切らない。プロテスタント（会衆派）であるディキンスンに見られるカトリシズムについては、例えばベンジャミン・ゴルボフを参照のこと。

引用参照文献

Dickinson, Emily. *The Poems of Emily Dickinson: Variorum Edition*. Ed. R. W. Franklin. 3vols. Cambridge, MA: Harvard UP, 1998.

——. *The Letters of Emily Dickinson*. Eds. T. H. Johnson & Theodora Ward. 1958. Cambridge, MA: Harvard UP, 1986.

Erkkila, Betsy. "Dickinson and the Art of Politics." *A Historical Guide to Emily Dickinson*. Ed. Vivian Pollak. Oxford: Oxford UP, 2004. 133-74.

Goluboff, Benjamin. " 'If Madonna Be': Emily Dickinson and Roman Catholicism." *New England Quarterly* 73 (2000): 355-85.

Habegger, Alfred. *My Wars are Laid away in Books: The Life of Emily Dickinson*. New York: Random House, 2001.

Hewitt, Elizabeth. "Economics." *Emily Dickinson in Context*. Ed. Eliza Richards. Cambridge, MA: Cambridge UP, 2013. 188-97.

Hitchcock, Edward. *The Religion of Geology and Its Connected Sciences*. Boston: Philips, Sampson, and Company, 1852.

Hobsbawm, Eric. *The Age of Revolution: Europe 1789-1848*. 1962. London: Cardinal, 1988.（『市民革命と産業革命——二重革命の時代——』安川悦子・水田洋訳、岩波書店、一九六八年。）

Kondo Kiyotaro. 近藤喜代太郎『アメリカの鉄道史——ＳＬがつくった国——』成山堂書店、二〇〇七年。

Leyda, Jay. *The Years and Hours of Emily Dickinson*. 2vols. New Haven: Yale UP, 1960.

Lowrey, Robert. "'Boanerges': An Encomium for Edward Dickinson." *Arizona Quarterly* 26 (1970): 54-58.

McCormack, Jerusha Hull. "Domesticating Delphi: Emily Dickinson & Electro-Magnetic Telegraph." *American Quarterly* 55.4 (2003): 569-601.

Marx, Leo. *The Machine in the Garden*. Oxford: Oxford UP, 1964.（『楽園と機械文明』榊原胖夫・明石紀雄訳、研究社、一九七二年。）

Matsuda Hiroyuki. 松田裕之『モールス信号士のアメリカ史——ＩＴ時代を拓いた技術者たち』日本経済評論社、二〇一一年。

Miner, Craig. *A Most Magnificent Machine: America Adopts the Railroad, 1825-1862*. Lawrence, KS: UP of Kansas, 2010.

Mitchell, Domhnall. *Emily Dickinson: Monarch of Perception*. Amherst, MA: U of Massachusetts P, 2000.

Murray, Aife. *Maid As Muse: How Servants Changed Emily Dickinson's Life and Language*. Durham, NH: U of New Hampshire, 2009.

O'Connell, Patrick F. "Emily Dickinson's Train: Iron Horse or 'Rough Beast'?" *American Literature* 52 (1980): 469-74.

Ono Kiyoyuki. 小野清之『アメリカ鉄道物語——アメリカ文学再読の旅——』研究社、一九九九年。

Quinn, Carol. "Dickinson, Telegraphy, and the Aurora Borealis." *Emily Dickinson Journal* 13.2 (2004): 58-78.

Reynolds, David. *John Brown: Abolitionist*. New York: Vintage, 2006.

Richards, Eliza. "'How News Must Feel When Traveling': Dickinson and Civil War Media." *A Companion to Emily Dickinson*. Eds. Martha Nell Smith & Mary Loeffelholz. Malden, MA: Blackwell, 2008. 157-79.

Sewall, Richard. *The Life of Emily Dickinson*. 1974. Cambridge, MA: Harvard UP, 1994.

Schivelbusch, Wolfgang. シヴェルブシュ、ヴォルフガング『鉄道旅行の歴史――一九世紀における空間と時間の工業化』加藤二郎訳、法政大学出版局、一九八二年。

Standage, Tom. *The Victorian Internet: The Remarkable Story of the Telegraph and the Nineteenth-Century's On-line Pioneers*. 1998. New York: Walker, 2007.（『ヴィクトリア朝時代のインターネット』服部桂訳、NTT出版、二〇一一年。）

Tanaka Rei, and Yamakawa Mizuaki. 田中礼・山川瑞明「陸地の象徴――鉄道――」『ホイットマンとディキンスン――文化象徴をめぐって』山川瑞明編、弓書房、一九八一年。16-60.

Thomas, Shannon L. "'What News must think when pondering': Emily Dickinson, the *Springfield Daily Republican*, and the Poetics of Mass Communication." *Emily Dickinson Journal* 19.1 (2010): 60-79.

Uno Hiroko. *Emily Dickinson Visits Boston*. Kyoto: Yamaguchi Publishing House, 1990.

Wilfert, Ed. "The Dickinson Meadow." *Harvesting History: Amherst Massachusetts Farms 1700-2010*. Eds. Sheila Rainford & Ruth Owen Jones. Amherst, MA: Amherst Area Publications, 2010. 117-22.

Wolmar, Christian. *Great Railway Revolution: The Epic Story of the American Railroad*. London: Atlantic Books, 2013.

The Bible.『聖書 新共同訳』日本聖書協会、一九九六年。

カラーラインと闘った解放奴隷、ジュビリー・シンガーズ

寺山佳代子

はじめに

解放奴隷にとって南北戦争は革命であった。彼らは戦後は対等な市民となって、自由と平等を享受できるものと信じていたのである。その期待の任を負うはずの解放民局は、解放民銀行の倒産が引き金になって政策が不透明なヴェールに包まれたまま、一八七二年に解散してしまう。革命に裏切られた解放奴隷は失意の中で、人種差別の四面楚歌に囲まれて孤立無援となる。ジュビリー・シンガーズ（以下「ジュビリー」と略記する）は、戦後忌避されていた黒人霊歌を逆手に取り、演奏会という公の場で黒人霊歌を歌って自らのアイデンティティを明らかにし、聴衆を感動させることにより一体感を持たせ、アメリカとヨーロッパを作り変えていく。そこに彼らの独自の革命を見出すことができる。

筆者はジュビリーの出身校フィスク大学を二〇一三年と一四年に訪れて、そこに保管されている

『フィスク大学ニュース』、コンサートプログラム、ジュビリーを作りあげた指揮者のジョージ・ホワイト自身が集めた、数百点に及ぶ切り抜き等から成るジュビリー・シンガーズ・コレクションを調査する機会を得た。本稿では、黒人霊歌をアメリカやヨーロッパで認めさせたジュビリーの闘いを、そのコレクションの中から幾つかを拾い上げながらこの合唱団の革命性について考察する。

フィスク大学は、テネシー州ナッシュヴィルにある南北戦争北軍ギレム要塞の跡地に建っている。正門に立つと右側に、テネシー州で使用されていた奴隷用手かせ、足かせと、一八六四年七月四日、ボルティモアの黒人からリンカン大統領へ贈られた聖書を陳列しているジョン・ホープ・フランクリン図書館。左側には「二〇世紀の問題はカラーラインの問題」(DuBois 3) と指摘したW・E・B・デュボイスの銅像の前を通って、アルフレッド・スティーグリッツ・コレクションを鑑賞できるカール・ヴァン・ヴェクテン・ギャラリー。その奥の最も古い校舎、南北戦争中の北軍野戦病院がリトル・シアター。初代学長の名が付けられているネオ・ゴシックの建物クラヴァス・ホールは、アロン・ダグラスによる壁画のある旧図書館、現在は管理棟。正面には黒人霊歌を歌う合唱団ジュビリーが母校の閉校を回避するために、一八七三年一〇月から七四年にかけて出かけたイギリス演奏旅行で集めた寄付金で建てられたジュビリー・ホールが、塔のようにそびえ立つ。この校舎は工事中にクー・クラックス・クランに狙われ、夜間は見張りをつけ、一八七五年に完成する。この優美で荘厳なヴィクトリア朝様式の四階建て恒久校舎に目を奪われる。この建物はジュビリーの歌を記念し、「凍れる音楽」と親しみをこめて呼ばれている。

ジュビリーの後輩デュボイスは、あてにしていた奨学金が給付されず、ハーヴァード大学への進学に挫折し、生まれ故郷のマサチューセッツ州グレートバーリントンを離れ、一八八五年にフィスク大学へ入学する。多数の著書を残したデュボイスの思想は、『黒人の魂』(一九〇三)に凝縮されている。彼はその中で黒人霊歌を「哀しみの歌」として、精魂を込めて次のように語る。

暗闇のなかを歩いた彼らはおおくの歌――《哀しみの歌》――をその昔の日々に歌った。なぜといって彼らは心の底から疲れきっていたのだから。それゆえわたしはこの本のなかに書いたひとつひとつの思索のまえに、黒人奴隷の魂が歌となって人々に語りかけたあの怪しいふるい歌のたえずつきまとってくるようなひびきを、その一節をおいてきたのである。子どものころから、これらの歌は、わたしを奇妙に刺戟してきたものである。それらの歌はひとつまたひとつと南部からわたしにそれとはっきり知られることもなくやってきた。しかも、ただちにわたしは、それらをわたしについて歌っているもの、わたし自身のものと理解したのである。それからさらにのちになって、わたしがナッシュヴィルにやってきたとき、青ざめた市のうえに、塔のようにそびえるこれらの歌によってできあがっている大寺院をみたのである。わたしには、ジュビリー・ホールはそのむかしに歌だけで造りあげられたように、そしてその煉瓦は苦役による血と屍で赤くなっているように、思えた。そこから、わたしに向けて朝、昼、晩と、わたしの兄弟や姉妹の声にあふれ、過去の声にみちた、おどろくべきメロディーの流れがほとばしりはじめたのである。(中略)そこで運命的な偶然によって黒人民謡――リズムをもったこの奴隷の叫び――が現在たんに唯一のアメリカ音楽としてのみならず、同時に、大洋のこちら側のこの地に生まれた人間の体験のもっとも美しい表現として存在しているのである。それは無視されてきたし、なかば軽蔑されてきたし、いまもそうである。そしてなにより頑強に考えちがいされ誤解されてきた。けれどもそれにかかわらず、いまなおやはりそれは国民の非凡な精神遺産としてまた黒人人民の最大の才能として存在するのである。(344-46)

東部育ちのデュボイスにとってさえ、子どもの頃から黒人霊歌は身体に入りこみ、居座って魂を揺さぶる。それから逃れることも無視することもできないのだ。黒人霊歌で造り上げられたジュビリー・ホールの煉瓦は、苦役による血と屍で赤く見えるのだ。黒人霊歌には先祖が集積してきた苦闘の歴史が織り込まれているので、デュボイスには哀しみの歌として迫ってくる。黒人霊歌は奴隷の苦闘の叫びであり、どの時代も黒人の苦闘と共にあったのである。しかも黒人霊歌は、黒人芸術の核である。黒人芸術は音楽だけでなく、文学、美術によっても黒人の苦闘を表現する。

一　フィスク大学の成立まで

アメリカで、黒人のための教育機関が作られるにあたっては、「アメリカ宣教師協会」が大きな役割を果たした。一八三九年のアミスタッド号事件が契機となって生まれたアメリカ宣教師協会は、アフリカ人やインディアンの一部に伝道する目的で、四つの団体を吸収した無宗派の教団として、一八四六年九月三日、ニューヨーク州オールバニーで組織される。

この協会は、南北戦争中にはモンロー要塞に解放奴隷の学校を作ったのを手始めに、北軍の後を追ってあらゆる年齢層のための黒人学校を開いて行く。再建期には多くの協会員が解放民局や関係教育機関に関わる。

このような動向の一例にペン・スクールがある。ペン・スクールを記念した資料館ペン・センターのパンフレットによれば、南北戦争がまだ終わらない一八六二年に、フィラデルフィアにある自由人協会が、解放された黒人のために、サウスカロライナ州セントヘレナ島で、普通、工業、農業の三コースがあるペン・スクールを開校する。創設期に関わったローラ・タウン、エレン・マリー、シャーロット・フォートゥンの三人の女性はそれぞれ、ユニテリアン派、クエーカー教徒、ウィリアム・ギャリソンとフレデリック・ダグラスの影響を受けた人たちである。三人の目標は解放奴隷が教育を受け、食料を生産するために自分の土地を得て、自由人として生きる機会を提供することであった。ペン・スクールは、解放民局の創設者ともいえるエドワード・L・ピアスの提唱による、大農園は没収し、黒人を教育し農業に従事させるというポートロイヤルの実験の一つであったが、農園を元の奴隷主に戻すという戦後の政策転換の中でも存続し、「ポートロイヤルの実験としてペン・スクールの存在を全米に認めさせるために推進する」とその意義が述べられている。こうしてペン・スクールは地域の再編成のモデルとなる。

セントヘレナ島を含むシーアイランズはサウスカロライナの中心部から遠く離れた過疎地であるため、農業も綿花ではなく米作が中心で、アフリカの農耕生活、生活習慣、歌、ダンスが維持されている。農婦が頭の上の籠に物を入れて運ぶのはアフリカ西海岸の風習である。他の南部には見られない特異な生活習慣を保つ。自由人となった黒人を教育することに反対する南部人の多い中でペン・スクールは、妨害されずに南北戦争中から教育機関として存続することができたのである。ペン・スクールはいわば見えない学校、秘密の学校であった。

フィスク大学図書館に飾られている絵画の中には、アロン・ダグラスの恩師にあたるドイツ人画家、フリッツ・ウィノルド・ライスが一九二七年一一月から一二月にペン・スクールに滞在して描いた、ペン・スクール校長ローザ・B・クーリーや、ペン・スクールの機械工と娘の肖像画、ペン・スクールから見た湾、セントヘレナ島からの湾の風景画等がある。

こうして、黒人のための学校が作られていく中で、フィスク大学の開校に大きく関わったもう一つの組織が、校名の由来からも明らかなように解放民局であった。解放民局の最大の功績は、「黒人の間に無月謝学校を作り、南部のすべての階級に無償初等教育を行うという考えを持っていたことである。当時、南部における黒人教育への反対は激しい性格を帯びていて、南部人は教育のある黒人は危険な存在であると信じていた」(29)とデュボイスは説明する。教育は南部を崩壊させると南部人に恐れられていたのである。

解放民局の母体が軍隊にあったので、テネシー州解放民局局長は軍人のクリントン・B・フィスクであった。フィスク大学の校名は彼の名に因んでいる。テネシー州には解放奴隷の高等教育機関が一校もなかったので、アメリカ宣教師協会は、フィスク普通学校を一八六六年に創立し、読み、書き、地理、算数を教える。一八六九年に福音主義の伝道を目的とする神学部と大学を発足させる。カリキュラムは現代の大学の一般教養科目とほとんど同じで、ラテン語、ギリシャ語、フランス語、ドイツ語、英語、数学、自然科学、天文、歴史、倫理、政治を開講する。聖書は毎週、全学生に必修である。開校当時の教職員の多くはアメリカ宣教師協会員である。しかも協会を代表して一八七五年初代学長に就任したエラスタス・ミロ・クラヴァスや、ジョージ・ホワイトのように、南北戦争と解放民局を経てフィスクで働く協会員もいる。奴隷制廃止論者が多く，アメリカで共学をいちばん先に取り入れたオーバーリン大学の卒業生が多い。アンドルー・ウォードは、「オーバーリン大学は地下鉄道の基幹駅であり、過激な奴隷廃止論者の温床」(77)と指摘している。クラヴァスの父の家も地下鉄道の停留所である。クラヴァスは子どもの頃から、奴隷制廃止運動の議論と実践に馴染んで育つ。大学と神学校を卒業したクラヴァスは、南北戦争に牧師として従軍し、解放民局では教育を担当して、アメリカ宣教師協会の教育専門家として五指に入る。

アメリカ宣教師協会は、フィスクと同じく直営教育機関であるヴァージニア州のハンプトン専門学校が職業教育で成功したこともあって、フィスクに職業教育を提案するが、一八六六年フィスク普通スクール初代校長ジョン・オグデンは、「黒人教員を養成することが南部の急務である」(Richarson 59)との意見で、農業教育や職人教育を退けたので、フィスクは職業教育専門学校に転身しなくて済んだ。開学以来現在に至るまで、学生は全米から集まって来る。

フィスク大学は試験が厳しく、学問水準が高いので全米の教育視察団を驚かせることもしばしばあり、一九一〇年代にはブラック・ハーヴァードと呼ばれた。単に卒業生がハーヴァード大学に進むだけでなく、デュボイスのようにハーヴァードの卒業式に総代になる卒業生も輩出している。著名な卒業生として、社会学者でありソーシャル・ワーカーのジョージ・エドマンド・ヘイズ、歌手ローランド・ヘイズ、歴史家であり教育者のチャールズ・ウェズリー、作曲家であり民族音楽研究者のジョン・W・ワーク、歴史家ジョン・ホープ・フランクリン、裁判官コンスタンス・ベーカー・モトレー、政治学者ロナルド・ウォルターズ、作家ジュリアス・レスター、詩人ニッキ・ジョヴァンニ、伝記作家デーヴィッド・レヴァリング・ルイスがいる。こうしてフィスクの礎は築かれて今日に至っている。

二　ジュビリー・シンガーズの誕生

フィスク大学で「ジュビリー・シンガーズ」を構想し実現のために尽力したのは、大学の財政難の実務を担当していた経理課長のジョージ・ホワイトである。彼も一八六三年のチャンセラーズヴィルとゲティスバーグの戦いに従軍するが、その後、病気になり軍を退く。一八六五年、ナッシュヴィルで補給部隊の仕事を得、解放民局を経てフィスクで働く。

ジョージ・ホワイトは学生たちが奴隷小屋で覚えた歌を自然に歌うのを聞いて、合唱の旋律の美しさと、歌詞のメッセージに感動した。これが、すべての始まりである。南部再建時代になると、奴隷歌はもはやキリスト教集会でしか聞かれなくなっていた。エラ・シェパードの証言が以下のように伝えている。

奴隷歌はわたしたちにとってその頃、公衆の面前では歌ってはならないものでした。それらは奴隷制度や暗い過去と関係していたので、忘れられるべきものを代表していたのです。それから、また、奴隷歌はわたしたちの両親にとっては聖なるもので、両親は宗教の礼拝で奴隷歌を使い、叫んでいました。わたしたちはついに、それらを喜んで個人的に歌うようになりました。たいていスペンス先生の居間で、しかも椅子がほとんどなかったので床に座って、祖先の歌を互いに習って静かに練習しました。わたしたちは公衆の面前でそれらを歌うようになるとは夢にも思わなかったのです。(Moore 43)

奴隷歌は本来、奴隷制度下、黒人が奴隷だった頃の暗い過去や深い哀しみを表現するので、誰も公に歌うことは考えていなかった。

ホワイトは、音楽の授業で歌がうまい学生をスカウトして、ボランティアで奴隷歌を歌う合唱団を立ち上げ、寄付金を集めて大学の財政難を切り抜けることを思いつく。ホワイトは一八七〇年、ついに合唱団を組織する。だがホワイトの思いとは裏腹に、合唱団が奴隷歌を歌い寄付金を募る提案は、時代に逆行し、忘れ去られるべき黒人の過去を公にする奇想天外な計画として反発を買う。学内では学生も教職員も肝をつぶして驚き、街の人々も反対する。アメリカ宣教師協会役員はホワイトの計画とそれに対する批判を聞いて、このような軽はずみな計画では基金を集めるという責任重大なことを任せられないし、演奏旅行に出かけてはならないとする。ホワイトは理事長に手紙を書き、旅費や宿泊費を借りることを要求したが受け入れられなかったので、理事長の指示を拒否しただけでなく、抵抗した。「やるしかない、わたしはあなたではなく、神を頼りにする」（Moore 45）と理事長に電報を打った。神への信仰がホワイトに北部演奏旅行を決断させ、反対を押し切らせた。学内は厳しい状況であったが、ジュビリーは北部演奏旅行に出発する。

団員九名のうち、七名は奴隷に生まれたので、ジュビリーは解放奴隷の合唱団である。ホワイトは神に頼って独走し、合唱団を率いて一八七一年一〇月六日、受け入れを期待しながら、かつての地下鉄道のルートにそって巡業する北部演奏旅行の最初の訪問地シンシナティへ向かう。

三　北部演奏旅行

こうしてジュビリーは、クー・クラックス・クランに象徴される露骨な人種主義の南部から、憧れた自由と平等の市民社会がまだ実現していない北部へ旅立つ。この小さなグループは歌だけが頼りで、行く先々で人種差別に遭遇し、多くの辛いことと実際に危険なことに直面する。

シンシナティに到着した最初から、彼らの闘いは始まった。ある駅の周辺には選挙の時期だったので人が集まっており、学生に囲まれたホワイトを見つけると、「ニガー学校のヤンキー先生」(Moore 43) とあざけりせせら笑う。群衆の関心は選挙ではなくなり、合唱団が衆目を集める。市内の二つの著名なホテルは彼らの宿泊を拒否する。ようやく見つかったホテルは、他の客と食事時間をずらすように指示した。

ほとんど黒人文化を知らない人にとってジュビリーは、黒人居住区の漫画か、顔を焼きコルクで黒く塗り、「ジャンプ・ジムクロウ」を演じるミンストレルショーの一座と同じであった。最初のコンサートでは敬虔なヤンキーでさえ、鑑賞中に笑わせられることを楽しみにしていた。当時はアメリカ社会にまだ、黒人の芸術を鑑賞したり、演奏を聴いたりする習慣がなかった。

シンシナティで一行は寒くて空腹だったが、コンサートのわずかな収益から五〇ドルをシカゴの大火の義援金として寄付する。一一月一五日、合唱団はフィスクの多数の教職員が卒業生であるオーバーリン大学に、疲れ切って着く。そこで会衆教会の年次総会で歌うことになっていた。しかしホワイトの期待ほど歓迎を受けられなかった。聴衆の反応を恐れて「一一月二九日のマンスフィールドでのコンサートでも、奴隷歌は一九曲中、終わりに二、三曲歌うに留めていた。その時歌ったのが「うねるヨルダン川　流れよ」と「王のもとに戻りなさい」である」(Moore 47)。次の曲が聴衆の反応を恐れながら歌った最初の黒人霊歌の一曲である。

うねるヨルダン川　流れよ

うねるヨルダン川　流れよ　　うねるヨルダン川　流れよ
わたしは死んだら　天国へ行きたい
耳を澄ますと　ヨルダン川がうねるのが聞こえる

ああ　兄弟よ天国にもう召されたに違いない
もちろん　主よ　神の王国に座っているのでしょう
耳を澄ますと　ヨルダン川がうねるのが聞こえる　(Pike 171)

この歌は、この世（現実）とあの世（天国）との間に流れるヨルダン川と、耳を澄ましてその流れを聞いている人の姿を表現している。この世では誰しも辛く苦悩の多い日々を送るが、いまはその人たちは天国で、平安な日々を過ごしている。この世に残された者は天国へ召されて、心安らかな生活ができる日を待ち望む心の内を明かしている。故人になってしまった人々に次々と呼びかける素朴な歌であるが、残された者の孤独が滲み出ている。

二月二七日、一行はニューヨーク州ブルックリンにあるプリマス教会に、足をひきずりながらようやく着いた。その教会の牧師は『アンクル・トムの小屋』の著者ハリエット・ビーチャー・ストウの実兄、ヘンリー・ウォード・ビーチャーである。彼は当時最も人気のある牧師であり、野心家でもあった。彼はジュビリーの演奏旅行の目的を公衆に説明し、裕福な教区民にジュビリーの目的にそうように協力を要請する。突然、教会や劇場がジュビリーに会場を提供し、聴衆はうっとりして鑑賞する。次の六週間ジュビリーは教会、劇場、音楽ホールを満員にした。ついにジュビリーは良き後援者ビーチャーに巡り会い、演奏会を軌道に乗せることができた。今や、ジュビリーの歌となった黒人霊歌へのものすごい反響や、ジュビリーの音楽家としての才能や、様々な意見と好意的な批評を日刊紙は取り上げた。そのひとつである『ニューヨーク音楽新聞』編集者、セオドア・F・シューアードの評価を、一八七四年一月一三日のコンサートプログラムから引用する。

埋もれつつある黒人霊歌を演奏会で発表したことは、双手を挙げて賞賛する。これらの歌は、最も完成した芸術でさえ到達しがたい調和の域に達していることを、批評家の認識と役割において率直に賛辞を差し出す。(Box 7 Folder 2)

このようにジュビリーは優秀な音楽家評論家に絶賛され、一八七二年、彼らは予想を超えて瞬く間にマスコミデビューを果たす。その後シューアードは、彼らの歌の編曲を担当する。一八七二年三月一二日、ボストン、テルモント寺院でのコンサートプログラム (Box 5 Folder 2) には、三人の著名人の推薦が載っている。

ジュビリーはどんな聴衆もきっと魅了する。国民はジュビリーを喜んでいる。

ヘンリー・ウォード・ビーチャー

わたしは教養溢れるブルックリンの演奏会を聞かなかったが、今回聴いて感激して音楽の魔力に身を委ねてしまった。

セオドア・L・カイラー『ニューヨーク・トリビューン』

天気が悪くても行くように。行かないと、ずっと後悔するだろう。

ジョン・ヘンリー『コングリゲーショナリスト』

音楽評論家カイラー博士が、ブルックリンの演奏会を「教養溢れる演奏会」と呼んでいるのは、行く先々で北部人の目を見張らせたジュビリーの評判を人づてに聞いていたためである。その根底にあるのは、彼らは戦後も「黒人は無知である」という既成観念を持ったままなので、ジュビリーが英語で歌うことや英語を話すことに驚きを表すということである。「大学は何語で授業をしているのか」と、真面目に質問することがよくあった。これは北部人にとって、黒人は彼らと同様の資質を持った人間であることを実感した初体験であったからである。

このプログラムでのカイラー博士の引用はわずかだが、イングランドの一八七六年九月二日発行『フォークストン・ニュース・アンド・イーストケント・クロニクル』には、カイラー博士が「黒人霊歌こそ唯一真のアメリカ音楽」(Box 7 Folder 3)として位置づける論評が載っている。以後ジュビリーのプログラムには後援者の他に、著名人と新聞社の推薦文が続々と掲載される。しかしニューヨークでも宿泊するホテルがなかったので、アメリカ宣教師協会の役員、クラヴァス、ビーチャー牧師の家に分かれて、六週間滞在する。ニューヨーク州の他にペンシルヴェニア州、ニュージャージー州、コネティカット州の主要都市と町々を回る。どこでもホテルから宿泊を拒否されたが、社会的に地位の高い人たちが私邸に招いてくれた。ニュージャージー州ニューアークでは、ジュビリーがミンストレルショー一座ではないことがホテルの経営者にわかり、追い出される。

首都ワシントンでホテルから追い出されたことを、合唱団の一人マーブル・ルイス・イメスが次のように書いている。

> 思い出せないほど数々のホテルで予約を拒否された。（中略）ホテルの部屋で夜の演奏会の準備をしているとホワイトがやって来て、「ジュビリーが滞在していると他の客が来なくなるから、出るように」と言い渡されたことを告げた。わたしたちは荷物をまとめてホテルから出た。
> ある夕方、ホワイトと男子団員がホテルを見つけて来るまで、駅で待っていた。夜の一二時になった。駅は一二時に閉められる習わしであった。ホワイトが戻ってくるまで道端にいた。ホワイトは黒人専用の宿舎を見つけて来た。(31-2)

ボストン公演では「ワルツの父、ヨハン・シュトラウスが興奮してブラボーと叫びながら、帽子を投げた」ことを、エラ・シェパード (Moore 50) とジョージア・ゴードン・テイラー (29) が記述している。シュトラウスに認められて大喜びしただけでなく、彼らの音楽の水準が極めて高く、ヨーロッパで成功する約束手形を得た自信と誇りが示されている。

ジュビリーは初めての演奏旅行で二万ドルを持ち帰り、出発の際の借金、千五百ドルを大学へ返済した。最初の校舎は古くて崩れそうな南北戦争の野戦病院であったが、現在の校地である北軍ギレム要塞の跡地を、残金で購入する。フィスクは学生の自助努力によって経営危機を乗り切り、存続することになる。独立宣言の起草者の一人であるベンジャミン・フランクリンの自助努力の精神を体現したアメリカの大学と言える。彼らは奴隷解放の次は教育が必要なので、教育機関を維持しなければならないと考えていたのである。

一八七三年の春、マーク・トウェインはジュビリーにひどく感激して、両親が奴隷を所有していたことに対する後ろめたさもあってか、力を貸したくなり、イギリスで演奏会を開くことを強く薦める。彼はイギリスの友人に「彼らの演奏会を開くように」(Ward 164-65) と推薦書を書く。驚いたことにジュビリーのロンドン到着と同時に、彼は妻とロンドンにやって来て「スペンサー、ツルゲーネフ、ブラウニング、トロロプ、ルイス・キャロルにいつでも会えるように便宜をはかった」(Ward 224-25)。一方、ヘンリー・ウォッズワース・ロングフェローはジュビリーをボストンの自宅へお茶に招く。一八七三年三月二六日、彼は地元でのコンサートプログラム (Box 5 Folder 2) に、ジュビリーを称える詩を載せる。このように一九世紀を代表する文学者もジュビリーを支援するなど、様々な著名人の後押しがあった。

四　ロンドン公演、その後

一八七三年四月八日、二名が加わり、のちにオリジナル・ジュビリー・シンガーズと呼ばれる一行はロンドンに到着。「五月八日、ジュビリーはアーガイル山荘で、王冠やローブを身につけず、庶民の服装をしたヴィクトリア女王の前で『こっそり逃げよう　イエスさまのところへ』を最初に歌い、『主の祈り』を詠唱し、続いて『モーセよ　行け』を歌う」(Marsh 50)。「女王から直接お言葉はなく、側近に「わたしは喜んでいることと、ジョン・ブラウンを歌うようにと頼みなさい」と、低い声で話すのをマギー・ポーターは、聞いている」(Cole 34)。

ヴィクトリア女王の前で歌った黒人霊歌の第一曲目は次のような歌である。

こっそり逃げよう

こっそり逃げよう　　こっそり逃げよう　　こっそり逃げよう　　イエスさまのところへ
こっそり逃げよう　　こっそり逃げよう　　天国へ
ここにはもう長くは居られない

一　主がわたしを呼んでいる　雷になって呼んでいる
［トランペットが魂を揺すぶっている
ここにはもう長くは居られない］　　（［　］内は二、三、四の最後でも繰り返す）

二　緑の木々が折れ曲がり　哀れな罪人が震えて立ちつくす
三　主がわたしを呼んでいる　稲妻になって呼んでいる
四　墓石が突然壊れ　哀れな罪人が震えて立ちつくす
(Marsh 147)

この歌の最後は、新約聖書、マタイによる福音書の二七章のイエスの復活後、神殿の墓が真二つに裂けて開き、眠っていた多くの聖徒の体が生き返る場面を想起させる。「哀れな罪人」とは、百人隊長やイエスの見張りをしていた人々を暗示している。最後は奇跡が起こり、奴隷と奴隷主の立場が逆転し、奴隷には救済が約束されているという希望を歌に託している。奴隷に読み書きを教えることは禁じられていたので、聖書を読むことがほとんどできなかったはずだが、彼らの聖書解釈の豊かさに驚く。篤い信仰の証がもとになってこの歌ができている。またこの歌は奴隷が仲間に秘密の集会を知らせる暗号として歌われたことを考えると、結束して集会の自由を求めていただけでなく、集団行動を考えていたことをうかがわせる。そう考えると彼らが逃げたいのは「天国」ではなく、生き延びて自由の地へとの解釈も可能性がある。本音をあからさまに歌えない彼らの歌には、裏がある。作者は一八三一年に反乱を起こしたナット・ターナーであったという伝説もあるが、真偽のほどは定かでない。

次はヴィクトリア女王の前で歌った第二曲目である。

モーセよ　行け

一　イスラエルがエジプトの国にあったとき　人々を解放せよ
ひどい抑圧に堪えかねた　人々を解放せよ
モーセよ　行け　はるかなるエジプトの国を
老獪な王に告げよ　人々を解放せよと

(Marsh 142-43)

エジプトで奴隷として苦役に明け暮れていたイスラエルの民を救出したモーセの物語である。ヨルダン川が壁のように立ったり、モーセの後継者ヨシュアが、イスラエルの民を引き連れてジェリコの城壁を陥落させ、神の加護を得て奇跡を起こすことの予言が歌われる。後につづく歌詞に、黒人奴隷たちはこの予言にどれほど酔いしれ、歓喜したことだろう。自らの身をイスラエルの民になぞらえて、救出されることを信じる根拠にしようとしている。それゆえにこの歌は力を込めて作られていたと筆者は想像する。彼らの正当性を主張するこの歌詞は、彼らの信仰の深まりと共になされた聖書解読と言えるのではないだろうか。

一八四九年、奴隷から自由の身になったハリエット・タブマンは、地下鉄道の車掌として、三百人ほどの黒人奴隷を、奴隷州メリーランドから自由州ペンシルヴェニアへ連れ出すことに成功する。彼女は称えられて「モーセ」と呼ばれた。「モーセ」とは、南北戦争の頃にも、黒人奴隷たちにとって、自分たちを救出してくれるであろうとの希望の象徴であった。

次の曲はヴィクトリア女王からのリクエスト曲である。

ジョン・ブラウンの屍を超えて

一　ジョン・ブラウンの屍は墓の中で土を被っている
ジョン・ブラウンの屍は墓の中で土を被っている
ジョン・ブラウンの屍は墓の中で土を被っている　それでも魂は行進している
グローリー　ハレルヤ（以下省略）　(Marsh 223-24)

ジョン・ブラウンは奴隷解放のために、白人と黒人の彼の仲間と一八五九年一〇月一六日未明、ヴァージニア州ハーパーズフェリーの連邦兵器庫を襲撃し占拠したが、期待した奴隷蜂起は起こらず、後の南軍将軍ロバート・E・リー指揮下の軍隊に鎮圧され、絞首刑に処された。「北部の圧倒的多数の人々は、ブラウンの勇敢な行動に拍手を送り、フィラデルフィア、オールバニー、プロヴィデンス、ウスター、ボストン、シラキューズでは追悼集会が開催される。ラルフ・ウォルド・エマソンとヘンリー・デーヴィッド・ソローは、追悼講演をしている」(Foster 185)。一八八〇年一月二九日、ボストンでのプログラムによれば、エマソンが演奏会で「コンコード賛歌」を歌い、ジュビリーはヨハン・シュトラウスのピアノ演奏やオリヴァー・ウェンデル・ホームズと共演する(Box 5 Folder 8)。

フォークソング「ジョン・ブラウンの屍を超えて」譜曲のもとになった讃美歌は、一八世紀末から一九世紀初頭の伝道集会で歌われた。この曲の節にのせて北軍の兵士が替え歌をつくり、高らかに歌った行進曲であり愛唱歌である。当時北軍支持者が口ずさんだポピュラーソングでもある。後にリンカン大統領を称える歌も出て来たが、流行らず消えてしまって、現在は忘れられている。

ジュビリーはシンシナティでコンサートに聴衆が少なく、しょんぼり街を歩いていたら、靴磨きがこの曲を歌っていたので、いっしょに歌ったのが初めての披露であった。『ニューヨーク・インディペンデント』、『ロンドン・タイムズ』、『ロンドン・デイリー・ニュース』、『ロンドン・スタンダード』、『マンチェスター・イグザミナー・アンド・タイムズ』によれば、北部、東部、イギリスでのリクエストはいつもこの曲で、会場は興奮と感動に包まれ、最後に聴衆もいっしょに歌い出す。イギリスは北軍を支持していたので、ヴィクトリア女王、皇太子夫妻、グラッドストン首相らがリクエストする (Marsh 51-9)。ただしこの曲は筆者が調べたところ、ジュビリーのプログラムに一度も載っていないので、もっぱらリクエストに応じて歌ったらしい。この曲は「リパブリック賛歌」として世界中に広く知られ、日本でも家電量販店で今でもよく流している。黒人霊歌ではないが、奴隷解放を志したジョン・ブラウンを称える北軍の歌を歌っていたことで、「解放、抵抗」を体現したものではないだろうか。

ヴィクトリア女王を始め、イギリス上流階級から歓迎されて演奏会はもてはやされた。多額の寄付をした女王は以後、彼らの後援者の一人として、プログラムと新聞に名を連ねている。一八七四年一月一三日、マンチェスター自由貿易ホールで開かれたコンサートのプログラムには、彼らのイギリス演奏会の目的は校舎建設であり、そのためにアメリカで八千ポンドの寄付金を集めたが、あと六千ポンドが必要なことも記載している。マネージメントの担当はG・D・パイクとジョージ・ホワイトである。ジュビリーを推す優れた音楽家の意見として、『ニューヨーク音楽新聞』編集者セオドア・F・シューアードと、グラスゴーのアンダーソニアン大学音楽講師コロン・ブラウン、『トニック・ソルファ』リポーターの批評もある。アメリカの牧師ヘンリー・ウォード・ビーチャー、セオドア・L・カイラーと、イギリスの牧師ヘンリー・アロン、C・H・スパージョンの推薦文もある(Box 7 Folder 2)。このように王室、貴族、政治家、音楽家、宗教家の推薦は、イギリス支配階級が彼らのパトロンであることを証明する。

同じくマンチェスターの自由貿易ホールを会場として催された、一月一九日と二〇日のコンサートプログラムには『ロンドン・タイムズ』、『ロンドン・デイリー・ニュース』、『ロンドン・スタンダード』の三新聞の評価、『マンチェスター・イグザミナー・アンド・タイムズ』からの抜粋「ジョン・ブライト氏とアメリカ・ジュビリー・シンガーズ」、『ニューヨーク・インディペンデント』からは、ニューマン・ホール牧師による記事、グラッドストン首相がジュビリーを招いた朝食会「グラッドストン氏とジュビリー・シンガーズ」(Box 7 Folder 2)が掲載されている。これらの記事からジュビリーがイギリスでどの程度受け入れられ、演奏会の評価はどのようであったかを客観的に知ることができる。

イギリスの各新聞は、ジュビリーの音楽に対する評価、団員中の元奴隷数、アメリカ宣教師協会がフィスクを創設し経営していること、最後に演奏旅行の目的を述べ、報道がパタン化しているものの、彼らの音楽が、音楽の伝統がある国イギリスでいつも賞賛されただけでなく、聴衆は熱狂的であると、高い評価をしている。必ず団員中の元奴隷数を掲載している点は、報道に関わる者でさえ、戦後九年経ても人種偏見を拭い去ることができていないことを示している。一八七六年六月二三日『グリムズビー・ニュース』には、ホワイトが「ジュビリーを組織した経緯と熱意の他に、黒人の能力のすばらしさに白人の目を開かせた功績」(Box 7 Folder 3) により称えられている。こうしたコンサートの寄付金で、新校舎ジュビリー・ホールが一八七五年に建てられ、宮廷画家エドマンド・ハーヴェルによって描かれたオリジナル・ジュビリー・シンガーズ一一名の肖像画が飾られた。彼らは一八七一年から七年間に、アメリカとヨーロッパで一五万ドルを集めた (Howse)。理事会を無視し、独走したホワイトのお陰である。

ジュビリーは音楽ではいたるところで成功したにもかかわらず、その後も根強い人種偏見に苦しめられた。解放民局は、解放奴隷に「四〇エーカーとラバ」(DuBois 29) を与えて小作人から小土地所有農民へ格上げする夢さえほとんど実現できず、解放民銀行の使い込み、詐欺行為、危険な投機をしたあげく破産した。そのため解放奴隷を無一文にして人間不信に陥れ、労働意欲を低下させた。その挙げ句解放民局は全機能が不全に陥り、一八七二年に消滅する。この結果人種差別は常態化し、南北戦争の負の遺産となってカラーラインの問題が二〇世紀に引き継がれたのである。ジュビリー・シンガーズは、黒人霊歌を歌って行く先々で成功し、支持者がアメリカとヨーロッパで増えていくが、解放民局が取り組むべき問題であった人種差別との闘いは果てしなく続く。

ホワイトは基金集めに熱心なだけでなく、一八七九年一〇月二九日、『イヴニング・トランスクリプト』に指揮者ジョージ・ホワイトの実名で、「ニュー・マルボロ・ホテル経営者が食事時間を他の客とずらすように指示したことに対する抗議文」(Box 8 Folder 2) を発表する。神の力を支えにして、ホワイトは南北戦争の負の遺産とも闘っている。

一八八〇年六月五日発行の『フィラデルフィア』は、彼らが「ホテルの宿泊を拒否されただけでなく、ケンタッキー州ルイヴィルでは列車の一等車に乗車することが拒否された」(Box 8 Folder 2) ことを報道する。一九世紀も終わりに近づき、新聞社がようやく人種差別を取材対象にするようになり、報道機関の目覚めがうかがえる。

リンカン大統領ゆかりの土地スプリングフィールドの全部のホテルがジュビリーの宿泊を拒否すると、一八八一年四月二八日と二九日付のイリノイ州の新聞『イヴニング・ジャーナル』、『インテリア』、『インター・オーシャン』、『シカゴ・トリビューン』、『デイリー・ステイト・ジャナール』、『シカゴ・フライデイ・モーニング』、『リパブリカン・レジスター』(Box 8 Folder 2) が、「リンカンが墓の中で泣いている」と、一斉に取り上げる。遅ればせながら多数の新聞社が、人種差別を記事にして動きだす。ついに新聞の夜明けが来る。『シカゴ・トリビューン』の号外が発行され、ガーフィルード大統領が「ワシントンへ来て泊まるホテルがなければ、ホワイトハウスへ来るように」との伝言があったことを、一八八一年五月四日、『フレドニア・センサー』(Box 8 Folder 2) が報道する。ただしガーフィルード大統領は、ホワイトハウスを宿泊施設として提供するのみであった。

カナダは一八五〇年、かつての逃亡奴隷取締法が一層強化されたので北部より安全であるとして、奴隷が自由を求めて地下鉄道で向かった国であったが、トロントのホテルはジュビリーを拒否する。しかし、一八八一年一〇月八日、トロントの『ザ・グローブ』が「ジュビリーを拒否したホテルの実名を全部公表し、彼らの滞在の受け入れを引き受ける宿泊施設を募る」(Box 8 Folder 2) 記事を載せたことは、一九世紀の新聞の歴史に残る業績である。

このようにジュビリーは悪戦苦闘しながら歌い続け、南北戦争の負の遺産であるカラーラインの問題に打ち勝つ。二度目のヨーロッパ演奏旅行中に合唱団の分裂、対立、離反がホワイトをめぐって起こる。ホワイトは一八七八年四月に辞職してフィスクを去るが、演奏旅行は一八八二年まで続く。

むすび

ジュビリーは彼らのやり方で黒人霊歌を歌うことにより、ホテル経営者、鉄道王、学校経営者、政治家、興行主（主催者）、教会、劇場支配人、旅行代理店、新聞社を感動させて一体感を持たせ、人種偏見を変える。これこそ彼らの独自の革命である。ジュビリーの結成以来の苦闘の軌跡を辿ったうえで、筆者がジュビリー・ホールを仰ぎ見ると、『黒人の魂』でデュボイスが述べた「黒人霊歌でつくられた、ジュビリー・ホールの煉瓦は苦役による血と屍で赤く見える」という本論文冒頭に引用した言葉が一層真に迫ってくる。彼らは頑張った。黒人霊歌はいつの時代も黒人の苦闘と共にある。黒人霊歌が苦闘と共にあることを世界が公認したのは公民権運動の際であろう。リンカン大統領の奴隷解放宣言から百年目にあたる一九六三年八月二八日、新公民権法の成立を求めて約二〇万人がリンカン記念堂に集い、キング牧師は理想を掲げる演説「私には夢がある」の最後を、次のように高らかに唱えた。

わたしたちが自由を鳴り響かせるとき、わたしたちがあらゆる村、あらゆる集落、あらゆる州、あらゆる都市から自由を鳴り響かせるとき、その日が早くやって来るのです。すべての神の子、――黒人と白人、ユダヤ人と非ユダヤ人、カトリックとプロテスタントは――共に手を取りあって、なつかしい黒人霊歌の言葉を歌うことでしょう。「ついに自由だ　ついに自由だ　全能の神よ　ありがとうございます。わたしたちはついに自由になりました」。(220)

キング牧師は、百年前の奴隷解放のとき歌われた黒人霊歌で、演説の最後を締めくくったのである。一九世紀に忌避されたことのある黒人霊歌は、二〇世紀においても黒人の苦闘と共にあったことは明らかである。

ジュビリーは南北戦争後忘れられている黒人霊歌を演奏会で歌い、自らのアイデンティティを明らかにしたことにより、黒人音楽が日の目を見るようになった。演奏旅行の当初には予期できなかった成果を生み、アメリカとヨーロッパが黒人芸術に目を見張る。アメリカ文化がイギリス・ヨーロッパの伝統に追従してきた志向から脱し、黒人霊歌を歌うことによりアメリカ文化の独自性をより明確に示す。彼らの演奏活動を年代順に追っていくと、カラーラインの問題が南北戦争後の再建期を経て、二〇世紀に脈々と引き継がれてゆく過程を垣間見ることができる。そこに彼らの独自の革命を見出すことができる。厳しく長い試練の連続であったが、彼らが歌い続けられたのは、最初の演奏旅行で音楽評論家やヨハン・シュトラウスに絶賛されたことや、演奏会の度に新聞社が高い音楽評価を報道したことによる。彼らは歌一筋であった。ジョージ・ホワイトとエラ・シェパードは、世界に向けて黒人霊歌の演奏活動だけでなく、その採譜と保存にも努める。ホワイトがスクラップブックに集めた、当時のアメリカとイギリスの新聞記事では、ジュビリーは音楽的に優れているだけでなく、いつも教養豊かな人々として好感を持たれて報道されており、人間として黒人の尊厳を取り戻し、偏見を払拭する役割も果たす。彼らの革命は黒人霊歌を歌い、聴衆を感動させて一体感を持たせ、アメリカとヨーロッパを変えたことであった。しかも音楽という抽象的な世界での「人間証明」であり、「ルネサンス」である。黒人の音楽を芸術として鑑賞する習慣を、アメリカやイギリス社会に定着させる役割も果たす。「芸術に勝るものはない」という静かな革命であった。学生合唱団でありながら、一八七一年から一二年間、アメリカとヨーロッパで彼らの演奏旅行が続いたことは、奇跡のようなことと言ってよいだろう。まさしく歌が起こした奇跡であった。

引用参照文献

Campbell, S. Emory. "Foreword." *Memorial of Penn School.* St. Helena Island: Penn Center, 2002.

DuBois, W. E. B. *The Souls of Black Folk.* New York: Vintage Books, 1990.（W・E・B・デュボイス著、木島始・鮫島重俊・黄寅秀訳『黒人のたましい』岩波書店、一九九二年。）引用は全て翻訳による。

Foster, William Z. *The Negro People in American History.* New York: International Publishers, 1954.
King, Martin Luther, Jr. "I Have a Dream." *A Testament of Hope: the Essential Writings and Speechs of Martin Luther King, Jr.* Ed. James Melvin Washington. New York: Harper Collins, 1986.
Marsh, J. B. T. *The Story of the Jubilee Singers with Their Songs.* Boston: Houghton Mifflin, 1880.
Pike, G. D. *The Jubilee Singers, and Their Campaign for Twenty Thousand Dollars.* Boston: Lee and Shepard, 1873.
Richardson, Joe M. *A History of Fisk University 1865-1914.* Alabama: University of Alabama Press, 1980.
Ward, Andrew. *Dark Midnight When I Rise: The Story of the Jubilee Singers Who Introduced the World to the Music of Black America.* New York: Farrar, Straus and Giroux, 2000.

　左記はテネシー州ナッシュヴィル、フィスク大学フランクリン図書館 Special Collections 収蔵の Jubilee Singers Collection 資料である。

Cole, Maggie Porter. "The Jubilee Singers on the Ocean and in Europe." *Fisk University News.* Vol. II, No. 5. October 1911.
Howse, Beth M. "Leaders of Afro-American Nashville: Ella Shepard (Moore) 1851-1914." *A Publication of the 1987 Nashville Conference on Afro-American Culture and History.* 1987
Imes, Mabel Lewis. "Some Hotel Experiences." *Fisk University News.* Vol. II, No. 5. October 1911.
Moore, Ella Sheppard. "Historical Sketch of the Jubilee Singers." *Fisk University News.* Vol. II, No. 5. October 1911.
Taylor, Georgia Gorden. "Reminiscences of Jubilee Singers." *Fisk University News.* Vol. II, No. 5. October 1911.
Concert Programme at Tremont Temple, Boston, March 12th, 1872. Box 5 Folder 2
Concert Programme at Music Hall, Boston, March 26, 1873. Box 5 Folder 2

Concert Programme in Free Trade Hall, Manchester, Jan. 13th, 1874. Box 7 Folder 2
Concert Programme in Free Trade Hall, Manchester, Jan. 19th & 20th, 1874. Box 7 Folder 2
Concert Programme in Old South Church, Boston, Jan. 29, 1880. Box 5 Folder 8.

左記新聞記事は Jubilee Singers Collection ジョージ・ホワイトのスクラップブックに集められている。
Chicago Friday Morning, April 29, 1881. Box 8 Folder 2
Daily State Journal, April 29, 1881. Box 8 Folder 2
Evening Journal, April 28, 1881. Box 8 Folder 2
Evening Transcript, Oct, 29, 1879. Box 8 Folder 2
Philadelphia, June 5, 1880. Box 8 Folder 2
Republican-Register, April 29, 1881. Box 8 Folder 2
The Chicago Tribune, April 29, 1881. Box 8 Folder 2
The Folkstone News and East Kent Choronicle, September 2, 1876. Box 7 Folder 3
The Fredonia Censor, May 4, 1881. Box 8 Folder 2
The Globe, Oct. 8, 1881. Box 8 Folder 2
The Grimsby News, June 23, 1876. Box 7 Folder 3
The Interior, April 28, 1881. Box 8 Folder 2
The Inter Ocean, April 29, 1881. Box 8 Folder 2

『コネティカット・ヤンキー』とトウェインの「革命願望」

井川眞砂

マーク・トウェイン作『アーサー王宮廷のコネティカット・ヤンキー』（以下、『コネティカット・ヤンキー』と略記する）は、一人のヤンキーが一九世紀アメリカのコネティカット州から六世紀ブリテン島のアーサー王国へタイムトラベルし、中世騎士社会の革命を画策する奇想天外な冒険物語である。トウェインは本作を「キャラヴェラス郡の有名な跳び蛙」執筆時に起用した手法、すなわち彼が習得済みのアメリカ南西部ユーモア作家の〈枠組み〉形式を活用し、その騒々しい冒険の顚末を〈喜劇的ポーズ〉の枠物語に仕立て上げた。

とはいえ、中世騎士社会の枠組みを使いながら、トウェインはその中に近代社会にいまだ遺る旧弊のあれこれを映し出すかのようにして、シリアスな社会批評を縦横に織り込んでいく。こうして主人公のコネティカット・ヤンキー（＝ハンク・モーガン）が真剣に革命を画策し、また彼がフランス革命への共感を明確に表明することになるのであるから、著者の念頭に革命が意識されていることは否定できまい。作中たびたび発せられる社会的・政治的関心事へのシリアスな発言には、著者自身の思索が少なからず現れていると考えられるが、そうであれば、こうした発言の検討は本作執筆時にあたる一八八〇年代の著者の社会意識を考察する上で、きわめて重要になってくる。

ルイス・バッドがオックスフォード大学出版局版『マーク・トウェイン全集』の「あとがき」で、本作の何よりの特徴を「喜劇的要素と互いに絡み合いながら、シリアスな主張があくまでも響きわたる」(1)作品として捉えている点は、その核心を衝く指摘だといえよう。「喜劇的要素」と互いに絡み合う「シリアスな主張」のどのあたりにいったい著者の主張があるのか、それを読み取ることを本作は読者にうながしている。それかあらぬか、本作の人気は出版後一〇〇年以上を経た今日も衰えることがないばかりか、著作権の消滅後にあまたの新版が生まれていることを、同じ「あとがき」でバッドは伝えている。

トウェインの創作時期からいえば、『コネティカット・ヤンキー』(一八八九)は、『トム・ソーヤーの冒険』(一八七六)、『ミシシッピ川の生活』(一八八三)、『ハックルベリー・フィンの冒険』(一八八五)など、いわゆる一連のミシシッピものに続いて執筆されたトウェイン最盛期の一作である。さらに、本作執筆開始直前の短編「従軍失敗談」(一八八五)をここに加え、本作よりも後に著される『まぬけのウィルソン』(一八九四)へと辿るならば、ミシシッピものに挟まれた本作を南北戦争前と戦争中の南部を舞台にした著作との関連で読む、あるいはそれらの延長線上において読むことも可能になってこよう。ならば本作の「中世騎士社会」にアメリカ南部奴隷制のアナロジーを読み取っても不思議はあるまい。

ただし『コネティカット・ヤンキー』における奴隷制の扱いは、『ハックルベリー・フィンの冒険』（以下『ハック・フィン』と略記する）とはだいぶ趣が異なる。『ハック・フィン』では、奴隷制との格闘がもっぱらハック個人の内面でなされる（それゆえ「文学的物語」[Arac 134-39] として高い評価が与えられる）のに対し、本作では奴隷制との格闘がハンク・モーガンによる革命の課題として据えられ、個人の内面にとどまらぬ外部世界での戦闘をまじえた戦いになる。

革命に至るまでのハンクの冒険は、魔法使いマーリンとの「魔法」競争や、サンディとのドタバタ珍道中などを織り交ぜながら、にぎやかに展開する。ハンクは、冒険の道中、自由民に対する刑罰の苛酷さや拷問のひどさ、税負担の重さや暮らしのひもじさ、自由民といえども自由に土地を離れることのできない不当さ、また奴隷に対する扱いのひどさ等々についても知ることになる。それればかりか、自身が奴隷として売買され、身をもって奴隷制を体験する事態になったとき、彼は「今から一三〇〇年も後になるが、これと同じ地獄のような法律が私のいた一九世紀アメリカ南部にも存在した」(392) と記すことによって、南北戦争前のアメリカ南部奴隷制を歴史的・社会的にいまいちど広い視野から見直すのである。

本稿では、『コネティカット・ヤンキー』とその執筆時にあたる一八八〇年代の著者を考察することによって、トウェインの社会思想を奴隷制や革命との関わりで検討する。

一　『ハック・フィン』執筆後のトウェイン

『ハック・フィン』を脱稿後、その出版に先立ち、トウェインは新作の宣伝を兼ねて同作品からの抜粋三編を短い解説付で『センチュリー』誌（一八八四年一二月–八五年二月）に載せ、また、その新作をひっさげて自作朗読の講演旅行（八四年一一月–八五年二月）に出る。その旅行中にサー・トマス・マロリー作『アーサー王の死』を読み、『コネティカット・ヤンキー』の着想を得た（八四年一二月）というのである。一読を勧めたのは、同行していたジョージ・W・ケーブルだった。トウェインがケーブルを『コネティカット・ヤンキー』の「元祖」(Clark 114) と呼ぶ理由はここにある。講演旅行中のトウェインを想像すれば、会場で聴衆を前に『ハック・フィン』を朗読し、講演が終われば『アーサー王の死』を読むといった姿が思い浮かぶだろうか。そうした道中のトウェインにあって、一九世紀アメリカ南部（奴隷制）と六世紀アーサー王国（奴隷制）が関連づけられ類推されたとしてもごく自然なことであったのだろうし、また逆にそれぞれの国の体制や二つの時代の超えがたい隔たりがつよく感じとられたとしても、先の類推にブレーキがかかることはなかったのであろう。

『コネティカット・ヤンキー』の着想時ならびに執筆開始のころ、トウェインは奴隷制ないしは南北戦争と自己との関わりをあらためて見直す、あるいはその見直しを迫られるといった状況にあったのではあるまいか。というのも『コネティカット・ヤンキー』には、ハックが格闘した奴隷制となおも向き合う著者の意識が現れているように思われるからである。それに先立つ一八八二年四月、南北戦争再建期後の南部をどうしても見ておきたかったトウェインは、ウィリアム・D・ハウエルズに同行を断られたにもかかわらず独自にミシシッピ川を再訪し、「今日」の南部探訪を実行した。一か月余りの旅だったが、その探訪記（『ミシシッピ川の生活』後半部）では、戦争の敗北からいまだ脱却できない、南部の日常に巣くう「騎士道」精神を看取し、それを揶揄するのである。この旅によって『ミシシッピ川の生活』ばかりか、中断していた『ハック・フィン』を脱稿したことはよく知られている。そうした彼の執筆姿勢が「南部」見直しにあることは、たとえば南部作家トマス・N・ページと比べてみても明瞭だろう。

もちろん、歴史的には当時すでに奴隷制は廃止され、再建期後の一八八〇年代になっていた。そうとはいえ、人びとは、六三万人もの死者の出た南北戦争の戦後を生きており、戦争の傷痕が残る中、その記録や回想記を切望する傾向が生まれていた。加えて、解放奴隷の処遇をめぐる問題が表れ始めてもいたのである。この問題は、トマス・N・ページが主張する「複雑な感情の問題」(Arac 103)を孕み、「人種問題」として表面化するのであり、法の下での平等の観点から「正義の問題」として解決できる状況にはなかった。やがてプレッシー対ファーガソン事件の最高裁判所判決(「分離すれども平等」の原則)が出るといった、奴隷制度廃止後とは思えぬバックラッシュの時代になる。再建期後とはいえ、「南部」問題はけっして終わってはいなかった。しかもトウェインにとっては、奴隷制にしろ、南北戦争にしろ、いずれもおのれの過去と直結する問題だった。

『センチュリー』誌に『ハック・フィン』からの抜粋を載せるにあたり、トウェインは冒頭に付した短い解説(268)で、新作が逃亡奴隷を扱うことを伝え、「奴隷のジム」が「逃亡中」であり、「大酒飲みの父の虐待から逃げ出した」(268)少年ハックと二人、ミシシッピ川を「壊れた筏の片破れ」(268)に乗って下っていくと説明し、そう説明することによって、奴隷制に対する著者の姿勢を示唆するのを忘れない。「逃亡中」であるからには「昼間は筏を隠して自分たちも隠れ、夜中に旅を続ける」(268)ことも付記している。『コネティカット・ヤンキー』の着想を得るのは、まさにこの直後のことである。

『ハック・フィン』からの抜粋を載せた『センチュリー』誌が文学以外に掲載した記事中、とくに目立つものに、新連載「南北戦争における主戦闘と指揮官たち」(八四年一一月開始)がある。これは『センチュリー』誌「時の話題」欄の新企画だが、その前年七月の「ジョン・ブラウンのハーパーズフェリー襲撃事件」企画が好評だったことに倣い、立場を異にする両サイドの論者の登壇を目論んだもの。執筆者は、南北戦争の重要な戦闘を現実に指揮し、戦い、あるいは目撃した連邦軍と南部同盟軍それぞれの指揮官や部下たちである。グラント将軍の第一回記事「シャイロウの戦い」(八五年二月)が掲載されるや、一〇万部だった購読部数が二二万部に急増していよいよ人気を博し、挿絵や地図入りの同連載は予想を超えて三年も続く(八七年一一月まで)。雑誌連載と同じタイトルで刊本第一巻(全四巻)が八七年に出版されると、これまたベストセラーを記録する。なにしろ毎号二名から四名、ときには六、七名もの執筆者が寄稿したのである。『センチュリー』編集部は「戦争シリーズ」の長期連載によって南北戦争体験記ブームを牽引したわけだが、それはこの時代の読者意識をみごとに捕えたからこそ得られた結果だったと言えそうだ。

南北戦争シリーズが佳境に入った一八八五年五月、トウェインはシリーズへの執筆依頼を受けると、それを断らなかった。あるいはそれを断れなかった。そして半年後、自己の南北戦争体験を「従軍失敗談」として公表するのである。戦争が始まったときミシシッピ川のパイロットだった二五歳のトウェインが、国を二分するこの戦争にいかなる姿勢で関わったのか。この記事は、彼自身が南北戦争体験に言及した数少ない著述であるだけに、読者としては多くを期待したいところである。しかし、これを読んでも肝心のことはほんとうのところよく分からない。韜晦もあるし、屈折もあるようだ。あるいは恥辱も潜んでいるだろうか。同連載が南北戦争の実体験シリーズであるからには、記事における韜晦は避けられなかったかもしれない。南北戦争を現実には戦わなかった、つまり奴隷制廃止のために奮闘したわけではないトウェインにとって、その戦争体験に改めて向き合わねばならぬ心境は単純ではなかったはずである。

「従軍失敗談」は、南北の境界州ミズーリの民兵が戦争初期にマリオン郡周辺地域で実際に参戦したさまを、まずはある程度伝えてくれる。ユーモアを交えて語るその「失敗談」とは、戦争が始まったばかりの混乱した状況下、情報がきわめて不十分なまま州知事ジャクソンの要請に応じ、二週間ばかり従軍した体験記である。つまり訓練も受けず制服もないまま、蒸気船のパイロット仲間や故郷の友人とともに、気楽な民兵として南部同盟軍側で戦った記録。だが彼は連邦軍側の一民兵を撃ち、その命を奪ってしまった衝撃から戦争そのものを忌避し、兵士を辞す決心をする。

そうした体験を語るトウェインは、まだ無名だったころのグラント将軍が、同じ時期同じミズーリで連邦軍兵士として戦った事実を書き加える。すなわち、自分の戦いを照らし出す別の視線を書き込むのである。じつのところトウェインは、この「失敗談」を執筆中、グラント将軍『回想録』の出版者として、将軍の回想録執筆を励まし病床を見舞い、その編集作業を並行して進めていた。[1] おのれの視座（南部同盟軍に与するミズーリ州民兵）とグラントの視座（連邦軍兵士）、その二つの視座が併存する状態で「従軍失敗談」は記されたといえようか。そしてこの「失敗談」はグラント『回想録』第一巻と同じタイミングで、一二月に出版された。なるほど彼の「失敗談」が、「声高にではなく遠慮がちな声、自慢げではなく申し訳なさそうな声」("Private History" 9) になるわけである。

トウェインは「父が奴隷を所有していた」(10) 事実や、自身が南部同盟軍側民兵だった事実を曖昧にすることなく読者の前に提示する。雑誌上のこの事実確認作業は、おのれの過去の見直しが迫られていることへの自覚の表われと見てよいのではないか。もちろん『ハック・フィン』においても、自分の少年時代の見直しを試みたのだった。

南北戦争もののブームは、いつごろまで続くのか。トウェイン自身が出資者であり、実質上の経営者でもあったウェブスター出版社では、『U・S・グラント回想録』全二巻（一八八五－八六）が三〇万セットという驚くばかりの売れ行きをみせるし、他にも『南北戦争のはじまり——サムター要塞一八六〇－六一年』や『シャーマン将軍回想録』再版ほか、戦争の記録や回想録を数多く手掛けている。そうした出版者という観点からいえば、彼は南北戦争ものの出版ブームを作り出す側にもいたことになる。一方『センチュリー』誌では、戦争シリーズと並行して「エイブラハム・リンカン史」シリーズを組み、三年半余の長期連載を続ける（八六年一一月－九〇年六月）。トウェインは『センチュリー』誌の常連作家というだけでなく戦争シリーズへの寄稿者でもあり、またその熱心な読者でもあった。おそらく彼は、南北戦争シリーズでの指揮官たちの作戦や指揮ぶりを真剣に読んだことだろう（そうした作戦や指揮ぶりは、『コネティカット・ヤンキー』中のハンクの作戦や指揮に生かされたかもしれない)。南北戦争ものブームは、どうやら一八八八年一〇月頃まで続くようである。[2]

『ハック・フィン』執筆後のトウェインは、「従軍失敗談」出版直後に『コネティカット・ヤンキー』の執筆を始めると、おのれの過去の見直し作業を『コネティカット・ヤンキー』に移し、現実には忌避した南北戦争を作中で戦ったのではあるまいか。それも革命戦争として戦うことになるのではないか。

二　『コネティカット・ヤンキー』執筆と格闘するトウェイン

マロリーの『アーサー王の死』はもともとケルト伝説から生まれた物語だが、一二、三世紀のフランスで語り継がれたものを、イギリスの騎士マロリーが一五世紀に整理・集大成した中世後期英語文学である。伝説の王アーサーは、アングロ・サクソン人の侵攻と何度も闘ったブリテンの英雄。トウェインが読んだものは、一四八五年にウィリアム・キャクストンがマロリーの原本から編集・出版したキャクストン版の近代英語訳である。現在のところ、マロリーの書いた原本(一四六九年完)は発見されていない。

マロリーの『アーサー王の死』とトウェインの『コネティカット・ヤンキー』の二作を読んでまず気づくのは、登場人物の階級差だろう。マロリーには、王侯貴族や騎士、聖職者など上流階級の人びとが登場するばかりで、それ以外の人びとが出てくることはほとんどなく、多少の言及があったとしても背景的な描写にすぎない。ましてや奴隷の描写など、皆無である。したがって読者は王国内に奴隷がいることすら気づかぬかもしれない。それもそのはず、キャクストンの序論にあるとおり、『アーサー王の死』は「気高い王であり征服者であるアーサー王とその騎士の物語」（井村訳、4）であり、彼らの「勇気、豪胆、慈悲、愛情、礼節、優美さ」(6) などを記すことこそが目的なのだから、それで十分だということになろうか。対するトウェインの『コネティカット・ヤンキー』には、王侯貴族や騎士以外に自由民や奴隷など下層の人びとが大勢登場し、彼らも語り、その心情や考えを吐露する。そうしたことは、マロリーの作品世界では、およそ考えられないことである。

『コネティカット・ヤンキー』第一章「キャメロット」に、早くも奴隷が登場する。サー・ケイ卿の捕虜としてキャメロットへ連行される道すがら、ハンクが最初に出会う一〇歳くらいのほっそりした美しい少女は、衣服も纏わず小道をやって来る。つぎに、みすぼらしい小屋の前に屯する粗い麻の衣を身に着けた大人たちを見かけるが、多くの者が「鉄の首輪」[3] (57) をはめている。「奴隷」という言葉こそ使わぬものの、「鉄の首輪」に気づくことによって、ハンクは彼らが奴隷であることを認識している。おそらく読者もそのことに気づくことだろう。小さい子どもの奴隷たちはみな裸である。ついで街道に目をやれば、颯爽とやって来るのは騎馬の一隊であり、みながみな羽で飾った兜や輝く鎧を身に着けている。こうしてハンクは、奴隷集団の描写の直後に騎士集団を描き、対照をなすこの二つの集団をあざやかに捉えるのである。マロリーがまったく触れることのない奴隷を『コネティカット・ヤンキー』第一章に描くところに、本作に臨むトウェインの姿勢があらわれているように思われる。奴隷を視野に入れて王国全体を眺めるハンクは、それゆえに黙ってはおれぬのであり、どうしても奴隷制や騎士制度の廃止を願うようになるのである。

トウェインは本作が諷刺小説になることを、執筆の当初から十分承知していたふしがある。第一章から第三章まで書いた後、休筆期にあたる一八八六年一一月一一日、ニューヨーク湾ガヴァナーズアイランドに本拠地を置く米軍将校互助協会の講演会に招かれたとき、彼はシャーマン将軍をはじめとする米軍高級士官たちに大きな拍手で迎えられ、その夜朗読予定の作品について、こう紹介するのである。少し前に書き始め、まだ完成していない「ストーリー、それもなんとサタイア」(*A Connecticut Yankee*, Ed. Stein, Appendix A, 507) からの断章を朗読したいと思います、と。その翌日の新聞ニューヨーク『ワールド』が彼の言葉を正しく伝えているとすれば、『コネティカット・ヤンキー』が「サタイア」になることを、早くも示唆していたことになる。

そして作中、ハンクは王国の人口構成についてこう記す。

> アーサー王の治めるブリテンの国民は大多数が奴隷だった。純然たる奴隷であり、奴隷の呼称を持ち、鉄の首輪をはめていた。その他の者［＝自由民］であっても、事実上は奴隷同然だった。ただ、奴隷という呼称が付いていないだけだった。(111,［　］内注記は引用者)

奴隷以外の人口のうち七割を占める自由民は、法的には「独立して生活する」(155) 小規模な農夫や職人である。こうした人口構成についてのハンクの説明はどうやら誇張ではなさそうだ。同様の解説がトマス・ブルフィンチ著『中世騎士物語』(一八五八) 中の「アーサー王とその騎士たち」にも見つかる。トウェインはブルフィンチに依拠したかもしれない。[4] 加えて作中トウェインは、各階級に対するハンクのコメントをも付記する。自由民、これは価値ある「真に尊敬に値する者たち」(155) であり、あとに残るのが王や貴族、紳士階級などだが、彼らは何の役にもたたぬ非生産的な輩、ただ浪費するばかりの価値のない少数の「滓《かす》」(155) である、と。

一八八〇年代のトウェインを考察する本稿にとって、『コネティカット・ヤンキー』の執筆過程を解明したハワード・G・ベッツホールドの論文「『コネティカット・ヤンキー』創作過程の見直し」(以下、"Composition" と略記する) や著書『マーク・トウェインとジョンブル』(以下、*John Bull* と略記する) は貴重である。ベッツホールドによると『コネティカット・ヤンキー』の実際の執筆第一期は、着想から一年ばかり後の時期 (一八八五年一二月–八六年三月、第一章–第三章) であるが、以後第二期 (八七年夏、第四章–第一二章の一部) の執筆を経て、第三期 (八八年夏–八九年五月、第一二章–第四四章、第一〇章) に脱稿し、一八八九年一二月に出版される。ベッツホールドの論文の主論点は、執筆時期を三期に区分して特定するとともに、執筆第二期 (すなわち一八八七年夏) の第四章以降、とくに第八章から第二〇章において作品の筆致が「より辛辣な諷刺」(200) へ転じると指摘することにある。なかでも彼が何よりも重要だとして特記するのは、ハンクがアンシャンレジームの圧政に言及したあとフランス革命の「恩恵を激賞」(201) する点である。執筆内容が「より辛辣な諷刺」へ転換する理由として、ベッツホールドは一八八七年の冬と春にトウェインが読んだ書物 (テーヌやサン＝シモン他) や、彼の時事的関心事 (ウェールズにおける「十分の一税暴動」、グラッドストン内閣の崩壊と新政府による政治の反動化ほか [*John Bull* 108-10]) をあげる。

ベッツホールドの論考が本稿においてとりわけ有益なのは、彼が執筆第二期を明確に位置づけ、この時期のトウェインの「革命願望」("Composition" 201)を『コネティカット・ヤンキー』執筆への熱意と結びつけて解明した点にある。換言すれば、著者トウェインがなぜこうした「革命願望」とでも呼びうる情熱を『コネティカット・ヤンキー』の中に持ち込み得たかという疑問点を解き明かしたことにある。本稿ではさらに、トウェインの「革命願望」の背景を彼の時事的関心、すなわち現実のアメリカ史との関わりにおいて考察することにより、ベッツホールドの議論を補足したいと思う。それというのも、後述するとおり、『コネティカット・ヤンキー』執筆への熱意の背景にポール・J・カーター・ジュニアが指摘する同時代のアメリカ労働運動から得た大きな刺激があることを無視するわけにはいかないだろうと考えるからである。アメリカ労働運動の影響によってトウェインの認識が大きく変化する時期と、ベッツホールドの解明した執筆第二期（＝一八八七年夏）とが、まさしく合致することに気づくことはスリリングでさえある。

アーサー王国内でコネティカット・ヤンキーが出くわす人びとには、城中の拷問部屋で両手足をロープに縛られ、巻き絞り機に繋がれて呻く若い農夫（第一七章、この農夫の素材をトウェインはもしかしたら『トム・ジョーンズ』から得たかもしれない）もいれば、手枷と足枷をはめられ鎖に繋がれて、うなだれて歩く五〇人もの奴隷の行列もある（第二一章、その踝は、鉄の鎖で皮膚が剝がれ傷になり、膿んだりウジがわいたりしている）、また、罪もないのに三人の息子が領主（男爵）の土牢に入れられ、自白するまで生涯牢から出られないと嘆く農婦もいる（第二九章）。王国の視察にあたり、ハンクは自身の「身分を小作農程度の自由民に変える」(274)。「そうすれば自由民の中でもいちばん身分が低くて、いちばん貧しい者たちと対等の条件で食事もでき、寝泊まりもできると思うからである。そのほかのやり方では、彼らの普段の暮らしやそこでの掟の運用などについて、完全な情報が得られないだろう」(274)からだ。彼は、人びとの「内輪の喜びや心配事」(275)を聴きたいのである。なぜなら彼らこそが国民ではないかと考えるからであり、「又聞きではなく、自分の目で観察し、調べなければならない」(340)と思うからである。

ハンクがフランス革命への共感を表明するのは、第一三章「自由民よ！」においてである。まだ早朝だというのに、ぼろを纏った貧しい自由民が領主の館の道普請のために召集されている。彼らの話を聴いてみると、重い租税の苦しみに加え、この労働現場のように、一人当たり三日の無報酬の過重労働を課せられもするのだ。ハンクはフランス革命の恩恵を思い起こさずにはおれない。目の前のブリテンの自由民は、革命以前のフランス国民の苦境そのものであり、まるでアンシャンレジーム期のフランスの本を読んでいるかのようである。そうしたハンクの言葉が意味するところは、フランス革命の「有効性」("Composition" 202)やその意義の是認であり、一般には恐れられている革命における「暴力」を受けとめる立場表明に他ならない。ハンクのこの姿勢は以後も一貫しており、アーサー王国における革命戦争「サンド・ベルトの戦い」においても基本的には貫かれる姿勢である。フランス革命に対する彼の共感を以下に引用する。

その**革命**は、一〇〇〇年におよぶこうした極悪非道を、たった一瞬の流血の高波で洗い流してしまった。高波ひとつで決着をつけたわけだが、不正とごまかしと窮乏が続く拷問のような一〇〇〇年もの長い歳月は、まさに地獄以外に譬えようがない。その間に搾りとられた大樽何杯分もの国民の血を、樽一杯につきわずか一滴の半分にすぎぬ血で換算し、積年の貸しを帳消しにしたのだ。その血のことを思い出し、よく考えてみれば分かることだが、「恐怖政治」というものは二つあった。ひとつは熱い情熱で人を殺し、いまひとつは非情な冷血の冷たさで人を殺した。一方はほんの数か月だったが、もう一方は一〇〇〇年に及んだ。一方の死者は一万人ほどだったが、もう一方は何億人にものぼった。それなのに我われが「戦慄」を覚えるのは、もっぱら小さいほうの**恐怖**、いわば一瞬の**恐怖**の方である。ところが実は、斬首され一瞬のうちに死ぬ恐怖などというものは、生涯続く飢え、寒さ、侮辱、残虐、困窮などの果てに死ぬ残酷さと比べれば、どうということもないではないか。火焙りの刑でじわじわ死ぬ苛酷さと比べれば、稲妻に撃たれ一瞬のうちに死ぬのが何だというのか。一瞬の**恐怖**で死んだ者の棺は、市の墓地にだって十分埋葬できただろう。我われの誰もが熱心に教え込まれたのはこの**恐怖**の方である。それゆえその恐ろしさに震えあがり、死者に哀悼の意を表してきたのだった。しかし、それ以前の時代の本物の**恐怖**——言葉で表せないほど惨くて恐ろしいあの**恐怖**の果てに死んだ者たちの棺は、フランス全土の墓地を使ってもとうてい埋葬できなかっただろう。その「恐怖政治」で死んだ者の膨大な数を見抜くことや、それにふさわしい情けを抱くことを教えられた者はだれもいないのである。(157-58, 太字ほか強調はトウェイン)

ハンクはアンシャンレジームの下で死んだ大勢の哀れな者に思いを寄せる。数え切れぬほど多数の人が殺された革命以前の王政こそがじつは本物の「恐怖政治」であり、それを洗い流したのが「喜ばしい」(157) フランス革命なのである。誰もが熱心に教えこまれた「恐怖政治」は、じつは本物の「恐怖政治」の方ではないのだ。

フランス革命に対するこうしたトウェインの熱い思いは、如何にして獲得されたものなのか。べツホールドは、トウェインの手紙（一八八七年八月二二日）を引用し、その手紙が「この時点の彼の態度を要約している」("Composition" 201) と指摘する。

> 親愛なるハウエルズへ
> 人が眠って過ごす歳月のあいだに、何と驚くべき変化が起こることだろう。一八七一年にカーライルの『フランス革命』を読み終えたとき、小生はジロンド派を支持していた。だがそれ以来、読み返すたびに少しずつ変化がおこった。日々の暮らしや周囲の環境（そしてテーヌやサン＝シモン）から影響を受け、変わったのだ。今回また読み返したが、今やサンキュロット支持になったことを認める！――それも青白い平凡なサンキュロットではなく、マラーのようなサンキュロットだ。カーライルがこのような福音を教えたりするはずはないので、この変化は**小生**の内で起こったことになる――諸々の証拠から判断して、こうなったのだ。("To Howells, Aug. 22, 1887," 太字強調はトウェイン)

絵画のような描写力で仕上げられた (Fletcher xv) カーライルの『フランス革命』に、当初は惹かれていたトウェインだが、今やそれを批判的に読むのである。[5] ハウエルズへの右記手紙それ自体は、当時のトウェインの「革命願望」を示す事例としてすでに認識されていた。しかし「『コネティカット・ヤンキー』の実際の執筆とこの手紙が関連づけられることは、以前にはなかった」とベツホールドは言明する (201)。

おのれの思考に生じたこの変化を友人ハウエルズに伝えたくなるほどの熱い思いは、先に長い引用をしたとおり『コネティカット・ヤンキー』第一三章「自由民よ！」においても感取される。ベツホールドによると、一八八七年の夏、トウェインの「サンキュロット主義」はとりわけ熱烈であり、彼は『コネティカット・ヤンキー』の中のフランス革命に共感するそのくだりを修正し、強調した。原稿の筆跡から見て、その箇所は、先に引用した「「恐怖政治」というものは二つあった」と述べる文章を含め、それ以降の引用全文である（"Composition" 201-2）。

さらに、革命によせるこの熱意は、第二〇章「食人鬼の城」においてもハンクを通して示される。「平和な革命」（229）を心に描いてみたとしても、それによって革命が成功したためしはなく、歴史が教えるのは革命における「暴力」の必要性であるとして、こう述べる。

なぜなら、いまだかつて世界のどこの国民も善人ぶった話や道義ぶった説教で自分たちの自由を獲得したことはない――この抗えぬ事実を指摘せざるを得ないからだ。つまり革命を成功させるには、たとえどのような代償を払うことになろうともすべて流血で**始め**なければならない、これが不変の鉄則なのである。歴史が何かを教えるとすれば、それを教えるのだ。ゆえにこの国の人びとが必要とするのは**恐怖政治**とギロチンだった。だから私は彼らにとってふさわしい人物ではなかった。（228-29, 太字強調はトウェイン）

この一節に注目するベッツホールドは「とりわけそこに、他よりも多少短いが重大なパラグラフが置いてあり、まるでトウェインは全力を尽くして懸命に執筆しているかのようである」（"Composition" 202）と評する。

里内克巳は、論文「マーク・トウェインとフランス革命――『アーサー王宮廷のコネチカット・ヤンキー』の場合――」において、「フランス革命をめぐるトウェインの関心が『コネチカット・

ヤンキー』という作品の中心をなすものと捉え、作者の革命観が具体的にテキストの中にどのように反映されているのか」(72)を探る。そして、フランス革命に対する「トウェインの評価は年を経るうちに高まり、ヨーロッパだけでなく、自らの国の過去と現在における身分・階級の問題を考える上でのヒントとして大きく利用されるに至った」(84)と述べる。

こうしたトウェインの変化は、ハウエルズへの先の手紙に見るように、日々の暮らしや書物などをとおして少しずつ生じたものなのだろう。じっさい『コネティカット・ヤンキー』執筆にあたり、読んだ本や再読した本の数はじつに多い。テーヌ『アンシャンレジーム』、サン＝シモン『回想録』、カーライル『フランス革命』をはじめ、チェリーニ『自叙伝』、ルソー『告白』、リチャードソン『パミラ』、フィールディング『トム・ジョーンズ』、ディケンズ『二都物語』、レッキー『一八世紀イギリス史』他がある。[6] ベッツホールドがトウェインのノートブックから示すこうした本を読んだ時期は、たいてい一八八七年の冬と春である。なかでも『コネティカット・ヤンキー』にとって重要だったものに、ジョージ・スタンドリング『イギリス貴族社会における民衆の歴史』(George Standring, *The People's History of the English Aristocracy*)がある(*John Bull* 111)。これは、『ザ・リパブリカン』誌(のち『ザ・ラディカル』に改題)に連載中の一八八六年夏にその一部を読んで興味をそそられ、全編を是非とも読みたいと願ったイギリスの民衆史である。そのためにトウェインは、自分の著作セット一式を交換条件に、その一冊の入手をはやばやと申し込んだほどの資料。ようやく一八八七年五月にロンドンから手元に届いたのだった。

こうして追ってみると、一連の読書へとトウェインを誘い力強く後押しした確たるもの、それはいったい何だったのかを考えたくなる。ここにおいて、一八八〇年代アメリカ労働運動が彼に与えた影響、またそこから受けた感銘の大きさを無視するわけにはいかなくなる。『コネティカット・ヤンキー』執筆中に、なぜトウェインがとりわけそうした社会的・政治的な問題に関心を抱いたかについては、彼が一八八六年三月に執筆し講演した労働騎士団に関するスピーチ原稿「新しい労働王朝」に十分読み取ることができるだろう。[7]

そのスピーチ原稿執筆の契機になった出来事は、それよりほぼ二か月前の一八八六年一月二九日、トウェインが招集されたアメリカ連邦議会上院特許委員会公聴会に遡る。彼は国際著作権法制定に関し証言を求められていたのである。同じく証言を求められ、その場に出席していた人物に、労働者代表のフィラデルフィア活版印刷第二労働組合委員長ジェームズ・ウェルシュがいた。労働騎士団のメンバーであるウェルシュの堂々たる証言は、トウェインや同席の作家はもとより、居並ぶ上院議員たちを圧倒するものになった。彼は「一印刷職人」としてではなく、「みずからの手で労働する**全**同胞を代表するために」("New Dynasty" 386, 太字強調はトウェイン)、彼の口から「五〇〇万人の人びとの声」(386)を発したのである。「上院議員の無関心だった表情が生き返った」(386)のは、まさにウェルシュの「**その**雷鳴が轟いたとき」(386, 太字強調はトウェイン)であり、議員たちは証言席の彼に対し「興味と敬意――そう、尊敬の念」(386)を示し、「**王者**が差し向けたその使者の指令が何であるか」(386, 太字強調はトウェイン)を理解するのだった。この労働者代表の証言は断固たる姿勢でなされたのであり、それは、作家たちがそれまで六〇年間、心もとない証言を続けてきたのとはまるで違っていた。

「新しい労働王朝」で集合名詞として使われる大文字の「**王者**《キング》」とは、「紫の衣を身に纏った真の王」(387)であり、これまでは「ただの馬」(387)にすぎなかった「あらゆる年齢の何百万人という働く人びと」(387)を指し示す。トウェインはその時の感銘をこう記すのである。

こういうことが起こるとは、おそらく世界で始めてのことでしょう。一介の民が、それも代理人ではなくその人みずからが、じっさいに口を利いたのです。しかも幸運なことに私はそこに居合わせて、この耳で聴き、この目で見たのです。この現実を目にすると、これまでの歴史のあらゆるものが安ぴか物、見せかけ、見世物のように見えてきて、どういうわけか、そのぴかぴかさえもが消え失せたように思われました。(386)

「一介の民」(＝労働者)が連邦議会上院証言席で「決して議会が**やってはならぬ事**」(386, 太字強調はトウェイン)瞬間に、これは〈新しい時代の到来だ〉と直感した、そう言わんばかりのトウェインの受けとめ方がここには表現されている。それは〈歴史が動いた〉、〈労働者の時代が来た〉といった洞察ではないか。その前年の労働騎士団の鉄道ストライキの勝利(対鉄道王ジェイ・グールド)を見てきたトウェインならではの反応だろう。なるほど彼の胸の思いが熱くなるわけである。二〇世紀のアメリカ労働史家フィリップ・S・フォーナーが、こうしたトウェインを「控えめにいっても、楽観的すぎる」(227)と評するほど、一八八六、七年当時のトウェインの胸の思いは熱かったと思われる。彼は時事的関心事に敏感に反応し、情報を集め、歴史書や関連著書を読むことによって認識を深め、再びそれを現実の動きの中で考え、彼の歴史認識を構築していく。『コネティカット・ヤンキー』とアメリカ労働運動との深い関わりが検討されてよい所以である。

「新しい労働王朝」に刻印されたアメリカ連邦議会上院公聴会でのトウェインの感銘を、フリードリヒ・エンゲルスの「『イギリスにおける労働者階級の状態』アメリカ版への序文」(一八八七)に照らしてみると、この時期のトウェインの熱い思いが、よりよく理解できるのではなかろうか。一八八〇年代アメリカ労働運動は、どうやら一つのピークに達した時期にあったようである。エンゲルスは大西洋の向こうからアメリカ労働運動を見守っていたのであり、その運動の急激な広がりを「ひとつの革命」と呼び、彼のアメリカ版への序文中にこう記すのである。すなわち、「この一〇カ月の間に、アメリカ社会において、他のいかなる国であれ少なくとも一〇年はかかったと思われるひとつの革命が起こった」、と。

エンゲルスは序文を続けて、以下のように記す。トウェインの「新しい労働王朝」執筆より一〇か月後、一八八七年一月二六日のことである。

アメリカの一般世論は、一八八五年二月の時点において、つぎの一点でほとんど一致していた。すなわち、アメリカ社会にはヨーロッパで使う意味での労働者階級は存在しない。それゆえヨーロッパ社会をずたずたに引き裂くような、労働者と資本家間の階級闘争は、共和国アメリカには起こりえない。したがって社会主義は、アメリカの大地にけっして根を張りえない外国からの輸入品にすぎない、と。ところがアメリカの世論がそう考えていたまさにそのとき[＝一八八五年二月]、ペンシルヴェニアの炭鉱夫たちやその他数多くの業種の幾多のストライキ闘争の中に、そしてとりわけ国中で展開中だった八時間労働制獲得大運動の準備活動の中に、これから起ころうとしていた階級闘争のその巨大な兆しが孕まれていたのである。八時間労働制獲得運動は取り組む予定だったし、じっさい翌年五月［＝一八八六年］に取り組まれた。そうした運動が実行に移された時、その兆候を私も正当に評価したし、全米規模の労働者階級の運動も予期したのだった。それは本書の「付録」に記した通りである。だが、当時にあっては、このような短期間に、このような抗し難い力で突然その運動が始まり、燎原の火のごとくまたたくまに燃え広がり、アメリカ社会をその根底まで震撼させようとはだれも予想し得なかったのである。(“Preface to the American Edition,”［　］内注記は引用者)

「だれも予想しえなかった」、もちろんエンゲルスもまだ予期し得なかった、アメリカ社会を震撼させた労働運動のこの広がり、このスピード、この抗し難い力の予兆を、おそらくトウェインは早くも一八八六年一月二九日に感得していたと思われる。それは、エンゲルスのこの序文が発表されるよりも早い時期、いや、エンゲルスがその予兆を感じとった八時間労働制獲得運動の取り組み（＝一八八六年五月）よりもさらに早い時期、すなわち連邦議会上院公聴会で、労働組合委員長がゆるぎない権限で議会に証言したまさにその時である。新しい時代の前ぶれをいち早く感じとったトウェインの深い感銘は、作家ゆえの鋭い直感、あるいは洞察力がなしえたことかもしれない。エンゲルスの「ひとつの革命」という表現の代わりに、トウェインは大文字で「**洪水**」(“New Dynasty,” 388) と表現する。労働者たちの力を洪水だというのである。彼はスピーチ原稿「新しい労働王朝」を力強い筆蹟でこう締め括る。

この**王者**は、世界最高の文明が初めて誕生させた、もっともすばらしい成果なのです――もっとも価値ある、最高の成果。（中略）教育も受けないまま、彼はずっと奴隷でした。しかし教育を受けることによって、彼は現在の彼、統治者になったのです。その旅は、うんざりするような長い旅でした。（中略）しかし、ついにここまで来て、彼はここにいます――そして、ここにとどまることでしょう。（中略）この王者を嘲笑うことはできません――そんな時代は過ぎ去りました。（中略）今度の彼は壊れたダムではありません――彼こそが**洪水**なのです！（388, 太字強調はトウェイン）

『コネティカット・ヤンキー』の作風が「より辛辣な諷刺」に転化する理由を、ベッツホールドは、あくまでも「クレメンズのイギリスへの反目の強まりが［一八八七年夏の］爆発の主要な触媒だった」（*John Bull* 108, ［　］内注記は引用者）と論じる。それでも彼は、論文では言及しなかったアメリカ労働運動へのトウェインの関心や「新しい労働王朝」についての自身の考察をのちに著書中に加筆しており、「その演説［＝新しい労働王朝］における態度や論評の多くが、一年半後の『コネティカット・ヤンキー』にほとんど一語一句そのまま転写」（108, ［　］内注記は引用者）されたことを認めている。「ひとつの革命」と呼んでエンゲルスがアメリカ労働運動の激しさを表現したことに倣えば、「新しい労働王朝」執筆後一年半の間に起こったトウェインの大きな思想変革を「トウェインの思想革命」と仮に呼ぶことが許されるだろうか。その「思想革命」が『コネティカット・ヤンキー』執筆への情熱を生み、作品内容を後押ししたのではなかろうか。

こうした思想変革の中で執筆された『コネティカット・ヤンキー』の大衆の描き方には、『ハック・フィン』における描写との大きな違いが見られる。『ハック・フィン』では、野外集会や芝居小屋で詐欺師たちに騙される大勢の村人たちが、またシャーバン大佐に愚弄される群衆の姿が、ハックによって観察され伝えられるといった具合に、いずれも群衆が集団として外側から描写されるのにとどまっている。それに対し『コネティカット・ヤンキー』では、ハンクが出会う自由民の内なる気持ちや思いまでもが引き出されることによって、彼らの内面の真実が伝えられ、あるいは彼らの沈黙の理由が説明されるのである。さらには自由民が領主に抵抗したり、また教育を受け知識を習得してその能力を示す姿が描かれる。

半世紀ものあいだ土牢に閉じ込められた自由民の家長五人の場合（第二〇章）は、大衆が沈黙する事例だが、その罪状さえ不明なのに虐げられた人びとが怒りを圧政者にぶつけることはない。ただひたすら耐えるばかりである。五人の家族はもとより、人びとが沈黙するそうした状態を、ハンクは奇妙な現象だと思う。

> そうだ、たしかにこれは奇妙な、意外なことだった。この国の人民は奴隷状態の深みにまで沈んでしまっていたのだ。彼らの全存在が、単調な、死んだような水準に追い詰められ、人生に何が降りかかろうとも耐え、諦め、不平もこぼさず、それを容認していた。彼らのまさしく想像力が死んでいた。（228）

大衆が沈黙する理由をここまで理解し、それを説明するハンクには根本的な大衆蔑視はないようだ。しかし『ハック・フィン』では、こうした説明をハックがすることはない。

一方、第三〇章「領主の館の悲劇」には、牢から脱出後に領主（男爵）を殺害し、館に放火後逃亡する三人の若者の抵抗の姿が描かれる。この三人の若者こそは先述の農婦の息子たちであり、無実の罪で囚われた自由民である。三人は、ハンクが泊めてもらう炭焼き職人（その名はマルコ）の従兄弟でもある。もちろんマルコは、彼らが従兄弟であることを自分から明かしはしない。そんなことを口にしたら自身の身が危険だからだ。三人の味方であることを先にほのめかすのは、ハンクの方である。それが分かるとマルコは喜び、たちまちにして不安や「恐れや憂鬱が消え去って、感謝の思いや何事も恐れない活力」（345）が生まれてくる。そしてマルコは「おらあ、喜んで絞首台に登ったっていい。なにしろ、このひもじい一生で、ついに初めてすんばらしい御馳走を食ったような気分だからな」（345）と言って、その内心を吐露する。すると今度はマルコの言葉がハンクにも作用し、「ほうら、ごらんのとおりだ。人間は、その根本において人間なのだ。長年の虐待と抑圧の時代が総がかりで攻めてきても、人間性のすべてを押し潰すことはできないのだ」（346）と思う。だからハンクには、まだしばらくの間、夢をあきらめる理由はなかった。もちろん、一か八かのときには、こうした大衆を今すぐ全面的に信頼するわけにはいかないけれども、「好機到来」（343）の暁には、彼らの良さが表に出てくることをハンクは知っているのである。もっとも、状況に合わせて態度を変えるこの炭焼き職人は、「はるか一三〇〇年後の南部のプア・ホワイト」（343）とまるで双子同然の振る舞いをするではないかとハンクが見抜いているからには、一三〇〇年後のアメリカ南部はまだその「好機到来」の時期ではないと示唆しているのかもしれない。

第二五章には、〈ハンクの学校〉で育った機織りの息子が、軍隊への受験機会をなんとか得て、家柄の良い若い貴族と競う場面がある。じつは「四代にわたる貴族の身分」（292）を満たす条件に抵触するため受験資格を得ることさえ難儀したのだが、試験本番では習得済みの読み書き能力はもちろん、掛け算をはじめ引力や重力の法則、光学の知識ほか、その実力を発揮する。一方、若い貴族は文字も読めないことが試験官や読者の前に判明する。アーサー王国では、読み書きの素養は聖職者に限られていたのである。試験官（＝ハンク）と受験生（＝若い貴族）の問答から露わになるのは、この貴族が、ただ家柄を誇ることによってのみ官職を得ようとしていたことである。いつの時代であっても、どこの国の指導者たちもその国の大衆の中から生まれたと述べるハンクの考え方(288)は、大衆の力と能力をその根本において認める考え方であり、「新しい労働王朝」の考え方を引き継いでいる。

六世紀の王国を舞台にしながらも、トウェインは執筆時の時事問題を作中に織り込んでいる。たとえば、本作に大きな影響を与えた『センチュリー』誌の記事に、合衆国の外交官であり歴史家のジョージ・F・ケナンによるロシア政治犯のシベリア流刑報告がある（一八八七年六月、八八年一一月―八九年一一月のほぼ毎月連載）。これなどは、追放されるロシアの政治犯が手錠をはめられ鎖に繋がれて連行されるさまが、第二一章での奴隷の行列描写に活かされたという("Composition" 207)。トウェインは、ロシアで正義が恐ろしく曲解されていることや、シベリア監獄がきわめて劣悪であることを読み、また実際にケナンの講演をボストンで聴き、その苛酷な刑罰に心を痛め、怒ったという。[8] こうした世界の現実が、アーサー王国で共和国建設の夢を追うハンクを描写中のトウェインに、何の影響も及ぼさぬわけはなかろう。また作中、「自治の能力がある」(288)と称する共和国に、はたしてほんとうにその能力があるのかとハンクはアイロニカルに問う。それによって読者に警告を発し、共和国アメリカの自治能力の問い直しを促すのも、トウェインが時事的課題を作中に取り込む例だといえよう。

ここで、ハンクの共和国建設構想がどのようなものであり、どこまで進展するかを確認しておきたい。彼が夢の構想を具体的に示すのは第三〇章においてであり、炭焼き職人マルコが生涯に初めて食する「御馳走」の喜びを語った直後のことである。

まず、アーサーの在位中にあっては君主制の下での諸改革を進める。その後、王権を廃し、貴族制をやめ、貴族たち全員を何か有益な職業に就かせる。ついで普通選挙法を制定し、政府全体をこの国の男女国民の手に移管する。そう、まだしばらくの間は、私の夢をあきらめる理由はなかった。(346)

ここに見るように、ハンクが進めようとする革命には「暴力」が最初から構想されている様子はない。むしろそれは、普通選挙制による議会を通した多数者革命と呼べるものだと理解でき、これもまた「新しい労働王朝」での主張を想起させる。したがって問題は、共和制に移行する革命段階を無事遂行できるか否かにかかってこよう。その時期をアーサー王の逝去時（＝ほぼ三〇年後）と想定し、その時点での「成熟した完全なる無血革命」(445)を、もともとハンクは構想していたのである。それが成功すれば「暴力」は不要であり、血は流れない。

ところがサー・モードレッドの謀反によりアーサー王が殺害され、ハンクの夢の構想は危うくなる。つまりハンクの革命の構想が前倒しを強いられることを意味する。モードレッドのこの挙兵は、ハンクによる王国改革着手後一〇年余を経たころであり、それは、国内の諸改革が進み、電信、電話、タイプライター、ミシンほか「いつだって便利に使える召使ともいうべき」(443-44)テクノロジーが、あるいはまた「ありとあらゆる労働力を節約するための」(50)テクノロジーが発展した時期である。しかし国民の成熟度の点からいえば、すなわち「完全なる無血革命」への移行という点からいえば、まだまだ未熟な時期だといえよう。

しかしそれでもハンクは、王国における「共和国誕生宣言」を断行する（つまり同宣言公布による先制攻撃作戦を選択する）のだが、これに抵抗する騎士軍団三万人が攻め入り、革命戦争に突入するのである。騎士軍団とは、教会と貴族と地主階級の同盟軍。彼らは君主制の廃止に抵抗し、反革命勢力となってハンクたちを攻める。だがハンクの腹はもちろん決まっている。彼らの攻撃を受けて立つのだ。それはフランス革命に共感する彼のきっぱりとした態度である。したがって、もはや無血革命はない。もはや流血は避けられまい。「サンド・ベルトの戦い」が始まるのである。反革命（騎士）軍団を迎え撃つのは、わずか五四名の闘士たち。ハンクとクラレンス以外の五二名は、ハンクの学校で養成された（古い迷信や教会の怖さを免れた一四歳から一七歳の）若者たちである。その全知力と一九世紀のテクノロジー（ダイナマイト、地雷、機関銃、電流の流せる鉄条網ほか）を駆使することによって、反革命騎士軍団のほとんどが感電死し、共和国宣言側が一旦は勝利する。しかしながら、最終的には、革命は失敗する展開となる。

ハンクが書き記した〈枠組み〉内部のストーリー展開を、物語全体の語り手〈わたし〉が読み終えたとき、ハンク自身は夢（＝六世紀）と現《うつつ》（＝一九世紀）を行きつ戻りつしながら息絶える。ハンクの最期を読者に伝えるのは〈わたし〉である。『コネティカット・ヤンキー』の結末は以上のとおりであり、ハンクの戦いも終わる。

里内は上掲論文結論箇所で、フランス革命に対するトウェインの評価が年を経るうちに高まると述べる。「しかし同時に、「恐怖政治」の流血という側面への評価に関しては、トウェインは否定から容認あるいは共感へと傾きながらも、特にこの物語の結末で「恐怖政治」に対する懐疑が強く表れていることから判断して、結局のところその態度を保留したようである」(84) と読み、その態度保留は、つまるところ（一九世紀末のアメリカ社会における）「フランス革命に対する作者の複雑な態度と密接に関係している、と考えられる」(84) と論じる。もとより、ハンクによるアーサー王国改革をどう評価するかをめぐり、批評家の意見は相対立して来た。だが、近年、「サンド・ベルトの戦い」における暴力や破壊への恐怖に悩まされる批評家は増える傾向にあるようだ (Budd 1-13; Baetzhold, *Encyclopedia* 177-78)。とはいえ里内のいう態度保留とは、はたしてトウェインの保留であろうか。もしかしたら評者の側の保留ではあるまいか。「サンド・ベルトの戦い」でハンクを強力に補佐するクラレンスは、革命を達成するためにゆるがぬ姿勢を示し、重要な局面で懸命にハンクの士気を鼓舞するのである。そうしたクラレンスを、トウェインは一度ならず描く。作者のこの態度を見過ごすわけにはいくまい。[9]

スピーチ原稿「新しい労働王朝」は、その内容があまりにもラディカルであるためか、マンデイ・イヴニング・クラブ用原稿の中では珍しいことに、またハウエルズの努力にもかかわらず、出版できなかった。こうしたことから、『コネティカット・ヤンキー』を公刊するには、創作上の〈戦略〉ないしは〈仕掛け〉が必要になることは十分予測できただろうし、トウェイン自身もそれを自覚していたと思われる。

作中、ハンクが「共和国誕生宣言」を公布したとき、大多数の国民は万歳を叫び、たいそう喜んだ。しかし、それはたった一日で終わってしまう。教会と貴族と地主階級がその「宣言」に反抗するや、大多数の国民はたちまち怯えてしまい、おとなしい羊になってしまったのである。これは、共和国を望む国民の声がまだまだ成熟していなかったことに他ならず、六世紀のアーサー王国で革命を成就させるための条件が整っていなかったということになろう。革命を妨げる時代の制約が、そもそも本作にあっては如何ともしがたい。第四三章で使われる「時代を間違えた」(481)という表現自体は、冷静な頭になったハンクが自身を評して発する言葉ではあるが、「サンド・ベルトの戦い」が敗北に至る理由は何かとあらためて問えば、やはり「時代を間違えた」ことに尽きるのではないか。つまり、六世紀のアーサー王国で革命を成就させることは困難であり、たとえ失敗してもそれもまた当然というまさにこの舞台設定そのものが、トウェインの大いなる仕掛けだったということになろう。

もとはといえば、ハンクが語る冒険物語そのものも怪しげである。〈わたし〉は観光見物中のウォリック城で偶然ハンクと出会ったにすぎない。気さくでおしゃべりなこの男が話しかけてきたのであり、アメリカはコネティカット州の軍需工場で現場監督をしていたと言い、途方もない話をするのである。職場で喧嘩をしてバールで頭を強烈に殴られ失神し、気がついてみると草地の樫の木の根元にいて、そこは六世紀のアーサー王国だったという。もとより〈わたし〉は半信半疑でハンクの話を聞くのだが、そのうちいつの間にか話の中身に引き込まれていく。しかしトウェインは、どこまでも怪しげなその話を、読者に対していつだって覆せるといった余地を残しているのである。ハンクは詐欺師かもしれないのだ。これもまたトウェインの仕掛けに相違なかろう。

そうではあれ、そのように仕立てながらもトウェインは、一旦は革命軍側が勝利する展開を描く。そこにこそ本作の意義があると私は読みたい。トウェインはハンクの革命論を、それでもひとまずは勝利まで力いっぱい遂行させるのである。最終的には負けるものの、アーサー王国という舞台を借りて堂々と革命論を展開し、奴隷や奴隷同然の人びとに国民としての権利や人間としての尊厳を復権させるべく奮闘する。ここにトウェインの革命観が表現されているのではないか。おそらく読者はその展開を追い、頷きながらそれを読むことだろう。この勝利がトウェインの作中での闘いであり、南北戦争の見直しだったと思われる。負けて勝つそのねらいとは、ハンクにとっては枠物語全体の語り手〈わたし〉に彼が書き留めた夢の原稿を手渡し読ませることであり、トウェインにとってはそれを読者に読ませること、そしていまいちど奴隷制の愚かさを考え、さらには共和制を見直すことにあるだろう。すなわち、彼の革命観を展開することによって、どのような社会が人びとにとって望ましいかを六世紀から一九世紀に至る一三〇〇年の歴史の中で考えることではあるまいか。

『コネティカット・ヤンキー』における奴隷制廃止の戦いは、トウェインのおのれの過去の見直しであるばかりか、それを超える革命戦争になり、革命論の表明・展開の意義をもつ。アメリカ革命が奴隷制を存続させてしまったために、南北戦争は、アメリカ第二革命として戦われたとひろく理解されてもきた。その南北戦争は、ティモシー・M・ロバーツによれば、一八四八年ヨーロッパ諸革命のアメリカ版（革命）である（1887-91）。『コネティカット・ヤンキー』におけるトウェインの「南北戦争」の戦いもまた革命戦争にならざるをえなかった。南北戦争再建期後の一八八〇年代は、長い戦後がいまだ続く時代であるとともに、その一方、産業社会の急成長下でアメリカ労働運動が大きく発展する時代でもあった。だからこそ生まれたトウェイン作品が本作だと解せよう。

そうしたトウェインの「革命願望」は最晩年になっても変わらぬようであり、それはロシア革命への期待として『マーク・トウェイン自伝』第一巻、一九〇六年三月三〇日の口述中 (464) に表明される。ロシアに共和制が誕生することを期待するその文面は、革命支援を訴えるためにニューヨークのトウェイン宅を訪問したロシアの革命家、ニコライ・V・チャイコフスキーの依頼によって執筆され、グランド・セントラル・パレスで開催された支援集会（参加者三〇〇〇人）で紹介された。集会翌日のニューヨーク『タイムズ』（一九〇六年三月三〇日）が、その全文を掲載している。『コネティカット・ヤンキー』執筆後もトウェインの「革命願望」は維持されたと考えられる。

注

1　『マーク・トウェイン自伝』第二巻でトウェインが詳述するように (60-64)、グラントは『センチュリー』誌への記事（「ヴィクスバーグの戦い」、「チャタヌーガの戦い」他計四編）の執筆準備を契機に、回想録出版を決意する。以前（一八八一年）からグラントにその出版を勧めていたトウェインは、グラントを説得してセンチュリー社との出版契約予定を取り消させ、自社ウェブスター出版社による契約を獲得する。彼は何としても自社から出版したかったのである。

2　ウェブスター出版社フレデリック・J・ホール（ウェブスターの後任）によると、戦争ものは一八八八年一〇月ころには、かつてほど売れなくなっていたという。時代遅れになった戦争文学について、彼は、同社の場合を例に別途こう記す。「どのような種類のものであれ、また誰が書いたものであれ、戦争文学は時代遅れになっている。わが社は、『シェリダン将軍回想録』の七万五〇〇〇セットを売り上げるためにどこまでも精を出さねばならない。じつは当初一〇万セットの印刷を決断していたが、その数を減らさざるをえなかった。今日、戦争ものの新たな本を書いて五〇〇〇部売ることのできる書き手は国中どこを探してもいない」(*Autobiography*, Vol.2, 500 n. 76.33-34)、と。

3　奴隷の首輪ほか奴隷の状態について、トウェインはチャールズ・ボール (Charles Ball, *Slavery in the United States*, 1853; copyright 1836) から援用した (Baetzhold, "Composition" 211)。

4　ブルフィンチの『中世騎士物語』によれば、「人口がいちばん多かったのが奴隷」である。そして奴隷は、農奴 (villain or villein) と賎奴 (serf) の二階層に分かれる。農奴も賎奴も土地に縛られ土地とともに売買される点では同じだが、農奴は一定の地代を領主に払い、余剰分は自由に売ることが許された。近代ロシアの小作農に類似する。しかし賎奴は農奴よりも劣位におかれ、労働の収穫はすべて地主に属し、地主から衣食を与えられた。一方、自由民 (freeman) は、独立した小さな土地を所有した。騎士〈knight 語義は〈従者〉〉は、元来、武器を身につける特権が与えられた若い男性を指した。この特権が与えられるのは、財力のある名門の青年のみであった。一般民衆には、武器は与えられなかった。騎士は騎馬の武人であり、高い社会的地位を有した、あるいは高位の者に仕えた。聖職者 (clerk) は、もともと聖職者ないしは聖職位にある人のみを指したが、なかには妻帯者や職人などもいた。しかし時とともに、もっと広く、文字が読めればみなクラークと呼ばれ、「聖職者の恩典」が許された。すなわち、何か罪を犯した場合でも一定の罰を免除された。

5　エリック・ウィリアムズはカーライルを評して次のように述べる。「トマス・カーライル自身の言葉によれば、かれは、急進主義者として、［また同時に］権力集中主義者としてその公的生活を開始したのである。その活動を開始したはじめの頃のかれは、チャーティスト運動を支持し、工業化のもたらす諸害悪に反対した。しかし一八四八年に、各地で革命が勃発し、共産党宣言が出現するや、カーライルの急進主義は、その権力集中主義に呑み込まれ、かれは、ネオ・ファシストたちの先頭に立つこととなる。デモクラシー、選挙権の拡大、代議制度に激しく反対したかれは、クロムウェルやフリードリヒ大王のような英雄つまり〈国民の代表的人物〉を擁護し、ドイツとくにプロイセン――この国から、カーライルは垂涎の功労勲章を授与されたのだが――を崇拝するようになった」（『帝国主義と知識人』76）。

6　その他、トウェインがこの時期に読んだ本と、その欄外書き込みについては、**Joe B. Fulton** に詳しい。

7　**P. Carter 382-88**, 井川 167-80 および Igawa 27-35 を参照されたい。「『コネティカット・ヤンキー』執筆中に、なぜトウェインがとりわけこうした社会的・経済的諸問題やそれら諸問題とアメリカ労働運動との関連に関心を抱くようになったのか、いまやその一端が、トウェインの執筆した労働騎士団に関する演説原稿の発見によって明らかになった。一八八六年に執筆されたその原稿は、これまで一度も公刊されることがなかったのである」(P. Carter 382)。「その原稿によって、一八八〇年代のアメリカ労働運動が、このフロンティアの息子ならびに『コネティカット・ヤンキー』に与えた影響力を示す興味深い証拠がもたらされた」(P. Carter 383)。一九五七年に発見された同演説原稿「新しい労働王朝」は、現在、*Library of America* に収録されている。本稿には上記拙稿における叙述と一部重なる点がある。

8　**Baetzhold, "Composition" 207-11.** ロシアに対するトウェインの注視は、後日の「ロシア皇帝の独白」（一九〇五）の執筆や、ロシア革命への期待へと繋がっていくのだろう。

9　『コネティカット・ヤンキー』出版直前の一八八九年一一月一五日、ブラジルで革命がおこり、皇帝ペドロ二世が失脚、ポルトガルに亡命する。ニュースを知るやトウェインはこの革命を喜び、『コネティカット・ヤンキー』のゲラ刷りにも言及しながら、シルヴェスター・バクスターへの手紙（同月二〇日付）にこう記す。「またひとつ王権が崩壊しました。私はとても満足しています」（*A Pen Warmed-up* 46-47）、と。当時、彼はアメリカ合衆国内外の政治情勢の変化について著述家のバクスターと頻繁に手紙を交わしていた。一方、バクスターはトウェインの近刊予定書『コネティカット・ヤンキー』の書評を準備中だった。

引用参照文献

Arac, Jonathan. *Huckleberry Finn as Idol and Target: The Function of Criticism in Our Time*. Madison, Wisconsin: The University of Wisconsin Press, 1997.

Baetzhold, Howard G. “Connecticut Yankee in King Arthur’s Court, A.” *The Mark Twain Encyclopedia*. Ed. J. R. LeMaster and James D. Wilson. New York: Garland Publishing, 1993. 175-79.

——. “The Course of Composition of *A Connecticut Yankee:* A Reinterpretation.” *American Literature* 33 (1961): 195-214.

——. *Mark Twain and John Bull: The British Connection*. Bloomington: Indiana University Press, 1970.

Budd, Louis. “Afterword.” *A Connecticut Yankee in King Arthur’s Court*. By Mark Twain. Ed. Shelly Fisher Fishkin. New York: Oxford University Press, 1996. 1-15.

Bulfinch, Thomas. *The Age of Chivalry*. 1858. *The Project Gutenberg EBook*. Release Date, Jan. 2004.

<http://www.gutenberg.org/cache/epub/4926/pg4926-images.html> トマス・ブルフィンチ著、野上弥生子訳『中世騎士物語』、岩波文庫、二〇一一年。

Carlyle, Thomas. *The French Revolution: A History*. 1837. Introduction, Notes, and Appendices by C.R.L. Fletcher. 3 vols. London: Methuen, 1902.

Carter, Everett. "The Meaning of *A Connecticut Yankee*." *American Literature* 50 (1978): 418-40.

Carter, Paul J., Jr. "Mark Twain and the American Labor Movement." *New England Quarterly* 30 (1957): 382-88.

Clark, William Bedford. "Cable, George Washington." *The Mark Twain Encyclopedia*. Ed. J. R. LeMaster and James D. Wilson. New York: Garland Publishing, 1993. 113-14.

Engels, Friedrich. "Preface to the American Edition." *The Condition of the Working-Class in England*, 1887. *Marx-Engels Archive*. Transcribed by Andy Blunden. <http://www.marxists.org/archive/marx/works/1887/01/26.htm>

Fletcher, C.R.L. "Introduction." *The French Revolution: A History*. By Thomas Carlyle. xiii-lv.

Fulton, Joe B. *Mark Twain in the Margins: The Quarry Farm Marginalia and* A Connecticut Yankee in King Arthur's Court. Tuscaloosa, Alabama: The University of Alabama Press, 2000.

Foner, Philip S. *Mark Twain: Social Critic*. 1958. New York: International Publishers, 1972.

Igawa Masago. "Mark Twain's 'Knights of the Tiller': The American Labor Movement of the 1880s in *Life on the Mississippi*." *Mark Twain Studies* 4 (2014): 20-39.

——. 井川眞砂「マーク・トウェインと労働騎士団」、アメ労編集委員会編『文学・労働・アメリカ』、南雲堂フェニックス、二〇一〇年。159-94.

Malory, Thomas, Sir. サー・トマス・マロリー著、井村君江訳『アーサー王物語』全五巻、オーブリー・ビアズリー挿絵、筑摩書房、二〇〇四−二〇〇七年；*Le Morte D'Arthur*. 1969. Ed. Janet

Cowen. Introduction by John Lawlor. 2 vols. London: Penguin Books, 2004.

Roberts, Timothy Mason. *Distant Revolutions: 1848 and the Challenge to American Exceptionalism*. Charlottesville: University of Virginia Press, 2009.

Satouchi Katsumi. 里内克巳「マーク・トウェインとフランス革命――『アーサー王宮廷のコネチカット・ヤンキー』の場合――」、坪井清彦・西前孝編『アメリカ作家とヨーロッパ』、英宝社、一九九六年。71-86.

Twain, Mark. "An Adventure of Huckleberry Finn." *The Century*. Volume 29, Issue 2. Dec. 1884. 268-79. <http://ebooks.library.cornell.edu/cgi/t/text/text-idx?c=cent;cc=cent;view=toc;subview=short;idno=cent0029-2>

——. *Autobiography of Mark Twain,* Vol.1. Ed. Harriet Elinor Smith, et al. Berkeley: University of California Press, 2010.

——. *Autobiography of Mark Twain,* Vol.2. Ed. Benjamin Griffin and Harriet Elinor Smith, et al. Berkeley: University of California Press, 2013.

——. *A Connecticut Yankee in King Arthur's Court*. 1889. Ed. Bernard L. Stein. Berkeley: University of California Press, 1979.

——. "Jim's Investments and King Sollermun." *The Century*. Volume 29, Issue 3. Jan. 1885. 456-58. <http://ebooks.library.cornell.edu/cgi/t/text/text-idx?c=cent;cc=cent;view=toc;subview=short;idno=cent0029-3>

——. *Life on the Mississippi*. 1883. Ed. Shelley Fisher Fishkin. New York: Oxford University Press, 1996.

——. "Mark Twain's Letter to Howells, August 22, 1887." *The Letters of Mark Twain, Volume 4, 1886-1900. The Project Gutenberg EBook*. Produced by David Widger, 21 Aug. 2006.

<http://www.gutenberg.org/files/3196/3196-h/3196-h.htm#link2H_4_0002>

—. "The New Dynasty." *Mark Twain: Collected Tales, Sketches, Speeches, & Essays, 1852-1890.* New York: Library of America, 1992. 883-90.

—. *A Pen Warmed-up in Hell: Mark Twain in Protest.* Ed. Frederick Anderson. Harper & Row: New York, 1972.

—. "The Private History of a Campaign that Failed." *Merry Tales.* 1892. Ed. Shelley Fisher Fishkin. New York: Oxford University Press, 1996.

—. "Royalty on the Mississippi." *The Century.* Volume 29, Issue 4. Feb. 1885. 544-67. <http://ebooks.library.cornell.edu/cgi/t/text/text-idx?c=cent;cc=cent;view=toc;subview=short;idno=cent0029-4>

Williams, Eric. エリック・ウィリアムズ著、田中浩訳『帝国主義と知識人――イギリスの歴史家たちと西インド諸島』、岩波書店、一九九九年。

＊本研究は、科学研究費補助金（基礎研究 [C] [2] 25370263）の交付を受けた研究成果の一部である。

映画による反革命
――『国民の創生』と歴史、人種、メロドラマ

後藤史子

一

映画『国民の創生』は、今では白人優越主義のテロリスト集団、クー・クラックス・クラン（KKK）を賛美した映画として有名である。批評家たちによって、本作が南北戦争と南部再建期の歴史を読み替えたこと、すなわち、奴隷制を捨てなかった南部白人は戦争の犠牲者であり、再建期における黒人の対等な立場を主張する北部主導の諸政策は全面的に誤りだったとする歴史修正主義を広めたことも明らかにされている。

南北戦争と南部再建期を、独立戦争の果しえなかった奴隷制廃止という課題を負ったアメリカの「第二革命」と主張する歴史家は多い。元々「第二革命」の主張は、チャールズ&メアリー・ビアードが南部奴隷制農本主義と北部資本主義という二本立ての体制を資本主義体制の本格化へと導いた南北戦争の意義を説いたことに発する。エリック・フォーナーは、『再建期――アメリカの終

わらない革命』という著書の題名に表されるように、再建期も含めて「第二革命」と捉え、黒人の市民的権利を求めたその意義を認めながらも不十分な改革に終わったと論じている。二一世紀に入ってからも「第二革命」議論はさらに続く。ティモシー・メイソン・ロバーツは一八四八年のヨーロッパ革命のアメリカへの影響の大きさを主張し、その影響から起こったとする南北戦争を「アメリカ版の革命」(190)と位置付けている。こうした主張からすれば、奴隷制と人種差別を肯定する『国民の創生』は反革命映画ということになるだろう。

その一方で、『国民の創生』は映画の革命であると言われる。それは主として映画界、映画批評家、映画愛好家たちの間で常識となっている。監督のデーヴィッド・ウォーク・グリフィスは、独立革命の父祖に因んで「映画の父」と呼ばれているし、『国民の創生』はグリフィスという類まれな天才によって生み出された数々の映像技法を集大成した映画史上の傑作であると言われる。もっとも、ショットの切り替え、クローズアップ、ロングショット、ミディアムショットの組み合わせ、パン撮影や移動撮影、そしてグリフィスの代名詞ともなっているクロス・エディティング（同時進行の複数の出来事を一ショットあるいはいくつかのショットにまとめ、そのショットを交互に繰り返すことによって効果を生み出す編集法）などは、厳密にはグリフィスの発明によるのではないと判明しているが。無声映画の歴史の中で複数の映像作家たちにより生み出され使い回されてきた技術が、グリフィスによってナラティブを作り上げる要素として集大成されたというのが現在の評価ということになろう。

そうした技法だけでなく、『国民の創生』は、映画史上初めての大長編（一二巻三時間）の劇映画であり、製作費五〇万ドルと言われる大作映画であったことも映画史上初のことだった。さらには、客層を中産階級にまで広げようとする映画界の再編期に製作されたため、それまでのニッケルオデオンではなく新たに建設された豪華な映画館で上映され、チケットも前代未聞の二ドルという高額だったし、無声映画にして初の映画音楽が作曲され、プレミア上映ではオーケストラによる生演奏付きだったというから、当時としては異例ずくめだった。観客動員数も全米のみならず全世界でそれまでの最高のレベルを誇った。こうして産業面で現在のハリウッド映画の原型を作り上げた『国民の創生』は、アメリカのみならず世界の映画界で高く評価されてきたのだ。

一九一五年のプレミア上映以来、当時全米各地でKKKによるラスト・ミニッツ・レスキューに満員の観客からスタンディング・オベーションが起こったという。しかしながら、いくらクロス・エディティングの技法が素晴らしいとはいっても、救出に駆けつけるのが白人テロ組織だとわかってしまった現在では、そこまで無邪気に喝采を送る観客は少ないだろう。本作の黒人への差別表現にいち早く反応したのは「全国有色人種向上協会」（NAACP）の黒人や白人たちだった。彼らの上映禁止を訴える抗議はプレミア上映の段階から始まり現在まで続いている。多文化主義が主張される現代のアメリカで本作を映画館で見ることはかなり困難であり、博物館やフィルムセンターのような場所で研究のために鑑賞されているに過ぎないらしい。一方、KKKは一九七〇年代までこの映画を組織の宣伝や会員の勧誘のため使っていたという (Stokes 9)。

現代の歴史家や批評家たちの中には、『国民の創生』の映画史上の重要性を強調しつつ、その人種差別的側面については、原作『クランズマン』の作者トマス・ディクソンに責を負わせ、映画の作者であるグリフィスはそれほどの人種差別主義者ではなく、当時の南部人の差別主義を普通に分かち持っていただけだとする人が多い。

はたして、現代において『国民の創生』を観る意義とはどういうことだろうか。技法だけでなく内容においても、これを鑑賞し続ける意義はどこに見出せるのだろうか。

本論ではまず、『国民の創生』にあらわれる人種差別と歴史修正主義を、映画後半の原作となったトマス・ディクソンの小説『クランズマン』と比較しながら考察したい。また、グリフィスのナラティブを支える「叙事詩」的な要素やその「メロドラマ的想像力」について、歴史的背景と人種問題に関わらせながら検討することを通じて、公開当時なぜあれだけアメリカの観客に迎え入れられたのか、また、人種差別主義者として定評のあるディクソンと比較してこの映画におけるグリフィスの人種差別はどこにあったのか、さらには、現代そして将来において『国民の創生』をどう見るべきなのかなどを、論じてみたい。

二

『国民の創生』はその後半のみに原作『クランズマン』を使用しているので、グリフィスのオリジナルである前半は人種差別的な要素が少ないとする批評家が多い。しかし映画の前半冒頭には、白人優越主義者である原作者ディクソンの思想を代弁する部分がある。

『国民の創生』で何枚かの字幕のあとにわれわれが初めて見る映像は、広場でオークションに掛けられる鎖に繋がれたアフリカの黒人と、彼に祈りを捧げる白人牧師を映したタブロー・ショット（静止画像）である。上半身裸体で腰布を身に付けただけのアフリカ人二人のうち一人は敗北者のように体を二つに曲げている。アフリカ人たちは画面の右に牧師は左に位置しているが、牧師は格段に背が高く、アフリカ人は不思議そうに牧師を仰ぎ見るような姿勢を取っていて、両者間の支配－被支配の関係性を示唆するとともに意志疎通の欠如を感じさせる。

このショットの直前の字幕では「アフリカ人をアメリカに連れて来たことが分裂の最初の種を撒いた」と述べられる。この直後に前述したタブローが来る。タブロー・ショットは無声映画でよく使用されたショットで、人物のフル・ショットなどを静止させた状態で数秒間映し出し、字幕を映像化したものとして観客の印象に留める効果を持つ。

このタブロー・ショットのあと再び字幕が現れ、「一九世紀の奴隷制廃止論者は奴隷の解放を要求する」と述べられ、教会での集会を描いた動画が続き、着飾った白人中年女性らの出席のもと、黒人少年を迎えた牧師が寄付を呼び掛ける。次に、二番目の、短いながら印象的なタブロー・ショットが挿入される。これは奴隷制廃止論者の白人牧師と黒人奴隷の少年のツー・ショットのタブローで、背の高い白人牧師が彼の前に背を向けて立つ黒人少年にぴったり寄り添って少年の肩に手を置いている。二人はこちら（カメラ）を見つめて前後に重なり合って立っている。無表情な二人の視線は観客を見据え、二人の視線の合わない位置関係は意志疎通の断絶を感じさせるとともに、白人による一方的な庇護の意志を暗示している。

以上映画は原作者ディクソンの思想を表明する。なぜなら、映像の「アフリカ人」の差別的表象といい、「アフリカ人をアメリカに連れて来たこと」が分裂という悲劇の始まりだとする主張といい、すべてディクソンが述べていることだからだ。まず、黒人は文明社会に同化できない「野蛮な」存在であり、アメリカに入れるべきではなかったというのがディクソンの主張である（Lyerly 181）。さらに、彼は原作の中で何度も文明人の典型たる南部白人と対照的な黒人の身体的特徴をあげつらった表現を繰り返しているが、その差別表象は映画で反復されている。

二番目の場面は北部の教会における奴隷制廃止論者の集会だが、「一九世紀の奴隷制廃止論者」という字幕を前の字幕と合わせて見ると、奴隷制廃止論者もディクソンの謂う「分裂」に絡んでいると描こうとしているかのように見て取れる。

北部の奴隷制廃止論者が南北戦争を始めたという神話は、広く南部人に共有されていた（Stokes 180）から、同じ南部出身のグリフィスとディクソンも当然その伝統の下にあった。奴隷制は北部にとっても南北戦争の重要な要因の一つだったが、南部にとっては全く違う意味を持った。つまり、うまく行っていた奴隷制に北部の奴隷制廃止論者が難癖をつけ戦争を仕掛けてきたのであり、物質面で甚大な被害を受けた南部は犠牲者なのだという神話として共有されていたのだ。

さらに、これら冒頭の二つのタブロー・ショットは、次に始まる白人の主要人物が登場する明るく微笑ましい映像と全く異なる暗さを持っていて、その意味でも奴隷制廃止論者と黒人は異質な存在であるという印象を刻印する。

一方映画前半には、グリフィスのディクソンとは違う南部社会の捉え方が窺える。それはまず奴隷制の見方にかかわる。奴隷制を作品に取り上げなかったディクソンと異なり、グリフィスは前半の冒頭近くで、奴隷のいる南部の家族と農場を幸せな農園として描き出す。

物語は、北部ペンシルヴェニア州に暮らすストーンマン家の長男フィルが大学の級友だった南部サウスカロライナ州に住むベン・キャメロンを、弟たちと共にキャメロン邸に訪れるところから始まる。コリント式の大柱に囲まれた玄関テラスでは、家長のキャメロン医師を中心に妻や一番下の娘と共に、微笑む黒人の乳母の姿が見える。ストーンマン家の兄弟たちは長男ベンに綿花農場へと案内されるが、そこでは何人かの奴隷が綿花を摘んでおり、前景に二人の男女の奴隷が見える。奴隷の存在は白人たちにとっては単なる背景となり、綿花畑は彼らの恋愛を予兆するロマンチックな場所となる。フィル・ストーンマンとマーガレット・キャメロンはここで接近し、ベンは理想の恋人をフィルが持っていた写真の中のエルシー・ストーンマンに見出すのだ。映画は、去り際に二人の奴隷たちに挨拶をするベンとそれに応える奴隷を映し出して、彼らの良好な関係を暗示する。

そのあとベンと北部の兄弟たちは奴隷居住区へ赴く。休憩中の奴隷が群れを成してそこに居て、ベンは老いた奴隷と握手をして席を譲られる。奴隷たちは陽気に手を打ち鳴らしストンプを踏んでダンスを始める。白人の若者たちはこのダンスを見ているが、未来の恋人たちはダンスよりもお互いのほうに関心がありそうだ。ベンは写真を取り出しては見入るが、ここでも奴隷たちは単なる背景に過ぎない。ベンは立ち去るときに奴隷の一人と握手し、もう一人の肩に手をおいて労う。

こうして幸せそうな奴隷と優しい主人というイメージがかもし出され、農場は奴隷たちの厳しい労働の場ではなく白人にとってのロマンチックな背景として描かれる。これはまさに、グリフィスより以前の南部ロマンス文学が描いてきた奴隷制の姿である。メルヴィン・ストークスによれば、トマス・ネルソン・ページを筆頭とする南部ロマンス文学は一八八〇年代から九〇年代にかけて、南部の敗戦などなかったかのように古き良き南部の神話を振りまいた。プランテーションとロマンスと騎士道精神を謳い上げたこの神話は、当時発行され始めて間もない大衆雑誌によってアメリカ全土で読まれたが、特に熱心な読者は北部の人々だった(179)。

奴隷の苦しみをまったく無視したこの神話は白人たちの一方的な幻想に過ぎないのだが、戦前・戦中ではなくて戦後、それも再建期が終わったあとにできた神話であることは興味深い。奴隷たちがその苦しみへの反発として、白人からの報復を予想しつつも、日常的に行っていた反抗を知っていた白人たちは、それが大きく膨らんで暴動となることを常に恐れていた。現実的に奴隷と向き合わなければならなかった時期には神話は生まれなかったのだ。

映画前半における原作にないもう一つのグリフィスのオリジナルは、多くの時間を費やして描かれる南北戦争の場面である。二家の兄弟たちの滞在中に南北の対立が激化していることが新聞報道によって明らかとなり、彼らは別れてすぐ、南軍、北軍それぞれの兵士として出征する。

南北戦争の映像には、多くの映画批評家が賞賛する名場面が多い。例えば、超ロングショットで捉えられる戦闘のパノラマシーンや、アイリスショットを開いて丘の上で三人の子どもをあやす母親を捉えたカメラがゆっくりパンして再びアイリスを開くと平原を大隊が行進していく様子となるシーン、さらには、戦場から帰還したベンが家の前で中に入ることを逡巡しているとドアの中から母と妹の腕が伸びて来て彼を中へと誘うシーンなど、戦争の引き起こす様々な感慨が巧みに表現されている。

その感慨深いシーンの中で注目したいのは、キャメロン家とストーンマン家の兄弟たちの戦場での出会いの場面である。ストーンマン家の次男は戦地でベン・キャメロンの弟が銃撃に倒れるときに偶然出会い、助け起こそうとしたところを狙撃され、南部の友人の死体の上に折り重なって倒れる。一方、戦争もかなり進んだ時点でベン・キャメロン大佐は敵を率いるフィル・ストーンマンと出会う。大佐は北軍の兵士が陣地に誤って飛び込んできたのを助け起こして水を与える。敵ながらあっぱれとフィルの北軍部隊が喝采したあと、ベンは疲弊した部隊を率い決死の突撃を仕掛けるが、大砲に戦旗を押し込んだところで力尽き、フィルに助け起こされ旧友と偶然の再会を果たす。こうして主要登場人物を通して南北の若者たちの戦場での死と変わらぬ友情とが描かれる。この場面には「戦争は苦い、無益な犠牲を要求する」という字幕も挿入されるので、なぜあれほど仲の良かった南北両家の兄弟たちが戦わなければならなかったのか、そもそも戦うことなど必要なかったのではないか、という憤りを観客に抱かせる。

マイケル・ロギンは、「アメリカ映画は（中略）人種差別的な叙事詩のかたちで生まれた」(191)と言い、「叙事詩」という術語を用いて『国民の創生』を捉えている。本作の南北戦争の場面には確かに叙事詩における国民や民族に関わろうとする志向が感じられる。ちょうど南北戦争後五〇年を経た時点で製作されたこの映画は、かつての国民の経験を振り返って観客と共有しようとする趣がある。ジェームズ・チャンドラーはロギンの言葉に反応して、本作が一九世紀の南部で熱狂的な人気を博したサー・ウォルター・スコットの叙事詩の影響を大きく受けていると述べ、両者に共通する数々の要素を指摘している。

グリフィスもディクソンもスコットランド系の先祖を持つ (Clark xi)。グリフィスは幼い頃に父がスコットを朗読するのを聞いていたという (Chandler 232-33)。彼らの歴史への関心を支えていたのは、戦争に敗れたあと己の誇りを取り戻すために祖先へと回帰しようとした父祖たちの伝え語りの記憶だったといえる。後半で叙事詩における「騎士」のように活躍するＫＫＫの描写も、スコットの影響を受けている。ディクソンもグリフィスも、「燃える十字架」という「クラン」（＝スコットランドの氏族）の集合の合図をスコットから借用しているのだ (Chandler 233)。

他方グリフィスが南北戦争を取り上げたもう一つの理由として父の影響を考慮しなければならない。彼の父ジェイコブは南北戦争に志願して出征、数々の激戦で武勲を立て負傷して帰郷した。デイヴィッドが生まれたころには家も傾き酒浸りの生活だったが、戦場での栄光を息子に繰り返し話して聞かせたという。グリフィスがわずか一〇歳の時死亡した父の面影は息子に多大な影響を与えたと見られる (Stokes 55-9)。その父の南北戦争での武勇は映画の中のベン・キャメロンの勇敢な姿に忍ばせてあるのかもしれない。

チャンドラーによれば、スコットの作品は、特に民族が分裂することによって払わされる犠牲と苦しみを同族の感情に訴えて結束を図る (230) が、この映画でも「分裂」としての南北戦争がアメリカ人に苦しみの感情を呼び起こすように描かれている。なぜ仲の良かった南北の兄弟たちが互いに争う悲劇に陥らなければならなかったのか、という前述した憤りの感情もその一つである。民族を和解へと導くために叙事詩は感傷的な身振りを伴う。スコットの影響を帯びたロマンス文学を揶揄してマーク・トウェインが「サー・ウォルター病」と呼んだあの感傷主義 (Chandler 233) は、グリフィスの映画の特徴でもある。

だが、スコットにまで遡らなくても、グリフィスが映画界に入る前に身を置いていた大衆演劇の世界は、この映画の南北戦争の描写を準備していた。ストークスは、この作品が南北戦争に題材をとるステージ・メロドラマから多くを借用していると指摘する。メロドラマは、例えば南北間の男女の戦前からの恋愛を描き、それが戦争中自陣営への忠誠によって引き裂かれるものの、戦後再会してお互いに敵同士だったことから来る罪の意識に悩みながら和解へと至るように描かれる(177)。もちろんこれは、映画後半に主に語られる南北二組の恋人によく当てはまり、南北の男性たちの戦場での出会いという設定は、スコット風の騎士道精神による男性同士の絆をメロドラマに応用したのかもしれない。ともかくも映画前半の二家の兄弟たちの間の友情と死には、感傷性とか偶然性といったメロドラマの臭いが漂う。

南北戦争の描写でもう一つ特徴的なことは、戦争自体の悲惨と苦しみを描いていることである。それは特に戦争の被害者としての南部の蒙った苦しみとして描かれる。南部は攻め入る北軍との戦場となり、戦火に焼かれ多大な損害を被る。南軍自体も銃後の人々も飢餓と疲弊の中で過ごしていたことが、代用食である煎りとうもろこしのクローズアップや、着古した服を着て息子の安否を心配するキャメロン家の人々の集合ショットなどに描かれる。しかし、このような南部の苦しみは幾分ノスタルジックに描かれ、南部人の苦難を北部人に訴えるという印象は薄い。むしろ映画は、戦争の悲惨に南部のみならず北部の人々も感応するように配慮している気配もある。

キャメロン家ばかりでなくストーンマン家の戦死した息子たちへの哀悼の様子も描かれる。さらに「戦場の平和」と皮肉な字幕が出て、南北双方の軍服を身に付けた無数の死体が折り重なって倒れているショットが、戦闘シーンと交互に何度も映し出される。同族相食む悲惨な戦争の映像は、映画冒頭の字幕の一つに書かれた「もしこの作品の中で我々が戦争の悲惨を人心に届け、戦争とは憎悪をもって扱われるべきものかもしれないと思わせる目的をはたすならば、作品を作った意味がある」という言葉を想起させる。南北戦争の映像は、ここに述べられた反戦を意図してのものだと解される。

このように戦争の悲惨を描くことで反戦を呼びかける場面の数々は、グリフィスが映画の全米公開を念頭に置き、また、既に終戦から五〇年経った当時において南北の和解が相当進んでいた状況があったからこそ描きえた。ストークスによると、政治の世界では南北の和解が、再建期終了を決定づけた一八七七年の「ヘイズ・ティルデンの妥協」という北部共和党と南部民主党の間の政治的妥協から始まり、一八八〇年代から九〇年代には、例えば退役軍人の日の祝賀として南北の元兵士が仲良く行進するなど民間レベルで進行していったという。一八九八年の米西戦争で同じアメリカ人として出兵する必要もある中で、「セクション間の再統合」が進んだ (Stokes 180)。

ストークスは、この再統合から「失われた大義」と呼ばれる南部の神話が生まれたと指摘する。この神話の中に南北戦争の原因は奴隷制ではなく奴隷制廃止論者であるとか、南部はその州権を一方的に奪われたとか、北部は数と軍事で南部を圧倒しただけで精神的に勝利を収めたのは南部である、などという南部側の主張が集大成された。この「失われた大義」が前述した南部ロマンス文学の中で語られて、かつての北部の人々の間にも流布し認知されていった。前述したように、この映画でもグリフィスはキャメロン家を幸せな農園として描き、「失われた大義」を表現した。
ストークスが強調するのは、「こうした歴史の書き換えとセクション間の和解の広がりの主要な被害者こそアフリカ系アメリカ人だった」(180)という点である。南北白人の歩み寄りには、世紀転換期から革新主義時代に至るアメリカ社会の人種に関する事情が絡んでいた。北部（東部・中西部）の白人は、主要都市に流入した多様な人種・民族との軋轢を経験して南部の人種問題に同情的になっていたのだ (Stokes 207-08, Rogin 194)。

ところで、冒頭の「アフリカ人をアメリカに連れて来たことが分裂の種を撒いた」という字幕に引き続く、南北戦争の原因としての奴隷制廃止論者と黒人を映したタブロー・ショットは、今述べた「失われた大義」（＝南北戦争の原因は奴隷制廃止論者だ）に関わっているが、このショットをここで再想起するなら、このタブローは南北戦争の場面全体に影響を及ぼしていると捉えられよう。つまり、タブローに描かれた異質な二者をのぞく南北の白人こそが分裂（戦争）の被害者であり、統合されるべき「国民」であることが浮かび上がるのではないか。

とはいえ、この冒頭の場面まで遡らなくても、例えば、南北戦争の最初のころの場面の中に挿入されたシークェンス、すなわち銃後のキャメロン家に強引に押し入り略奪を働くスキャラワグ（地元を裏切って共和党に味方した南部白人）の大尉と彼に率いられた黒人の非正規兵は、排除されるべき人々であると示唆されてはいる。彼らは、それ以前の戦闘場面に描かれたベン・キャメロンやフィル・ストーンマンなどの制服を着た「騎士道的」な正規兵とはまったく異質で、ボタンの取れたよろよろの軍服を羽織るように着て民家に押し入り略奪行為をしたあとで家に火をつける。結局彼らは連絡を受けた南軍兵士の手で成敗されはするが、一部の白人に率いられた黒人という白人たちの真の敵が示唆されるのである。

こうして映画の描く戦争の悲惨を体現するのは一部の白人と黒人を除く多数の南北の白人に限られ、彼らの間での戦争に対してのみ反戦を掲げることをグリフィスは意図していたと考えられる。『国民の創生』の南北戦争は、すべての黒人と一部の白人を除外した「国民」の分裂の悲劇として、さらには「人種差別的な叙事詩」がメロドラマと結び合わされて描き出されているのだ。

三

第一部の終わりで北部の勝利とリンカンの暗殺が描かれ、映画はこのあと、リンカンと正反対に南部を厳しく処断すべしと主張する共和党急進派のオースティン・ストーンマンが実権を握り、混血男性サイラス・リンチを伴って黒人の政治的権利獲得のために南部再建に乗り込むところから、主要な登場人物のすべてが南部に集結して再建期を舞台にしたドラマが始まる。

前述した当時の大衆演劇でよく使われた男女のメロドラマの筋立て――南北戦争前からの恋人たちが戦後お互いの親兄弟を殺されたことから生じる罪の意識に苦しむというメロドラマが、既に第一部の終わりに北軍病院で捕虜と看護婦として出会っていたベン・キャメロンとエルシー・ストーンマン、そしてベンの妹のマーガレットとエルシーの兄のフィルという二組のカップルを通して展開される。さらに、奴隷制下の白人農場主による指導によって抑制されていた黒人の性的欲望が、再建期に共和党急進派による黒人の甘やかしにより一挙に爆発するごとくに描かれて、異人種混交をテーマとしたメロドラマへと映画は転回をとげる。

トマス・ディクソンが憑かれたように異人種混交を忌避し、その根絶を人生の目標の如くに追求したことは、彼の伝記作者アンソニー・スライドでさえ「精神の病のよう」だと言わざるをえないほどだ(144)。ディクソンはとりわけ白人と黒人との交わりを嫌悪し、それは国家を存亡の危機にまで至らしめるとした。ディクソンの小説の主人公は彼の思想を代弁して述べる。「混血化はアフリカ化です。(中略)黒人の血が一滴でも入れば黒人になってしまうのです」(Dixon 242)。「彼(黒人)の血に我々の血が次第に混ぜ合わさっていくならば、結局は国民性の死滅を招くのです」(Slide, *American Racist* 48)。ディクソンの場合、白人農場主の女性奴隷との性交渉を許す奴隷制に対しても批判的態度をとるほど、白人純血主義の主張は徹底的で一貫していた。

グリフィスはディクソンほどの純血主義ではなかったにせよ、彼にとっても異人種混交の恐怖は黒人男性による白人女性のレイプの描写に収斂することとなった。周知のように、南部白人社会は、戦前から奴隷と白人女性への性的関係を、それがいかに些細な目配せや軽口程度のものであっても禁忌とし、それを破った奴隷はリンチで殺されることもあった。白人女性に対しても、サザン・ベルとして血の穢れから自衛する手段が(自害も含めて)教育された。だから混血は黒人男性と白人女性の間にはほぼ生じるはずのないものだったのだが、それでも混血が相当数生まれたのは、白人農園主が女性の奴隷に子を産ませ、奴隷を増やすことが私財を増やすこととして是認されていたからだ。

再建期には確かに一部の農園主が政治的権利と財産の一部を剝奪されはしたが、それでも連邦に対して頑強に抵抗したことからもわかるように、実質的な権限がすぐにも共和党急進派と黒人へ移ったわけではない。映画は「裏切り白人」に指導された黒人支配は南部の敗戦とともに始まったかのような印象をもたらすが、歴史の記録では、連邦復帰に当たって南部白人たちがその不満を解放黒人に向けた結果リンチなどの暴力が多発したので連邦軍の支配が強められた経緯があり（本田 128-32）、映画とは逆である。再建期において黒人男性による白人女性へのレイプは極めて起こりにくかったと考えられる。

だが、この起こりにくかった黒人男性の白人女性へのレイプは、ディクソンとグリフィスが仕掛けたメロドラマにおいては読者と観客にあたかも現実であるかのように提示される。このメロドラマの策略をリンダ・ウィリアムズは、一九世紀以来のアメリカ大衆文化における「人種的メロドラマ」の系譜の中に捉えている。ウィリアムズはピーター・ブルックスの「メロドラマ的想像力」の議論に拠りながら、通常現実逃避的と見られるメロドラマが、実際には宗教と教会の衰退後の社会において大衆に現実の社会問題をわかり易く絵解きして解決を指し示す役割を現代まで担ってきたと指摘する。

ウィリアムズによれば、アメリカ社会において常に焦眉の課題だった人種問題がメロドラマの題材となり「人種的メロドラマ」の系譜を作り上げたが、その始源はハリエット・ビーチャー・ストウの『アンクル・トムの小屋』であった (42-4)。奴隷制廃止論者によるこの「黒人贔屓の」メロドラマは、トムをはじめ白人に忠実な黒人たちを、「無垢な犠牲者」(16) としてメロドラマの起点としつつ「白人男性の暴力による黒人男性の苦しみ」(98)を描き出す。『アンクル・トムの小屋』は小説の成功のあと舞台化され何度も上演されるが、同様の苦しみを描いて北部の白人観客の共感を誘い続けた。

しかし、ウィリアムズ謂うところのこの「トムのメロドラマ」は、時代の推移とともに著しく改変されることとなる。この改変を行ったのがディクソンの小説であり映画『国民の創生』だった。つまりディクソンとグリフィスは、トム劇における「黒人男性の苦しみ」を「白人女性の苦しみ」、「性的に獰猛な黒人の手にかかる白人女性の苦しみ」(111)へと逆転させたのである。ディクソンの小説は作者自身の手で舞台化されて上演され、さらにはグリフィスの手で映画化されたわけで、ここに「黒人嫌いの」「反トムのメロドラマ」(98)の系列が成立したとウィリアムズは指摘している。「トムのメロドラマ」が白人から見た善良な黒人を贔屓の引き倒しの如く美化して描いたのだとしても、「白人男性の暴力による黒人男性の苦しみ」は現実の生々しいことがらであったのに対し、「反トムのメロドラマ」の「苦しみ」は前述したように歴史的根拠に乏しい。だがディクソンの小説と『国民の創生』は、メロドラマの手法、すなわち善悪二元論による道徳問題の単純化、偶然性の多用、感情に訴える過剰な描写などによって、ありえないことを事実として提示しえたのだとウィリアムズは指摘する(105)。

さらに人種的メロドラマは時代の支配層の要請に後押しされて大衆の中で力を発揮したと考えられる。一九世紀後半における「トムのメロドラマ」の要請は北部の奴隷制廃止の動向に起因するだけでなく、この「第二革命」の核心からは外れた、専らアメリカ全土の資本主義化を進めようとする北部資本家の野心もあってのことだったと考えられる。一方「反トムのメロドラマ」に対しては、南北戦争後数十年を経て国内統一を進めることによって国内市場の充実を図り海外市場へ打って出ようとするアメリカ資本主義の要請があった。さらには経済発展の余勢を駆り領土拡張へ踏み出そうとする帝国主義の野望も介在してのことだった。

こうして、アフリカ系アメリカ人を犠牲にして白人アメリカ人の統合を図ることが時代の喫緊の課題となり、奴隷制時代から白人男性に取り憑いていた黒人男性による白人女性の性的支配にたいする恐怖が呼びさまされ、黒人男性にレイピストとしてのステレオタイプが押し付けられることになった。「ハイパーマスキュリンなレイピスト」(Williams 103) という黒人男性の類型は、メロドラマ特有の煽情性を伴って当時の人種とジェンダーの問題へ人々の耳目をひきつけることとなった。このいきさつには進化論的な人種決定論も絡んでいた。ゴビノーが提唱したアーリア人種を最優秀の血統とする人種論は、一九世紀末のアメリカにおいてアングロサクソン優越主義へと読み替えられ、アングロサクソン多産論はしばらくのあいだ優勢だったが、二〇世紀の初めに大勢の多様な民族・人種の移民が入国するようになると形勢逆転し、今度は白人種の衰退が危惧されるようになった。多くの州で異人種間結婚が禁止されたのはこうした白人社会の不安が背景となっている (Stokes 216-18)。『国民の創生』の時代はこのように人種混合が問題となった時代だった。

異人種混交への恐怖は、原作では専ら登場人物のセリフや説教の中で語られるが、映画では当然のことながらダイレクトに視覚に訴えられている。

それほど目立たない例として、映画には原作にない解放黒人たちの政治活動を皮肉に描写する部分がある。サウスカロライナ議会で多数を占める黒人議員たちの「下品な」振る舞いを揶揄的に描く場面がそれで、彼らが異人種間結婚を認める法律を通過させたことが殊更に強調されている。また、紳士に伴われた白人女性二人が議会の傍聴に訪れるが、絶対的少数派の彼女たちの全身をまさぐるように見つめる黒人議員の視線をカメラは追跡している。これらの場面は原作にはなく、映画は解放黒人の政治的権利が彼らの欲望の発露に直結していることを絵解きしようとしていると言える。[1]

黒人男性による白人女性のレイプの描写については、ディクソンとグリフィスでは違う部分がある。『クランズマン』でガスに襲われるのは、映画と違って、キャメロン家の隣家の娘マリオン・ルノワールである。レイプシーンはもとよりレイプ未遂シーンも一切描かれず[2]、事が起こったあとマリオンが母に打ち明けた様子だけが描かれ、母も娘の危機を救えなかった責を負って一緒に二人で崖から飛び降りて自殺したことが示唆される。この事件に憤ったベン・キャメロンが結成したKKKは、即座にガスを捉え彼に催眠術をかけて一部始終を身振りで再現させる。レイプはこのとき初めて判明し、事を察したKKKのメンバーは白人の血が汚されたことへの苦悩と怒りの中で復讐を誓う。

一方『国民の創生』では、黒人男性による白人女性のレイプは、未遂行為としてではあるが、映画の特性を生かしてアクションを伴ってスペクタクル化される。

まずガスによるキャメロン家の末娘フローラへのレイプ未遂が、森を舞台にした追跡劇として、まさに映画的なアクションと場面の切り替えを伴って描かれる。この追跡劇には、フローラの異変に気づき彼女を追ってきた兄ベン・キャメロンも絡む。結局ガスはフローラを崖の頂上まで追い詰め、フローラは自身の潔癖を守るべく崖から身を翻して自殺する。崖から落ちたフローラの遺骸を後から追ってきたベンが抱きかかえ、間に合わなかったことを嘆くショットが付加されて、原作以上に悲劇性が強められる。

もう一つのレイプ未遂、サイラス・リンチによるエルシー・ストーンマンのそれは、黒人を殺害したかどで追われる身となった兄フィル（既にこのときは父を離れキャメロン家に味方するようになっている）の赦免を副知事サイラス・リンチに願い出てきたエルシーが、いきなり「強制結婚」を言い渡され、鍵をかけられた密室内でリンチによって追い回される。このシーンはガスとフローラの場面と違い、狭い室内での追跡が目まぐるしく続く。

小説『クランズマン』が、レイプシーンを描かずに事が起きてしまったことを示唆し、登場人物の説教や演説を通して異人種混交がいかに白人国家の存亡に関わるかを示す一方、映画のスペクタクルはレイプを未遂としてしか描きえないことから、ディクソンの主張を矮小化して男女の闘いに視線を集中させてしまう。おそらく、ディクソンの強烈な異人種混交への危機感をそのまま国民統合の中心に据えることは、映画では表現できないとグリフィスは感じたのではないか。ここからグリフィスなりの「国民の創生」を確実なものにしようとするレイプシーン以外の映画的試みが繰返されることとなる。

ちなみに『国民の創生』というタイトルは、プレミア上映時の原題が原作と同じ『クランズマン』だったところをディクソンがグリフィスに現在のタイトルに変更することを勧め、映画監督はそれに従ったのだ、という説がかつて存在したらしい。しかし、グリフィスの最も詳細な伝記を著したリチャード・シッケルはこの説を疑わしいとして、初期の映画宣伝用にグリフィス自身が考えていた予備の題名として『国民の創生』があったことを明らかにしている(268)。このことからすると、グリフィスは最初から、『クランズマン』を「国民」の統合をテーマとして映画化しようと意図していたと思われる。

「国民」のイメージをより明確にしようとして、第二部でグリフィスは原作にない場面を作り出している。それは、ＫＫＫ団長の息子ベンを幇助する罪に問われたキャメロン医師と、彼を守ろうと一人の黒人を誤って銃殺してしまったフィル・ストーンマン、フィルの身を案じるマーガレット・キャメロンと彼女の母親、さらには一家を黒人暴徒の襲撃から守ろうとする黒人の召使と乳母が、黒人兵の追跡にあって命からがら逃走し丸太小屋に逃れる場面だ。丸太小屋では、元北軍兵士二人が片方の兵士の幼い娘と共に倹しい生活をしている。

かくして丸太小屋は、北部人と南部人、白人と黒人、貧者と富者が入り混じった状態となり、彼らは小屋を取り巻く大勢の黒人兵を共通の敵として力を合わせて戦うこととなる。特に元北軍兵士がキャメロン医師の引き渡しを拒否しともに闘うことを宣言するとき、バックにはスコットランド民謡「オールド・ラング・ザイン」が流れ、「北部と南部という元の敵同士が（中略）彼らの共通のアーリア人としての生得権を守るために再び結束して戦う」という字幕が付される。字幕の「アーリア人」はナチスものちに使った言葉だが、アメリカではアングロサクソンのことと誤解されたので(Stokes 210)、ここでは白人アングロサクソン人種の団結が強調される。この丸太小屋は、リンカンの「分かれた家は建っていることができない」という南北分裂を嘆く言葉に対抗して、アメリカの多様な国民が放り込まれた小屋としての意味を担っているのかもしれない。

一方リンダ・ウィリアムズは、小屋の中に白人と一緒に閉じ込められた、主人に忠実な黒人の召使と乳母に注目する。そして小屋は『アンクル・トムの小屋』のパロディだと指摘する。ウィリアムズによれば、『国民の創生』がアメリカ全土で成功を博したのは、グリフィスが「トムのメロドラマ」の要素を一部導入して映画に明るさと友愛の情緒を付加したからである。『国民の創生』では白人に忠実な二人の奴隷がコミカルな笑いを振りまくとともに、キャメロン家と運命を共にして黒人兵と戦う。ストウの小説や芝居に登場するトムを始めとした白人に忠実な奴隷の姿はディクソンの「反トムのメロドラマ」には一切描かれず、その冷たい人種差別主義のままでは観客に受け入れられなかったからだとウィリアムズは指摘する（112）[3]。

さて、ディクソンとグリフィスにとって南部白人の代表として黒人を成敗して南部に平和をもたらすのがクー・クラックス・クランだ。グリフィスは『クランズマン』を読んだときまず心に浮かんだのは、クランが剣を振りかざして疾走する姿だったと述べている（Rogin 191）。ＫＫＫの活躍を描くことが彼の主要目的だったのであり、この秘密結社を公に認知させたいグリフィスは、第二部冒頭の字幕に大統領ウッドロー・ウィルソンの歴史家としての著書『アメリカ人民の歴史』から、再建期の「黒い南部に支配された白い南部」という部分と、南部を守るため立ち上がった「かの偉大なるクー・クラックス・クラン」への期待を述べる部分からの引用をとりこみ、ＫＫＫを白人アメリカ人という「国民」の代表者として権威付けようとしている。[4]

実際のＫＫＫは、原作及び映画とは違い、一八六五年にテネシー州で創設されたが、原作と映画は解放黒人たちの「蛮行」に怒りを爆発させたベン・キャメロンが創設したとしてフィクション化している。『クランズマン』ではキャメロン医師がベンとともにメンバーとなり、白人の血を汚したガスを秘密裁判で有罪にして殺すことがＫＫＫの主要な活動となっている。映画のＫＫＫが黒人兵と派手な戦闘を繰り広げる場面は、原作にはない映画独自のクライマックスシーンである。

映画に描かれたＫＫＫの活動は原作を凌駕する。彼らは、サイラス・リンチにレイプされそうになっているエルシーを救出し、丸太小屋に閉じこもって外から侵入しようとする黒人兵と必死に戦っている人々を解放するだけでなく、このときＫＫＫの襲撃に怒って白人元農場主に襲いかかる暴徒と化した街の黒人たちを鎮圧する使命をも帯びるのだ。前半の南北戦争の叙事詩的な分裂の悲劇は、ここで英雄＝「騎士」であるＫＫＫの登場をもって統合の大団円へと向かうこととなる。その叙事詩の後半は、ウィリアムズの指摘を見ればわかるように、前半よりもずっと強いメロドラマ色を帯びている。

ＫＫＫの団長ベン・キャメロンは、クラン伝来の「燃える十字架」を使って近隣のクランを呼び集め、大挙して集まった馬上の集団を怒涛のように救出に向かわせる。ワグナーの「ワルキューレの騎行」が流れるなかでＫＫＫが行う二つの救出と暴動の鎮圧は、追われる者と追う者及び救出者が三つ巴となって遂行されるが、クロス・エディティングの手法によってスピーディーに切り替えられてスリルが盛り上げられる。

当時の観客が興奮して見つめ、ＫＫＫによる救出が成功すると拍手喝采を送ったという場面である。だがそのＫＫＫは映画公開の時代にはじつは存在しなかった。実際のクランは、その過激な行動のゆえに白人エリート層の支持を次第に失い、結成五年後の一八六九年には解隊、一八七〇－七一年の連邦法に従いユリシーズ・グラント大統領によって一掃された（Stokes 200）。この秘密結社の暴力の陰惨さを一番知っていたのは黒人たちだったろうが、ディクソンもグリフィスも親類にＫＫＫ団員がいてじかに話を聞いていたし、ＫＫＫの暴力について率直に綴った本を読んでもいたのだから、その暴力性を知っていたはずだ。

しかもグリフィスは、その本、すなわちアルビオン・ワイネガー・トゥルゲーの『愚か者の使命と見えざる帝国』からの引用を字幕に用いている。トゥルゲーは南部白人から「カーペットバガー」（渡り政治家）と揶揄された共和党急進派として南部再建に関わり、一貫してクランの暴力を暴き反対した人物だ（Stokes 193）。グリフィスは自分やＫＫＫの敵対者ともいえる人物の書物から、クランについて述べる部分をつぎのように字幕に引用している。「この組織は無秩序な黒人の支配から南部を救ったが、カーペットバガーのトゥルゲー判事によればゲティスバーグで流されたよりも多くの血を流さずには済まなかった」。

つまり、グリフィスはこの集団が少しばかり血の気の多い連中だと観客に断わっているのだ。「黒人の支配」を打ち破るには少々手荒な真似も必要だとグリフィスは観客に言い渡す。越智博美は、革新主義時代のディクソンを含む文学作品を分析しながら、当時アメリカ社会を席捲した男性性の復活をめぐる言説について論じている。世紀転換期に産業社会となったときアメリカ人が抱えた都市生活での精力消耗と女性化に抗して、当時世界市場へ打って出るべく活力あふれる男らしさが言説の上で復権した。それは、「列強各国に肩を並べるアメリカというネーションの、しかも白人の男らしさ、ひいては「アメリカ人」そのものであるかのよう」(247)に描かれた。越智によれば、『クランズマン』は南部白人の男性性の復活を促した作品だが(284)、『国民の創生』も南部白人主導の男らしさの復活をKKKの暴力性の肯定によって促している。

もっとも、映画のKKKは黒人兵に対して決して先制攻撃をすることはなく、やられたからやり返したように描かれ、殺される人数も映画を見ながら数えてみると、黒人兵よりもKKKのほうが多いことがわかる。つまり、クー・クラックス・クランは騎士道的な正義の集団として描かれている。こうした美化された、しかし荒々しい英雄の描き方は、西部劇を始めとしてこの後もアメリカ映画に頻繁に現れることとなる。

おそらく、多くの白人観客は本当のKKKの姿を知らずに喝采を送ったのだろう。ジャクソン・リアーズのいう騎士道物語のリバイバル(Lears 113-16)が、この中世の騎士のようなKKKへの人気を後押ししたのである。映画の広報もそのブームに乗って、上映前にKKKの衣装を身にまとった馬上の人々に街中をパレードさせたり、映画館の案内係もKKKの恰好をしたりと、クランは愛されるキャラクターのような扱いをされたという(Stokes 234)。しかし、映画自体が再建期のKKKの正体をこのように隠蔽したにもかかわらず、プレミア上映後一九一五年に、本物の新クー・クラックス・クランが再結成される。新たなKKKは白人優越主義団体として、黒人のみならずユダヤ人をもターゲットに過激なテロを繰り返していくことになった。

このあと映画のクランは武力で黒人兵を武装解除させ、投票日には黒人の前に立ちはだかって投票を阻止する。そして、ヴェイチェル・リンゼイが「白人アングロサクソンの奔流」(Rogin 228) と呼んだKKKの勝利を祝うパレード・シーンがつづく。白い衣装をまとったエルシーとマーガレットを中央にして白装束のクランが集まり、画面すべてが白に塗りつぶされる。

メロドラマを論じるウィリアムズは、この大団円について重要な事実を指摘している。あれほどキャメロン家に尽くした忠実な二人の奴隷が最後のパレードの場面で姿を消しているというのである (120)。観客の間に明るさと友愛の雰囲気をもたらしたらもう用済みとばかりに、黒人は大団円では見えない存在にされてしまう。ここにグリフィスの差別主義があるとウィリアムズは見ている。グリフィスにとって、「国民」の統一は結局、白人のみによって成し遂げられなければならなかったのだ。映画は、ディクソンの場合と同様、最終的には人種戦争を制した白人による「国民の創生」を描くことに一元化される。

そしてこの「国民」からの黒人の排除にともなって一人の白人が裏口から迎え入れられる。その白人は、混血男性サイラス・リンチが自分の娘と結婚しようとしていることを知り、とんでもないことと一蹴するオースティン・ストーンマンだ。原作でもストーンマンは最後に改心してキャメロン側に着く。いくら黒人贔屓の北部急進派でも自分の娘の異人種間結婚だけは忌避すると描くところに、北部人の平等主義の偽善性を暴露しようとする作者の意図がある。実際には共和党急進派は南部黒人を裏切り南部白人富裕層と和解して南部から引き上げてしまったのであり、その偽善性や日和見主義はグリフィスの描く通りであるとしても、異人種間結婚が絡んでいたわけではない。異人種混交を絡めることによって映画は自分の都合に合わせて歴史をゆがめたともいえる。

『国民の創生』のラストショットは、ベン・キャメロンとエルシー・ストーンマンを配したタブロー・ショットである。遠くに山を望み手前の海の漣が穏やかな時間の流れを感じさせるなか、手前に座るエルシーは伏し目がちに微笑し、背後にいるベンの手に自分の手を重ねて彼への信頼を表す。ベンはエルシーの斜め背後にしっかりと彼女を受け止め庇護する姿勢で座り、彼女に柔らかな視線を送る。このショットの前のタブロー・ショットでも、マーガレット・キャメロンとフィル・ストーンマンが仲睦まじく、南部の熱帯林を思わせる木々と海とを背景に描出されているが、ここでも女性を前に男性が斜め後ろに配置されている。

二組の男女のタブロー・ショットは、ＫＫＫによって取り戻された「平和」にともなって、昔通りの男女間の秩序も戻ったことを暗示する。北部と南部の白人女性の尊い処女性は、南部に代表される家父長制の秩序のもとで白人男性によって庇護されている。白人女性が黒人男性の「獰猛な性的欲望」に悩まされることはもはやない。二組の南北出身の男女の結婚をもって映画は、一つの国の「国民」の統合を提示しようとする。

しかし、本当に「国民」は「創生」されたのだろうか。グリフィスは映画の最後までその表現を求め続けたように思われる。エルシーとベンの二つのショットの間には異質なショットが挿入されている。ローマ時代の民衆を写したもので、一つ目のショットは巨大な怪獣に支配されて苦しむ民衆の姿を映し出す。そのあとのショットでは、怪獣は消滅し、イエス・キリストが降臨して人々は微笑みを取り戻しながらキリストを称える。微笑む人々はすべて白人の市民である。つまりこの、キリスト降臨のもとで「異物」の侵入から解放されて再生する民衆というのは、アメリカ「国民」

を象徴するイメージなのであろうか。

さらにグリフィスは最後の字幕を掲げる。第二部の冒頭にも掲げられていたその言葉は、「自由にして連邦、単一にして不可分、今そして永遠に」というダニエル・ウェブスターの言葉である。独立戦争時のマサチューセッツの連邦派ウェブスターは、グリフィスのような南部人の祖先の州権論とは違う立場だったはずだが、あえてウェブスターの言葉をグリフィスは引く。ここにも「国民の創生」を描くことを意図するグリフィスの思惑が感じられるのだが、引用は唐突な締めくくりのようにも感じられる。

結局「国民の創生」は成し遂げられたのか——何か狐につままれたような感じを見るたびに抱く。現代の観客としては、最後の数ショットと字幕を見ただけでは腑に落ちないところがあるのではないだろうか。

しかし公開当時の観客ならグリフィスの意図通り感得できただろうと思われる。何よりも『国民の創生』というキャッチーなタイトル、アメリカ社会が一つになって世界市場へ、戦争へと向かう時代の勢いに適ったこのタイトルが、当時の大衆にアピールしたことは疑いない。現代でもその時代のことを知れば知るほど、タイトルは時代をもののみごとに表現していると感心させられる。

四

現在最も詳細で定評のあるD・W・グリフィス伝を著した映画研究家リチャード・シッケルは、

グリフィスのキャリアの頂点にある作品に『国民の創生』を位置付けている。その映画史上の成果を書き連ねる一方でシッケルは映画のなかの人種差別についてては認めようとしない。シッケルは、グリフィスが同時代の白人アメリカ人にあった人種差別の空気を呼吸していただけで、「この映画には目に見えるような意識的な人種差別主義は存在していないようである」(299)と結論する。

しかしながら、今までみてきたように、『国民の創生』は原作者トマス・ディクソンの人種差別主義を引き継ぎ、その人種差別主義をアメリカ国民の物語に不可欠なものとして映像上で拡大再編している。映画という当時最新の大衆的なメディアと、これまた当時大衆に受け入れられていたメロドラマの筋立てを用いて、観客がそれと意識しないうちに人種差別を流布したという点でグリフィスはみごとにやってのけたのであろうが、だからといって、美化ばかりしてもいられない。

この映画の人種差別主義が原作に付け加えたのは「国民」の差別の明示だったと考えられる。『クランズマン』を参照していない前半においても、南北戦争はアフリカ系アメリカ人を除く多数の白人アメリカ人という「国民」の悲劇として描かれている。後半はさらにアフリカ系アメリカ人の「国民」からの排除をおしすすめ、白人アメリカ人を「国民」として南部の立場で再統合することによって「創生」しようとする様々な場面が構築されている。グリフィスは人種的メロドラマと叙事詩の雰囲気を利用して、ディクソンの唱える白人のみによる国家統合を補強的に表現したのだ。だがその一方で、『クランズマン』から一〇年後に公開された『国民の創生』は、一〇年のうちに変化する時代の要請に合わせて、原作以上に「国民」を強調した部分もあったと考えられる。『国民の創生』におけるクー・クラックス・クランによる派手な戦闘の描写は『クランズマン』

における秘密結社としての暗躍の描写とはかなり異なっているし、映画が丸太小屋に閉じこもって黒人兵と戦うアメリカ国民の多様性を象徴するような人々の不屈さを強調する描写をあえて取り入れたことと合わせて考えると、「国民」の戦闘性をより積極的に提示しているように思われる。実際グリフィスは『国民の創生』発表後、第一次世界大戦へのアメリカ参戦を支持し、英国戦時局の要請のもと自ら戦地に赴いて記録映画を製作、のちに劇映画『世界の心』を製作するに至る。『国民の創生』で南北戦争に反戦を唱えたグリフィスは、第一次世界大戦について「戦争は必ずしも邪悪とばかりは言えない」(Slide, "Interview" 87) と述べている。ディクソンが白人種による国家統合を第一義的に考え、帝国主義による異人種支配が人種混交や人種共存を招くことを恐れ帝国主義戦争に反対したこと (Michaels 16-8) と比較すれば、一〇年後のグリフィスははるかに好戦的だったと言えるのではないか。

映画『国民の創生』の人種差別主義がディクソンのそれと異なるもう一つの点は、人種的メロドラマの系譜から南部奴隷制への郷愁を蘇らせ、白人に忠実な奴隷たちにコミック・リリーフなどの一定の立場を与えつつ、不必要となれば切り捨てるという手法に見出せる。のちの映画に多大な影響を与えることとなったこの手法は一見復古主義的に見えるものの、前述の「国民」の差別化と重ねて考えると、きわめて同時代的である。南部を離れて移住する黒人や新移民の流入により異人種の受け入れが必然となった一九一〇年代のアメリカ都市社会においては、南部のような人種隔離は実施できなかった。異人種・異民族を受け入れながら白人優越主義を保つためには、社会的立場におけ る人種による差別化を図ることこそが重要となったのだ。グリフィスの映画におけるアフリカ系アメリカ人の処遇は、映画の外の社会での立場の差別化をいち早く取り入れたものと言えるかもしれない。

『国民の創生』は「映画の革命」として公開当時多くの観客に賞賛をもって迎えられたが、それはこの映画が、題名に象徴されるような帝国主義時代の白人社会の文化的要請に合致していたからである。アフリカ系アメリカ人を排除した映画館の中で白人アメリカ人はまさに熱狂した。一方隔離された映画館でこの映画を見た黒人たちは反対の声を挙げた。ＮＡＡＣＰの根強い反対運動は現在まで続いている。それはプレミア上映時に始まり、当初は映画の上映禁止を行政に訴え、いくつかの都市で「人種騒乱の恐れがある」として知事などによる禁止令を勝ち取った。だが、運動は一九六〇年代に従来の戦術を自己批判して、個々の観客に訴えるべく映画館の前でデモンストレーションを繰り広げる戦術に変わっていった (Stokes 129-70)。ヘイト・クライムが多発する現在の状況に鑑みると、ＮＡＡＣＰの意見はますます尊重されるべきであり、その意見を聞いた上で私たちが映画を見るべきかどうかを判断すること、また鑑賞する場合にはこの映画の歴史修正主義について学ぶことが必要であろうと思われる。

メルヴィン・ストークスは著書の結論部分で「映画は変わらない。変わったのはそれを取り巻く世界だ」(285-86) という事実を掲げる。『国民の創生』は製作・公開当時も現在も人種差別的な作品である。この映画が今日まで重視されてきたことは、「第二革命」に対する反革命が勝利したことを示しているのかもしれない。しかし、アフリカ系アメリカ人のアメリカ市民としての人権獲得の歴史が明らかとなっている現代において、その差別主義はより多くの人々の前に歴然となっている。この映画の最大の意義は、人種差別撤廃という「第二革命」の立場に立つのか、それともこの映画による反革命に与するのかという選択を私たちに迫って来るところにある。映画による人種差別を批判しそれに抗しつづけることこそが、公開百年を迎えた『国民の創生』を観る私たちにとって重要ではないだろうか。

注

1　ちなみに、黒人の政治活動についての映画及び原作の一連の描写（白人の投票行動に対する黒人による妨害、黒人による不正な投票、サウスカロライナ議会での黒人の醜態など）は、白人優越主義者として知られるジェームズ・S・パイクの『敗北した州——黒人支配の下でのサウスカロライナ』に依拠しているが、この書はその内容が事実に反するとして再建期にサウスカロライナ州から公式に無効とされた(Clark xviii)。

2　ディクソンは『クランズマン』の舞台版ではエルシーがサイラス・リンチに「強制結婚」を迫られる場面（レイプ未遂シーン）を描いている(Williams 108)が、その戯曲を入手できなかったため、また映画のタイトルロールで正式に依拠したのが小説であるとされているので、舞台版は参照しなかった。

3　この指摘は、前半において描かれている「明るい奴隷制」のイメージと繋がるディクソンとは異なるグリフィスの一面を示していて興味深い。グリフィスには奴隷制を肯定し戦前の南部を郷愁でもって美化する傾向があり、この傾向は『風と共に去りぬ』を始めとする後の時代の映画によって引き継がれたと言える。さらに、白人に忠実な黒人も中にはいたと描くことですべての黒人を非難しているわけではないという釈明ができるとグリフィスは考えたのかもしれない。

4 現代の観客としては、アメリカの第二八代大統領がＫＫＫに肯定的に言及していることに驚くが、メルヴィン・ストークスによれば、グリフィスは自分に都合のいい部分だけを抜粋して引用したのであって、ウィルソンはＫＫＫや黒人の平等についてグリフィスが考えるよりずっと公平な考え方をしていたらしい (Stokes 198-99)。しかし一方で、ディクソンとウィルソンとグリフィスの間には親密な関係があった。ディクソンとジョンズ・ホプキンス大学大学院で同窓だったウィルソンが、ディクソンの仲立ちにより、映画の公開時ＮＡＡＣＰの反対運動に手を焼くグリフィスのためにホワイトハウスでの特別上映を催して映画を援助した (Rogin 191-92) ことは、多分に思想を共有する南部白人同士の連帯のあらわれとして指摘しておきたい。

引用参照文献

Brooks, Peter. *The Melodramatic Imagination: Balzac, Henry James, and The Mode of Excess.* New Haven: Yale University Press, 1995.

Chandler, James. “The Historical Novel Goes to Hollywood: Scott, Griffith, and Film Epic Today.” In Lang: 225-249.

Clark, Thomas D. “Introduction.” In Dixon: v-xviii.

Foner, Eric. *Reconstruction—America’s Unfinished Revolution 1863-1877.* New York: Harper & Row Publishers, 1988.

Dixon, Thomas. *The Clansman.* Lexington: The University Press of Kentucky, 1970.

『D・W・グリフィス傑作選』DVD、パイオニアLCD株式会社、二〇〇二年。

Gillespie, Michael K. and Randal L. Hall, eds. *Thomas Dixon Jr. and The Birth of Modern America.* Baton Rouge: Louisiana State University Press, 2006.

Honda Souzou. 本田創造『アメリカ黒人の歴史　新版』、岩波書店、一九九〇年。

『国民の創生』DVD、クリティカル・エディション、紀伊國屋書店、二〇〇六年。

Lang, Robert, ed. *The Birth of a Nation.* New Brunswick: Rutgers University Press, 1994.

Lears, Jackson T.J. *No Place of Grace: Antimodernism and the Transformation of American Culture, 1880-1920.* Chicago: University of Chicago Press, 1981.

Lyerly, Cynthia Lynn. "Gender and Race in Dixon's Religious Ideology." In Gillespie & Hall: 80-104.

Michaels, Walter Benn. *Our America: Nativism, Modernism, and Pluralism.* Durham: Duke University Press, 1995.

Ochi Hiromi. 越智博美『モダニズムの南部的瞬間――アメリカ南部詩人と冷戦』、研究社、二〇一二年。

Roberts, Timothy Mason. *Distant Revolutions: 1848 and the Challenge to American Exceptionalism.* Charlottesville: University of Virginia Press, 2009.

Rogin, Michael. *Ronald Reagan, the Movie and Other Episodes in Political Demonology.* Berkeley: University of California Press, 1987.

Slide, Anthony. *American Racist: the Life and Films of Thomas Dixon.* Lexington: The University Press of Kentucky, 2004.

——, ed. *D.W. Griffith Interviews.* Jackson: University Press of Mississippi, 2012.

Schickel, Richard. *D. W. Griffith: An American Life.* New York: Proscenium Publishers, 1984.

Stokes, Melvin. *D.W. Griffith's Birth of a Nation: A History of "The Most Controversial Motion Picture of All Time."* Oxford: Oxford University Press, 2007.

Williams, Linda. *Playing the Race Card: Melodramas of Black and White from Uncle Tom to O.J. Simpson.* Princeton: Princeton University Press, 2001.

『誰がために鐘は鳴る』と革命

村山淳彦

一九三〇年代は、「革命」という言葉が米国史上もっとも人口に膾炙し、アメリカ文学の著作においてももっとも頻繁に用いられた時代だったと思われる。それは、あらためて言うまでもなく、知識人をはじめとして広い層のアメリカ国民が、一九二九年の大恐慌、それに引き続いて一〇年間にわたる大不況という歴史的激動に直面し、ソ連社会主義の伸張、日独伊ファシズムの台頭を横目で見ながら、米国社会にたいする危機意識をつのらせていくほかなかった時代だった。

一九三〇年代と一口に言っても、一律に捉えるわけにはいかない。米国における一九三〇年代左翼文学運動は、情勢の変化に応じて一九三五年を境に大きく二つに分けられ、前半がプロレタリア文学の時期、後半が人民戦線文化の時期と呼ばれることになる。人民戦線文化運動期になると階級闘争よりも反ファッショ統一戦線構築が重視され、革命よりもむしろ文化擁護の目標が語られるようになった。とはいえ、少なくとも共産党系の活動家たちのあいだでは、人民戦線方針は戦略としての革命の前段階としての一時的戦術であるという理解が一般的だったのではないだろうか。そのためかどうかは別にしても、人民戦線的な文学作品のなかに「革命」の言葉があらわれることはけっしてめずらしくない。

人民戦線といっても米国には、フランスやスペインの人民戦線政府、あるいは中国における国共合作のような、国家権力に直結した政治勢力が形成されたわけではない。にもかかわらず、一九三〇年代後半の米国にいわば非公式の人民戦線が成立していたとみなす文化史家は、マイケル・デニングをはじめとして少なくない。

そのような意味における米国人民戦線運動のなかの一つのハイライトは、スペイン内戦でのスペイン人民戦線政府支援活動であった。支援活動は、言論、デモ、募金、救急車寄贈など、さまざまな形態でおこなわれたが、もっとも鮮烈だったのは義勇兵をスペインへ送り込んだことだった。米国から内戦中のスペインへ向かったのは、戦闘員として志願した者たちだけでなく、医者や看護婦、ジャーナリストもいた。

国際旅団の義勇兵たちは、スペイン革命に荷担した歴史的執行主体《エージェント》たる集団の一員であるという自負を披瀝してもよかったはずである。スペイン内戦とはまず何よりも、一九三一年の選挙で国王を退位に追い込んだ無血革命の延長線上で、貴族、教会、大地主、職業軍人からなる旧体制の支配権力を打倒しようとする民主化革命のなかの一コマであり、一九三六年二月の総選挙で成立した人民戦線政府にたいして一部軍部が七月に起こした反乱を鎮圧するためのたたかいにほかならなかったからだ。

反乱軍にはムッソリーニとヒットラーが援軍を送る一方で、英仏などが不干渉委員会を組織して人民戦線政府に武器弾薬を供与することを禁じたので、革命に同情的な人々が義勇兵として外国から自然発生的に支援に駆けつけはじめた。しかし、一九三六年九月にコミンテルンが国際義勇軍の派遣を決定したことによって、スペイン内戦が始まってから数ヶ月経ったのち義勇兵の組織的な徴募が開始された。それは共産党の主導でおこなわれたから、志願者は資格審査を受けなければならなかったのであり、その際に志願者の思想傾向が不問に付されたはずはない。とはいっても、ロバート・ローゼンストーンやピーター・キャロルによる研究からわかるように、義勇兵がみんな革命戦士の気概に燃える強者ばかりだったわけではなく、試練を受けたことのない若い党員もいたし、人民戦線の理念を実現する狙いから、非党員もおそらく優先的に加入を認められた。国際旅団を通じてコミンテルンが人民戦線政府支援に乗りだすにいたって、この内戦は国際的なファシズム勢力と反ファシズム勢力とのあいだでたたかわれる代理戦争の様相を呈するようになった。

　国際旅団と呼ばれるようになる義勇軍には、ドイツやイタリアのファシスト政府に弾圧されて亡命した革命運動家や、英仏や東欧諸国の左翼、そしてナチスのホロコーストから逃れてきたユダヤ人たちが、やむにやまれず参加した。やはり不干渉政策をとっていた米国政府の訴追をかわし、大西洋を渡ってひそかにスペインへ入ったアメリカ人義勇兵たちも、国際旅団の一部に組み込まれて、軍事訓練もそこそこにたちまち激しい戦火の中にたたきこまれたのだった。

　アーネスト・ヘミングウェイはこのような動きのただ中で一九三七年二月、表向きは報道記者として、実質的には人民戦線政府のための宣伝映画『スペインの大地』制作スタッフの一員として、映画の監督ヨリス・イヴェンス同行のもとスペインへ発ったが、このときを含めて一九三九年四月の内戦終結までに四度もスペインを訪れた。戦闘員ではなかったにもかかわらず戦場を駆けまわり、戦闘行為にも携わったのではないかと見られる。彼の『誰がために鐘は鳴る』(以下『誰がため』と略記する)も、人民戦線政府支援に駆けつけた多くの米国人による著作の一つである。ヘミングウェイがスペイン内戦に取材して書いた文章は、『署名記事』に収録されているような報道記事や、彼の唯一の戯曲を含む『「第五列」およびスペイン内戦の物語四編』もあり、この本に収録されなかった他の短篇小説もある。『誰がため』は、これらスペイン内戦ものの総決算であり、ヘミングウェイ最大の野心作であると言えよう。

だがそれにしては、この作品を本格的に論じる試みは、とりわけ日本においては意外に少ない。たとえば「ヘミングウェイ生誕百周年記念」と銘打って刊行された日本ヘミングウェイ協会編『ヘミングウェイを横断する』を見ても、もっと新しい論集である今村楯夫編『アーネスト・ヘミングウェイの文学』を見ても、多くの論者がいろいろなヘミングウェイ作品を取りあげてさまざまな角度から論じているのに、『誰がため』をまともに取りあげている論考はない。そういう研究状況のなかで果敢にこの小説を真正面から取りあげ、綿密周到に論じた船山良一がその著書のなかで、「ヘミングウェイ研究に一歩踏み込んでみると、ある不思議なことに気づく。ヘミングウェイの最大の長編である『誰がため』が、日本ではなぜかあまり研究されているようには見えないのである。(中略)これは一体どうしてであろうか」(42)と述べているのも、深く肯ける。

『誰がため』には小説の素材としての作者による経験、見聞、調査の結果だけでなく、作者の世界観を表現するための虚構も盛りこまれ、戦争や革命に関する作者のかなり一般化した思想が表現されている。スペイン内戦が素材として用いられているがゆえに、スペイン内戦の歴史的現実や今日的意味との関連に考察がおよばずにはいないとしても、つきつめたところこれはさまざまな素材から拵えあげられた合成物としての文学であって、歴史ではないという事実を忘れるわけにはいかない。

アレン・ジョゼフスは、『誰がため』が一九三七年五月の共和国政府によるラ・グランハ攻撃という歴史的事実にもとづいて描かれていると考えられてきたことに鑑み、その地域の現地調査を含めて検討した結果、この地域には石橋があるだけでロバート・ジョーダンが爆破できるような鉄橋はなく、製材所も描かれたような位置にはなかったし、実際の橋は共和政府軍支配下地域に位置していて反乱軍支配下地域での後方攪乱作戦の目標になるはずもなかったし、パブロやピラールたちが根拠地にしうるような洞窟もなく、この地域で政府軍のゲリラ隊が活動した事実もなかったことをつきとめた。すなわち、『誰がため』の物語は重要な部分において、事実に反して「捏造」されたものだというのである。そしてつぎのように論じる。

ヘミングウェイの捏造過程がいかに有効であったか――彼の想像力によって視覚化された脳中の舞台において、心のなかで想像した戦争をいかに描ききったか――を解明するほうが、現実の闘争の細部について彼がどれほど正確に描いたかということよりも、批評の問題としては高度である。そしてこの過程にこそ、疑いもなく、この戦争にたいするヘミングウェイの深い把握がたちあらわれる。それどころか、まさにそのような把握をしているからこそヘミングウェイは捏造することができたのである。(47)

このような「捏造」つまり文学的虚構にこそ作者のヴィジョンがあらわれるという見方から、ジョゼフスは、史実とあまりにも直接的な照合におちいりがちな『誰がため』読解における陥穽を戒めている。

物語は、ロバート・ジョーダンが敵中に忍びこみ、地元のゲリラ隊の協力を得て、「前線後方で遂行されるゲリラ活動をあらわすロシア語の言葉」で「パルチザン活動」(7)と呼ばれるものに従事し、鉄橋爆破作戦を敢行する四日間について語る。基本的に全知の視点からなされるいわゆる三人称の語りであるが、随所で主人公のジョーダンの内的独白が、ジェームズ・ジョイスと張り合うかのように意識の流れめいた自由間接話法であらわされる。三人称の語りにおける視点的人物は、だいたいはジョーダンであるが、たとえば三二章ではカルコフが視点的人物となるし、三四章以後ではアンドレスを視点的人物とする章が一章おきに配されるように、一貫していない。このように複雑な語りの構造や高度の引喩を有するこの作品は、ガートルード・スタインのパロディのような言葉の戯れや、友人だった左翼モダニストの雄ジョン・ドス・パソスが得意としたドキュメンタリー手法をも取りこみ、作者によって意識的に仕組まれた実験的技法のパッチワークのようであって、読者に解釈の負担を強いている。それもまた、題材の政治性と相まってこの小説が論争を引き起こさずにおかない原因になっているのであろう。

論争を引き起こした部分のひとつとして第一〇章に注目し、多少立ち入って検討してみる。この章でピラールは、内戦初頭にパブロの指揮するゲリラ隊が故郷の町でファシストたちを処刑したときの様子について語る。反乱軍がクーデターを起こした直後からスペイン各地で、支配階級に属する者たちにたいする民衆のリンチ（ピラールの話のなかでは「運動」と呼ばれている）が始まったということは史実でもあるが、ヘミングウェイがそういうできごとに遭遇したはずはなく、この話は虚構にちがいない。描写はくわしく、小説中でもっとも長い章のひとつになっている。町の有力者たち二〇名ばかりが一網打尽に拘束され、一人ずつ民衆に袋だたきにされるいわゆるゴントレットの刑にかけられたあげく、崖下へ突き落とされて殺されるいきさつがなまなましく語られている。これは政府軍側の残虐行為を描き出したものとして受けとめられ、そんなことを長々と書くのは人民戦線にたいする裏切りに等しいと左翼が批判した一方で、ヘミングウェイのスペイン内戦後の幻滅や非政治主義の証しとして保守ないしリベラルな批評家たちが評価した。

この部分がこのように議論されてきたことについて、船山はつぎのように論じる。

共和国側における弾圧は、たとえ政府の政策に背く形であってもファシズム側よりもはるかに多くなされたのである。もしこの事実に目をつぶり共和国側によるテロルを描かなかったら、現実にそぐわない勧善懲悪ものとなり、リアリティを欠き、歴史の審判に耐えず、いまでは顧みられない小説となったであろう。（中略）この物語が共和国陣営のテロル（一〇章）がファシスト側のそれ（三一章）に比してページ数で一〇倍も長く詳細にかつ残酷に描かれているのは右の歴史的事実の他にも、この物語自身の理由もある。前者がストーリー・テラーのピラールによって雄弁に語られるのにたいし、後者はピラールよりは話の拙いマリアによって語られるためでもある。またジョーダンがマリアの話を途中で遮るのは、ファシズムの蛮行はすでに当時社会的コンテクストによって与えられおり、この小説はそれを自明の前提としているからである。(74)

ファシズムによるテロは「自明の前提」だからあまり描かなくてもいいというのはどうかと思うが、ここで論拠とされている「歴史的事実」もあやしい。「共和国側における弾圧は（中略）ファシズム側よりもはるかに多くなされた」というのは、もはや信用できない。船山が依拠しているヒュー・トマスなどが使用した統計は、フランコ政権時代に出されたものだったから政治的な粉飾が施されていたし、フランコ死後民主化されたといわれるスペインにおいても、過去の対立の和解がめざされ、内戦の歴史が長年封印されていたので、テロの実態をあばきたてることも禁じられていた。しかし、ポール・プレストンやヘレン・グレアムなどによる最新のスペイン内戦史によれば、テロ犠牲者の子や孫たちによる先祖の遺骸を探索する努力から始まった内戦の記憶や犠牲者の掘り起こし運動が、二一世紀になって歴史家や地域住民を巻き込みながらようやく本格化し、おかげで実態が少しずつ明るみに出てくるようになった。各地での研究成果が報告されているが、スペイン全土にわたる調査はまだ完了していない。それでも、近年明らかになった分だけを見ても、反乱軍によるテロの犠牲者はフランコ政権時代に発表されていたより何倍も多く、政府側によって弾圧された犠牲者よりもはるかに多かったと解明されており、実態はフランコ政権によって隠蔽、粉飾されていたとわかる。

いや、私は、政府側による赤色テロが反乱軍の白色テロよりもましだったなどと言いたいわけではないし、まして、ヘミングウェイが政府側のテロについてくわしく描写したのは幻滅の所産であったと言いたいわけでもない。また、船山の言うように「このテクストでは双方のテロルが、ありのままの醜い姿を曝け出して相対していると読むことができる。（中略）換言すれば、人間の最も凶悪な部分を互いに共有している、ある意味でのネガティヴな共感が両者のあいだにある」(75)とも受けとめられない。プレストンが言うように「共和国側の統制のとれない民兵は、反乱側の上官から奨励されて残虐行為をおかした規律ある軍隊と同じではなかった」(206)というだけでもない。むしろ、ピラールの語るテロはただ否定的なできごととしてだけ描き出されているのか、疑問なのである。人民戦線政府側に立ちながらも「統制のきかない者たち《アンコントローラブルズ》」と呼ばれた一部民衆による行為の描写から、何か肯定的なことが読みとれるとしたらどうであろうか。

　ピラールは「何が起きたんだい」というジョーダンの問いに、「たくさんのことがね。たくさんさ。そしてどれもみんな醜悪だった。栄光にみちていたことさえもね」(99)と答えて話を始める。また、「あんたが見たのはもう残骸になってしまったパブロだけれど、あの日のパブロを見せてやりたかったね」(99)とも言う。「栄光」とか「あの日のパブロ」とかという表現からは、この町でおこなわれた政府側ゲリラによるテロが否定的にばかり捉えられているわけではないことがうかがえる。なにしろ「醜悪」と「栄光」は表裏一体とされているのだ。

　「町中の人間みんながたがいに顔見知りで、昔からずっと知り合いだったような小さな町で起きた革命の一日を目にしたことがないというなら、あんたは何も見たことがないのと変わらないね」(106)と言いながら語るピラールは、ジョーダンにそういう「革命の一日」を教えてやろうとしている。

「あたし自身もパブロが治安警備隊員《グワルディア・シビル》を銃殺したのを見て感情が高ぶっていたんだよ」とピラールは言った。「あれはいかにも醜悪なことだったけれど、こうなるほかないならこうなるほかないって考えたのさ。それに、すくなくともむごたらしいところはなかったからね。ただいのちを奪うだけのことだった。いのちを奪うというのは、この何年かでみんなわかってきたように、醜悪なことにはちがいないけれど、あたしたちが勝利して、共和国を守るつもりなら、やるほかないことなんだから。」(118)

このように語るピラールは、町長のドン・ベニート、製粉所・飼料店所有者で「第一級のファシスト」(109)であるドン・フェデリコ、地主のドン・リカルド、地主の長男ドン・ファウスティーノを町民が処刑した段階までの「革命」の「栄光」に触れている。

様相が変わるのは、ファシストであっても小店主にすぎないドン・ギレルモを処刑したあたりからであった。そのことをピラールはつぎのように語っている。

「広場がふさがれて人垣が二列に整列させられたときは、ちょっとばかり芝居がかってるように思えたけど、あたしはそれがパブロのひねり出した算段らしいと感心したし、納得できたよ。そこでやらなきゃいけないことをいやらしいものにならないようにやるとしたら、何もかも品よくやらなきゃいけないんだってね。ファシストが人民によって処刑されるとなったら、人民全体がそれに荷担するほうがいいのは間違いないし、あたしも誰とも変わらないくらい罪を負いたかったんだ。町があたしたちのものになったときにその利益の分け前にあずかりたいと思うのと同じことさ。だけど、ドン・ギレルモのあとでは、恥ずかしくて嫌気がさしてくるような気がしてきた。それに、酔っ払いやろくでなしどもが人垣のなかにまじりだしたし、ドン・ギレルモをやったあとは一部の連中が抗議するみた

いに人垣から離れはじめたので、あたしも人垣からすっかり抜け出したくなったのさ。」(118-19)

このような話から推定できることには、この一日のすくなくとも前半に起きたのは、長年好き勝手に権力をふるってきた有力者たちにたいする民衆の鬱屈がはけ口を見出し、憤怒が爆発した集団的テロであり、闘牛の形式を借りた擬似的な人民裁判であった。

そこにはヴァルター・ベンヤミンによって「神的暴力」と呼ばれたものが見られる。「暴力批判論」においてベンヤミンは「神話的暴力」と「神的暴力」を峻別する。「神話的暴力」とは「刑罰のもつ法維持的な暴力」(55)であり、「法措定の暴力」(56)、「権力の措定」(57)である。つまり旧体制の支配を確立し維持するためになされる権力の暴力装置の発動である。しかし、「いっさいの領域で神話に神が対立する」(59)と見るベンヤミンにとって、「神的暴力」とは「神話的暴力」に対立する「革命的暴力」(64)である。そして「暴力批判論」の結語でベンヤミンはつぎのように述べる。

非難されるべきものは、いっさいの神話的暴力、法措定の——支配の、といってもよい——暴力である。これに仕える法維持の暴力、管理される暴力も、同じく非難されねばならない。これらにたいして神的な暴力は、神聖な執行の印章であって、けっして手段ではないが、摂理の暴力といえるかもしれない。(64-5)

『テロ擁護論』を著したソフィー・ワーニックはベンヤミンを引用しながら、今日における意味でのテロという言葉の起源となったロベスピエールらの恐怖政治が、いわゆる「神的暴力」や「摂理の暴力」（英訳では“sovereign violence”(300)）につながると論じる。テロを理解するには、王君の弑逆にもおよぶ「供犠の儀礼の神秘」(14) に関連させて「文化人類学的な考察」(14) の助けを求めるのがいいかもしれないと示唆する。近年、テロは無条件に悪であるというのが俗耳に入りやすい正論になっているけれども、ワーニックは、たとえば九・一一がテロリズムの所産だとすれば「革命的なテロはテロリズムではない」(102) と主張し、テロリズムではない革命的なテロがあると論じる。かつては革命家の模範とされていたロベスピエールやジャコバンは、もはや顧みられなくなってもいいのか、と。旧権力者たちを血祭りにあげる儀礼を通過することなしに人民主権 (popular sovereignty) が確立されるはずもないのに、民主主義の出発点で暴力が果たした役割を、皮肉にも民主主義自身が隠蔽し否定する現代の論調に異を唱えているのである。

『テロ擁護論』英訳版に長い序言を寄せたスラヴォイ・ジジェクは、近ごろのポストモダン左翼やリベラルが賞揚する「革命のない革命」とは、カフェイン抜きのコーヒーやアルコール抜きのビールのようなものだという、いくつかの自著で使いまわしているお気に入りのジョークに似つかわしく、ワーニックの企図に賛同してつぎのように述べる。

> ［ワーニックの著書の］根底をなしている前提は、国家権力の領域の外での「分子レベルの」活動へ重点を移そうとするこの［ポストモダン左翼の］動きが、本質的に左翼の危機を示す症候であるということ、すなわち、現代の（先進諸国の）左翼が暴力の問題――呪物化した「テロ」によってたいてい混乱させられている論題――に、そのあらゆる多義性にわたって真っ向から取り組もうとする覚悟に欠けていることを示す徴候であるということだ。(xiv)

ジジェクはポストモダン左翼の迷妄に対置して、マーク・トウェインの『アーサー王宮廷のコネティカット・ヤンキー』から、フランス革命「恐怖政治」を擁護する言葉を引用する。

ここでちょっと思い出して考えてみればわかるように、「恐怖政治」というのは二つあったのだ。一方は熱情に駆られて人殺しをしたが、他方は非情冷血のうちに人殺しをした。一方は数ヶ月続いたにすぎないが、他方は千年も続いた。一方は一万人ほどの人間に死をもたらしたが、他方は何億人にものぼる。それなのに、われわれはより小さなテロ、いわば一時的なテロに怖じ気をふるう。ところが、斧であっという間に首を切られる死の恐怖などというものは、飢え、寒さ、侮辱、虐待、断腸の思いに生涯苦しみながら追いつめられていく死と比べたら、どうということもないではないか。(111-12)

ジジェクによる引用はもっと長いが、ジャコバンまがいのこのテロ肯定論はトウェインの独創などではなく、彼がトマス・マロリーの『アーサー王の死』から擬古文をさんざん借用しているように、フランス革命史を渉猟したおかげで借用できるようになった論法らしいし、この論法に頼るハンク・モーガンが六世紀英国の革命に結局失敗する顚末を描き、アイロニーを湛えたこの物語がほんとうは何を意味しているのか、それをつきとめるための文学作品解釈にジジェクは立ち入っていない。そういうことはここで問うまい。本稿にとってこの一節が大事だと思われるのは、ヘミングウェイがこれを読んだにちがいないということである。ヘミングウェイは、よく知られているようにトウェインをアメリカ文学の父とみなしたのみか、『誰がため』の前作『持つと持たぬと』の主人公の名前をハリー・モーガンとし、ハンク・モーガンと同じく一七世紀英国の海賊ヘンリー・モーガンにちなんだ名前（ハリーもハンクもヘンリーの愛称）にしたくらいだから、『誰がため』を書くにあたって、トウェインの書いたあの革命ファンタジーを意識しなかったはずはない。

こうしてみると、ピラールの話は「神的暴力」の「栄光」についてハンクに負けぬくらいに戦闘的に語りはじめ、それが「酔っ払いやろくでなしども」のおかげで台なしにされたという、現実にありがちな成り行きの「醜悪」さに目をそむけることなく語り通しているとも思えてくるではないか。だから、ジョーダンがのちにつぎのように考えるとき、ピラールの話し方のうまさを評価しているだけではなく、その内容にも深く感銘を受けたと述懐していると見られる。

あの女に文字が書けたらなあ。おれがこいつを書いてやるぞ。もしおれの運がよくて思い出せるなら、あの女がしゃべったとおりに書き記すことができるかもしれない。まあ、それにしてもあの女、なんて話がうまいんだろう。（中略）あの話を書けるくらいにおれの文章がうまければいいのだが、と彼は考えた。わがほうがやったことの話をだ。敵がこちらにたいしてやったことじゃなくて。（134）

「敵がこちらにたいしてやったこと」とは反乱軍による暴力の犠牲者の話であり、「わがほうがやったことの話」とは革命的テロに関してピラールから聞いた貴重な証言であるから、ジョーダンが書きたがっている主題は「神的暴力」であると言えよう。

ピラールが「栄光」のみならず「醜悪」についても語っていることにジョーダンは目を向けている。聖なる時間をいつまでも営み続けることはできないし、「神的暴力」の執行主体だからといって暴力をふるったこと自体の後味の悪さを免れるわけにいかないということが、ジョーダンの心を捉えている。小説のなかでは、革命と戦争のためとはいえ人を殺した経験をいかに受けとめるべきか悩むパルチザンたちがたびたび描かれる。パブロさえも、「おれが殺したやつらのことがなければおれはご機嫌になれるんだが。あいつらのことを思うと悲しくなる。（中略）できるものならあいつらを生き返らせてやりたいよ」(209)などという。

ジョーダン自身も国際旅団の一員として戦闘に参加したはじめのうちは、「世界の被抑圧者みんなにたいする義務に献身するときの感情」、「宗教的経験」、「他者との絶対的な同胞愛」、「革命の真の同志愛」(235)に燃え、敵をテロにかけても、味方の裏切り者を粛清しても、それを「正当、正義、必要」(236)な行為とみなしてきたし、「深く、健全で、無私の矜持」(236)を持していると思っていたが、六ヶ月ばかりたったころには、そんな考え方をしていると「こちこちの石頭」(236)になるだけだと考え直す。とはいえ、仲間のカシュキンを殺したり、粛清に手を染めたりするのもひるまないし、この作戦中にもパブロの処刑を何度か企てる。「テロリズム」、「政治的暗殺」(245)をめぐってカルコフと率直な議論をするのも、戦争や革命における死や暴力の問題にこだわっているからだ。

ジョーダンがピラールの話を聞いたあと「書いてやるぞ」と意気込んでいることは、ヘミングウェイが書きたい主題でもあったのではないか。ジョーダンは「スペインで旅をしてきた一〇年間にスペインについて知るようになったことを盛りこんだ」(248)本を一冊出したこともあり、闘牛にもくわしい「モンタナ大学スペイン語講師」(335)でもあって、ヘミングウェイよりもはるかに上を行くスペイン通である。

また、スペイン人について「なんと不思議な国民だろう。世界中にこれほど高雅で、かつこれほど悪質な国民はいない。これほど親切で、これほど残忍な国民は」(354-55) と語るジョーダンのスペイン人観は、ヘミングウェイのものでもあろう。「スペインがこれまでキリスト教国だったことはない」(355) と見て、キリスト教以前のスペインの歴史的古層に惹かれており、パルチザンに参加する読み書きのできない貧しい土俗的な民衆を、ドイツやイタリアのファシストが送り込んできた飛行機などに象徴される近代機械化に抗する者たちと捉えている。彼らはたびたびインディアンに見立てられる。いわんや、ピラールを含むジプシーはインディアンとあまり変わらないと描かれている。

こうなると、ジョーダンが書きたい革命的テロとは、現実政治の一局面というよりも、キリスト教以前のスペインやインディアンに通じる未開社会における死と再生の神話や儀礼の世界のできごとであるような気配を帯びてくる。いつも死に引きつけられ、死と隣り合わせであるがゆえに闘牛を愛したヘミングウェイは、戦争や革命につきまとう死や暴力に魅了され、それを正面から見据えることによって形而上学的な思索にふける好機をつかみとったと思われる。宇宙の隠れた組成たる暗黒物質にも見立てられるテロに「文化人類学的な考察」をおよぼすワーニックの議論が思い返される所以である。

そもそもこの小説における会話文の処理の仕方に作者の作為があらわである。たとえば先にあげたピラールが語るテロのいきさつは、あたかも語られたまま再現されているかのようにハック・

フィン張りの長々とした直接話法で書かれているが、それは、ジョーダンが書きたいと言いながら結局は果たせなかった「あの女がしゃべったとおりに書き記す」という課題を、作者ヘミングウェイがみごとにやってのけたということの誇示（作者がみずから創造した主人公を出しぬくとともに、インフォーマントとして描いた女性登場人物と競い、テクスト化するという偉業を通じて勝利してみせるなどという奇妙な驕慢ぶり）ではないだろうか。ニューディールの一環としてはじめられた連邦作家計画のなかで、当時は呼び名も不確かだったためにフォークロア事業と名づけられていたオーラルヒストリーの方法を取りこんでいるみたいに、識字能力のないストーリー・テラーの言葉を民俗学者が採取したような書き方である。そういうところにも「文化人類学的な考察」を促す要素がある。

会話文の処理の仕方の問題性はそればかりではない。スペイン語でなされているはずの会話が、英語の小説だから当然であるけれどもだいたいは英語で表現されていることから生じる不自然さにつきまとわれているのである。これはジェームズ・フェニモア・クーパーがレザーストッキング物語で用いているのと同じ手法である。クーパーはインディアン語で語られたセリフを英語に直してあらわすのだが、たとえば『モヒカン族最後の戦士』のなかで最初のほうに、「本書では、読者の便宜を図り、この言語で話されたせりふは意訳して示すことにする。ただし、話者個人と言語双方の独特な言い回しは、幾分なりともとどめるように工夫していきたい」(30) ということわりを明記している。そのおかげで、インディアン語のセリフはいかにもインディアンらしい表現を含んだ英語であらわされ、インディアンが話す片言の英語とのちがいがわかる仕組みが使えるようになる。

このような手法を用いる作者は、あたかもさまざまな部族のインディアン語に精通しているみたいに見えるが、クーパーはインディアン語をそれほど解していたわけではないようである。

ジョーダンひいてはヘミングウェイは、クーパーにも、方言再現能力を誇るトウェインにも、勝るとも劣らない語学の達人ぶってみせる。『誰がため』のスペイン人たちのセリフも、スペイン語を話していることを読者に忘れさせないようにするためにたまにはスペイン語の片言隻句を差しはさむものの、基本的には英語で表現されている。ただし、古語をとどめる方言の感じを出そうとしてであろうが、その英語は古めかしさを帯びた人工的な言葉づかいとなっている。それがどこまで成功しているか、にわかには判定しがたいが、マリアのセリフなどは、この仕組みのせいばかりではないとしても、言葉づかいがおかしいし、ジェリー・ブレンナーによってジェンダーをめぐるパロディにされて嘲られるほど、言うことの内容もどこか不自然で滑稽なときさえある。

ジョーダンがいかにすぐれたスペイン語講師であっても、方言や卑語猥言の世界に生きる土俗的なスペイン人のスペイン語を不自由なく解したり話したりできるものかどうか、疑わしい。スペイン語にくわしいジョゼフスによれば、『誰がため』に多少混入されているスペイン語表現には数多くのまちがいが見られるとのことである。ヘミングウェイはスペイン語を勉強したし、何度もスペインに滞在したから、スペイン語をある程度覚えたとしても、流暢とはほど遠かったらしい、そう証言する人はジョゼフスだけではない。『誰がため』のスペイン語のまちがいは、出版社の編集者が注意すれば修正できたはずのものだから、ヘミングウェイの責任ばかりとは言えないとジョゼフスは弁護している。たしかに、私も使用しているスクリブナー版のテクストはスペイン語の部分でなくても誤植が目立つので、編集者がずさんだったらしいと認められるけれども、だからといってヘミングウェイに責任がないわけでもあるまい。

いずれにしても、『誰がため』のパルチザンたちのセリフは作者によって自由に創造されたものである。男性が他者としての女性を見出して親密になり、同化してみせたあげくに凌駕ないし征服することによって自己の男性性を確立できると考えるように、ジョーダンにとってスペイン人パルチザンたちは、ナルシシズムと背中合わせのブルジョア個人主義のダイナミクスに誘導された人間が、自己を確立するために自己との差異を担わせるべく捏造した他者ではないだろうか。この場合、確立されなければならない自己とは、スペイン人をインディアンにも似た他者とするアメリカ人として優越する自己である。ジョーダンのスペイン人にたいする態度にときにパトロン的《パトロナイジング》なところがうかがえるのも、そのせいであろう。

ジョーダンは作戦行動中たえず米国に思いをはせる。とりわけ、南北戦争で北軍の軍人として活躍し、その後もインディアン掃討作戦に従事したらしい祖父を、自殺した父と対比しながら、自分の行動の鏡としてたびたび想起する。スペイン内戦が米国の南北戦争になぞらえられるのは、現実において米国からの義勇兵の部隊がエイブラハム・リンカン大隊（あるいは旅団）と名づけられたことにあらわれているように、『誰がため』においてに限られない。内戦で政府にたいして反乱を起こしたスペイン軍部は、南北戦争で合衆国からの分離をめざした南部の反乱軍に等しいと容易に受けとめられた。

だから、南北戦争が第二次アメリカ革命であるとすれば、ジョーダンはスペイン人民戦線政府にたいする反乱軍とたたかうことで、祖父のたたかった第二次アメリカ革命をふたたびたたかっているかのような気がしているのである。戦争における有能な戦闘員になることがさしあたって最大の課題であるという自覚である。他の国々では国民国家成立にともなう常備軍や警察の創設と引き換えに、刀狩りのような民衆の武装解除ないし武器携帯の非合法化がおこなわれたが、独立戦争でも南北戦争でも非正規兵パルチザンが重要な役割を果たした米国では、武装が憲法によって基本的人権の一部と保証されているように、人民が武器を権力に剝奪されることなく主権者になりおおせたために、リチャード・スロトキンがいうところの「暴力を通じての再生」が、アメリカ人としてのアイデンティティ確立のための通過儀礼として、インディアン退治や自警団の危険をはらみながら風靡し、銃社会の底流となった。『誰がため』も、銃や戦争や革命や暴力に直面した米国白人男性がいかなる主体でありうるかという問題を引きずっている。

アラン・ウォルドは、ヘミングウェイが、リンカン大隊義勇兵だったアルヴァ・ベッシー、ミルトン・ウルフ、ウィリアム・ヘリックらユダヤ系作家らと相通じる問題意識にとりつかれながら、米国白人男性たるジョーダンの軍事的、性的偉業を「ロマンティックに仕立て」(17) ている点において、他の作家たちの上を行っていると論じている。スペイン内戦を扱った米国左翼文学は、「政治の領域におけるよりも、心理の——とりわけジェンダーやエスニシティのような問題にかかわる——領域において、はるかに大きな芸術的寄与を後世に残したと言える」(42) と示唆し、マイノリティのエスニック集団にとっては「男性性が政治的問題であり、あるいは人権問題でさえある［という次元をはらむ」(中略) 被抑圧者集団にとって不可欠な、民主化過程のダイナミクス」(44) に潜む戦闘性を前景化することによって、ともすれば宥和や協調を主調としがちな人民戦線文化のスタイルにたいする異議を申し立てているかもしれないというのである。そうだとすれば、スペイン内戦は、抑圧されてきた者たちが銃をとってファシズムとじかにたたかい、累積されてきた鬱憤を晴らす機会を与えてくれる僥倖だったとも言えそうである。

ジョーダンは、「この戦争に勝って革命を失ってしまうのか」と問うアグスティンに「いいや。だが、この戦争に勝たなければ、革命も共和国もお前もおれも何もなくなって、とてつもないくそったれのお偉方《カラホ》しか残らなくなるんだ」(285)と答える。これは、スペイン内戦において革命よりも戦争勝利を優先させたといわれるコミンテルンの立場と一致している。

戦争を始めたら勝つことが何よりも大事だというのは、スペイン内戦についてヘミングウェイがたびたび公言したことでもあった。それがコミンテルンの立場を代弁しているみたいに聞こえることを捉えて、スティーヴン・コッチなどはヘミングウェイがコミンテルンにうまく丸め込まれた結果であろうと見る。その経緯に関するウィリアム・ワトソンの研究成果を踏まえたコッチによれば、ヘミングウェイはイヴェンスや、やがて結婚することになったマーサ・ゲルホーンなどの有能な人民戦線工作員たちに取りまかれ、教育、指導されたおかげで、ドス・パソスとは対照的に、人民戦線の広告塔になったというのである。他方ドス・パソスは、ジョージ・オーウェルとも似通った見方から、人民戦線政府がソ連共産党の差し金により戦争遂行に専念して革命を裏切ったと信じるにいたった。

ヘミングウェイがスペイン内戦中にコミンテルンの影響を強く受けたことは間違いないであろ

う。しかし、コミンテルンは独裁体制を築きつつあったスターリンやソ連共産党とまったく同一だったと見るわけにはいかない。人民戦線路線は、ファシズムの脅威に直面した共産党下部や社会党系、ラディカル、リベラル、種々のマイノリティ・グループなどを含めた勢力が形成しつつあった反ファッショ統一戦線の動きに、一九三五年コミンテルンが公式に裁可を与えたのであって、コミンテルンの創案になるものではないが、それがスターリンによって、おそらく独裁体制構築やヒットラーとの駆け引きのための時間稼ぎとして、便宜的、一時的に許容され、利用されたにすぎない。そのような事情が、ソ連崩壊後公開された資料にもとづいてだんだん知られるようになっている。スペイン内戦に派遣されたコミンテルン系の軍人や活動家のなかには、あまりまじめに人民戦線や反ファシズムに肩入れしたためにスペイン内戦後に粛清された者も少なくない。ジョーダンが多くを教わったと肯定的に語っているロシア人ジャーナリスト、カルコフのモデルとされるミハイル・コリツォーフもやはり内戦後にソ連で粛清された。したがって、コッチのように、コミンテルン関係者や人民戦線派の人間はとりもなおさずスターリニストであるなどとみなしたりするわけにいかない。まして、ヘミングウェイがコミンテルンの影響を受けたからといって、スターリニストないし共産党員同然になったとは見なせないはずである。

ジョーダンはみずからの思想的、政治的立場について内省する場面で、つぎのように自分に言い聞かせる。

おまえはほんもののマルクス主義者なんかじゃない。わかってるじゃないか。おまえが信じているのは、自由、平等、博愛だ。おまえが信じているのは、生命、自由、幸福の追求だ。あまり弁証法にかまけすぎるな。弁証法が肌に合うやつらもいるが、おまえの肌には合ってない。おめでたいやつにならないように弁証法をわきまえておかねばならないだけだ。戦争に勝つためにおまえはいろいろなことを一時保留にしてきた。この戦争に負ければ、そんな問題もすべてなくなるんだ。(305)

「自由、平等、博愛」はフランス革命の理念、「生命、自由、幸福の追求」はアメリカ革命の理念である。このような言葉は、共産党書記長アール・ブラウダーが唱えた米国の人民戦線のスローガンである「共産主義は二〇世紀のアメリカ主義だ」などという露骨に迎合的な言葉よりは、反ファシズムの理念としてよほど真率である。ジョーダンにとって、スペイン内戦は戦争か革命かなどと問うこと自体が偽の問題提起であっただろう。アメリカ革命にしてもフランス革命にしても、革命は外国からの干渉を招くからどれも戦争として現出した。革命は戦争を引き起こし、戦争は革命を呼び寄せる。第二次アメリカ革命としての南北戦争がスペイン内戦と容易に重なるのも不思議ではない。血みどろの支配を孜孜営営と続けてきた権力が転覆されるとき、暴力や戦争はまず不可避である。革命を考えるならば、善悪を超えていて人道主義やヒューマニズムでは片付かない暴力を正視しなければならないわけである。

ジョーダンは反ファシズムの戦士として模範的な戦闘性を有している。その戦闘性を支えるために、彼を大文字のCで始まるコミュニスト＝共産党員にも、小文字のcで始まるコミュニスト＝共産主義者にも仕立てる必要はなく、ワシントン、リンカン、グラントなどを信奉して祖父の戦闘性を見習えば十分である。スロトキンが『ガンファイター・ネーション』で指摘しているとおり、ジョーダンの祖父は銃を恃み、「南北戦争で北軍ゲリラとしてたたかった」(317)から、それを見習おうとするジョーダンを描く『誰がため』は「反ファシズム闘争と米国の関係を定義し直す手段としてフロンティア神話を利用している」(316)ことになる。たとえば「高貴な野蛮人に似たアンセルモはホークアイとしてのジョーダンにたいしてチンガチグックの役を演じている」(316)というわけである。

ジョーダンはコミンテルンに丸め込まれたのではなく、「戦争が続いているうちは共産党の規律を受け入れるんだ、戦争遂行にあたって敬意を払うにたる綱領や規律を有する唯一の政党だからな」(163)と考えていることからもわかるように、自分の戦争目標を達成するためにコミンテルンを利用しようとしている。ジョーダンがコミンテルンを利用しているなら、ヘミングウェイもコミンテルンを利用したし、コミンテルンもヘミングウェイの名声を利用した。なるほど、もともと立場の異なる者同士が共闘するために組んだ統一戦線にはその種の相互利用がつきまとうからといって、異とするにはあたらない。またヘミングウェイは、独裁体制を築くためにコミンテルンやディミトロフを利用したスターリンほどのシニシズムに取り憑かれていたわけではない。それにしても、ヘミングウェイもスターリンもコミンテルンを利用したことに変わりないのではないだろうか。

ジョーダンやヘミングウェイの立脚点を見極めるには、デニングのつぎのような見解を考慮にいれるのがよいであろう。

人民戦線を共産党員とリベラルとの結婚と見るのはまちがいである。社会運動としての人民戦線の核をなすのは、共産党員やリベラルと協働しながら、共産党文化でもニューディール・リベラルの文化でもない文化を創出した、非共産党員の社会主義者や無党派左翼であった。（中略）人民戦線に関するいかなる歴史も共産党に正当な評価を与えなければならないのは疑いない――それはこの時代における最も影響力のあった左翼組織であり、その党員は一連の運動や団体の中心的活動家であった――けれども、同時に、人民戦線とは政党というよりもグラムシのいう意味での歴史的ブロックであり、下層階級小集団からなる幅広くゆるやかな左翼連合であったということを認識しなければならない。(5-6)

ヘミングウェイは「人民戦線の核」となった「無党派左翼」であるとしたらどうか。ケネス・キナモンは、ヘミングウェイが一九二〇年に生涯ただ一度だけ投票した大統領選挙で社会党候補者ユージン・デブズを支持して以来、「成人になった最初から終わりにいたるまで左翼、とくに革命的左翼に深い共感を抱き続けていた」(159)し、「成人としての四〇年間革命を信じていた」(167)から、「個人主義を信奉し、政治家というものに不信を抱いていたにもかかわらず、いつも左翼の立場に立っていた」(168)と論じているのである。

ただし、ジョーダンはリンカン大隊の集団のなかで軍隊生活を送るのではなく、単独で敵地へ送り込まれる特殊工作員の姿であらわされなければならなかった。アメリカ人義勇兵のなかにそういうゲリラ隊員がいたことは、スタッズ・ターケルの『「よい戦争」』に登場するアーヴィング・ゴフの例からも知られるが、キャロルによれば、『誰がため』のなかで「虚構表現された「ゲリラ活動は」事実に反する誤りを多々含んでいた」(167)とゴフらは言っていたという。ジョーダンが一人で行動するのは、ヘミングウェイが他人よりも一枚うわてであることを誇示したがる、英語でいわゆるワンアップマンシップにおぼれるみずからの一面を投影して、アメリカ人らしい個人主義者たる主人公を描くために「捏造」した設定によるものである。ジョーダンの行動は「神的暴力」が帯びるはずの集団性から隔たっており、たとえばリンカン大隊の集団生活でもまれたベッシーが、「あの大衆のなかに身を埋め、栄達や抜擢を求めないこと（それまで数年間私がやってきたのとは反対の生き方）、こうすることによって自己鍛錬、忍耐、無私の姿勢——長年受けてきた中産階級の教育とは正反対の目標——を身につけて、他人たちと協調し、世界の動きにおくれないような生活を打ち立てる」(174)ことをめざしたのとは大違いではないか。

　ジョーダンは個人主義者にとっての最大の隘路かもしれない死の問題を、マリアとの別れの場面で発する、「これからきみの義務を果たすんだ。さあ、言うことをきいておくれ。ぼくの言うことじゃなくて、ぼくら二人の言うことをね。きみのなかにいるぼくの言うことを。ぼくら二人のためにもう行っておくれ。うそじゃない。ぼくら二人ともきみのなかにいていっしょに行くんだから」(464)などという美しい言葉で乗り越えられたのだろうか。マリアとの幸運な邂逅により、「おれは神秘家なんかじゃない」(380)と言いつつ、フラメンコのカンテ・ホンダやサエタ、エル・グレコやサン・フアン・デ・ラ・クルスなどに通じるとジョーダンが説明している「ラ・グロリア」(380)［＝スペインの神秘主義的至福］の境地に入れたからといって、ピラールが語った「運動」の「栄光《グローリー》」に連なれたことになるのか。その冥利により、「誰がために鐘は鳴る」という、本来は「死を忘れるな《メメント・モリ》」という中世の訓戒を受け継いで、死すべき運命を共有していることによる人類の平等を訴えるジョン・ダンの詩的表現を、逆説的にも、他者のなかでの死後の再生という意味に変換して、生と死とを和解させ、孤独な個人と他者とのつながりを示唆するタイトルに用いることができたのであろうか。

そうだとすれば、ジョーダンの言葉は、『武器よさらば』における「栄光、名誉、勇気、神聖などという抽象的な言葉は、具体的な村の名前とか、道路の号線をあらわす数字とか、川の名前とか、連隊の番号や日付などに比べると猥褻だった」(155)と語るフレデリック・ヘンリーのシニシズムから、いかに隔たっていることか。ジョーダンの高邁崇高な解悟を引き継ぐのは、『老人と海』において、スペイン人民戦線による革命にも見立てうる大魚を首尾よく仕留めたと思うまもなくファシスト軍にも等しいサメの群れに襲われ、「人間は、ぶっ壊されることはあっても打ち負かされることはありえないのだ」(103)と言い放つサンチャゴである。そこに、スパルタに見立てられる革命国家にとっての「真の脅威」は「詩人をともなう兵士」、「ナショナリストの詩に駆り立てられて動員された兵士」(xxvi)であり、つまり政治の審美化であると見るジジェクの危惧がまつわってくるとしても、そういう解悟にたどりつけたのは、ヘミングウェイが第一次世界大戦という帝国主義戦争にわざわざ出かけていって味わった幻滅とは対照的な、祖父に負けないアメリカ革命戦士としての達成感を、スペイン内戦という革命戦争に飛び込むことによって体験することができた幸運の賜物なのであろう。

引用参照文献

Benjamin, Walter. ベンヤミン「暴力批判論」、野村修編訳『暴力批判論他十篇』、岩波文庫、一九九七年。29-65; cf. “Critique of Violence” in *Reflections: Essays, Aphorisms, Autobiographical Writings*. Ed. Peter Demetz. Trans. Edmund Jephcott. New York: Schoken Books, 1986. 277-300.

Bessie, Alvah. *Men in Battle: A Story of Americans in Spain*. 1939; Berlin: Seven Seas Books, 1960.

Brenner, Gerry. “Once a Rabbit, Always? A Feminist Interview with Maria” in Sanderson. 131-142.

Carroll, Peter N. *The Odyssey of the Abraham Lincoln Brigade: Americans in the Spanish Civil War*. Stanford: Stanford UP, 1994.

Cooper, James Fenimore. *The Last of the Mohicans*. 1826; New York: Penguin Books, 1986.

Denning, Michael. *The Cultural Front: The Laboring of American Culture in the Twentieth Century*. 1997; London: Verso, 1998.

Funayama Ryouichi. 船山良一『ヘミングウェイとスペイン内戦の記憶――もう一つの作家像』、彩流社、二〇〇七年。

Graham, Helen. *The Spanish Civil War: A Very Short Introduction*. Oxford: Oxford UP, 2005.

Hemingway, Ernest. *By-line: Ernest Hemingway: Selected Articles and Dispatches of Four Decades*. Ed. William White. New York: Charles Scribner’s Sons, 1967.

——. *The Complete Short Stories of Ernest Hemingway*. New York: Scribner, 2003.

——. *A Farewell to Arms*. 1929; New York: Bantam Books, 1976.

——. *The Fifth Column and Four Stories of the Spanish Civil War*. 1938; New York: Charles Scribner’s Sons,

1969.
——. *For Whom the Bell Tolls*. 1940; New York: Scribner, 2003.
——. *The Old Man and the Sea*. 1952; London: Jonathan Cape, 1964.
——. *To Have and Have Not*. 1937; New York: Charles Scribner's Sons, 1970.
Imamura Tateo. 今村楯夫編著『アーネスト・ヘミングウェイの文学』、ミネルヴァ書房、二〇〇六年。
Josephs, Allen. *For Whom the Bell Tolls: Ernest Hemingway's Undiscovered Country*. New York: Twayne Publishers, 1994.
Kinnamon, Keneth. "Hemingway and Politics" in Scott Donaldson, ed. *The Cambridge Companion to Hemingway*. Cambridge: Cambridge UP, 1996. 149-169.
Koch, Stephen. *The Breaking Point: Hemingway, Dos Passos, and the Murder of José Robles*. New York: Counterpoint, 2005.
Nihon Hemingway Kyoukai. 日本ヘミングウェイ協会編『ヘミングウェイを横断する——テクストの変貌』、本の友社、一九九九年。
Preston, Paul. *The Spanish Civil War: Reaction, Revolution & Revenge*. London: Harper Perennial, 2006.
Rosenstone, Robert A. *Crusade of the Left: The Lincoln Battalion in the Spanish Civil War*. 1969; New Brunswick: Transaction Publishers, 2009.
Sanderson, Rena. ed. *Blowing the Bridge: Essays on Hemingway and* For Whom the Bell Tolls. New York: Greenwood Press, 1992.
Slotkin, Richard. *The Trilogy about the Myth of the Frontier in America*, particularly *Gunfighter Nation: The Myth of the Frontier in Twentieth-Century America*. New York: Atheneum, 1992.
Terkel, Studs. *"The Good War": An Oral History of World War II*. 1984; New York: The New Press, 1990.
Thomas, Hugh. *The Spanish Civil War*. New York: Harper and Brothers, 1961.

Twain, Mark. *A Connecticut Yankee in King Arthur's Court*. 1889; Berkeley: U. of California P., 1984.

Wahnich, Sophie. *In Defence of the Terror: Liberty or Death in the French Revolution*. Trans. David Fernbach. London: Verso, 2012.

Wald, Alan M. *Trinity of Passion: The Literary Left and the Antifascist Crusade*. Chapel Hill: U. of North Carolina P., 2007.

Watson, William Braasch, "Joris Ivens and the Communists: Bringing Hemingway into the Spanish Civil War" in Sanderson. 37-58.

Žižek, Slavoj. "Forewords: The Dark Matter of Violence, Or, Putting Terror in Perspective" in Wahnich. xi-xxix.

レイシズムの向こうへ
——黒人革命とチェスター・ハイムズ

三石庸子

アメリカ黒人の歴史は闘いの歴史である。一五世紀から奴隷として大西洋を越えたアフリカ人の祖先たちは、個人的な反抗は無論のこと、船上での反乱に始まり、カリブや南北アメリカの農場での蜂起やハイチ革命、暴動など、自由な生存のために武力を行使して闘ってきた。アメリカ合衆国では、奴隷制を廃止した南北戦争や、一九五〇年代後半に始まり、アフリカ系アメリカ人の市民権を保証する諸法を勝ち取った公民権運動が、「革命」と呼ばれることもあり[1]、こうした闘いの歴史を一連の「黒人革命」と捉える民族主義的視点もある。[2] だがそうした革命を経てきた現在もなおレイシズムの根は深く、人種をめぐる事件が相次いでおり、それに対する抗議運動は時には暴動や報復行為にまで及んでいる。本論ではこうして今もレイシズムに晒されているアフリカ系アメリカ人の苦闘の一端を窺う手がかりとして、黒人革命を思い描いたチェスター・ハイムズのレイシズムとの闘いを考察する。

チェスター・ハイムズ（一九〇九–八四）はリチャード・ライト（一九〇八–六〇）とほぼ同時

期の作家であり、一九四五年に出版された代表作『叫ぶ者を解放せよ』(以下、『叫ぶ者』と略記する)は、アメリカに衝撃をもたらしたライトの『アメリカの息子』(一九四〇)と同じく、アメリカ社会のレイシズムを暴き出した「抗議小説」の系譜の作品として評価されている。ロサンジェルスの歴史を辿るマイク・デーヴィスは、このハイムズの作品を「人種的地獄としてのロサンジェルスのドストエフスキー的肖像画」(43)と呼び、一九四〇年代に短期間現れたノワールのジャンルに属する黒人作家による作品と位置づけている。デイヴィスが捉えるノワールとは、「大恐慌による痛手に狂わされたカリフォルニア南部の中産階級」を主人公とした「偉大な反神話」であり、「ロサンジェルスのイメージを根なしの都市地獄として塗りかえた」、ハリウッドと契約関係にある作家による一連の小説群を指している(37)。ハイムズはフランスにおいては「ラ・セリー・ノワール」というシリーズで、二人の黒人警官、墓掘りジョーンズと棺桶エドが登場するハーレムを舞台とした小説を一〇冊出して人気を博したが、この場合のノワールは単にスリラーという意味であり、日本でも七〇年代前半に翻訳されて知られている。だが、ハイムズの全体像が注目されるようになってきたのは九〇年代のことで、短編の全集(一九九〇)が編まれ、出版社の編集によってタイトルを含めて改変されていた初期二小説の原作に忠実な版が、『プリミティヴの終り』(一九九七)と『昨日に泣く』(一九九八)として、連続して出版された。

ハイムズの経歴を紹介すると、両親はともに大学教育を受けて、黒人大学で技術や音楽を教えていた中産階級の出身である。ハイムズは南部とセントルイスの黒人地区で育ったため、白人が大多数のオハイオ州立大学に入学して初めて厳しいレイシズムに触れ、一年も経たないうちにクリーヴランドの黒人地区に入り浸るようになり、強盗などによる三度目の逮捕で二五年の判決を受け、一九歳の時にオハイオ州立刑務所に入った。短編を書き始めたのは一九三〇年頃、監獄内でのことで、黒人雑誌だけでなく都会派高級メンズマガジン『エスクァイア』誌に採用された。だが七年半で出所した一九三六年は不況の只中であり、オハイオの連邦作家計画の仕事などを経て、一九四〇年にはラングストン・ヒューズ等の紹介状をもってハリウッドへ職探しに向かったが、定職は得られずに造船所、軍需工場など少なくとも二三の職に就いて働いたという (Glasrud 392)。ハリウッドに戻った時には、ワーナー・ブラザーズで脚本を読む仕事を得たが、あとでジャック・ウォーナー（ワーナー）から「自分のスタジオにニガーは入れたくない」と拒否されている。[3] 黒人には執筆で生計を立てる機会が閉ざされていることを思い知らされ、ハイムズは一九五三年フランスに渡る。以来、一時帰国することはあったが、スペインの自宅で生涯を終えるまで、公民権運動の時期もヨーロッパに留まっていた。フランスでは、すでに三作品を翻訳出版していたが、勧められて新たに犯罪小説を書き始め、それが一九五七年の探偵小説グランプリを外国人作家による作品として初めて受賞してからは、自国では得られなかった作家としての名声を確立することができた。

　ハイムズは大不況時代および大戦中のアメリカで、他の多くの黒人作家と同様に労働組合や共産党などの左翼運動と関わりがあった。交流のあった人びととして、ラングストン・ヒューズ、リチャード・ライト、ラルフ・エリソン、C・L・R・ジェームズ、マルコムXなどの名前が挙げられる。大不況世代の作家・芸術家をとりあげた研究である『黒人文化戦線』の中で、ブライアン・ドリナーはハイムズの「革命的政治学は一九三〇年代と一九四〇年代の左翼との関わりから形成された」(17)ものであり、「大戦後の時期は左翼から距離をおいていた」が、「一九六〇年代のブラックパワーの台頭とともに革命的なテーマへと戻り、新しい世代の黒人作家の導き手となった」(126)と位置づけている。ドリナーによれば、「『ロング・ムーブメント』と呼ばれるようになった運動を研究する歴史家たちは、大不況時代の黒人の闘いと公民権運動とのつながりを再確認し始めた」(9)ということであり、黒人が革命的な左翼思想を育んできたそうした歴史の連続性を、作家ハイムズを通して見出すことができる。

ハイムズはロサンジェルス近郊で働いていた時期に、短編のほかに短い政治的エッセイを四編執筆しており、それらは一九七三年に出版された選集『黒人による黒人論』に収められている。『オポチュニティ』誌に掲載された「今がその時、ここがその場所だ」(一九四二)では、世界が一致して民主主義のために闘っている一九四二年の今こそ、アメリカ黒人は自分たちが生きるこのアメリカで、もっとも執拗な敵であるアメリカのファシストたちに対して自由を求めて闘うべきだとハイムズは主張している。

『クライシス』誌に載った「ズート暴動は人種暴動である」(一九四三)は、一九四三年六月にイースト・ロサンジェルスで、何百人もの軍隊の兵士たちなどが一週間以上にわたってズート服を着たメキシコ系の若者に乱暴を働いた事件を批判するもので、ロサンジェルスにナチスの戦闘員、あるいは軍服を着たKKKが現れ、白人、黒人、メキシコ系の人びとが住む街を、ついに白人だけが安全に過ごせる場所にしてしまったと慨嘆されている。ロサンジェルスでは一九四〇年に初めて、移民より合衆国生まれのメキシコ系アメリカ人が多数を占めたそうで、特有の文化をアピールする新たなマイノリティの存在が、それらの人々のギャングなどの反社会的行為と相俟って、主流社会の反感を引き起こしていた中での事件である。目撃者によれば、数千もの兵士、船員、市民たちが映画館や路面電車の座席から、ズート服姿の若者だけでなく、少数のフィリピン人、黒人なども含めて引っ張り出し、激しい暴行に及んだとリチャード・カスティーヨは述べている(367)。この事件については『叫ぶ者』でも言及されており、日系移民の強制収容とともに主人公の抱くレイシズムへの恐怖の要因の一つとして描かれている。

一九四四年に書かれた「怖いなら、国へ帰れ」は未発表のエッセイであり、「平等に基づいた民主主義のイデオロギー」(228)を踏みにじる、合衆国の「非ユダヤ教徒の白人多数派」(228)のレイシズムを直截に告発するもので、「祖先たちと同じく我われもその（民主主義のイデオロギーの）ために喜んで闘い、死なねばならない。今がその時だ」(229)で締めくくられる。四つ目は、同年に『クライシス』誌に発表され、ハイムズがFBIのリストに載るきっかけとなったとされる「黒人殉教者が求められている」であり、黒人革命が唱道されている。

ハイムズがこうしたエッセイを発表した時代を、歴史家のリチャード・ダルフィウムは一九六八年の論考で、「歴史家に忘れられた時代」(91)として取り上げて、同時代に進行中の公民権運動の源流として位置づけている。この「アメリカの人種関係における転換期」(228)は、のちの公民権運動へつながる、黒人にとって重要な革命的な時代であったことが、次のような具体的な事実によって解説されている。一九四〇年に政府が防衛の準備を始めた時、失業者の多くを占める黒人たちは歓迎したが、軍需工場では守衛などの仕事しかもらえず、技術者の不足を補うために政府が作った計画からも、排除されていた。まさにこうした状況がハイムズの長編、『叫ぶ者』の黒人たちの社会的背景として描かれている。また、黒人は兵士としても海軍と空軍からは完全に閉めだされ、陸軍は人種分離されていて狭き門であり、赤十字では献血も拒否されたという。このようにファシズムと闘う兵役の可能性が閉ざされる一方、W・E・B・デュボイスなどが推進した第一次世界大戦への参加による黒人の自国への貢献が、その後リンチや人種暴動などで逆に強い差別となって返ってきた事実を教訓として、黒人たちは第二次世界大戦では主流社会と距離を置く傾向があった。著名なジャーナリストで作家でもあるジョージ・スカイラーによる、「白人の戦争」に関わっても意味がない、「我われの戦争はヨーロッパのヒットラーに対するものではなく、アメリカのヒットラーたちに対するものだ」という主張が示すように、[4]「黒人は民主主義のために二つの戦線で——海外だけでなく祖国で——闘わなければならない」という考えが、第二次大戦中の「黒人アメリカのスローガンとなった」とダルフィウムは述べている(95)。これがまさにハイムズの「今がその時、ここがその場所だ」の主張である。[5]

ダルフィウムは黒人たちの新たな闘いとして、一九四二年一〇月二〇日に五七人の南部の黒人リーダーたちが集まり、分離政策に反対した「人種関係についての南部会議」[6]や、一九四一年に労働運動指導者であるA・フィリップ・ランドルフが呼びかけたワシントンD・Cへの一万人規模のデモ行進の計画を取り上げている。[7] フランクリン・D・ローズヴェルト大統領が公正雇用実行委員会を設ける行政命令を出すことを決定したために、このワシントン行進運動（MOWM）はキャンセルされたのだが、我われがよく知っているように、六〇年代にはこうした運動が革命と呼ばれるような大きな社会変革を引き起こしていくのである。

ハイムズの革命論である「黒人殉教者が求められている」には前文が掲げられており、「殉教者は出来事を創る」ために、「出来事は革命を創る」ために、「革命は進歩を創る」ために必要であると、革命のための「殉教者」の必要性が訴えられている。革命に至る段階を示すこの図式は「世界で自由を求めた人民が創りだした方策」であり、自由という「目的を達成する」ための「唯一の方策であることが証明されている」(230) と述べられる。

つぎに自由に関する万民の形態として、①だれもが自由、②支配的な階級あるいは人種が自由、③だれも自由でない、という三つが挙げられ、②が「合衆国と大英帝国の市民が進んできた地点である」(231) と説明される。そして、アメリカ黒人による革命の目的は一つしかありえず、それは「合衆国憲法を強化すること」であり、「すでに存在している民主主義的な法律を強化するための人種的少数者による革命」(231) であると言明されている。

こうした革命から予測される結果として、①「現在の政府形態の転覆と共産主義的国家の創造」、②「現在の政府の形態を転覆」するが白人による「専制政治」に取って代わる、③「憲法の強化、民主主義的平等、全市民が民主主義的存在形態を受け入れること」が認められる、が示され、①にはエンゲルスからの引用、②には弱肉強食の社会となる予想、③には「この場合黒人革命は革命でなくなり、不正、不平等、法律の蹂躙を撲滅する人民の運動となる」(232) という説明が、それぞれ付け加えられている。

最後に、こうした変化のきっかけとなる殉教者の必要性が説かれる。上の結果予測の③を望ましいと考えているようであり、「革命は必ずしも武力によってもたらされるものではない」、「アメリカ黒人革命の場合、撃ち合いのないことが望まれる」(233)と述べられ、そのために白人の協力が期待されている。前進的な革命ではなく、後退的な暴動が起こった場合、「民主主義を信じる白人」が「現場に来て、自分たちは容認しないと示す」だけで暴動を止められるのであり、「こうした白人市民たちを集合させ、信念のために闘うよう鼓舞するために、黒人殉教者が必要である」(233)と説明される。ハイムズの描く殉教者像は、「黒人リーダー」(234)であって「黒人にも白人にもよく知られている人で、ニュースを伝える白人のメディアにも黒人のメディアにも無視されない人」、「黒人中産階級に堅固な支持を得ている人」でなければならないとされている。文末では、「民主主義的自由」(235)のために最後まで、命を賭けても闘おうと結ばれている。

　このように、合衆国憲法が保障する範囲内の要求であると解釈された無血革命の可能性を示す展望は、一九六四年のマルコムXの演説「黒人革命」にもみられるもので、[8] こうした民主主義的憲法への信頼は、リベラルな合衆国憲法史研究者、ブルース・アッカーマンの憲法認識と共通するといえる。また、白人のモラルを望む考え方は、黒人問題の解決を白人の道徳性に期待したリベラルな研究書であるグンナー・ミュルダールの『アメリカのジレンマ』(一九四四)の姿勢と一致する。アッカーマンが『公民権革命』(二〇一四)で捉えたように、市民としての平等を保障する諸法を勝ち取った公民権運動を革命と位置づけて、キング師とマルコムXという二人の「黒人殉教者」を得て、「革命」が引き起こされたとすれば、ハイムズはこの革命論で、まさに迫りつつある公民権運動を展望できていたといえる。だが、その成果をアッカーマンは評価できたが、ハイムズにとっては革命の目的は果たされなかったのである。

このエッセイの発表の一年前、一九四三年に『クライシス』に掲載された「天国は変わった」という短編で、ハイムズは南部の公民権運動を思わせるような物語を書いている。『叫ぶ者』とはまったく作風が異なる、牧歌的でハッピーエンドの風刺的寓話である。概要を紹介しよう。冒頭で黒人兵士が敵に突撃して撃たれて死んでしまい、気づくと綿花の花咲く暑い豊饒な田舎にいた、という始まりである。そこは天国であるらしい。葬式の行列が通り、農場で働いていた人びとは「アンクル・トムが死んだ」(73)と大騒ぎになった。人びとが葬式に行きたいとリトル・ボスである白人のジム・クロウ氏に許可を求めるが拒否され、トムの息子は無視して出発する。だが、教会の入り口で巨大な怪物、ミスター・トラディションに入場を拒否される。牧師はリトル・ゴッドという黒人であり、背が小さい。ビッグ・ゴッドは畑の向こうにある大理石の真っ白な城に住む白人である。トムの息子はリトル・ゴッドの代わりに若いゴッドを選びたいと、ジム・クロウ氏に嘆願書を出す。人びとは新旧の勢力に分かれ、新勢力は新たなゴッドとしてトムの息子を選ぶが、選挙の代わりに行われた音楽コンテストで、新勢力の「スウィング」が旧勢力の「スピリチュアル」に敗れてしまう。ビッグ・ゴッドはリトル・ゴッドを残留させるが、新旧が助け合うようにとトムの息子をその助手にする。オールド・ジム・クロウは地獄に行ってしまい、人びとは踊りと歌で幸福に過ごす。最後にこの兵士は地球に戻り、他の兵士たちが天国はつまらないところだというのに対し、天国は変わったんだと説明する。

白人の神が天国を支配していることに変わりはなく、白人の理解を得た無血の改革であるが、アンクル・トムの息子の世代が投票によりジム・クロウを追い出し、天国を楽園に変えるこの物語は、先に見たハイムズの革命論で望まれていた穏健な革命への期待と一致する。

革命論の翌年に発表された『叫ぶ者』は、暴力の可能性に満ちたレイシズム社会が描かれた小説である。日系人の強制収容所送りがあったこの都市には、「あの締め付けるような狂気の人種感情がガスの蒸気のように通りに濃くたちこめて」(4)いる。ロバート・ジョーンズ、通称ボブは造船所の中間職制に抜擢されており、女性二人を含む一五人の黒人労働者のグループを取り仕切る地位にあるが、鋲打ちの仕事をする労働者が手一杯で、応援を頼む必要ができ、別のグループの南部出身の三〇歳ぐらいの白人女性マッジ・パーキンズに相談するように指示され、仕方なく依頼する。すると、「あたしはニガーとは仕事をしない」と返答され、ボブは意識する間もなく、腹の底から「くそったれ、この白人アマ」(27)と口に出してしまう。ボブはそのあと課長事務室に呼ばれ、女性を罵ったと注意され、「誰にもニガーと呼ばせるつもりはない」と伝えると、次週から平の機械工への降格を言い渡され、代わりに白人が任命される。さらに「職免による徴兵猶予もなくなる。お前は独身者だから甲種合格に入れられる」(30)と兵役まで予告される。強烈なレイシズムの圧力下にある白人女性と黒人男性の性的な関係は、幾重にも屈折しており、最後にマッジにレイプを告発されたボブは、警官に殴られて深い傷を負い、留置所に収監される。だが、おそらくマッジの申し立ての信憑性が疑われたためだとボブは推測するが、彼は兵役との引き換えを条件に刑務所行きを逃れて、物語は終わる。

レイプの不安をレイシズムの中核に据えている点は、ライトの『アメリカの息子』と同様である。異なる点は、ビガーが貧しく社会的に無力な若者であったのに対して、ボブは地位も能力もある中産階級の黒人であり、誇り高く白人と対等に接し、レイシズムには暴力で闘う意志と衝動を常に持ち続けている点である。実行はされないが、作中ボブは何度も殺人を意図している。たとえば、マッジを罵倒した件で降格を言い渡されたあと、クラップゲームに加わり、白人と衝突したボブは、「機会を与えず冷血にこの男を殺すことを決意した」(35)という。だが、その衝動は消えていき、「ただ冷たい軽蔑だけが残り」(35)、ボブはその場を去っていく。「自分はこの男を殺すのだと知っている限り、何も気にならなかった」(45)と述べており、自分の奉じる大義のために暴力を振るう力を自己の中に確信できる限り、社会的には屈服しても、精神的には対等でいられたのだと思われる。

本作にはライトの作品と違い、白人対黒人の関係だけではなく、ボブ自身もその一部といえる黒人中産階級に対する批判が描かれている。医師の娘で白人のように見える恋人のアリスについて、その階級の黒人たちは、「アメリカで唯一可能な仕方で肌の色を乗り越えた」が、それは「自分たちを人種の限界に適応させることによって」(150)であった。それが現実的であることはわかっていても、ボブにはそうした制限つきの自由は受け入れられないという気持ちがあった。

> 精神、心、魂においてすべての白人と対等にアメリカに住むことができないのなら、他のアメリカ人ができるどのようなこともやれる機会を、アメリカ人の市民権があれば行ける範囲のところまで行く機会を得られると自分が認識できないのだとしたら、自分にはこの国に何もないようなものだ。(154)

この一節は、ハイムズが書いた一連の政治的なエッセイの主張と重なる。ボブは、アリスの友人で白人男性であるクレオに、「黒人問題の唯一の解決は革命だ。俺たちは白人たちに尊敬を抱かせなければばならないし、白人が尊敬してきたのは唯一力だけなのだ」(89) と語っている。革命が成功すると思うかと訊かれると、「十分な数の白人が味方にならなければ無理だ」(89) と答えている。

フランツ・ファノン（一九二五－六一）はアフリカ系カリブ出身者の視野から、レイシズムの精神的心理的圧迫下にある黒人の実存を解き明かそうとした『黒い皮膚、白い仮面』（一九五二）で、『叫ぶ者』に三度も触れている。ファノンの解説によれば、「犯されるのを怖れている（望んでいる）」(165)、「強姦に対する恐怖はまさに強姦を求めている」(178) と思われる、白人女性マッジの抱くレイシスト的欲望の「メカニスムを見事に記述している」(178) ことが評価される。ファノンとハイムズには「心理的、性的なレイシズムと汎アフリカ的反抗」(220) という共通のテーマがあると論じるグレッグ・トマスによれば、フランス政府によりアルジェリアから一九五七年に追放されたファノンは、アルジェリア革命（一九五四－六二）のさなか、一九五九年から六〇年の時期に、チュニジアのチュニス大学文学部で「黒人世界の社会心理学」という講義を担当した。その内容はおもにチェスター・ハイムズについてであって、ハーレムの刑事シリーズの四つの作品などがとりあげられていて、学生の評判を得ていたということである。ファノンが亡くなったあと、ハイムズの作品その他を扱って暴力について論じたファノンの講演の原稿を、ファノンの未亡人から見せてもらったという体験を、リチャード・ライトの娘ジュリアがハイムズに語ったというエピソードが、ハイムズの手紙で語られている。その謄写版印刷が何人かに配布されたらしいのだが、未亡人も依頼されて探してみたが、見つからなかったということである。[9] これがチュニジアの大学での講義原稿の可能性もあるが、ファノンがハイムズの作品の暴力性に関心をもっていたことは間違いないようだ。

アメリカ黒人による革命を描いた『プランB』は、ハイムズの晩年に伝記作家ミシェル・ファブルが未完の草稿をまとめてフランスで一九八三年に出版した、ハイムズ生前最後の著作である。アメリカでは一九九四年に出版された。ハイムズによると、一九六七年に書き終えた短編「タング」が本書の構想の始まりだったらしく（*Conversations* 135）、別のエピソードも短編「予言」として書かれており、これら二作品は一九七二年に出版された選集『黒人による黒人論』に発表された。草稿はその後七〇年代前半まで書き続けられたと推測され、明らかにブラックパワー台頭の時代の影響を受けている。ハイムズを尊敬する若い世代の小説家で、一九六一年にカール・ヴァン・ベクテンのアパートで紹介されて以来、もっとも親しい友人となったジョン・A・ウィリアムズによる一九六九年のインタビューの中でハイムズは、以前に話したという「これまで書いた中でもっとも血が流れる本」で「アメリカで出版できるとは思っていない」本について訊ねられ、こう語っている。

ああ、それは黒人革命がどのようなものになるか分かっているからだ。まず、第一に革命が有効であるために必要なことの一つは、それが暴力的でなければならないことだ。強烈に暴力的でなければならないし、ヴェトナム戦争と同じくらい暴力的でなければならない。もちろん、どのような蜂起の形式でも主要な目的は、できるだけ多くの人びとを、あらゆる可能な手段によって殺すことである。というのは殺すという、十分な数を殺すというまさにそのことが、目的を達する助けになると考えられているからだ。(*Conversations* 44-5)

ここで言及されている作品が『プランB』である。まず全体の構成であるが、すでに短編「タング」として発表されていた冒頭のエピソードのあと、第二章では墓掘りジョーンズと棺桶エドが登場し、最終章では二人がともに殺されるので、この本はハーレム・シリーズの完結版としても位置づけられる。すなわち、暴力と死に満ち溢れたこの作品世界はリアリズムではなく、ハーレム・シリーズがよく評される「不条理」の世界であり、現実とは一定の距離を置いた風刺的、ブラック・ユーモア的、ハードボイルド的、土着的な要素の際立つ大衆娯楽小説の世界であると捉えることができる。だが、二人の黒人警官も第二章、五章、二四(最終)章に登場するのみで、付録的存在ともいえる。物語は暴動の経過を時間的に辿って書かれるが、途中にこの革命の首謀者トムズサン・ブラックの物語が、第三章、四章、一〇から一三章までと第一九章、二〇章に挿入され、最終章では二人の警官とともに彼が登場する。トムズサンの物語も全体の四分の一ほどにすぎず、中心は黒人コミュニティと白人コミュニティとの抗争である。

物語の展開は以下のとおりである。冒頭では、タングに白人相手の売春をさせて生活している麻薬中毒のティーボン・スミスのもとに、心当たりのない花が配達され、中には軍隊で使う大型自動ライフル銃M一四と、「警察に知らせるな、蜂起の日まで待て、自由は近い」といった内容のメモが入っていた。監獄に入るのが嫌で当局に知らせようとするティーボンを阻止しようとタングは銃を向けるが、逆にナイフで刺殺される（以上第一章）。そこへ目撃者の通報で墓掘りと棺桶がやって来る。話を聞いた墓掘りは激しく憤り、ティーボンを拳銃で殴り殺してしまう。男に貢いだ挙句に殺された女が「俺の記憶している母親、自由を望んでいる哀れな黒人の女性」(20)に似ていたからであると墓掘りは説明し、メモの告げる「自由」がどこにあるか分かるまで、銃のことは黙っていようと棺桶に約束させる（以上第二章）。

第五章では、「二人の優秀な黒人刑事たち」(42)の誠実さを信じる直属の上司であるアンダーソン警部補の擁護にもかかわらず、ブライス分署長によって、過剰防衛の疑惑を受けた墓掘りは懲戒委員会の決定が出るまで停職を宣告される。第七、八、九章では、冒頭の事件の一〇日後、夜巡回に出た二人の白人警官の車が突然銃撃される。ビルの三階に突然現れて発砲しはじめた一人の上半身裸の黒人に対して、三〇台以上のパトカーが集まり、応戦するにもかかわらず、銃の機能が違いすぎて歯が立たない。この時、アンダーソン警部補とブライス分署長は車中にいて、安全な離れたところから見守っていたが、同乗する棺桶エドにブライス分署長がお前ならどうするかと訊ねる場面がある。

「俺だったらもっとよい住宅施設を与えます。もっとよい学校や、もっと高い給料や——」と棺桶エドは答え始めた。
「俺が言っているのはこのニガーのことだが」とブライス分署長はかみつくように遮った。
「俺なら、奴のことをニガーと考えるのは止めて、病んでいると考えます」と棺桶エドは答えた。(60)

警察権力のレイシズムと、それに毅然と対峙する黒人刑事の信念が垣間見える会話である。このあと、ブライス分署長が、ビルから黒人を一人も逃すな、直ちに撃ち殺せという命令を出したために、また、応戦のために戦車を呼んで一〇五ミリ砲弾を撃ちこんだため、無差別に黒人が殺され、死者は白人警官五人、黒人五九人、そしておよそ五百人がホームレスとなる（第一四章）。こうした殺戮に対し強い罪の意識を覚えるアメリカの白人コミュニティについて、「昔からマゾ的な人びと」であり、「黒人への罪の意識は（アメリカの）国民性の不可欠な部分」(107)と評されている。

第一五章では、暖かい九月の日曜日、セントラルパークの野外音楽会に集まった人びとに対して、一人の薄汚れた黒人が投げつけた挑発的な言葉に対し、白人の若者が「ケネディの暗殺についてのマルコムXの言い方にあまりに似ている」(114)と殴りかかり、小競り合いが起こる。結局黒人が抑えられ、冗談がきっかけで意図していないリンチに発展し、黒人が首つりによって殺されるという不幸が起きる。第一六章ではこれに対して、黒人が白人を攻撃するという報復行為が何件も続き、第一七、一八章では、あらゆる階級、教育レベル、地位、経済レベルの黒人が、白人警察だけでなくあらゆる年齢、性別の白人、「白人経済、白人文化、白人宗教、白人文明全体」(127)を憎んでいたことを発見して、白人コミュニティはショックを受ける。なぜこれほどの憎しみをもたれるのかという彼らの疑問に対して、彼らはルイ・アームストロングが「俺はなんでこんなにまっ黒で憂鬱なのだろう」(130)と歌う哀れな歌を聞いたことがなかったのだ、とコメントされている。実は音楽会はジョージ・ガーシュウィンの「ポーギーとベス」の一節を、有名な白人のソプラノ歌手が歌っていたものであり、黒人の一人が「ガーシュウィンは人種差別主義者ではなく、ただ泥棒なだけだ。今聞いている音楽は俺たち自身の子守唄なんだ」(114)と発言するエピソードもある。木に吊るす「リンチ」という忘れがたい過去だけでなく、白人による黒人音楽の領有、アームストロングの歌、マルコムXの発言など、歴史、社会、文化において黒人たちの共有する認識が、白人主流社会の常識や世界観とは異なることがよく示されており、憎しみの生じる背景にある二つの人種間の大きな距離を窺うことができる。FBIもCIAも必死の捜索を行うが、黒人へ支給される武器の背景を突きとめることはできない。ヴェトナムで行った「探して破壊する」(137)に似た戦略が取られ、家宅捜査が始まり、「爪切りより大きい鉄」(137)を所有するあらゆる黒人は危険に陥り、また、反白人的な態度が見られるか調べられ、他の黒人から「アンクル・トム」(139)と非難される人びとだけがグリーン・カードをもらい、自由に出歩くことを許される。

このあと、第二一章から結末へと向かう前に、革命の首謀者の物語を辿ってみよう。第三章と四章では、トムズサン・ブラックが登場する前に、彼の革命資金の基礎となる事業の敷地となる荒地の歴史が、白人親子の物語として語られている。革命のプロットにほとんど関係しないエピソードであるが、このあまりに不毛な白人の物語は、フォークナーの影響を思わせ、南部を覆う陰鬱な堕落の空気を感じさせる。無能で経営手腕もないイギリス人ハリソンは、砂糖キビ農園を夢見たが失敗し、失意のうちに一〇年間を過ごし、ある日妻と飢えた子どもたちを殺したあげくに自殺する。貧乏な隣家に引き取られた生き残りの三人の子どもたちは、引き取られた先の子どもたちの性の欲望の対象となり、長女は赤ん坊を産むが、長男が成人となった五年後に、荒れた屋敷へ帰される。南北戦争が終わって三か月後であったが、九人の北軍歩兵が略奪のために侵入し、長女と次女をレイプし、長男は射殺される。幼い娘も蛇に嚙まれた毒のために、レイプされる最中に死んでしまう。長女は行方不明となり、次女はニューオーリンズで売春婦になり、奴隷貿易で大金持ちになったアラブ人に気に入られて、彼のハーレムに連れて行かれる。あとに残った屋敷と荒地にはだれも寄りつかず、競売に出されても買い手もないまま、その湿地のことを監獄で聞いたトムズサンが、購入することになるのである。

性、暴力、風刺の際立つこのエピソードでは、奴隷解放というアメリカの誇ってきた大義は描かれず、侵攻してきた北軍は略奪とレイプに明け暮れるなど、欲望に囚われて小さな悪事を積み重ねて人生を送る白人たちが描かれている。この白人たちの生きるための苦闘と煩悩の世界は、ハーレム・シリーズの黒人たちと変わらない不条理な世界であるといえる。

その後第一〇章から一三章までが、初めてトムズサンの物語となる。トムズサンが父からもらった名前はジョージ・ワシントン・リンカンである。解放されて最初にリンカンを名乗った奴隷のモスから四代目の彼は、一九四五年八月二九日、セントルイス郊外のユニバーシティ市に生まれた。子ども時代に、父親が白人の言いなりになっていると誤解を受け、彼は「アンクル・トムの息子」(87)と呼ばれるようになる。すなわち、この革命家は「トムズサン」(Tomsson)という象徴的な名前を持っているのである。[10] トムズサンが革命家となっていくきっかけは、高校を卒業する前に、父親が居酒屋で白人に撃ち殺された事件であった。父は、ソウルフードである豚小腸(ヒモ)料理がビールと同じくらい好きだったという。父の件で捜査に来た白人刑事を殴り殺しかけて、トムズサンはオークランドへ逃亡し、そこでスポーツ能力により、カリフォルニア大学バークレー校に入学する。フットボールのスター選手となり、政治学で卒業する。そこで「オークランドの数人のブラック・パンサーたちと出会い、組織に加わった」(88)のだが、ブラック・パンサーが「組織的に弱体で、自己防衛の基礎訓練が乏しい」(88)ことから、「ザ・ビッグ・ブラックス」という新組織を作った。その頃は「マルクス主義思想に惹かれ、共産圏諸国を旅して」(89)まわり、海外で「現代的な革命思想やゲリラ戦を計画し実行するための、最新の技術や戦法を学んできた」(91)。だが黒人は白人より「個人主義的」(91)で「多くがリーダーになりたがり、隊列に入って役立とうとする者はほとんどいない」と組織化に絶望を感じた頃、「北部白人リベラルたち」(92)の中に入り込むようになり、億万長者の博愛主義者、エドワード・チューダー・グッドフェラーのメキシコ湾クルーズに加わることになった。ここで、夫のいわば公認のもとで、四〇代半ばのグッドフェラーの若い妻バーバラに執拗に誘惑され、ついに「この黒人ニガーが私を叩いてレイプした」(97)と告発される事態に陥る。夫はトムズサンに同情を示し、何とか穏便に済まそうとするが、妻が聞き入れず、アラバマの法律により終身刑を宣告される。三年後、妻が心変わりをして、トムズサンは一〇万ドルの保釈金を払ってもらい、市民権も回復する完全な恩赦を得る。実は夫は数十人の黒人のホモセクシュアルと関わっていたのだった。

　南部で囚人として三年を過ごしたトムズサンは、出所した時は三二歳である。すぐニューヨークのピエールホテルに行き、バーバラを電話で呼び出し、駆けつけてきた彼女の性的要求に優しく応じて金をねだり、二万五千ドルの小切手を手に入れる（以上第一三章）。そこからソーシャル・ビジネス実業家としてのキャリアを始めるのである。こうして一〇万人を雇用する養豚と加工工場の設立の発起書が作成され、アラバマで五千エーカーのハリソン屋敷を二千五百ドルで購入し、「豚ひも株式会社」という計画名のもと、窮乏した黒人救済のための非営利のプロジェクトであるという設立趣意書を掲げて、百万ドルの基金拠出をハル財団に申し込む（以上第一九章）。

百億ドルの事業規模を有する世界でもっとも富裕なハル財団の取締役は、元ハーヴァード大学法学部長で、祖先は「地下鉄道」で活動していたニューイングランド人、ヘンリー・H・ホプキンズである。彼は「アメリカ的な生活とその制度すべての熱心な使徒」(153)であり、アメリカの「黒人問題」の解決は黒人自身の能力にあるのだと固く信じており、資本主義社会で黒人たちが必要としているのは「資本」であり、できるならハル財団の資本を黒人たちの手に与えたいと考えていた。「豚ひも株式会社」の提案はそれほど多額ではなかったが、ホプキンズはトムズサンという人物に警戒心を抱いて面接に臨む。面接では、トムズサンは敷地に、工場と飼育場のほかに、従業員の住居として二〇階建のアパート群を建て、公園、プール、ブティック、デパート、スーパー、ドライクリーニング、花屋、銀行、郵便局、図書館、病院、映画館、小学校、スポーツ用スタジアムを作り、国中の黒人ゲットーから困窮黒人を募り、工場までの交通費も支給する、そうしていつかは麻薬中毒者の援助や治療、元囚人の社会復帰、病人や老人の保護などのプログラムも同時に組み入れたいという希望を語った。また、グッドフェラー夫妻をどう思うか、レイプの時の心境など、好奇心から突っ込んだ質問が出され、白人を憎んでいないか、マーティン・ルーサー・キング博士についてどう思うか、ＮＡＡＣＰのリーダーであるロイ・ウィルキンズについて、マルコムＸについてどう思うかなどと訊かれた。

この面接の章は、黒人にとってもっとも友好的な白人に見えるリベラルの本質を暴く痛烈な風刺である。トムズサンはキングの非暴力を評価し、マルコムの主張する暴力には触れず、人間愛のドラマに還元して解釈するなど、彼らの気に入るような答えを創りあげなければならなかった。「白分たちのリベラリズムを証明するために黒人の顔が存在する必要を有する北部白人リベラルたち」(92)は、自己の道徳性と誇りを確信するために黒人の存在を利用する究極の利己主義者であり、人道主義的な見地からの逸脱は一切許容できない偏狭な価値観を規範として黒人に強い、道徳的という大義の下に束縛する。トムズサンも資金を得るためにアンクル・トム的人物像を演じなければならなかった。[11] 二〇世紀中期のリベラリズムとハイムズの関係を考察するジョーディ・メラーマドによれば、ハイムズ自身、一九四四年に「人種小説に対するその時代にもっとも気前のよいスポンサー」(772)であったローゼンウォルド基金を申請して獲得し、『叫ぶ者』を執筆している。そうした基金の背後には、黒人を白人リベラリズムの道徳の中に取り込むことでレイシズムへの反抗を抑制しようとする意図があるとメラーマドは指摘する(771)。

以後第二一章からは闘争の続きである。第二一章はこの革命物語の心髄といえるエピソードで、短編「予言」として独立して発表されたものである。人種間の疑念と敵対心が高まる中で治安に対する不安を和らげようと、警官パレードが行われる。警官は全員白人で、観衆も目に触れるかぎりは白人だけだった。だが、カトリック聖堂の入り口左側の小さな暗い部屋に一人の黒人が潜んでおり、自動ライフル銃を献金箱の穴から外へ向けて構え、パレードがやってくるのを待っていた。「四百年この時を待っていたのであり、急いではいなかった」(174)という男は、自分の死を覚悟している。「将来の黒人の生活がより安全なものとなるように」(175) 行動するのであり、「もし自分の死が無駄であって、白人が黒人を対等な人間として認めなかったとしても、いずれにせよ生きる目的は何もなかった」(同) と男は考えている。どこからの攻撃かわからなかったので、突然の銃撃は大パニックを引き起こし、数秒で道路は屍に覆われた。七八人の白人を殺し、七五人を負傷させ、男は満足した (180)。この時駆けつけた暴動用戦車は狙撃者を見つけることができず、デパートのマネキンを破壊し、それを黒人による襲撃と誤って新米警官が発砲すると、戦車は向きを変えてその方向に砲弾を発射し、警官隊のうち二九人を吹き飛ばし、一七〇人に怪我を負わせてしまう (181)。ついに少年が穴を指さし、戦車が聖堂の入り口を破壊して終わるのだが、以下が結末の文章である。

> 株式市場は暴落した。世界市場でドルが急落した。資本主義体制への信頼がほとんど致命的な衝撃を受けた。世界中で何百万もの資本家は富を共産主義の東側へ投資する手段を探したのだった。(182)

男は死んだが、資本主義体制が資本家自身の経済的選択によって揺らぐという展開をみせるこの結末では、国家を超えた資本家の利益追求の姿勢が暴きだされており、現在のグローバル経済を見通すハイムズの見識が窺われる。ハイムズはこの短編について選集の序文で、「アメリカ合衆国でアメリカ黒人が正義と自由を獲得する唯一のチャンスは暴力によるしかないと強く確信したあとの一九六九年」に書いたと述べており、キング師暗殺後にハイムズが抱いたレイシズム廃絶への願いが込められた作品であることがわかる ("Foreword" 7)。この無名の男は聖堂の清掃労働者で、道路に向かった寄付用の箱の穴を熟知し利用することができ、まさに「黒人殉教者」となって、有効なゲリラ戦を実行したのである。平凡な黒人の一途な願い、その結果女性や子どもが殺される非人道的事実、また暴力に対抗する戦車が大勢の味方を巻き込む不条理など、すさまじい暴力が余すところなく意識されて書かれている。

第二二章になると弾圧が厳しくなり、黒人男性たちは地下にもぐり、マンホールから簡単に入れる下水や電話線の通路などに籠る。白人たちは黒人を穴から狩り出す行動を始め、「黒人狩り」と呼ばれる。

第二三章は最終章である。大統領閣僚会議が開かれ、まず黒人が殺戮を止めなければならないという提案が通り、トムズサン・ブラックの名がすぐ挙がって彼が黒人同胞たちにアピールを出すことになるのだが、黒人による殺戮が止まらず、白人コミュニティは驚く、というところで編集者の注が入り、本稿が未完成でとどまっていたと記されている(192)。これ以後の記述は、ハイムズによる要約の草稿を、そのままファブルが組み入れたものである。

当局は銃の出所を突きとめるために、信頼のできる黒人を地下に送ることを決め、墓掘りと棺桶がブライス分署長に復職を命じられる。二人は何も発見できなかったが、唯一可能な規模の組織は「豚ひも株式会社」であると確信するに至り、アンダーソン警部補に報告する。だが上部の会議で、CIAもFBIも調査の結果問題がなかったことを報告し、逆に、トムズサンに嫌疑をかけた二人の刑事が解雇される結果になる。二人は拳銃保持のために逮捕される羽目になるのだが、女性がやってきて保釈金を払い、二人をトムズサンのもとへ連れて行く。そこで、トムズサンが黒人を意味するBである「プランB」という革命計画の詳細を語る。一千万の銃と、一〇億発分の弾薬を入手済みであり、効果的なゲリラ部隊を組織し、「我われに平等を認めるか、我われ黒人を全滅させるか」(200) という最後通牒を突きつける計画であったが、数パーセントの銃の配布の段階で混乱が起きてしまったという。黒人が機会を待てないのは白人と変わらないことを予想しなかった自分が悪かったとトムズサンは言う。実際、「同じ価値と信念をもって、同じ社会に三五〇年も祖先がともに生きてきた黒人と白人の間にどんな違いがありえようか」(200) とコメントされている。トムズサンは戦闘を始める前に、白人に考慮する猶予期間を与えるつもりだったが、もう止められない事態になってしまった、あとは勝利か黒人種の滅亡かどちらかしかない、白人が「正義を守り、文明人で同情心のある人間」(201) という自己像に従って、二〇万人の黒人を破壊する行為までに至らないで妥協するか、白人の選択にかかっている状況であるとトムズサンは告白する。

人びとの命を守ろうと棺桶がトムズサンに拳銃を向けるが、墓掘りに右手を撃たれてしまう。墓掘りに「奴は俺たちの最後のチャンスかもしれない」、「俺はこの世に人間以下でいるより死んだほうがましだ」(202) と警告されるが、棺桶は「この偏執狂の命を救おうとするなら、俺を殺さなければならない」(202) といって意志を変えず、墓掘りに頭を撃ちぬかれる。そして墓掘りも、後頭部をトムズサンに撃ちぬかれる結末になっている。ドリナーは、ハーレム・シリーズに登場する郊外に住む「中産階級」の二人の黒人警官は、「ハーレムの住人を守らなければならない黒人殉教者の役割をふられている」(160) と考えているが、二人の最期はそうした役割にふさわしいといえる。

この革命の結末はオープン・エンディングである。白人は黒人全体を抹殺する力をもち、黒人には死をかけて闘う意思がある。トムズサンがどのように武器を調達していたかについては最終章で、クリスマス・イブの早朝にモビール湾でエンジン火災を起こしてSOSを発信し、湾岸警備隊が救助に向かった一万トンの不審な貨物船への言及がみられる。船はリベリアの旗を掲げていたが、香港の繊維業者が借りており、絹生産を始めるキューバ政府のためにハバナへ向かった帰路にあり、船長や航海士は中国人で流暢な英語を話し、乗組員もさまざまな国の東洋人であったが、書類に問題はなかったという。トムズサンは、自分も白人に負けず、責任ある白人たちを買収しているとも述べており、表面は黒人相手に安い食糧を売る、身の程をわきまえたニグロ・ビジネスを装いつつ、共産主義圏やアジア、アフリカなど、情報が十分に得られない領域や、金のために動く白人たちの裏切りなどを利用している活動方法が描き出されている。

本書の暴力の描写は誇張や揶揄に満ちていて、悲惨で深刻な人種間の闘いをユーモラスに描き出す側面ももつ。たとえば、黒人を一人も逃すなと命令された警官たちが発砲し続ける第八章のエピソードにおいて、「世界の歴史上アメリカの警察ほど危険に見え、暴力的に振る舞う警察はない」(56-57)と批判的に断言されたあと、逃れようと必死の黒人たちについて、「これらの黒人たちはみな、白人市民によって見えない存在と見なされることにあれこれ抗議をしていたのであるが、その時は見えなくなるためなら何でも提供したことだろう」(57)と、エリソンの『見えない人間』に暗に触れ、笑いをもたらしている。文学的揶揄としては、フォークナーへの言及もある。一〇五ミリの砲弾を放つ戦車がビルを破壊し、「漆喰やその粉が黒人たちに降り注ぎ、あたかも恐怖のために白くなったかのように、彼らに白い斑をつけた。黒い肌が灰のような色に変わると描写するウィリアム・フォークナーが正しいとされたことだろう」(64)という解説である。ハイムズは彼の黒人像を含め、フォークナーを高く評価していたのだが、このような恐怖による肌色の変化の描写に関しては異論があったと思われる。

最終章近くになり、闘いの激化に伴って暴力が増すと現実性が薄れ、ブラック・ユーモアがますます強烈な効果を上げ、笑い話のようなレイシズムの極致が語られている。ついに白人は黒人を全滅させようと主張するのだが、それでは「下賤な仕事」(183)をする者がいなくなって不都合だと考え直したり、「奴隷制を復活」(184)させようと考えるけれども「近代建築のどこにも奴隷小屋の必要性に応じられるスペースがない」(184)ので、それも無理だと悟ったりしている。また、「黒人狩り」が危険である理由として、黒人の方がすばやく動けるだけでなく、「とりわけ裸になると、暗闇でほとんど見えなくなった」(188)と説明されている。また、これは新しい「スポーツ」とされ、世界中からこの新たなサファリにハンターたちが集まり、ついには「平等な市民権」を擁護し、「闘牛士による牡牛、猟犬による兎、肉屋による馬」の殺傷を非難するような「有名なアメリカ博愛主義の億万長者たちさえも」(189)夢中になり、黒人たちを「雇用する」のではなく「狩る」ようになったという一節は、痛烈な風刺のため滑稽で非現実的になっている。さらに彼らは「大きく危険な黒人の男を捕え、その睾丸を切り取って狩猟記念品展示室に飾るという表現しがたいほど生気のほとばしる豊かさ」(189)に屈してしまったのだという解釈は、ブラック・ユーモアの極致である。

一九七〇年代からハーレム・シリーズも抗議小説として読まれ、そこに文学的価値が見いだされる傾向が主流であると指摘するピム・ヒギンソンは、そうした解釈に反対するひとりとして、同シリーズの特徴は「社会学をユーモアに変容させるところにあり、その逆ではない」(7)と主張する。ハイムズの「アフリカ系アメリカ人的な都市近代の笑い」(7)、「遊びの要素」(9)に魅力があると考えているのである。だが、ハイムズの作家としての活動の中に位置づければ、たとえ完成させることはできなかったとしても、『プランB』の暴力描写の背後には、人生の晩年に黒人のレイシズムへの闘いを真っ向から書かずにいられなかったハイムズの祖国への願いがこめられていると理解できる。「黒人殉教者が求められている」の中で、「人種暴動の際にまっさきにやるべきことは警察を呼ぶことではなく、警察に発砲することだというのが、(とくにデトロイトの暴動〔一九四三年七月〕以降)黒人の間で笑えない冗談になった」(233)と紹介されているのだが、笑いの背後に不条理な現実があることは間違いない。

注

1　エール大学教授ブルース・アッカーマンによる合衆国憲法史のシリーズ第三部となった『われら人民第三部——公民権革命』(二〇一四)などがある。ただし、本書は革命といっても、憲法の解釈を変えてきた間接的力を評価するという立場である。
2　たとえば、ゴールドストーンの著作。
3　ハリウッドのエピソードはジョン・A・ウィリアムズのインタビューで詳しく語られている(*Conversations* 56)。

4 スカイラーの論は、脚注によれば『ピッツバーグ・クーリア』一九四〇年一二月二一日（Dalfume 93）に掲載されている。ヨーロッパではファシズム、国内ではレイシズムと闘うようアフリカ系アメリカ人に促したNAACPなどによる第二次世界大戦時の戦略は、「二重の勝利」（"the Double V"）と呼ばれた。

5 大戦中ロサンジェルスには黒人人民戦線が形成されていたと指摘する研究もあり、ハイムズがその中に含まれることは明らかだろう。リン・E・イタガキのハイムズ論は、スコット・クラシゲ（二〇〇〇）の博士論文第二章でこの点が詳しく論じられていることを紹介している（65, 77）。

6 南部会議はノースカロライナ黒人大学（現ノースカロライナ・セントラル大学）に集まり、南部での平等を要求する「ダラム・マニフェスト」を出した。分離政策にどこまで反対を貫くかという点では妥協しており、批判も受けたが、一九四四年SRC（南部地域会議）の設立などへつながった（Blytheサイト参照）。

7 スローガンは「我われ黒人アメリカ愛国市民たちは祖国のために働き闘う権利を要求する」（98）というもので、七月一日の行進は五万人規模となる予定だったという（99）。

8 マルコムXも演説「黒人革命」の中で、「今日アメリカは歴史上唯一、暴力も流血もない革命を起こすことができる位置にいる」、「これを無血でもたらす唯一の方法は、黒人が五〇のどの州でも完全に行使できる投票権を与えられなければならない」と述べている。すなわち憲法の保障する投票が実現すれば、現憲法の体制下で革命の目的が達成できると見なされている。

9 ジョン・A・ウィリアムズへの書簡、一九六九年八月一四日、同九月一六日。

10 C・L・R・ジェームズは「反抗する黒人」（「黒人の闘い」より引用）であるビガー・トマスの出現を高く評価し、ビガーの経歴は「プロレタリア革命における黒人大衆の象徴であり、原型である」（「『アメリカの息子』と革命」より引用）と述べた。こうした革命的な力を秘めた黒人像の出現は、アンクル・トムの死としてよく論じられている。「『アンクル・トムは死んだ！』――ライト、ハイムズ、エリソンが仮面を葬る」というダイナーシュタインの論考は、「生存のための技術」であった従順な黒人像の仮面が廃棄されたのは、ハイムズらの時代であったことを指摘している。

11 「人種のもたらす暴力性」の研究において、奴隷制廃止のために白人の支持を集めるためには「抵抗する奴隷」ではなく、ストウが創りあげたようなアンクル・トム表象が必要であったことを、堀が論じている。

引用参照文献

Ackerman, Bruce. *We, the People, Volume 3: The Civil Rights Revolution* Cambridge, Mass.: Harvard University Press, 2014.

Blythe, John. "The Southern Conference on Race Relations and the 'Durham Manifesto.'" 1 October 2010. <http://blogs.lib.unc.edu/ncm/index.php/2010/10/01/this_month_oct_1942/>.

Castillo, Richard Griswold del. "The Los Angeles 'Zoot Suit Riots' Revisited: Mexican and Latin American Perspectives." *Mexican Studies / Estudios Mexicanos* 16-2 (Summer 2000): 367-91.

Dalfiume, Richard M. "The 'Forgotten Years' of the Negro Revolution." *The Journal of American History* 55-1 (June 1968): 90-106.

Davis, Mike. *City of Quartz*. 1990. New York: Vintage Books, 1992.

Dinerstein, Joel. "'Uncle Tom Is Dead!': Wright, Himes, and Ellison Lay a Mask to Rest." *African American Review*. 43.1 (Spring 2009): 83-98.

Dolinar, Brian. *The Black Cultural Front: Black Writers and Artists of the Depression Generation*. Jackson: University of Mississippi, 2012.

Fabre, Edward Margolies Michel. *The Several Lives of Chester Himes*. Jackson: University of Mississippi, 1997.

Fanon, Frantz. *Peau Noire, Masques Blancs*. フランツ・ファノン著、海老坂武、加藤晴久訳『黒い皮膚・白い仮面』、みすず書房、一九九八年。

Goldstone, Robert. *The Negro Revolution: From Its African Genesis to the Death of Martin Luther King*. New York: Macmillan & Co., 1968.

Glasrud, Bruce A. and Laurie Champion. "'No Land of the Free': Chester Himes Confronts California (1940-1946)." *CLA Journal*. XLIV-3 (March 2001): 391-416.

Higginson, Pim. *The Noir Atlantic: Chester Himes and the Birth of the Francophone African Crime Novel*. Liverpool: Liverpool University Press, 2011.

Himes, Chester. *Black on Black: Baby Sister and Selected Writings*. New York: Doubleday, 1973.

—. *Conversations with Chester Himes*. Ed. Michel Fabre and Robert E. Skinner. Jackson: University of Mississippi, 1995.

—. *Dear Chester, Dear John: Letters between Chester Himes and John A. Williams*. Ed. John A. Williams and Lori Williams. Detroit: Wayne State University Press, 2008.

—. "Heaven Has Changed." *The Collected Stories of Chester Himes*: 73-78.

—. *If He Hollers, Let Him Go*. 1945; New York: Thunder's Mouth Press, 2002.

—. "Negro Martyrs Are Needed." *The Crisis* 51-5 (May 1944): 159. Rpt. in *Black on Black*: 230-35.

—. "Now is the Time! Here is the Place!" *Opportunity* (Sept. 1942): 271-73, 284. Rpt. in *Black on Black*: 213-19.

—. *Plan B*. Eds. Michel Fabre and Robert E. Skinner. 1983; Jackson: University of Mississippi, 1993.

—. *The Collected Stories of Chester Himes*. New York: Thunder's Mouth Press, 1990.

——. *The End of Primitive*. 1956; New York: W. W. Norton & Company, 1997. [Original version of *The Primitive*].

——. *Yesterday Will Make You Cry*. 1952; New York: W. W. Norton & Company, 1998. [Original Version of *Cast the First Stone*].

——. "Zoot Riots are Race Riots." *Crisis* July 1943: 20. Rpt. in *Black on Black*: 220-25.

Hori Tomohiro. 堀智弘「十九世紀中葉における『抵抗する奴隷』の表象——フレデリック・ダグラスとハリエット・ビーチャー・ストウの間テキスト的対話」権田建二・下河辺美知子編著『アメリカン・ヴァイオレンス——見える暴力・見えない暴力』、彩流社、二〇一三年、175-200。

Itagaki, Lynn. M. "Transgressing Race and Community in Chester Himes's *If He Hollers Let Him Go*." *African American Review*. 37-1 (Spring 2003): 65-80.

James, C.L.R. [J.R. Johnson] "*Native Son* and Revolution." *New International*. 6-4 (May 1940): 92–93. <https://www.marxists.org/archive/james-clr/works/1940/05/nativeson.htm>.

——. [J.R. Johnson] "The Negro's Fight." *Labor Action*. 4-7 (27 May 1940): 1, 3. <https://www.marxists.org/archive/james-clr/works/1940/05/nativeson.html>.

Kurashige, Scott. "Transforming Los Angeles: Black and Japanese American Struggles for Racial Equality in the 20th Century." Diss. UCLA, 2000.

Melamed, Jodi. "The Killing Joke of Sympathy: Chester Himes's *End of a Primitive* Sounds the Limits of Midcentury Racial Liberalism." *American Literature*. 80-4 (December 2008): 769-97.

Myrdal, Gunnar. *An American Dilemma: The Negro Problem and Modern Democracy*. New York: Harper & Brothers, 1944.

Thomas, Greg. "On Psycho-Sexual Racism & Pan-African Revolt: Fanon & Chester Himes." *Human Architecture: Journal of the Sociology of Self-Knowledge*. 5-3 (June 2007): 219-30.

<http://scholarworks.umb.edu/humanarchitecture/vol5/iss3/20/>.

X, Malcolm. "The Black Revolution." The Militant Labor Forum, Palm Gardens, New York City, 8 April 1964. <http://malcolmxfiles.blogspot.jp/2013/07/the-black-revolution-april-8-1964.html>.

『Xのアーチ』におけるもうひとつの「アメリカ」と核の想像力

木下裕太

一

アメリカ革命もしくはアメリカにおける革命ということを考える際、第一義的には一七七五年から一七八三年までのアメリカ独立戦争を意味し、その中心人物のひとりはアメリカ合衆国第三代大統領、独立宣言の起草者でもあるトマス・ジェファソンであったことは言うまでもないであろう。本稿では、トマス・ピンチョンが「独立宣言以来のどんなアメリカの作品よりも大胆で、クレイジーで、情熱的である」とその本のカバーで称賛したジェファソンをモデルにしたトマスと、その奴隷であり愛人であったとされるサリー・ヘミングズをめぐる歴史改変物語『Xのアーチ』（一九九三）の検討を通して、ジェファソン及び二〇世紀末のアメリカを考察するものである。それと同時に、作品に対する高い評価に反し日本はさておきアメリカにおいてさえも研究が進んでいるとは言い難いスティーヴ・エリクソン（一九五〇－）に光を当てる試みでもある。エリクソンが自身について語るには、彼はフランス人、イギリス人、スカンジナヴィア人、そして普段意識することはほとんどないがネイティヴ・アメリカンの血（ポタワトミ族）を受け継いでいる（マキャフリイ 243-44）ということであり、人種の「サラダボウル」をまさに体現している。そのようなエリクソンは、ジェファソンからどのようなインパクトをうけ、二一世紀に向けて何を示唆しようとしているのであろうか。

二

アメリカ文学史において、エリクソンを含むポストモダン作家の世代のひとつ共通の特徴として、「アメリカとは何か」という問いに向き合い、アメリカのナショナル・アイデンティティをテーマとした作品を書いていることが挙げられる。[1] その中でもエリクソンほどアメリカという主題にこだわっている作家はいないと言えるのではないだろうか。『Xのアーチ』に先行する全ての作品においてアメリカ（主にロサンゼルス）が重要な舞台として描かれていることはもちろんだが、例えば『Xのアーチ』の前作『リープ・イヤー』（一九八九）では、ジョージ・ブッシュとマイケル・デュカキスとの間で争われた一九八八年アメリカ大統領選がルポルタージュ形式で表現されている。

アーサー・シュレージンガー・ジュニアは、『Xのアーチ』とほぼ同時期に出版された『アメリカの分裂』（一九九二）において「国家にとっての歴史は、まさに個人にとっての記憶と同じである。記憶を奪われた個人が、どこにいるのかもしくはどこに行くのかが分からなくなり、方向を見失い道に迷うように、過去という概念を否定された国家は、現在そして未来を扱うことも難しくなるだろう。ナショナル・アイデンティティを定める手段として、歴史は歴史を形成する手段となる」(45-6)と述べているが、ナショナル・アイデンティティを再び定める上で、エリクソンがアメリカ建国の父祖のひとりであるジェファソンを登場人物にして歴史改変物語を書き上げたことは、アメリカとは何かを問い直す試みにおける歴史の意義を再考することにも帰結するのではないだろうか。

たしかにジェファソンやサリー・ヘミングズが登場人物の作品を書くこと自体は、アメリカ文学史上それほど珍しいことではない。例えば、黒人文学で最初の小説ともされるウィリアム・ウェルズ・ブラウンの『クローテル』(一八五三)が挙げられる。しかしながら、二〇世紀末になりジェファソンやサリー・ヘミングズを扱う作品がアメリカで集中的に発表されていることには注目すべきである。バーバラ・チェイス＝リボウ『サリー・ヘミングズ——禁じられた愛の記憶』(一九七九)、ジェームズ・アイヴォリー監督の映画『ジェファソン・イン・パリ』(一九九五)、さらには一九九七年二月には『トマス・ジェファソン』と題するドキュメンタリー・フィルムが全国放送されたことなども挙げられる。[2] このような潮流の中で世紀末のナショナル・アイデンティティを考察しながら、ジェファソンを中心にしてより壮大な規模で表現された歴史改変小説を通して、ポストモダンを代表する幻視作家エリクソンの世界観に光を当てることで、これまでとは異なる見解を提示したい。

エリクソンは、一九八八年アメリカ大統領選キャンペーンを描くルポルタージュ作品『リープ・イヤー』において、『Xのアーチ』と同様に突如として時空を超えてジェファソンを探しに現代にやって来るサリー・ヘミングズを登場させたうえに、作中において、建国当時の理想の「アメリカ」と、理想を失った現代の「合衆国」とを分けて表現してみせるのである。[3] ジェファソン及びサリー・ヘミングズに対するただならぬ関心がうかがえるのはもちろんだが、ここにもエリクソンが小説家として意識している二〇世紀末のナショナル・アイデンティティの不安定さと歴史の意義が前景化されてくる。さらに言うならば、エリクソンは、『リープ・イヤー』では語り足りなかったことを『Xのアーチ』執筆理由のひとつに挙げている。そして「『Xアーチ』で僕は何かを使い果たした気がする。実を言うと今後小説を書くかどうかもわからない」(「アメリカの希望と呪いを問い直す」57)とまで、この小説発表当時に吐露した。本作品によってエリクソンは、ひとつの区切りに達したとも言えるのではないだろうか。[4]

三

『Xのアーチ』のプロットは、架空都市イオノポリスを含む複数の空間と複数の時間軸からなり、さらには小説内で作家エリクソンが登場したうえに殺害される挿話なども含んでいるので、容易に要約を許さない。しかしながら、トマス（ジェファソン）とサリー・ヘミングズを巡る一連の物語が中心に位置しているために、小説として成立していることに疑いはないだろう。

トマスとサリーを中心にして『Xのアーチ』を読み進める際に、重要なキー・ワードとしてまず「煙」が挙げられる。この「煙」は、小説の冒頭トマスの幼少の頃にあたる一八世紀半ばのヴァージニア植民地において、女奴隷イヴリンが主人を毒殺したために火あぶりの刑になった時に舞い上がった煙であり、このことでトマスがその後も苦悶することになる煙である。またトマスがサリーを初めて凌辱する際、ホテルじゅうに聞こえるほどの悲鳴を上げたサリーについて、その瞬間に「煙が雲となって彼女から飛びだし部屋を満たした」(25)という描写がある。[5]

「煙」は、小説内で初めてトマスとサリーが同時に登場する場面にも、「革命の煙」として言及され、以下のように表れる。

三十四年後、革命の煙がその地方一帯に降り立つなか、トマスの少年時代の寝室だった部屋のある階で、九歳の奴隷娘サリーが別の部屋に立って、屋敷の女主人の臨終を見守っていた。(9)

このような「煙」の意味を探るために、エリクソンが最も影響を受けた作家としてたびたび言及しているウィリアム・フォークナーとの比較考察から論を進めたい。[6]フォークナーの『八月の光』(一九三二)の前半に置かれているつぎの場面は、ヒュー・ルパーズバーグによれば「小説内でこれから起こる出来事の全体像を包括している」(23)象徴的な場面である。

彼女［リーナ・グローブ］は二本の煙の柱を見ている。――ひとつは高い煙突から石炭を燃やした濃い煙、もう一方は町からいくらか離れた木々の茂みから明らかに立ち上っている高い黄色い柱となっ

ている煙。(29-30)

エリクソンは、エッセイ『アメリカン・ノマド』(一九九七)において、『八月の光』の登場人物ジョー・クリスマスに直接言及しているだけでなく(17)、クリスマスを「文学史上の最も重要な人物」(「アメリカの希望と呪いを問い直す」55)であるとも述べている。そのクリスマスが『八月の光』の冒頭、黒人を世話しているジョアナ・バーデンを殺害し、屋敷は煙を上げて燃える。長い旅を経てジェファソンにやって来るリーナ・グローブがその煙を見ているという非常に印象的な先の引用は、その後に明らかになっていくクリスマスの人種の問題につながる場面である。クリスマスは、見た目は白い肌をしながら、黒い血が流れているという噂だけで人生の行き場を失い、バーデン殺害後の逃走を経て、最終的に白人至上主義者パーシー・グリムに殺害されることになる。クリスマスの問題は、アメリカの建国以来抱えている問題であり、重大な矛盾をも示唆するものである。[7]

つまりジェファソンが草稿を作成した独立宣言のテクストには、すべての人間の平等を謳う言葉が書き込まれながらも、アメリカ合衆国に黒人奴隷制度を存続させたという矛盾があり、これは「奴隷に対する所有権を受け入れる気にはなかなかなれない反面、彼らに自由を与えてやる気にもなれない」(『Xのアーチ』13)とエリクソンが素描するトマスと共振している。それと同時に、サリーをトマスの共犯者として描くエリクソンは、「徹底的に引き裂かれ、矛盾に満ちたアメリカ的な主体を構成する『自己』そのもの」(山口 116)としてサリーを表現してみせる。小説内で「肌はすっかり黒というには白すぎ、すっかり白というには黒すぎた」(14)と描かれるサリーは、小説内で単に人種の問題に回収される人物にとどまることなく、ついには「国を作ったのは、彼女だったのだ。国はいつでも彼女によって作られるべくあり続けた」(285)と認識される人物として描かれる。つまりサリーは「自己矛盾したアメリカの本質の一側面を担う、トマスの共犯者」(山口116)なのである。著者エリクソン自身の言葉を使うならば、「サリー・ヘミングズの場合にしても、けっきょく彼女が直面する奴隷制というのは、文化や社会同様、彼女自身の想像力によって培われたものだ。彼女のアイデンティティの意識がいかに、人生で出会う男たちによって、ひいては男たちの彼女への期待の地平によって形成されているかを知り、何とかしてそうしたシナリオを打破しようと闘争する」(マキャフリイ236)。エリクソンが表現してみせたサリーは、トマスとの間に存在する主人と奴隷という主従関係に拘束されているだけではなく、彼女自身もまたアメリカや奴隷制度の創造に加担した人物である。

エリクソンは次のように、アメリカ自体をジョー・クリスマスに喩えてみせる。「いまわれわれの国は、フォークナーの『八月の光』の主人公ジョー・クリスマスの世界そのものである。自分が白人か黒人か知らず、顔の色というより、頭の中の思考から言ってわれわれはノマドと言えるからだ」(『スティーヴ・エリクソン』55)。この発言に見られるエリクソンとフォークナーの間テクスト的な対話が提示するのは、エリクソンにとって、アメリカとクリスマスの置換がジェファソン及び独立宣言から引き継がれた主題であると同時に、これが一九九六年アメリカ大統領選に対するエリクソンのコメントであることを念頭に置くならば、現在進行形の主題でもあるということであり、「思考」をある種のアイデンティティと置き換えるならば、不安定なナショナル・アイデンティティを示唆しているとも読み取れる。

ジェファソンに関する伝記及び研究書はこれまでに数多く出版されており、現在ではジェファソンの伝記的な事実はもちろんのこと、彼の思考における矛盾は数多く指摘されている。数多ある伝記の中でもジェファソンとサリー・ヘミングズの関係を暴露したともいえるフォーン・ブロディ『トマス・ジェファソン私史』（一九七四）は、エリクソンの愛読書リストに入っている（『スティーヴ・エリクソン』62）ことから考えても重要な資料であるのだが、ここではもうひとつの例としてマイケル・クラニッシュの『モンティチェロからの逃走』を取り上げることにしたい。クラニッシュによれば、ジェファソンに関する記録はやはり矛盾に満ちたものであり、例えば戦争のリーダーとしての役割を果たしながら戦争には不向きだったことが明らかであるし、そのような多くの矛盾が彼自身の中に窺えると指摘されている(331)。しかしながら、やはりジェファソンの胸の内に潜む矛盾で最も強調すべきは人種に関わるものであろう。その中でも顕著なエピソードとして、自身の所有する奴隷のほとんどを解放したジョージ・ワシントンとは対照的に、ジェファソンが数多くの奴隷を所有しながら生涯にほんの数人しか解放しなかった事実がある。とりわけ驚くべきことに、格調高い独立宣言の起草者であったジェファソンは、その原草稿では奴隷制度を激しく非難しているのだ。結果的に大陸議会においてその文言は削除されたとはいえ、その後ジェファソンがこの問題に積極的に取り組むこともなく、そのために奴隷制が独立宣言によって廃止されなかったという明白な矛盾こそが、その後の南北戦争などを引き起こす契機となったと言えるのではないだろうか。そのことにより「ジェファソン民主主義という名の人種差別主義」（山本 100）と批判されるようにさえなる。

この背景にはもちろんサリー・ヘミングズの存在が透けて見えるだろう。たしかに『Xのアーチ』はフィクションであり、史実に沿って書かれているわけではないのだが、エリクソンは小説の重要な要素としてこの矛盾を意味深いことに過激なまでに強調して描写する。ジェファソン（エリクソン）にとってサリー・ヘミングズの存在は、まさに矛盾そのものを体現する存在と言えるだろう。

本小説において矛盾や葛藤が最も明白になるのは、もちろん、トマスが奴隷制に反対しながらも黒人であるサリーを愛人にしていることである。パリに娘ポリーの付き添いとしてやって来るサリーを愛人にするトマスは、「自分が所有するものの中に、人はただ歓びを得る――それがアメリカの自由の本質なのだ。同様に所有するものによって自己を定義することが、結局はアメリカの本質になるのだろう」(38)と思考し、奴隷を解放するという「選択をするにはもう手遅れだと思う方が楽になって」(38)しまったトマスには、サリーもしくは奴隷を解放するという選択の余地はもはや存在しない。

ただし本小説は単純に進行するわけではない。サリーはナイフを身辺に忍ばせてトマスをパリで殺害することを企てるのである。トマス殺害の現場がパリであれば、「奴隷が主人を殺したことにはならない。縛り首になるかもしれない、でもそれは、パリでは一人の自由な白人を殺した一人の自由な黒人が縛り首になるってこと」(30)であるとサリーは認識している。そしてサリーは「第一に、あたしをあなたの家の女主人にすること。第二に、絶対にあたしを他人に売らないこと。第三に、あたしたちの子供が成人したら全員自由の身にすること」(44)という要求をトマスに飲ませたうえで、アメリカに一緒に帰ることを約束する。その瞬間、「四十年前に主人のジェイコブ・ポルルートを毒殺した、イヴリンという名の奴隷の灰がついに降ったのだ」(44)。この「奴隷の灰」こそが、小説冒頭の「革命の煙」へと連なり、これはサリーがある意味でトマスとの主従関係を逆転させた重大な瞬間でもある。

このように見てくると、本小説の終盤にもうひとつの「アメリカ」としてエリクソンが提示する世界において、「モンティチェロの狂気」(287)と噂され、トマスが自分で自分を売却することで「王であると同時に奴隷になる」(289)ことを選択するのは、究極の矛盾を表出していることになるだろうし、裸で手首に枷を付けられた状態で、訪ねてきた新大統領ジョン（アダムズ）に対して「すべては公明正大な取引だったんだ。これ以上はないというくらい合法的な取引だった」(289)と語った後、「君はまだ、私の値段を訊いてないぞ」(290)と言い寄るトマスは非常にアイロニカルにうつる。ここで、『リープ・イヤー』における「私はアメリカをつくった男の奴隷だった、そしていまアメリカは私の奴隷だわ」(138)というサリー・ヘミングズの発言も想起されるだろう。

エリクソンは、『八月の光』のクリスマスが「自分が黒人なのか白人なのか、文字どおりの意味で分からない人物。その事実によって彼は、アメリカの希望と呪いを一身に体現している」(『スティーヴ・エリクソン』60)人物であるとみて『八月の光』を引き継ぎ、ジェファソンを王でありながら奴隷として描くことで「アメリカの希望と呪いを問い直す」(「アメリカの希望と呪いを問い直す」56)ことを試みた。たしかに現実と理想が乖離することは不思議なことではないだろう。しかしながら、そこから生み出された矛盾が、革命を経て建国以来アメリカが抱えていた、そして南北戦争を経て未だに抱え続けるナショナル・アイデンティティとして存在している。エリクソンはこのことを最も過激な描写で読者に提示したと読み取れるのである。[8]

四

エリクソンの作品を分析する際、ひとつの重要な概念として「核の想像力 (nuclear imagination)」が存在する。それは世界が核を保有するようになった時代に、「核の想像力」を持っている人間は、終末やそのことに対する恐怖を意識する中で、「深淵」と向かい合うと同時にそこから解放され自由になることが可能となり、その想像力が新たな世界観を生み出すというものである (*Leap Year* 42)。「核の想像力」とは、言い換えるならば終末を迎えた世界を超える新しい世界の創造力ということであり、この時に実際の核兵器による世界の破滅を想定する必要はない。だからこそエリクソンは、アルベルト・アインシュタインやウォルト・ディズニーなども「核の想像力」の持ち主であるとしている。

エリクソン同様に「核の想像力」を持っていた人物として比較考察するためにここで焦点を当てるのは、再びフォークナーである。プリシラ・ウォルドは「原子力のフォークナー」において、一九五〇年ストックホルムでのノーベル文学賞の受賞講演の中で、核について世界に向けて語りかけたことを引き合いに出しながら、演説やエッセイでフォークナーが強調する「恐怖」から論を始め、『アブサロム、アブサロム!』(一九三六)のトマス・サトペンの破滅にはこの恐怖が作用しており、またサトペンを通してフォークナーが原爆以後の人類の終末（アポカリプス）、そしてゲノム時代の恐怖までも予見していたと論じる。このことについて最も示唆的な一節として、『アブサロム、アブサロム』における次の引用が挙げられる。

やがてジム・ボンドのような人間たちが西半球を征服するようになるだろうと僕は思う。もちろん、僕たちの時代には決して起こらないだろうし、もちろん、彼らが極地に広がっていくにつれて（中略）白くなる、だから雪の中でははっきりとは目立たなくなるだろう。それでもまだジム・ボンドであることにはかわりないだろう。だから二、三千年後には、君を今見つめている僕もまたアフリカの王様たちの腰から生み出されたものになるだろう。(302)

トマス・サトペンの息子と名前の明かされない純血の黒人女性との間に生まれたジム・ボンドを引き合いに出しながら、真冬、北部に位置するハーヴァード大学の学生寮の一室で、カナダ人シュリーヴ・マッキャノンがアメリカ南部人クエンティン・コンプソンと対話を繰り広げる。先の引用は、『アブサロム、アブサロム！』の最終場面、シュリーヴがクエンティンに対して人種混淆の恐怖を突きつける極めて重い言葉である。これは決して悪い冗談ではなく、想像され得る未来のアメリカと言えるだろう。この言葉に真実味があるからこそ、そしてその恐怖を想像するからこそ揺さぶられたクエンティンは、ここで自身のアイデンティティの根幹に関わる「なぜ南部を憎んでいるんだい」という問いに対して、「南部を憎んではいない」(302) と叫ぶのである。

もちろんこの一節が表現するのは、フォークナーの「核の想像力」が発揮された新しい世界の創造力ということになる。それと同時に、フォークナーを引き継ぐ『Xのアーチ』で描写されるもうひとつの「アメリカ」の原型でもあるのだ。さらに言うならば、このシュリーヴの発言は、アメリカ人に対してアメリカの外部に位置するカナダ人にあえて発言させるというフォークナーの戦略のあらわれであり、この未来に存在するであろう、もうひとつの「アメリカ」という主題を前景化させることになる。フォークナーは、「おそらく受賞スピーチの最も印象的な箇所で」表現したように、「アポカリプスのイメージから芸術を創り出し、そして芸術が表現する不屈の精神をとらえようとした」(Wald 35) 作家であり、[9]『アブサロム、アブサロム!』における先の一節は、「核の想像力」を通してエリクソンへと引き継がれているのだ。[10] エリクソンが『Xのアーチ』の中で「核の想像力」を働かせ、表現してみせるもうひとつの「アメリカ」とは、つぎのようなものである。

「これが力のジレンマの最終的な解決なんだ」とトマスが闇のなかで言うのが聞こえた。「王であると同時に奴隷になることがね。軍隊を指揮し、同時にその雑用係になる。何マイルにもわたって全員に命令し、そして、ここへ勝手に入ってくる黒人の子供たちの気まぐれに従う。」(289)

夢の中でサリーがトマスをナイフで殺害し、その瞬間に彼女は「アメリカ」と呟く。パリでトマスを捨て去る「彼女［サリー］」は、あたかもひとつの身震いのように革命を貫いていった。彼女は究極の反乱者だった。彼女は、世界最大の革命者から自分を解放した」(282) のだから。つまり、革命者ジェファソンから自身を解放したサリーもまた革命を起こしたことが示唆される。そして本小説内で提示されるもうひとつのアメリカは、つまりトマスがそのサリーに捨てられひとり帰国したアメリカである。そこで強調されているのは、先に引用しておいた自らを黒人奴隷に売却し、王であると同時に奴隷になるという矛盾に満ちた最終的な解決方法を実行するトマスのアイロニカルな姿勢であることは言うまでもないだろう。ジム・ボンドのような黒人の子供たちに支配されるトマスの姿は、まさにエリクソンがフォークナーから引き継ぎ、ジェファソンを利用しながら描くもうひとつのアメリカである。

トマスが黒人奴隷たちに支配されるアメリカは、「ここではどんなに白いものも、じきに白くなくなってしまうんだ」(290) と言及される、奴隷と主人の関係が転倒したアメリカ、つまり外見もみな黒くなることが暗示される世界である。これは『アブサロム、アブサロム！』のシュリーヴが予言した、黒い血を持ちながら外見が白いために雪の中では目立たないアメリカとは正反対のように映るが、逆説的にはシュリーヴの予言したアメリカなのかもしれない。そこは白いものが白くなくなったゆえに、白い雪の中では黒のコントラストが際立つようなアメリカであり、つまりジム・ボンドのような人間が支配するアメリカをエリクソンは、あえてより目に見える形で提示してみせるのである。

では実在のジェファソンは、こうした「核の想像力」を有する人物だったのだろうか。それともこの小説に描かれるジェファソンは、「核の想像力」を働かせたエリクソンが創り出したあくまでフィクションのジェファソンにすぎないのであろうか。ジェファソンの矛盾、とりわけ人種に関わる矛盾に関しては、先述した通り独立宣言の原草稿から始まることは明らかであり、先述の「ジェファソン民主主義という名の人種差別主義」という評価には説得力があると言える。ここではもう少し詳細に確認したい。明石紀雄によれば、『ヴァージニア覚書』などを精査する限りでは、ジェファソンは奴隷制について「終末的」との評価を下していたようだが(122)、人種問題に関して「両人種の共存ではなく『社会秩序の紊乱』が到来し、どちらかの人種が『絶滅』までそれは続く」(125)という恐ろしい予想を立てていただけでなく、「黒人を『害ある存在』と呼び、混血に対するあからさまな嫌悪の気持ちを表して」(130)いたようである。さらには「黒人が何世代かにわたって白人と交われば『白人』になるという発想」(132)がジェファソンにはあったようだが、これはまさに『アブサロム、アブサロム!』のシュリーヴが予言するジム・ボンドのような人間が支配する世界なのであり、逆説的にはエリクソンが描く鎖に繋がれたトマスのいるアメリカなのかもしれない。

『アブサロム、アブサロム!』は、サトペンを中心とした過去の出来事を、他人の語りを通して読み解いていく物語であり、最終的に物語の帰趨は白痴の黒人ジム・ボンドへと委ねられる。ウォルドの分析によれば、先のシュリーヴによる予言はシュリーヴが「サトペンの物語から歴史に関する教訓を得たかのようである。つまり、いかにして歴史が付与する集団的アイデンティティや社会存在は、(中略)私たちが語る過去の物語に従属するものであるのか、ということであり」、このように考えるならば、「ジム・ボンドたちの支配は、結果として人種間結婚を通して白さ(whiteness)の消滅をもたらす。しかしさらに重要なことは、そこではシュリーヴもクエンティンも彼らの祖先たちも——単に彼らの子孫に限らず——すでにアフリカ人の子孫なのである、という何度も繰り返された物語を暗示している」(49)。人種混淆が繰り返され、白さが消滅した世界では、語られる過去の物語が解釈者であるジム・ボンドたちに委ねられ、その際全ての子孫だけでなく、祖先までもがアフリカ人の祖先として語り継がれる可能性を意識したシュリーヴの言葉なのである。当然そこではアフリカ人の子孫にジェファソンも含まれることになるだろう。

五

先に論じたように「核の想像力」とは「深淵」をいかに表現するかと深く関わっているが、アメリカにおける「深淵」の核心についてエリクソンは、「深淵は、あの突然変異によるたった一日の余分な日だった。そこには最初からアメリカに関わる思想の歴史が生きていた。一七七六年もまたうるう年だった」(*Leap Year* 46)と語る。この「余分な一日」は『Xのアーチ』に繋がる重要なモチーフでもある。『Xのアーチ』のタイトルは、小説内において、ある数学者が発見した「行方不明の一日」であり、「一九九九年十二月三十一日と二〇〇〇年一月一日のあいだの一日」(210)に由来するものである。その余分な一日こそ「この千年にわたって悲しみと情熱がいったん記憶から奪い取り、そして歴史と心の描く二つの弧の交差Xへと小刻みに返していったあらゆる瞬間の総計」であり、「その交点Xこそ、いっさいの歴史が崩壊に至る、時のブラックホールにほかならない」(210)とされている。アメリカ建国以来のこの深淵について、ジェファソンを利用して書き込んだ作品が『Xのアーチ』であり、そこにはエリクソンが提起する歴史の問題が潜んでいる。

本稿冒頭で引用したシュレージンガーの一節は、歴史とナショナル・アイデンティティの重要さ及び再規定を問うものであると同時に、記憶と歴史の関係を喚起している。ウォルター・ベン・マイケルズはこれに応答し、「歴史は、私たち個人に起きたことでなく、アメリカ人としての私たちに起きたことの物事の記憶を与えることができる。（中略）はるか昔にアメリカ人に起きたことやアメリカ人が行ったことと私たちとの関係とは、記憶についての関係であるから、私たちは自身がアメリカ人だと知るのである」(133)とする。ただしここで留意すべきことは、三浦玲一が論じるように、「歴史は、普遍性に開かれており、（中略）真偽判断が可能」である一方で、「記憶は同じアイデンティティを持つ者のみに開かれており、（中略）その真偽を問うことに本質的な意味がない」ことであり、さらに付け加えるならば「アイデンティティは、しばしば、ある過去の体験から定義されるが、そのときそれは、歴史を記憶に変換している。実際のところ、アイデンティティとは歴史を記憶に変えるための装置なのである」（三浦『村上春樹とポストモダン・ジャパン』61)。

このような枠組みで考えるならば、二〇世紀末に再燃したジェファソンとサリー・ヘミングズの問題は、客観的なＤＮＡ鑑定という歴史における一定の結論に達しながらも、ナショナル・アイデンティティの問題として未だにトマス・ジェファソン財団やトマス・ジェファソン遺産協会などを巻きこみながらアメリカで議論されており、数多のジェファソン関連の作品及び研究書が出版されているのも当然であろう。ここではナショナル・アイデンティティの問題が、歴史を記憶へと変換させているのだ。辻内鏡人がシュレージンガーを批判的に読む際に、ナショナル・アイデンティティを規定する上で「『アメリカ』という言説じたいができあがる過程でいかに多くの『人種』や

『アフリカ』という言説をつくりあげてきたかを忘れている」(68) ことを鋭く指摘する。これはサリー・ヘミングズを含む黒人の歴史が切り離され、恣意的な記憶による再規定が行われてきている証左である。ここでエリクソンの言葉を使うならば、「今、アメリカでは、歴史が現代の記憶から離縁されようとしていて、この傾向はますます顕著になっています。言いかえれば、記憶が一種の人工的な構築物のようになってきてしまっている」(『ドリーム』73) ということなのだが、ここにもエリクソンが、二〇世紀末の主題として歴史と記憶の関係が乖離していることを捉えていることが見て取れる。

エリクソンが提起する歴史と記憶の枠組みで分析を深めるために焦点を合わせたいのは、『Xのアーチ』における登場人物エッチャーである。エッチャーは、架空都市イオノポリスでサリーと偶然に出会う教会の職員であり、サリーの事をさらに深く知ろうとしたことがきっかけで、その教会から秘密文書を盗み出している。小説内におけるエッチャーの最も象徴的なふるまいは、盗み出した秘密文書である「無意識の歴史無削除版」を書き直して、その後に返却していることである。その際、ときには「歴史が侵犯されずに無傷無改変のまま」にとどめて返却したこともあるのだが、それでも「それまでの改変ゆえにそれを取り巻く文脈は新しくなってしまっていた」(278-79) と語られる。

エリクソン批評では、このエッチャーは著者スティーヴ・エリクソンに重ねられ論じられている (Murphy 468, 474)。小説内で歴史の改訂版を書き続けるエッチャーがエリクソンと重なるとするならば、本小説は歴史を書き換えることの可能性を示唆していることになるだろう。著者エリクソンは、「想像力ってのは、たえず歴史や政治を変形しようとする方向へと向かう」、「歴史なんてものがほんとうはいかに不安定か、そう考え直してみるほうがエキサイティングじゃないか」(マキャフリイ 246-47)と強調する。もちろん、複数形の歴史とか、過去から現在そして未来というような直線的に進まない世界が小説内において共存するとかというのは、ポストモダン文学の常套手段であり、さらにはリンダ・ハッチオンが提唱するポストモダン文学を語る上で重要な概念である「歴史記述的メタフィクション(historiographic metafiction)」を表現しているとも言えるだろう。つまり、積み重ねられた出来事としての歴史とはひとつのフィクションに過ぎず、歴史が絶対的な真理を持ちえないばかりか虚構であるということを小説内で表現することに他ならない。

さらに議論を深めるために、小説内のもう一人の象徴的な登場人物であるゲオルギーに焦点を当てたい。アメリカの理想に対して「深い矛盾に貫かれた、極端に神秘的な執着心を抱いている」(221)ゲオルギーは、ネオ・ナチ集団を扇動し、小説内に登場する作家エリクソンをドイツで殺害するだけでなく、エリクソンのパスポートを盗み出しエリクソンになりすますことに成功すると、サリーを求めてアメリカへと渡る。そしてついには、独立宣言の一節である「幸福の追求」と書かれた石のかけらでトマスまでも殺害するに至る。このシーンは、物語前半でサリーが正体不明の死体の隣で目覚める場面に連なり、小説内で円環構造を完成させている。もしも小説内の作家エリクソンが、アメリカのナショナル・アイデンティティを追及する『Xのアーチ』著者のスティーヴ・エリクソンと重なり、そのなりすましであるゲオルギーが自らを「アメリカ」(259)と名乗るトマスを殺害するとするならば、それは「象徴的な意味で『アメリカ』を殺め」ることによって、「『アメリカ』の表象不可能性をテクスト内で劇的に描いてみせ」（山口 122-23）たことになるとの解釈は、極めて妥当なものと考えられる。

しかしながら、留意すべきことは、『Xのアーチ』という小説はここで閉じられないことである。小説の残りのページの中で描写されるのは、先に「核の想像力」の分析の際に引用したような、トマスが黒人奴隷に自らを売却するというもうひとつのアメリカが語られるとともに、さらに時間と空間が入り乱れた後、エッチャーは先に詳述したような歴史を書き換える行為を行っていたのである。そして一六年前ホテルの一室においてサリーの隣で殺害を行った犯人としてエッチャーが、サリーの娘ポリーのことを気遣い、身代わりとして逮捕されることになる。エリクソンが読者に対して最終的に提示するのは、表象不可能なアメリカではなく、あくまでもうひとつのアメリカであり、歴史の可変性であることは強調しすぎることはないだろう。

本稿は、アメリカ革命の中心人物であったジェファソンにまつわる様々な矛盾や人種に関するある種の偏見について、改めて批判するものでは決してない。[11] むしろアメリカ史におけるジェファソンの存在や想像力がいかに世紀を越えて文学作品に影響を与え、ナショナル・アイデンティティの問題として現代にまで引き継がれているのかを照射するものである。

『革命について』においてハンナ・アレントは、革命の定義及びアメリカ革命に関して、「革命は、終わりとはじまり、もはや存在しないもの (no longer) とまだ存在しないもの（not yet）との伝説的な裂け目にほかならなかった――少なくともアメリカ革命の人びとにはそのように思われたにちがいない。そして（中略）彼らの想像力に強く訴えたにちがいない。（中略）さらに、この裂け目が、時間を連続的な流れとして考えるふつうの時間観念からは逸脱している前代未聞の思弁の中に入りこんでいることは明らかである」(328)と述べる。アメリカ革命から始まるこの裂け目もしくはこの裂け目が生み出したものが、世紀を越えて現代の思考へまで入り込んで来ていることはもはや明らかだろう。

そして「アメリカ」を表象不可能にしているのが、ジェファソンでありサリー・ヘミングズであると同時に、現代の（核の）想像力に訴えかけるのもまたジェファソンでありサリー・ヘミングズなのである。ジェファソンからフォークナー、そしてエリクソンが「核の想像力」を通して描写したアメリカは複数形のアメリカであり、もうひとつのアメリカである。これは世紀を越えた長い時の隔たりにもかかわらず、ある一定の因果律を結んでいる。このことこそが「アメリカ」というナショナル・アイデンティティを形成していることを示唆していると言えるのかもしれない。

注

1　三浦「アメリカン・ロマンスからポストモダン・ロマンスへ」(356)。また、ポストモダン文学における『Xのアーチ』の位置づけに関する初期の批評としてエイミー・エリアスは、「設定として一八世紀を取り入れた同時代の小説の中で最も刺激的な作品のひとつ」(534)と評価する。

2　このような動向の背景としては、一九九八年一一月五日号の科学雑誌『ネイチャー』掲載の記事からうかがえる通り、サリー・ヘミングズの子孫のＤＮＡ鑑定が行われ、その結果ジェファソンの子孫である可能性が高いと立証され、議論が再燃したことが挙げられる。山口和彦が指摘するように、これは「混血の子供たちをめぐる言説が（中略）、将来の国家の行方やアメリカ人のアイデンティティを変容させうる強力な言説であることの証左」(115)であり、ジェファソンに関わる事象がアメリカ人のアイデンティティと深く関わっていると了解できる。

3　エリクソンは『ルビコン・ビーチ』（一九八六）においても、「アメリカ１」「アメリカ２」という二つのアメリカを区分して表現している。

4　次作『アムニジア・スコープ』（一九九六）は、舞台はロサンゼルスではあるが、珍しく一人称語りであり、またエリクソン自身が次回作に関しては「パーソナル」なものになると語っている（『スティーヴ・エリクソン』21-22)。このことからも『Ｘのアーチ』を境に、エリクソン自身の関心がナショナルな事象から移行していったことが読み取れる。

5　翻訳は柴田元幸訳を使用したが一部変更を加えた。

6　『Ｘのアーチ』内で殺害される作家エリクソンの化粧箪笥の上にもフォークナーが積まれている(233)。

7　エリクソンは、フォークナー及びジョー・クリスマスの影響を受けた自作として『黒い時計の旅』（一九八九）を挙げ、小説の構造も『八月の光』に影響されているとしている（「アメリカの希望と呪いを問い直す」54)。

8　エリクソンは村上龍との対談内で「アメリカの矛盾を超越し、アメリカの理念を回復するために、第三のアメリカを創造する必要性や能力を果たしてアメリカはいつ認識するのか。それが現時点での大きな問題だと思うんです」（『ドリーム』53）と述べ、アメリカが抱える矛盾から新たなナショナル・アイデンティティの必要性を語り、このことからも世紀末の主題として矛盾とナショナル・アイデンティティの関係を捉えていることが理解できる。

9 リー・スピンクスは、エリクソンがアメリカン・アイデンティティに常に死やアポカリプスとの相互関係が関連していると示唆している、と指摘する(220)。

10 ジム・マーフィーは、トマスとサリーの関係が『アブサロム、アブサロム!』のトマス・サトペンとチャールズ・ボンの関係に部分的に類似していると、わずかではあるが論じている(456)。

11 柴田元幸は、『Xのアーチ』について「この小説が目ざしているのは、欲望に正邪の物差しを当てて一個のわかりやすい教訓に話を収斂させることではない。外側から見た意味ではなく、内側の実感をそのまま伝えることで、白人男の横暴(もちろん横暴にはちがいないのだが)と言って思考停止してしまったら見えにくくなってしまうものを探ろうとしている」(62)と主張する。

引用参照文献

Akashi Norio. 明石紀雄『モンティチェロのジェファソン』、ミネルヴァ書房、二〇〇三年。

Arendt, Hannah. ハンナ・アレント、志水速雄訳『革命について』、筑摩書房、一九九五年。

Elias, Amy J. "The Postmodern Turn on (:) the Enlightenment." *Contemporary Literature* 37 (1996): 533-58.

Erickson, Steve.「アメリカの希望と呪いを問い直す」『エスクァイア日本版』一〇月号、一九九三年。54-57.

—. *American Nomad*. New York: Henry Holt and Company, 1997.

—. "The Apocalypse—Stay Tuned." *The New York Times*. 1 Feb. 1991. <http://www.nytimes.com/1991/02/01/opinion/the-apocalypse-stay-tuned.html>

—. *Arc d'X*. New York: Poseidon P, 1993; 柴田元幸訳『Xのアーチ』、集英社、一九九六年。

—『ドリーム——エリクソンと日本作家が語る文学の未来』越川芳明編、筑摩書房、一九九九年。

——. *Leap Year*. New York: Avon Books, 1989.

——『スティーヴ・エリクソン』越川芳明編、彩流社、一九九六年。

Faulkner, William. *Absalom, Absalom!* 1936. New York: Vintage International, 1990.

——. *Light in August*. 1932. New York: Vintage International, 1990.

Hutcheon, Linda. "Historiographic Metafiction: Parody and the Intertextuality of History." *Intertextuality and Contemporary American Fiction*. Ed. Patrick O'Donnell and Robert Con Davis. Baltimore: Johns Hopkins UP, 1989. 3-32.

Kranish, Michael. *Flight from Monticello: Thomas Jefferson at War*. New York: Oxford UP, 2011.

McCaffery, Larry. ラリイ・マキャフリイ「無垢への幻想と記憶のマゾヒズム——スティーヴ・エリクソン・インタビュー」、『アヴァン・ポップ　増補新版』巽孝之・越川芳明編、北星堂書店、二〇〇七年。230-51.

McHale, Brian. *Postmodernist Fiction*. London: Routledge, 1987.

Michaels, Walter Benn. *The Shape of the Signifier: 1967 to the End of History*. Princeton: Princeton UP, 2004.

Miura Reiichi. 三浦玲一「アメリカン・ロマンスからポストモダン・ロマンスへ」、『アメリカ文学のアリーナ——ロマンス・大衆・文学史』平石貴樹、後藤和彦、諏訪部浩一編、松柏社、二〇一三年。335-84.

——『村上春樹とポストモダン・ジャパン』、彩流社、二〇一四年。

Murphy, Jim. "Pursuits and Revolutions: History's Figures in Steve Erickson's *Arc d'X*." *Modern Fiction Studies* 46.2 (2000): 451-79.

Ruppersburg, Hugh. *Reading Faulkner:* Light in August. Jackson: UP of Mississippi, 1994.

Schlesinger, Arthur, Jr. *The Disuniting of America: Reflections on a Multicultural Society*. New York: Norton, 1992.

Shibata Motoyuki. 柴田元幸「所有と快楽――スティーヴ・エリクソン『Xのアーチ』について」、『読み直すアメリカ文学』渡辺利雄編、研究社出版、一九九六年。55-69.

Spinks, Lee. "Jefferson at the Millennial Gates: History and Apocalypse in the Fiction of Steve Erickson." *Contemporary Literature* 40.2 (1999): 214-39.

Tsujiuchi Makoto. 辻内鏡人『現代アメリカの政治文化――多文化主義とポストコロニアリズムの交錯――』、ミネルヴァ書房、二〇〇一年。

Wald, Priscilla. "Atomic Faulkner." *Faulkner's Inheritance: Faulkner and Yoknapatawpha, 2005*. Ed. Joseph R. Urgo and Ann J. Abadie. Jackson: U of Mississippi, 2007. 35-52.

Yamaguchi Kazuhiko. 山口和彦「Steve Erickson の *Arc d'X* における私語りと主体の倫理」、『英文学研究』第八三巻、二〇〇六年。111-24.

Yamamoto Mikio. 山本幹雄『大奴隷主・麻薬紳士ジェファソン――アメリカ史の原風景』、阿吽社、一九九四年。

あとがきにかえて

本書『アメリカ文学と革命』は、新英米文学会内に設けられた研究プロジェクト「アメリカ文学と革命」の成果を世に問うものである。前回の「アメリカ文学における所有と労働」というプロジェクトは、その成果を幸いにも日本学術振興会から出版助成金を得て論集『文学・労働・アメリカ』(南雲堂フェニックス、二〇一〇年)として公刊することができたが、本論集はその姉妹篇ともいうべき論集である。

今回の共同研究は、前著の編集にあたったアメ労編集委員のひとり村山淳彦が呼びかけて二〇一一年年頭にスタートしたが、ほどなくして「アメ労2プロジェクト」と通称されるにいたった。本書を世に問うにあたり、再度アメ労編集委員会が編集の任を担うことになった所以である。

通称「アメ労2プロジェクト」は二〇一一年三月に第一回読書会がもたれて以来、四年にわたり合計二〇回に及ぶ読書会を重ね、(個別論文を含む)都合一九点の文献を読み、ディスカスすることができた。二〇回のうちの二回は、新英米文学会の企画と提案を担う研究企画委員会の計らいで二〇一二年度一〇月、一一月の二回連続の理論研究例会として設定された。これら一九点の文献のほとんどは、呼びかけ人があらかじめひととおり目を通した上で数次にわたって作成し配布した合計一五〇点を優に超える文献リストの中から、各回の報告者の意向にしたがって選ばれたものであることを付記しておきたい。

プロジェクトには総勢三〇名ほどの研究者が参加したが、最終的に論集にまとめる段階で提出された論説は本書の構成に見られるとおりとなった。論文執筆にとりかかったものの、残念ながら完成にこぎ着けられずに終わったメンバーもいる。また、本書の視座から論ずるべき作家や分野などの研究対象は他にも少なくないのに、研究プロジェクトのメンバーだけではすべてを扱いきれず、やむを得ず取り残すことになった。特に惜しまれるのは、プロジェクトの最終段階まで取り組まれていた、シャーロット・ギルマン、ジャック・ロンドン、ジョン・スタインベック、ダシール・ハメット、マイケル・ゴールド、アーシュラ・ル＝グィン、メキシコ革命と壁画運動などに関する論考である。

さて、本書も独立行政法人学術振興会にたいし出版助成を申請したところ、平成二八年度科学研究費補助金学術図書に採択された。学術振興会にたいし謝意を表したい。特に査読にあたった覆面の諸氏の英断にたいして敬意を表したい。助成の申請書にも記したことだが、合衆国などにおいては歴史のフィールドなどはいうに及ばず、文学のフィールドにおいても、政治革命をはじめとするもろもろの革命は縦横に論じられている論題であるが、覆面の諸氏はそのことを承知しておられて、そのことが本書の採択に幸いしたかもしれない。

次に出版元の英宝社編集部宇治正夫氏にたいし、何よりも本編集委員会の厄介な注文に忍耐をもって対処して下さったことに謝意を表したい。

最後に、右の出版助成申請の際のまとめ役を東洋大学社会学部の三石庸子が担うことになったために、申請書類の提出窓口である東洋大学研究推進課、とりわけ畑中将良氏と大場健介氏には申請書類の取り寄せ、書類の作成の仕方、作成した書類のチェックなど、丁寧に対応していただき、感謝したい。

二〇一六年秋

アメ労編集委員会

井川眞砂／福士久夫

三石庸子／村山淳彦

執筆者紹介（論文掲載順）

村山淳彦（むらやま・きよひこ）　東京都立大学名誉教授
『セオドア・ドライサー論――アメリカと悲劇』（南雲堂、一九八七）、『エドガー・アラン・ポーの復讐』（未來社、二〇一四）、ドライサー『シスター・キャリー』（岩波書店、一九九七）。

武田宜久（たけだ・よしひさ）　平成国際大学准教授
「『サフィーラと奴隷娘』論――死、語り、支配」松本昇・大崎ふみ子・行方均・高橋明子編『神の残した黒い穴を見つめて――アメリカ文学を読み解く／須山静夫先生追悼論集』（音羽書房鶴見書店、二〇一三）、「私は如何にして「成功」したか――『赤い武功章』と一九世紀末サクセス・マニュアル」『New Perspective』一七三号（新英米文学会、二〇〇一）、「言語化された力――*Ethan Frome* を読む」（『平成国際大学論集』第二号、一九九八）。

水戸俊介（みと・しゅんすけ）　東洋大学兼任講師
「推理家デュパンのアイロニー――ジャンル論的ポウ研究」（『東洋大学大学院紀要』第四六集、二〇〇九）、「屋敷から想像の都市へ――ジャンル論的ポウ研究」（『東洋大学大学院紀要』第四五集、二〇〇八）、「解体していくものの力学――ジャンル論的ポウ研究」（『東洋大学大学院紀要』第四四集、二〇〇七）。

福士久夫（ふくし・ひさお）　中央大学名誉教授
［翻訳］フランク・レントリッキア『ニュークリティシズム以後の批評理論』（上・下）（未來社、一九九三）、〔論説〕「社会的歴史的批評実践の現在――チャールズ・ブロックデン・ブラウンの『ウィーランド』の場合」小林憲二編著『変容するアメリカ研究の今――文学・表象・文化をめぐって――』（彩流社、二〇〇七）、「メルヴィルの労働大衆」アメ労編集委員会編『文学・労働・アメリカ』（南雲堂フェニックス、二〇一〇）。

高橋和代（たかはし・かずよ）　元東京外国語大学兼任講師
「メルバリーとジャイルズに見るハーディのダブル・バインド――『森林地に住む人々』」新英米文学会編『英米文学を読み継ぐ――歴史、階級、ジェンダー、エスニシティの視点から――』（開文社出版、二〇一二）、「感謝の祭儀――『ダロウェイ夫人』におけるクラリッサの変容――」『New Perspective』一八九号（新英米文学会、二〇〇九）。

吉田　要（よしだ・かなめ）　首都大学東京助教
「育まれ成熟する場所――エミリィ・ディキンスンの果樹園」『New Perspective』二〇一号（新英米文学会、二〇一五）、「潤う穀倉――穀物から読むディキンスン――」新倉俊一編『エミリ・ディキンスンの詩の世界』（国文社、二〇一一）、「「ニューイングランド・ファーマー」――エミリィ・ディキンソンとファーミング」アメ労編集委員会編『文学・労働・アメリカ』（南雲堂フェニックス、二〇一〇）。

寺山佳代子（てらやま・かよこ）　元國學院大學北海道短期大学部教授
「ジュビリー・シンガーズのエラ・シェパードをめぐって」多民族研究学会編『エスニック研究のフロンティア』（金星堂、二〇一四）、「モダニスト、アロン・ダグラスのハーレム・ルネサンス」新英米文学会編『英米文学を読み継ぐ――歴史、階級、ジェンダー、エスニシティの視点から――』（開文社出版、二〇一二）、「『もの憂いブルース』――アメリカ黒人の歌と踊りの宝庫」風呂本惇子・松本昇編『英語文学とフォークロア――歌、祭り、語り――』（南雲堂フェニックス、二〇〇八）。

井川眞砂（いがわ・まさご）　東北大学名誉教授
"Mark Twain's 'Knights of the Tiller': The American Labor Movement of the 1880s in *Life on the Mississippi*." *Mark Twain Studies*. 4 (2014): 20-39.「マーク・トウェインと労働騎士団」アメ労編集委員会編『文学・労働・アメリカ』（南雲堂フェニックス、二〇一〇）、「マーク・トウェインの生涯」『ハックルベリー・フィンの冒険』「人種観」亀井俊介監修『マーク・トウェイン文学／文化事典』（彩流社二〇一〇）。

後藤史子（ごとう・ふみこ）　福島大学教授
「ドキュメンタリー・フォトブックとして読む『奈落の人びと』」大浦暁生監修、アメリカ自然主義文学研究会編『いま読み直すアメリカ自然主義文学――視線と探究』（中央大学出版部、二〇一四）、「労働者階級のハリウッド――無声映画時代の文化闘争と初期チャップリン映画」新英米文学会編『英米文学を読み継ぐ――歴史・階級・ジェンダー・エスニシティの視点から』（開文社出版、二〇一二）、「フィルム・ノワールと文化戦線――『ボディ・アンド・ソウル』を中心に」『New Perspective』一八九号（新英米文学会、二〇〇九）。

三石庸子（みついし・ようこ）　東洋大学教授
「『ジェスティーナのカリプソ』――トリニダードのシンデレラ・ストーリー」多民族研究学会編『エスニック研究のフロンティア』（金星堂、二〇一四）、「キューバ人民史構築をめざす証言文学『ある逃亡奴隷の伝記』にみるカリブの主体性」『黒人研究』八二号（黒人研究の会、二〇一三）、「先住民宣教師サムソン・オッカム――一八世紀ニューイングランドの労働と所有」アメ労編集委員会編『文学・労働・アメリカ』（南雲堂フェニックス、二〇一〇）。

木下裕太（きのした・ゆうた）　首都大学東京大学院博士後期課程
「再現される言葉――フォークナーからオバマへ」『New Perspective』二〇〇号（新英米文学会、二〇一五）、「「紅葉」におけるニューオーリンズ、ブラ・クぺ、インディアン」『フォークナー』第一六号（日本ウィリアム・フォークナー協会、二〇一四）、「William Faulkner の暗い家」『Metropolitan』第五六・五七合併号（東京都立大学・首都大学東京英文学会、二〇一三）。

タ行

ナ行

ハ行

マ行

ラ行

ワ行

事項等

ア行

カ行

サ行

ルム　Gottfried Wilhelm Leibnitz 93
ラサール、アントワーヌ・ド　Antoine de Lasalle　62, 65, 66, 68
ラマルティーヌ、アルフォンス・ド　Alphonse de Lamartine　157
ランドルフ、A・フィリップス　A. Phillips Randolph　334
リアーズ、ジャクソン　Jackson Lears 287
リー、ロバート・エドワード Robert Edward Lee　215
リヴァイン、スーザン　Susan Levine 59, 68
リヴァイン、スチュアート　Stuart Levine　59, 68
リチャードソン、サミュエル　Samuel Richardson　242
リンカン、エイブラハム　Abraham Lincoln　154, 165, 182, 198, 216, 219, 220, 232, 276, 284, 321
リンゼイ、ヴェイチェル　Vachel Lindsay　288
ルイ一八世　Louis XVIII　62
ルイ一六世　Louis XVI　31, 157
ルイス、デーヴィッド・レヴァリング　David Levering Lewis　203
ルソー、ジャン＝ジャック　Jean-Jacques Rousseau　242
ルパーズバーグ、ヒュー　Hugh Ruppersburg　365
レイダ、ジェイ　Jay Leyda　167, 169
レスター、ジュリアス　Julius Lester 203
レッキー、ウィリアム・エドワード・ハートポール　William Edward Hartpole Lecky　242
レノルズ、デーヴィッド・S　Daivd S. Reynolds　10, 63, 117
レノルズ、ラリー・J　Larry J. Reynolds　10, 68, 96, 102, 103, 108, 109, 110, 112, 113, 130, 135
レマイア、エリーズ　Elise Lemire　77
レミニ、ロバート・V　Robert V. Remini　69
ローズヴェルト、フランクリン・D　Franklin D. Roosevelt　334
ローゼンストーン、ロバート　Robert Rosenstone　301
ローリー、ロバート　Robert Lowrey 172
ロギン、マイケル・ポール　Michael Paul Rogin　154, 271, 284, 288
ロック、ジョン　John Locke　5, 116
ロドニー、ジョージ・ブリッジス　George Brydges Rodney　18, 19, 27
ロバーツ、ティモシー・メイソン　Timothy Mason Roberts　10, 255, 264
ロベスピエール、マキシミリアン　Maximilien Robespierre　309, 310
ロレンス、D・H　D.H. Lawrence　150
ロングフェロー、ヘンリー・ウォッズワース　Henry Wadsworth Longfellow 211

マイケルズ、ウォルター・ベン　Walter Benn Michaels　292, 377
マイヤール、スタニスラス＝マリー　Stanislaus-Marie Maillard　78
マキャフリイ、ラリー　Larry McCaffery　362, 367, 379
マクウィリアムズ、ジョン・P　John P. McWilliams　32, 33
マコーマック、ジェルーシャ　Jerusha Hull McCormack　165
松本昇　117
マボット、トマス・オリーヴ　Thomas Ollive Mabbott　65
マラー、ジャン＝ポール　Jean-Paul Marat　240
マリー、アイフ　Aife Murray　168, 170
マリー・アントワネット　Marie Antoinette　31, 157
マリー、エレン　Ellen Murry　201
マロリー、トマス　Thomas Malory　228, 233, 311
三浦玲一　377
ミッチェル、ドーナル　Domhnall Mitchell　164
ミュルダール、グンナー　Gunnar Myrdal　336
ミラー、ペリー　Perry Miller　5
ミルトン、ジョン　John Milton　130, 133, 134
ムア、エラ・シェパード　Ella Sheppard Moore　204, 210, 222
ムッソリーニ、ベニト　Benito Mussolini　300
村山淳彦　15, 17, 26, 37, 61
メイラー、ノーマン　Norman Mailer　11
メラーマド、ジョーディ　Jodi Melamed　349
メルヴィル、ハーマン　Herman Melville　10, 87-126
モーガン、ヘンリー　Henry Morgan　312
モース、サミュエル　Samuel Morse　181
モトレー、コンスタンス・ベーカー　Constance Baker Motley　203
モリソン、トニ　Toni Morrison　12

ヤ行

山川瑞明　164
山口和彦　366, 367, 380
山本幹雄　368
ヤング、アルフレッド　Alfred Young　6

ラ行

ライアリー、シンシア・リン　Cynthia Lynn Lyerly　268
ライス、フリッツ・ウィノルド　Frits Winold Reiss　202
ライス、ベンジャミン　Benjamin Reiss　75, 76, 78, 79
ライト、ジュリア　Julia Wright　340
ライト、リチャード　Richard Wright　329, 331, 338, 339
ライプニッツ、ゴットフリート・ヴィルヘ

Fletcher 240
ブレンナー、ジェリー Gerry Brenner 316
ブロディ、フォーン Fawn Brodie 368
ページ、トマス・ネルソン Thomas Nelson Page 229, 270
ヘイズ、ジョージ・エドマンド George Edmund Hayes 203
ヘイズ、ローランド Roland Hays 203
ペイン、トマス Thomas Paine 9
ベッシー、アルヴァ Alvah Bessie 318, 324
ベツホールド、ハワード・G Howard G. Baetzhold 236, 237, 240, 241, 242, 247, 253
ヘミングウェイ、アーネスト Ernest Hemingway 10, 299-325
ヘミングズ、サリー Sally Hemings 361, 363, 364, 367, 368, 369, 377, 378, 381
ベラミー、エドワード Edward Bellamy 10
ヘリック、ウィリアム William Herrick 318
ヘリング、ヘンリー Henry Herring 51
ベンヤミン、ヴァルター Walter Benjamin 309
ヘンリー、ジョン John Henry 209
ホイットマン、ウォルト Walt Whitman 10
ホエーレン、テレンス Terence Whalen 64, 81, 82
ポー、エドガー・アラン Edgar Allan Poe 10, 51-82
ポー、エリザベス Elizabeth Poe 51
ポーク、ジェームズ・K James K. Polk 73, 104
ホーソーン、ナサニエル Nathaniel Hawthorne 10, 109, 129-158
ポーター、マギー→コール、マギー・ポーター
ホームズ、オリヴァー・ウェンデル Oliver Wendel Homes 215
ポーリン、バートン Burton Pollin 72
ホール、ニューマン Newman Hall 217
ポール、J・R J. R. Pole 52
ボールズ、サミュエル Samuel Bowles 171, 172
ホブズボーム、エリック Eric Hobsbawm 163
ホランド、ジョサイア・ギルバート Josiah Gilbert Holland 169
ホランド、ソファイア Sophia Holland 189
ホルトン、ウッディ Woody Holton 6
ホワイト、クレイグ Craig White 19
ホワイト、ジョージ George White 198, 202, 204, 205, 206, 207, 210, 217, 218, 219, 220, 222
本田創造 278

マ行

マークス、レオ Leo Marx 175

Hitchcock 167
ヒットラー、アドルフ Adolph Hitler 300, 320, 334
ピネル、フィリップ Philippe Pinel 75
ヒューズ、ラングストン Langston Hughes 331
ヒューストン、ジェームズ・L James L. Houston 113
ヒル、クリストファー Christopher Hill 58
ピンチョン、トマス Thomas Pynchon 361
ファノン、フランツ Frantz Fanon 340
ファブル、ミシェル Edward Margolies Michel Fabre 341
フィールディング、ヘンリー Henry Fielding 242
フィスク、クリントン・B Clinton B. Fisk 202
フィルブリック、トマス Thomas Philbrick 17, 31
フェイデルソン、チャールズ、ジュニア Charles Feidelson, Jr. 144
フォークナー、ウィリアム William Faulkner 10, 345, 353, 354, 365, 367, 371, 372, 373, 374, 381
フォーナー、エリック Eric Foner 6, 263
フォーナー、フィリップ・S Philip S. Foner 244
フォーリー、バーバラ Barbara Foley 10
フォートゥン、シャーロット Charlott Forten 201
福士久夫 89
ブッシュ、ジョージ George Bush 362
船山良一 302, 305, 306
フラー、マーガレット Margaret Fuller 10, 130, 135
ブライト、ジョン John Bright 217
ブラウダー、アール Earl Browder 321
ブラウニング、ロバート Robert Browning 211
ブラウン、ウィリアム・ウェルズ William Wells Brown 363
ブラウン、コロン Colon Brown 217
ブラウン、ジョン John Brown 117, 212, 215, 216, 230
ブラウン、チャールズ・ブロックデン Charles Brockden Brown 9
フランクリン、ジョン・ホープ John Hope Franklin 203
フランクリン、ベンジャミン Benjamin Franklin 9, 211
フランコ、フランシスコ Francisco Franco 306
ブルックス、ピーター Peter Brooks 278
ブルフィンチ、トマス Thomas Bulfinch 235
プレストン、ポール Paul Preston 306, 307
フレッチャー、C・R・L C.R.L.

トマス、ヒュー　Hugh Thomas　306
トムソン、ジェームズ　James Thomson　31
トムプソン、G・R　G. R. Thompson　64
トムプソン、ドロシー　Dorothy Thompson　102
ドライサー、セオドア　Theodore Dreiser　10
ドリナー、ブライアン　Brian Dolinar　331, 332, 352
トロロプ、アンソニー　Anthony Trollope　211

ナ行

中谷義和　115
ノアクロス、ルイーズ＆フランシス　Louise & Frances Norcross　181, 182
ノーブル、デーヴィッド　David Noble　25

ハ行

ハーヴェル、エドマンド　Edmund Havel　218
パーカー、ハーシェル　Hershel Parker　88
バーク、エドマンド　Edmund Burke　75, 108, 109
バーコヴィッチ、サクヴァン　Sacvan Bercovitch　8, 139, 140, 144, 157
バートホールド、デニス　Dennis Berthold　88, 89
ハートマン、ジョナサン　Jonathan Hartmann　61
ハーバート、T・ウォルター　T. Walter Herbert　135
パイスマン、スティーヴン　Stephen Peithman　71
ハイムズ、チェスター　Chester Himes　329-355
パウエル、ティモシー・B　Timothy B. Powell　89
ハウエルズ、ウィリアム・ディーン　William Dean Howells　10, 228, 240, 242, 253
ハッチオン、リンダ　Linda Hutcheon　379
ハッチンソン、アン　Anne Hutchinson　130
バッド、ルイス　Louis Budd　226, 253
ビアード、ジェームズ・フランクリン　James Franklin Beard　33
ビアード、チャールズ＆メアリー　Charles & Mary Beard　6, 263
ピアス、エドワード・L　Edward Little Pierce　201
ピアス、フランクリン　Franklin Pierce　145
ビーチャー、ヘンリー・ウォード　Henry Ward Beecher　208, 209, 210, 217
ピーボディ、エリザベス・パーマー　Elizabeth Palmer Peabody　137
ヒギンソン、ピム　Pim Higginson　354
ヒッチコック、エドワード　Edward

Nikolai Vasilievich Chaykovski 256
チャンドラー、ジェームズ James Chandler 271, 272
辻内鏡人 377
ツルゲーネフ、イワン・セルゲーヴィチ Ivan Sergeevich Turgenev 211
デーヴィス、マイク Mike Davis 330
デーヴィス、メレル Merell Davis 101, 102, 104
ディキンスン、エドワード Edward Dickinson 167, 172, 183
ディキンスン、エミリィ Emily Dickinson 163-191
ディキンスン、オースティン Austin Dickinson 167, 168, 169, 171, 183, 184
ディキンスン、スーザン（スー、スージー） Susan (Sue, Susie) Dickinson 170, 180, 183, 184
ディキンスン、ラヴィニア（ヴィニー） Lavinia (Vinnie) Dickinson 169, 170
ディクソン、トマス Thomas Dixon 265, 266, 267, 268, 272, 277, 278, 279, 281, 282, 284, 286, 291, 292
ディケンズ、チャールズ Charles Dickens 19, 242
ディズニー、ウォルト Walt Disney 371
ディック、トマス Thomas Dick 65
デーヴィッドソン、キャシー・N Cathy N. Davidson 13, 53
ディミトロフ、ゲオルギ Georgi Dimitrov 322
テイラー、ジョージア・ゴードン Georgia Gordon Taylor 210
デーリー、ロバート Robert Daly 41
テーヌ、イポリート・アドルフ Hippolyte Adolphe Taine 236, 240, 242
デニング、マイケル Michael Denning 10, 300, 322
デブズ、ユージン Eugene Debs 323
テューク、ウィリアム William Tuke 75
デュカキス、マイケル Michael Dukakis 362
デュボイス、W・E・B W.E.B. DuBois 12, 198, 199, 200, 202, 203, 220, 334
ドア、トマス Thomas Dorr 53
トウェイン、マーク Mark Twain 10, 211, 225-256, 272, 311, 312, 316
トゥルゲー、アルビオン・ワイネガー Albion Winegar Tourgée 286
ド・グラス、フランソワ François de Grasse 18
ドス・パソス、ジョン John Dos Passos 304, 319
ドネリー、イグネイシアス Ignatius Donnelly 10
トマス、グレッグ Greg Thomas 340
トマス、シャノン Shannon Thomas 165
トマス、ブルック Brook Thomas 25

ジョヴァンニ、ニッキ Nikki Giovanni 203
ジョゼフス、アレン Allen Josephs 303, 316
シルヴァーマン、ケネス Kenneth Silverman 51
ジン、ハワード Howard Zinn 6, 72
スカイラー、ジョージ George Schuyler 334
スコット、ウォルター Walter Scott 17, 271, 273
スターリン、ヨシフ Joseph Stalin 320, 322
スターンズ、フレイザー Frazer Stearns 182, 183
スタイン、ガートルード Gertrude Stein 304
スタンドリング、ジョージ George Standring 242
スティーヴンソン、ジョージ George Stephenson, 190
ストウ、ハリエット・ビーチャー Harriet Beecher Stowe 208, 278
ストークス、メルヴィン Melvin Stokes 269, 273, 274, 275, 280, 283, 286, 287, 293
スノッドグラス、ジョゼフ・エヴァンズ Joseph Evans Snodgrass 51
スパージョン、C・H C. H. Spurgeon 217
スペンサー、ハーバート Herbert Spencer 211
スライド、アンソニー Anthony Slide 277, 292
スロトキン、リチャード Richard Slotkin 6, 318, 321
ソロー、ヘンリー・デーヴィッド Henry David Thoreau 10, 176, 215

タ行

ターケル、スタッズ Studs Terkel 323
ターナー、ナット Nat Turner 213
タイラー、ウィリアム William Tyler 169
タウン、ローラ Laura Towne 201
ダウンズ、ポール Paul Downes 9
高橋久美 62
ダグラス、アロン Aaron Douglas 198, 201
ダグラス、フレデリック Frederick Douglass 12, 201
田中礼 164
タブマン、ハリエット Harriet Tubman 214
ダルフィウム、リチャード・M Richard M. Dalfiume 333, 334
ダン、ジョン John Donne 325
チェイス=リボウ、バーバラ Barbara Chase-Riboud 363
チェスナット、チャールズ Charles Chesnutt 12
チェリーニ、ベンヴェヌート Benvenuto Cellini 242
チャールズ一世 Charles I 157
チャイコフスキー、ニコライ・V

コッチ、スティーヴン　Stephen Koch　319, 320
ゴビノー、ジョゼフ・アーサー　Joseph-Arthur Gobineau　280
ゴフ、アーヴィング　Irving Goff　323
コマジャー、ヘンリー・スティール　Henry Steele Commager　99
コリツォーフ、ミハイル　Mikhail Kol'tsov　320

サ行

サイード、エドワード　Edward Said　37
里内克巳　241, 253
サン＝シモン、クロード＝アンリ・ド・ルヴロワ・ド　Claude-Henri de Rouvroy de Saint-Simon　236, 240, 242
サンドクィスト、エリック　Eric Sundquist　12
サン・フアン・デ・ラ・クルス　San Juan de la Cruz　324
シヴェルブシュ、ヴォルフガング　Wolfgang Schivelbusch　190
シェイフィッツ、エリック　Eric Cheyfitz　37
ジェームズ、ヘンリー　Henry James　10
ジェームズ、C・L・R　C.L.R. James　331
シェケル、スーザン　Susan Scheckel　32, 43
シェパード、エラ→ムア、エラ・シェパード
ジェファソン、トマス　Thomas Jefferson　9, 361, 362, 363, 364, 366, 367, 368, 369, 370, 374, 375, 376, 377, 380, 381
シクストゥス４世　Sixtus IV　66
ジジェク、スラヴォイ　Slavoj Žižek　310, 325
シッケル、リチャード　Richard Schickel　283, 290
ジフ、ラーザー　Larzer Ziff　141
シャトーブリアン、フランソワ=ルネ・ド　François-René de Chataubriand　61, 62
シャーマン、ウィリアム・T　William T. Sherman　232, 235
ジャクソン、アンドルー　Andrew Jackson　53, 68, 69, 73, 129, 145, 155
ジャクソン、クレイボーン・フォックス　Claiborne Fox Jackson　231
シューアード、セオドア・F　Theodore F. Seward　208, 217
シューアル、リチャード　Richard Sewall　167
シュヴァイツァー、アイヴィー　Ivy Schweitzer　44
シュトラウス、ヨハン　Johann Strauss　210, 211, 215, 222
シュレージンガー、アーサー、ジュニア　Arthur Schlesinger,Jr.　362, 376
ジョイス、ジェームズ　James Joyce　304

301, 323
キャロル、ルイス　Lewis Carroll 211
ギルマン、シャーロット・パーキンズ　Charlotte Perkins Gilman 10
ギルモア、マイケル　Michael Gilmore 129, 151, 153
キング、マーティン・ルーサー、ジュニア　Martin Luther King, Jr., 221, 336, 348, 349, 350
クイン、アーサー・ホブソン　Arthur Hobson Quinn 51, 52
クイン、キャロル　Carol Quinn 165
クーパー、ジェームズ・フェニモア　James Fenimore Cooper 9, 15-44, 315, 316
クーリー、ローザ・B　Rosa B. Cooley 202
グールド、ジェイ　Jay Gould 244
クラーク、ウィリアム・ベッドフォード　William Bedford Clark 228, 272
クラヴァス、エラスタス・ミロ　Erastus Milo Cravath 202, 203, 210
グラッドストン、ウィリアム・ユーアート　William Ewart Gladstone 216, 217, 236
クラニッシュ、マイケル　Michael Kranish 368
グラムシ、アントニオ　Antonio Gramsci 323
グラント、ユリシーズ・S　Ulysses Simpson Grant 230, 231, 232, 286, 321
クリーヴズ、レイチェル・ホープ　Rachel Hope Cleves 67
グリーン、ジャック・P　Jack P. Green 52
グリフィス、デーヴィッド・ウォーク　David Wark Griffith 264, 266, 268, 269, 272, 273, 278, 279, 281, 282, 283, 284, 286, 288, 289, 290, 292
グリム兄弟　Brothers Grimm 74
クルーズ、フレデリック　Frederick Crews 147, 148, 153
グレアム、ヘレン　Helen Graham 306
クレイ、ヘンリー　Henry Clay 69
クレメンズ、サミュエル・ラングホーン　Samuel Langhorne Clemens →トウェイン
クロムウェル、オリヴァー　Oliver Cromwell 22
ケーブル、ジョージ・ワシントン　George Washington Cable 228
ケナン、ジョージ　George F. Kennan 250
ケネディ、ジョン・F　John F. Kennedy 344
ケリー、ウィリアム　William Kelly 33
ケリー、ロバート　Robert Kelly 72, 73
ゲルホーン、マーサ　Martha Gellhorn 319
コール、マギー・ポーター　Maggie Porter Cole 212
古賀秀男　102
小関　隆　96, 102, 105, 111

Webster 176, 290
ウェブスター、チャールズ・L Charles L. Webster 232
ウェルシュ、ジェームズ James Welsh 243
ウォーカー、ジョゼフ Joseph Walker 51
ウォード、アンドルー Andrew Ward 203
ウォーナー、ジャック Jack Warner 331
ウォルシュ、ジョン John Walsh 52
ウォルターズ、ロナルド Ronald Walters 203
ウォルド、アラン Allan Wald 10, 318
ウォルド、プリシラ Priscilla Wald 371, 373, 375
ウォルマー、クリスチャン Christian Wolmar 182
ウッド、ゴードン・S Gordon S. Wood 53
鵜野ひろ子 Uno Hiroko 164, 167
ウルフ、ミルトン Milton Wolff 318
X、マルコム Malcolm X 331, 336, 344, 345, 348, 349
エドワーズ、ジョナサン Jonathan Edwards 67
エマソン、ラルフ・ウォルドー Ralph Waldo Emerson 10, 102, 109, 112, 135, 215
エリクソン、スティーヴ Steve Erickson 361-381
エリソン、ラルフ Ralph Ellison 331, 353
エル・グレコ El Greco 324
エンゲルス、フリードリヒ Friedrich Engels 100, 245, 246, 247
大井浩二 20
オーウェル、ジョージ George Orwell 319
オグデン、ジョン John Ogden 203
越智博美 286, 287
オッカーブルーム、ジョン・マーク John Mark Ockerbloom 61

カ行

ガーシュウィン、ジョージ George Gershwin 344
カーター、ポール・J、ジュニア Paul J. Carter, Jr. 237
ガーフィールド、ジェームズ James Garfield 219
カーライル、トマス Thomas Carlyle 240, 242
カイラー、セオドア・L Theodore. L. Cuyler 209, 217
カスティーヨ、リチャード Richard Castillo 333
カルフーン、ジョン John Calhoun 114
キナモン、ケネス Keneth Kinnamon 323
キャクストン、ウィリアム William Caxton 233, 234
ギャリソン、ウィリアム William Garrison 201
キャロル、ピーター Peter Carroll

索　引

人名等

ア行
アーヴィング、ワシントン　Washington Irving　9, 72
アーキラ、ベッツィ　Betsy Erkkila　191
アーマン、バート・D　Bart D. Ehrman　93
アームストロング、ルイ　Louis Armstrong　344, 345
アール、プリニー　Pliny Earle　75
アイヴォリー、ジェームズ　James Ivory　363
アインシュタイン、アルベルト　Albert Einstein　371
明石紀雄　375
アダムズ、ジョン・クインシー　John Quincy Adams　69, 73
アッカーマン、ブルース　Bruce Ackerman　336
アラック、ジョナサン　Jonathan Arac　17, 20, 227, 229
アレント、ハンナ　Hannah Arendt　7, 380
アロン、ヘンリー　Henry Allon　217
イヴェンス、ヨリス　Joris Ivens　301, 319
イエリン、ジーン・フェイガン　Jean Fagan Yellin　137, 157
石川敬史　53
今村楯夫　302
井村君江　234
イメス、マーブル・ルイス　Marble Lewis Imes　210
ヴィクトリア女王　Queen Victoria　212, 213, 215, 216
ウィリアムズ、ジョン・A　John A. Williams　341
ウィリアムズ、リンダ　Linda Williams　278, 279, 280, 284, 288
ウィルキンズ、ロイ　Roy Wilkins　348
ウィルソン、ウッドロー　Woodrow Wilson　284
ウィレンツ、ショーン　Sean Wilenz　69
ヴェーゲナー、ジグネ・O　Signe O. Wegener　20, 32
ウェーバー、マックス・マリア・フォン　Max Maria von Weber　190
ヴェクテン、カール・ヴァン　Carl Van Vechten　341
ウェズリー、チャールズ　Charles Wesley　203
ウェブスター、ダニエル　Daniel

アメリカ文学と革命

2016年12月5日　印　刷　　　2016年12月15日　発　行

アメ労編集委員会編

編著者 © 井　川　眞　砥
福　士　久　夫
三　石　庸　子
村　山　淳　彦

発行者　佐　々　木　元

発　行　所　株式会社　英　宝　社

〒101-0032 東京都千代田区岩本町 2-7-7　第一井口ビル
Tel.［03］（5833）5870　Fax.［03］（5833）5872

ISBN 978-4-269-74037-2 C3098
［組版：(株)マナ・コムレード／製版・印刷：(株)マル・ビ／製本：(有)井上製本所］

定価（本体3,000円＋税）